Broken Feelings – Verloren
Band 2

Any Cherubim

ZEILENFLUSS

Verlag:
Zeilenfluss
Sonnenstraße 23
80331 München
Deutschland

Texte: Any Cherubim
Covergestaltung: Casandra Krammer;
www.casandrakrammer.de
Lektorat/Korrektorat: Anja Horn, Dr. Andreas Fischer
Satz: Zeilenfluss

ISBN: 978-3-96714-054-5

BROKEN *Feelings*

VERLOREN

ANY CHERUBIM

1

Cat

Ich schloss die Augen. Eine Welle der Erleichterung schwappte über mich hinweg, als das Flugzeug abhob und ich San Francisco den Rücken kehrte. Mein Herz war zerrissen, mein Gehirn außer Kraft gesetzt. Ich wusste nicht mehr, wo ich stand, was ich tun, geschweige denn, wem ich noch trauen konnte. In den letzten Stunden hatte ich mich in irgendwelchen Nischen der Abflughalle versteckt, aus Angst, der Rosenstalker könnte mir auflauern. Dabei war das unmöglich, oder? John und sein Komplize saßen doch im Gefängnis. Ich kapierte gar nichts mehr und wollte nur noch eines: abhauen.

Ich war aus dem Appartement geflohen, in das Taxi gestiegen und zum Flughafen gerauscht. Ich flüchtete – vor Noah, dem Meer aus blauen Rosen, das mich im Schlafzimmer erwartet hatte, und vor Beckys anklagendem Gesicht, das ich ständig vor Augen hatte. Es war ein Albtraum, aus dem ich nicht erwachte. Ich stand vor einem Abgrund, nur Millimeter davon entfernt hinabzustürzen in das grässliche Maul eines Monsters, das mich mit Haut und Haaren zu verschlingen drohte.

Während des Fluges hatte ich im Tagebuch geblättert, hatte die Zeilen immer wieder gelesen, in der Hoffnung, dass ich etwas falsch interpretiert hatte. Aber es stand hier, schwarz auf weiß: Noah hatte Becky geschwängert. Hatte er mich damals deshalb verlassen? Wieso hatte man das vor mir geheim gehalten? Tausendmal durchforstete ich meine Erinnerungen nach Hinweisen, nach Kleinigkeiten, die ich vielleicht übersehen hatte, doch da war nichts. Waren Noahs Erklärungen über sein Verschwinden Lügen, die ich leichtgläubig geschluckt hatte? Hatten mich alle jahrelang belogen? Mein Herz brannte, weil es sich anfühlte, als würde ich alles verlieren, was ich liebte.

Vom Flughafen in Eugene nahm ich den Bus nach Pleasant Hill. Ich hätte auch Mr. Claus anrufen können, aber er würde mich bestimmt ausfragen, warum ich hier war, und schließlich wollte ich nicht jedem den brisanten Fund auf die Nase binden. Fingerspitzengefühl war angesagt. Wenn meine Hände nur nicht so zittern würden ... Ich brauchte unbedingt Nachschub von meinen heißgeliebten Erdbeerbonbons.

Ich zog meine Sonnenbrille auf, als ich am Ortsrand aus dem Bus stieg, hievte die Reisetasche über die Schulter und lief die Hauptstraße entlang. Es war bereits später Nachmittag und der Himmel mit dichten Wolken verhangen. Das Grau passte zu meiner Stimmung. Auf dem Weg schaltete ich mein Handy ein. Kaum hatte ich wieder Empfang, summte und vibrierte es unaufhörlich. Noah, Inma und Maja hatten versucht, mich zu erreichen. Bestimmt hatten sie die Rosen entdeckt. Ich schrieb meiner besten Freundin eine Nachricht, dass ich gut angekommen war, und beeilte mich, endlich nach Hause zu kommen.

Vor dem geschwungenen schmiedeeisernen Tor straffte ich die Schultern, bevor ich den Klingelknopf betätigte. Ausdruckslos starrte ich zur Überwachungskamera, die oberhalb des Gatters angebracht war, und wartete. Nichts rührte sich. Ungeduldig trat ich von einem Bein aufs andere. War niemand zu Hause? Verdammter Mist! Dann würde ich eben über meinen Geheimweg aufs Grundstück gelangen. Noah und ich waren ständig über die Gartenmauer geklettert. Es gab eine bestimmte Stelle, die das Eindringen besonders einfach machte. Ich lief am Gemäuer entlang, bis ich zu unserem geliebten Ahornbaum kam, der mit seinen unzähligen Ästen auf das Anwesen ragte. Mit Schwung warf ich meine Tasche hinüber und kletterte auf den Baum. Balancierend gelangte ich über den dicken Ast Schritt für Schritt zum Mauerwerk und sprang. Etwas unelegant landete ich auf der Wiese und blickte mich um. Niemand war zu sehen. Ich schnappte meine Tasche und marschierte durch die Allee, die zu unserem Haus führte.

Nach wenigen Minuten tauchte die Villa groß und eindrucksvoll zwischen den Bäumen auf. Die Leute sagten immer, mit den beiden tragenden Säulen am Eingang, dem hübschen Springbrunnen auf dem Vorplatz und den gepflegten Büschen sei es das schönste Anwesen in ganz Pleasant Hill. Nur zu gut wusste ich, dass der Schein trog.

Kurz wunderte ich mich über die vielen Luxuskarossen, die kreuz und quer vor unserer Villa parkten. Hatte Mom etwa auch Mr. Claus gefeuert? Er hätte dieses Durcheinander niemals geduldet. Immerhin wusste ich jetzt, dass jemand da sein musste. Trotzdem war das alles merkwürdig.

Nervös trat ich die wenigen Stufen hinauf. Beim Öffnen der Eingangstür wurde ich von Musik und Gelächter empfangen, das aus dem Salon zu mir herüberschallte. *Eine Party.* In der Eingangshalle stellte ich meine Tasche ab und blickte zu den zwei riesigen Porträts von Becky, die Mom nach ihrem Tod hatte anfertigen lassen. Der Kloß in meinem Hals schwoll an, während mir meine Schwester entgegenlächelte und der Duft der Blumen, die Martha jede Woche aufstellte, in meine Nase strömte. Die schweren Teppiche verschluckten meine Schritte, als ich an der Bibliothek vorbei zum Salon lief. Ich zog die Schiebetür einen winzigen Spalt auf und lugte hinein. Mom feierte mal wieder eine ihrer berühmten Partys; ihr Gekicher war nicht zu überhören. Sie stand am Piano beim Fenster. Für einen Moment hielt ich den Atem an, als ich ein Whiskeyglas in ihrer Hand sah. Shit! Sie war rückfällig geworden.

Seit Dads Auszug war Mom ständig in Feierlaune. Sie schämte sich nicht, ein Fest daraus zu machen, dass sie ihren kranken Alten losgeworden war. Galle stieg meine Speiseröhre empor. Ich kämpfte gegen das Bedürfnis an, hineinzustürmen, ihr das Glas aus der Hand zu schlagen und vor ihren Gästen die Leviten zu lesen. Sie war betrunken, und es widerte mich an. Sie kicherte wie ein Schulmädchen und warf sich einem Typen an den Hals, den ich nur von hinten sehen konnte. Wer waren diese Leute? Nicht ein Gesicht kam mir bekannt vor.

Wütend beschloss ich, sie vorerst nicht zu informieren, dass ich hier war, und zog die Schiebetür wieder zu. So konnte ich wenigstens ungestört nach dem Totenschein, dem Obduktionsbericht und anderen Papieren suchen. Mom darum zu bitten, würde nur unnötige Fragen aufwerfen, wobei ich vermutete, dass sie in ihrem Zustand sowieso nichts kapierte. Ich schlich zur Küche und sah mich nach Martha um. Hier war sie nicht. Auch im Garten suchte ich sie vergebens. Während Mom sich weiter volllaufen ließ und feierte, schulterte ich meine Tasche und stieg unbemerkt die Steintreppe zu meinem Zimmer hinauf.

***

Sonnenlicht durchflutete mein altes Zimmer, das voller Erinnerungen steckte. Alles war genau so, wie ich es verlassen hatte. An den Wänden hingen noch die Poster von Pink, die ich seit meiner Jugend vergötterte, daneben stand ein leeres Regal, das ich bei meinem Umzug nach San Francisco nicht mitgenommen hatte, und mein Bett war mit einem Leintuch abgedeckt. Ich ging zum Fenster und ließ frische Luft herein. Verärgert und enttäuscht riss ich das Laken vom Bett und plumpste erschöpft in die Kissen. Ich war müde von der Reise, der letzten Nacht und all den Ereignissen, die ich verkraften musste. Musik und Gelächter dröhnten bis in mein Zimmer, aber darauf achtete ich nicht. Vielmehr wollte ich mich auf den Grund meiner Heimkehr konzentrieren: Ich musste die Wahrheit über Beckys Tod erfahren, und mit der Suche fing ich am besten in Dads altem Arbeitszimmer an.

Jetzt war ich ganz froh, dass Mom mit einer Party abgelenkt war und nicht ahnte, dass ich wie ein Geist durchs Haus spukte. Im Flur öffnete ich leise die Tür zu Dads Büro. Er hatte einen Teil der Einrichtung in die Residenz mitgenommen, unter anderem seine Regale und den handgefertigten Mahagonischreibtisch. Die alten, schweren Stücke waren einer modernen Möblierung gewichen. Sorgfältig schloss ich die Tür hinter mir und machte mich an die Arbeit, durchsuchte alle Schubladen, sämtliche Mappen und Ordner. Alles, was ich fand, waren Rechnungen, irgendwelchen Schriftverkehr und uninteressante Papiere. Ich wusste genau, dass Dad irgendwo einen Ordner mit Beckys Unterlagen aufbewahrte. Mein Blick fiel auf das Gemälde, hinter dem ein Tresor versteckt war. Früher hatte ich die Zahlenkombination gekannt. Ob die noch aktuell war?

Ich nahm das Bild ab und stellte an dem kleinen Rädchen die Zahlen ein, an die ich mich erinnerte. Egal, welche Kombination ich verwendete, der verflixte Safe ließ sich nicht öffnen. Frustriert schlug ich mit der Faust gegen das Metall. Martha wüsste, wo ich fündig werden könnte. Wo steckte unsere Haushälterin nur?

Es fiel mir schwer zu warten – Geduld war noch nie meine Stärke gewesen. Ich ließ mich auf das Sofa in der Ecke sinken und starrte entmutigt in die Luft. Durch das Wiedersehen mit Noah drängten sich die Erinnerungen an die Vergangenheit wieder an die Oberfläche, meine Albträume waren wesentlich präsenter, und meine Gedanken kreisten oft um Becky. Nach dem Tod meiner Schwester war ich nie wieder auf dem Dachboden gewesen und hatte auch selten ihr Zimmer betreten. Überhaupt war es schwer, mich hier im Haus aufzuhalten. Jedes Mal hatte ich das Gefühl, dass mich all die Ereignisse erdrückten. Jetzt fragte ich mich, wie ich das so lange ausgehalten hatte.

Ich verließ das Büro, blieb im Flur stehen und blickte auf die Steintreppe, die hinunter in die Eingangshalle führte. Eine Erinnerung, von der ich geglaubt hatte, sie erfolgreich verdrängt zu haben, schob sich in den Vordergrund.

*****

Cat, 16 Jahre alt

Ich sitze auf der Steintreppe und starre durch das Geländer in die offene Bibliothek zu meiner Schwester, die in einem weißen Sarg umringt von bunten Blumen aufgebahrt liegt. Ganz Pleasant Hill ist gekommen und trauert. Die schwarzgekleideten Menschen stehen Schlange, um sich von dem Engel zu verabschieden, von dem sich viele erhofft haben, dass er unseren Ort eines Tages berühmt machen würde. Die Leute weinen oder haben betretene Mienen. Auch Dad, der in den letzten Tagen um Jahre gealtert ist, wischt sich immer wieder über die Augen. Ich sehe ihm an, dass er krampfhaft versucht, stark zu sein. Er schüttelt Hände und will das alles irgendwie begreifen. Mom sitzt, umringt von ihren Freundinnen, in Dads Ohrensessel und blickt ins Leere. Seit Tagen ist sie in diesem Zustand, nimmt kaum Notiz von etwas. Ihre Schreie, als sie es erfahren hat, dröhnen noch immer in meinen Ohren.

Ich fühle nur Schmerz und bin nicht sicher, wie lange ich das aushalten kann. Noah hat einen Dolch in meine Brust gerammt – und Becky hat mir den Todesstoß verpasst, als ich sie auf dem Dachboden gefunden habe. Noah fehlt mir, sogar sehr, aber ich bin auch wütend auf ihn. Ob er weiß, was geschehen ist? Ich bin mir sicher, dass er zurückkommen würde, wenn er es wüsste. Seit Wochen ist er fort, und Becky habe ich nun auch verloren. Sie war an meiner Seite, als ich nach ihm suchte, hat mit mir um ihn getrauert. Ich bin so leer wie noch nie in meinem Leben. Es ist, als wäre ich ebenfalls gestorben.

Dort drüben liegt sie, schön wie Dornröschen. Sie hat sogar Farbe im Gesicht, damit sie so natürlich wie möglich aussieht. Martha hat eine hochgeschlossene Bluse und ein Tuch für Becky ausgesucht, um die Würgemale zu verdecken. Ihre zarten Hände sind gefaltet. Ich kann den Blick nicht von ihr abwenden, in der absurden Hoffnung, dass sie aufwacht. Aber sie tut es nicht. Ich will es nicht wahrhaben. Ich habe sie geliebt, mit all ihren Seltsamkeiten, ihrer stillen und doch besserwisserischen Art.

»*Cat*«, höre ich eine Stimme, die mir ins Ohr flüstert. »*Cat?*«

Ich schaffe es erst, vom Sarg aufzublicken, als mich jemand am Ärmel zieht. Dieser Jemand hat sich neben mich auf die Treppenstufe gesetzt. Mir ist eiskalt, als ich klar und deutlich meine Schwester neben mir sehe.

Keuchend schaue ich mich um, aber niemand scheint sie zu bemerken. Wie ist das möglich? Becky ist quicklebendig! Im ersten Moment bin ich nicht in der Lage, etwas zu sagen, versuche herauszufinden, ob ich träume oder high bin. Ich presse die Augen zusammen und warte einige Sekunden. Liegt es vielleicht an den Tabletten, die mir Martha seit dem Tag auf dem Dachboden gibt? Es muss eine Halluzination sein. Aber sie hört nicht auf.

Als ich die Lider wieder öffne, sehe ich Becky immer noch neben mir. Sie ist totenbleich und hat all die dunklen und violetten Flecken am Hals. Ihre langen Haare hängen strähnig über ihre Schultern. Ihre Haut hat diesen seltsamen blauen Unterton, und es geht eine Eiseskälte von ihr aus. Ich friere, schlinge die Arme um meinen Körper, und meine Lippen beben. Das kann nicht sein. Abwechselnd blicke ich in die Bibliothek und zu ihr zurück. Ich sehe meine Schwester immer noch im Sarg liegen und gleichzeitig neben mir sitzen. Ich muss total übergeschnappt sein.

»Du hättest es verhindern können«, flüstert sie anklagend. *»Wo warst du, Cat? Warum hast du mich nicht gerettet? Du bist egoistisch und denkst nur an dich. Wie viele Male habe ich dich vor den Bestrafungen unserer Eltern bewahrt? Wie oft habe ich für dich gelogen?«*

Ich schlucke, denn das sind genau die Fragen, die ich mir unaufhörlich stelle. Sie hat mich immer beschützt, sich für mich eingesetzt. »Es tut mir leid«, flüstere ich. »Das habe ich nicht gewollt. Komm zurück, ich mache es wieder gut! Bitte!«

Ganz langsam schüttelt sie den Kopf. *»Nein, dafür ist es zu spät.«*

Ich kann nicht anders und lasse meinen Tränen freien Lauf. »Verlass mich nicht, Becky. Bitte. Wir lieben dich doch so sehr.«

Ihr Blick wandert zu den trauernden Gästen und zu unseren Eltern. *»Das war eine falsche Liebe. Jetzt bin ich verdammt, und das ist eure Schuld. Das werde ich euch nie verzeihen, hörst du? Niemals.«*

Ein eiskalter Lufthauch erfasst mich, als sie sich erhebt und langsam die Treppe hinuntergeht. Sie darf nicht für immer aus meinem Leben verschwinden! Zitternd vor Kälte stehe ich auf.

»Geh noch nicht! Verlass mich nicht«, bettle ich verzweifelt.

Tatsächlich dreht sie sich noch mal zu mir um. Ich erschaudere. Ihre Augen sind glühend rot, und die dunkelblauen Adern schimmern durch ihre alabasterfarbene Haut. Ich weiche zurück, als ich seltsame Bewegungen auf ihren Armen, am Dekolleté und im Gesicht wahrnehme. Die Haut wölbt sich, als würde sich darunter etwas schlängeln und winden. Meine einst so schöne Schwester sieht grauenhaft aus – wie ein Zombie.

»*Hast du etwa Angst vor mir?*« Sie hat ihren Kopf leicht gesenkt und blickt mich mit einem diabolischen Grinsen an. Ich nicke. »*Du kannst es wiedergutmachen, Cat.*«

»Wie?«

»*Komm mit mir. Dann können wir für immer zusammen sein.*« Sie streckt ihre Hand nach mir aus.

Mit ihr gehen?

Schmunzelnd schaut sie die steilen Stufen hinunter. Bedeutet das, ich soll auch sterben? Ist das der Ausweg, die Lösung, um dem Schmerz zu entfliehen?

»*Was hast du denn noch zu verlieren?*«

Mein Blick wandert über die Steintreppe. Martha hat uns immer ermahnt, vorsichtig zu sein, als wir Kinder waren und die Treppen hinauf und hinunter gerannt sind. Oft habe ich mir das Schienbein aufgeschlagen, weil ich nicht aufgepasst habe. Ein Sturz aus dieser Höhe könnte mit dem Tod enden.

»*Es ist ganz leicht, und du wärst deine Schuld los, kleine Schwester. Dort wo ich jetzt hingehe, gibt es nichts und niemanden, der uns mehr wehtun kann. Kummer und Sorgen spielen keine Rolle mehr.*«

Sie spricht von Erlösung, davon, frei zu sein, nie wieder zu fühlen. Ja, das klingt verlockend. Langsam hebe ich meine

Hand und greife nach dem Frieden, den Becky mir verspricht. Ich will es, brauche es und ...

»Vertrau mir«, flüstert sie.

Mein Fuß rutscht wie von selbst an die Kante. Ich schließe die Augen, wanke. Noch bevor ich den Halt verliere und Beckys Finger berühre, kommt mir ein Gedanke. »Was, wenn Noah eines Tages zurückkehrt?«

»Er hat dich verlassen. Er kommt nicht wieder«, erinnert sie mich barsch und fordert mich ungeduldig auf, es endlich hinter mich zu bringen.

Aber Noah lässt mich nicht los, ebenso wenig der Gedanke an Martha und Grandpa. Kann ich ihnen das antun? Wäre es nicht egoistisch, einfach Schluss zu machen? Ich liebe meine Schwester sehr, aber ihr Weg kann nicht meiner sein.

Als Becky erkennt, dass ich nicht mit ihr kommen werde, wandelt sich ihr Gesicht zu einer teuflischen Fratze. Plötzlich durchbrechen Würmer ihre Haut, fressen sich mit scharfen Fangzähnen durch ihr Fleisch. Ich will wegsehen, aber das Grauen hindert mich. Verzweifelt schnappt Becky nach mir, und ich zucke zusammen. Ich verliere den Halt an der Stufe, und in der Sekunde weiß ich, dass ich fallen werde. Panik erfasst mich, und ich bereite mich auf den bevorstehenden Schmerz vor.

Genau in diesem Augenblick höre ich eine geliebte Stimme und spüre kräftige Arme, die mich vor dem Sturz bewahren. »Zuckersternchen.«

Ein vertrauter Geruch von Leder und Freiheit holt mich in die Wirklichkeit zurück. Grandpa Bambam hält mich fest in seinem Arm. Sofort weicht die Kälte, und Wärme breitet sich in mir aus. Zitternd halte ich mich am Geländer fest, während ich die Steintreppe nach meiner Schwester absuche. Sie ist fort.

»Es tut mir leid, Becky«, wispere ich leise.

»Cat? Wolltest du etwa ... Nichts muss dir leidtun. Ihr Tod ist nicht deine Schuld.«

»Grandpa?« Benommen schaue ich zu ihm auf, in sein vertrautes Gesicht. Ich bemerke Martha, die unten auf der ersten Stufe steht, eine Hand vor ihren Mund hält und stumm weint. Sie und Grandpa wissen, was ich beinahe getan hätte, aber sonst hat niemand etwas davon mitbekommen. Mom sitzt immer noch regungslos im Ohrensessel, und Dad steht schweigend vor Beckys Sarg. Mir wird klar, dass ich mir meine Schwester auf der Treppe nur eingebildet habe. Meine Schuldgefühle spielen mir einen Streich.

»Na komm, meine Kleine, wir gehen an die frische Luft. Mir scheint, das hast du dringend nötig.« In Grandpa Bambams Armen steige ich die Stufen hinunter. Ich fühle mich sicher, und mit jedem Schritt kehrt meine innere Wärme zurück.

Kurz bevor wir die Haustür erreichen, schaue ich zur Steintreppe, wo Becky – oder vielmehr der Zombie – gestanden hat. Dort liegt ein kleiner Wurm, der sich verzweifelt nach Erde krümmt, in der er sich verstecken könnte.

***

Die alten Schuldgefühle holten mich ein, schnürten mir die Luft zum Atmen ab. Panisch raste ich die Treppe hinunter, drängte mit aller Gewalt die Bilder von damals aus meinem Gedächtnis und konnte erst wieder tief einatmen, als ich das Haus hinter mir gelassen hatte und über die Parkwiese rannte. Verdammter Mist!

2

Noah

»Es ist genug für heute. Spar deine Kräfte, du wirst sie noch brauchen.« Dylan war erschöpft und hob halbherzig die Punch-Pads, auf die ich unermüdlich einschlug.

Seit Stunden trainierte ich, als stünde der Teufel persönlich vor mir. Der Streit mit Cat, die aufgestaute Wut und die Erinnerungen waren kurzzeitig verpufft. Jetzt hatte ich mich zwar abreagiert, konnte aber Cats verzweifelten Blick, als sie mich anklagend angesehen hatte, nicht vergessen.

Dylan ließ die Arme sinken und fixierte mich. Jetzt, nachdem er mir die halbe Nacht dabei geholfen hatte, mich von meinen Dämonen zu befreien, wollte er Antworten. Angestrengt legte ich den Kopf in den Nacken und genoss die letzten Sekunden, in denen das Adrenalin durch meinen Körper rauschte, bevor ich ihm mal wieder ausweichende Auskünfte über mein Seelenleben geben musste.

»Okay, Champ. Du hast mich aus dem Bett geworfen, damit ich mit dir trainiere, und nachdem du wie ein verrücktes Tier auf mich eingeprügelt hast, verdiene ich zumindest eine Erklärung, was mit dir los ist. Geht es um den Kampf oder um deine Kleine?« Er strich die Punch-Pads von den Händen und warf mir eine Wasserflasche zu.

Es war nach Mitternacht gewesen, als ich ihn dazu gebracht hatte, mit mir in die alte Werft zu fahren. Ich hatte mächtig Dampf ablassen müssen, nachdem Cat gegangen war. Ich schuldete ihm etwas. Ich trank ein paar Schlucke. »Es ist etwas geschehen, womit ich nicht gerechnet habe.«

»Und was?«

»Cat hat das Tagebuch ihrer verstorbenen Schwester gefunden, und darin stand, dass sie in mich verliebt war.« Ich stieß den Atem aus. Es ging mir immer noch nicht in den Kopf. »Sie war schwanger, als sie sich das Leben nahm.«

Dylans Blick durchbohrte mich. »Und jetzt denkt Cat, dass du ...?« Ich nickte. »Und? Hast du?«

»Nein. Ich wollte immer nur Cat«, gab ich kleinlaut zu.

»Und das glaubt sie dir nicht«, stellte er fest.

Ich schüttete mir das restliche Wasser über den Kopf und löste die Bandagen von den Händen. »Ich weiß es nicht.«

Dylan beobachtete mich wachsam. »Und das ist nur die Spitze des Eisbergs, habe ich recht?«

Mein bester Freund war nicht dumm. Schon lange wusste er, dass ich Dinge vor ihm verheimlichte, er hatte aber nie von mir verlangt, dass ich sie ihm anvertraute. Ich wünschte mir, ich könnte ihm einfach alles erzählen.

»Hör zu, ich weiß nichts von dem Mist, den du mit dir herumträgst, aber lass nicht zu, dass es dich auffrisst, Mann. Was auch immer du getan hast, Cat wird dir verzeihen.«

»Was macht dich da so sicher?«

Er zuckte mit den Schultern. »Die Kleine ist verknallt in dich. Sie liebt dich, Bro. Rede mit ihr und sag ihr die Wahrheit.«

Ich schnaubte. Wenn alles ans Licht kam und Cat erfuhr, dass ihr Vater ein Mörder war und ich ihre Schwester vielleicht vor dem Selbstmord hätte bewahren können, dann würde ich sie verlieren. Das könnte sie mir niemals verzeihen.

»Es ist viel komplizierter«, raunte ich Dylan zu, während ich den Reißverschluss der Sporttasche zuzog.

»In was für einer Scheiße steckst du? Billy und seine Leute sitzen dir im Nacken, Robinson ebenfalls, und jetzt scheint dich deine Vergangenheit einzuholen. In wenigen Stunden findet der Kampf statt, du kannst keine Ablenkung gebrauchen. Du musst dich auf das Wesentliche konzentrieren.«

Er machte sich Sorgen, mit Recht. Dylan zum Mitwisser zu machen, kam aber für mich nicht infrage. Immerhin deckte ich einen Mörder. Ich hatte genug Probleme, und ich wollte Dylan nicht mit hineinziehen. Er wusste nur über Billy Bescheid und half mir, so gut er konnte.

»Mach dir nicht so viele Gedanken, ich krieg das hin«, sagte ich zuversichtlich. »Lass uns hier abhauen.« Dylan war nicht überzeugt, aber ich war froh, dass er nicht länger nachfragte. Ich legte einen Arm um seine Schulter. »Danke. Ich liebe dich, Mann.«

»Ich dich auch, du Idiot.«

Es war bereits Vormittag, als ich erwachte. Ich hatte mich die restliche Nacht durch die Laken gewälzt und an Cat gedacht. Ständig hatte ich ihr schönes Gesicht vor mir, wie sie mich ansah und dabei so sexy lächelte, dass ich hart geworden war. So konnte es nicht zwischen uns enden. Es gab so vieles, was wir beide uns noch nicht geschenkt hatten, und wenn ich noch vor wenigen Wochen geglaubt hatte, leicht wieder von ihr loskommen zu können, so hatte ich mich gewaltig getäuscht. Schon längst waren meine alten Gefühle für Cat wiedererwacht, hatten sich fest in mir eingenistet und würden mich nicht mehr loslassen. Aber ich wusste auch, dass *ich* das eigentliche Problem war. Ich, der harte Typ mit einer beschissenen Vergangenheit, der es nicht fertigbrachte, den Mund endlich aufzumachen und sich von all dem Mist zu befreien.

Cat verdiente jemanden, der ehrlich zu ihr sein konnte. Manchmal wünschte ich mir, ich würde nicht so tief für sie empfinden, denn es tat weh zu wissen, dass ich nicht dieser Jemand sein konnte. Liebe und Schmerz lagen nah beieinander, und im Grunde wäre es nicht schwer, ihr die Wahrheit zu sagen. Doch der Inhalt meiner Worte könnte alles zerstören.

Ich hatte mir Urlaub genommen, damit ich nicht mit den Verletzungen arbeiten musste, die ich vom Kampf heute Abend davontragen würde. Robinson hatte den Urlaubszettel mit mürrischem Blick unterschrieben, aber das war mir egal. Ich hatte keine Wahl. Alles, woran ich im Moment denken konnte, war Cat. Vielleicht hatte sie sich beruhigt und wir konnten reden.

Eilig zog ich mich an und lief die Treppen zu ihrem Appartement hinauf. Ich würde ihr klarmachen, dass sie mir vertrauen konnte. Gestern Abend hatte ich gesehen, wie gern sie mir geglaubt hätte. Sie war unsicher, und ich verstand das. Ich musste einfach mit ihr sprechen. Ich nahm gleich drei Stufen auf einmal, blieb aber mitten auf dem Treppenabsatz stehen. Wieso war ihre Wohnungstür offen?

»Cat?« Langsam und mit einem seltsamen Gefühl im Magen schob ich die Tür auf und trat ein. Es war still und von Cat nichts zu sehen. »Cat? Bist du da?«

Auf der Schwelle zu ihrem Schlafzimmer fand ich einen Waschbeutel und Kosmetikutensilien auf dem Boden, bevor mein Blick auf das Blau stieß, das mir aus dem Raum entgegenleuchtete. Meine Gedanken rasten, während ich die Drohung las.

Dachtest du, das war's?
So leicht kommst du nicht davon!
Die Wahrheit ist noch viel grausamer, als du dir vorstellen
kannst.
Nur ich kenne sie.

Fuck! Was zum Teufel war hier los? Wusste noch jemand über unsere Vergangenheit Bescheid? Hastig sah ich mich in den anderen Räumen nach Cat um, während ich ihre Nummer wählte. Ihr Handy war ausgeschaltet, und eine Bandansage sprang an. Ein dumpfes Gefühl schlich in meinen Magen. Was, wenn ihr etwas zugestoßen war? Ich rief Detective Weather an, und gleich im Anschluss versuchte ich es erneut bei ihr. Eine solche Menge an Blumen konnte nur mit einem größeren Fahrzeug angeliefert werden. Das musste jemandem aufgefallen sein. Wenn John dafür nicht verantwortlich war, kam nur einer infrage: Chief Spence.

Ich hatte früher schon den Verdacht gehabt, dass Cats Vater dahinterstecken könnte, aber als John festgenommen worden war, war für mich die Sache erledigt gewesen. Doch irgendetwas passte nicht zusammen. Cat hatte inzwischen ein vertrautes und inniges Verhältnis zu ihm. Würde der Chief seine eigene Tochter so tyrannisieren und sogar schwer verletzen, nur um sie von mir fernzuhalten? War Cat bei ihm gewesen und hatte ihm von Beckys Tagebucheinträgen erzählt?

Ich informierte Dylan und machte mich sofort auf den Weg ins *Ivy Blue*. Cat wollte heute wieder arbeiten, da ihre Suspendierung aufgehoben worden war, nachdem die Polizei die blaue Scheiße als erledigt angesehen hatte. Falls Cat in Gefahr war, hatten wir schon zu viel Zeit vertrödelt. Bilder von den Verletzungen, die man ihr zugefügt hatte, jagten durch meinen Kopf, und Panik breitete sich in mir aus. Warum war ich nicht früher auf die Idee gekommen, nach ihr zu sehen? Sie hatte die Nacht bei Inma verbracht, meine Nachrichten alle ignoriert. Die Drohung hallte in mir nach und trieb mich an, Cat unbedingt zu finden.

Ich sah mich im Restaurant um und checkte den Speisesaal, dabei entdeckte ich Maja und Wilson, die beim Kücheneingang standen. Zielstrebig ging ich auf sie zu, grüßte nickend den Maître und wandte mich an Maja. »Wo ist Cat?«

»Keine Ahnung. Zu Hause, nehme ich an. Was ist denn los?« Maja kannte mich gut, merkte sofort, dass etwas nicht stimmte.

»Steckt das Mädchen etwa immer noch in Schwierigkeiten?«, wollte Wilson wissen. In seinem Ton schwang leichtes Missfallen mit.

»Ich weiß es nicht. Die Polizei ist in ihrem Appartement. Ihr Schlafzimmer ist voll mit Blumen und einer neuen Drohung.«

»Ach du Scheiße.« Maja riss die Augen auf. »Aber ich dachte, das wäre vorbei?«

»Ja, das haben wir alle geglaubt. Falls du sie sehen solltest, sag mir sofort Bescheid.«

»Mach ich.«

Ich ließ die beiden stehen und eilte in die Lobby, wo ich Spike am Fahrstuhl fand. Kurz erzählte ich ihm, was geschehen war, und bat ihn, mich in den vierten Stock zu fahren, wo Inma gerade die Zimmer säuberte. Sie war vermutlich die Letzte, die Cat gesehen hatte.

»Scheiße, Mann. Sag mir bitte nicht, dass der Mist von vorne losgeht!«

»Ich weiß es nicht, deshalb müssen wir sie finden.«

»Ich sehe gleich mal im Hotelgarten nach, da ist sie öfter.«

»In Ordnung.« Der Aufzug stoppte, die Türen öffneten sich.

»Halt mich auf dem Laufenden, was mit deiner Kleinen ist, okay?«

»Mach ich.«

Eilig lief ich den Flur entlang, wo ich Inmas Wäschewagen vor der Suite am Ende des Ganges stehen sah. Ohne anzuklopfen, ging ich hinein. Cats beste Freundin bezog gerade ein Bett und warf schmutzige Laken auf den Boden. Als sie mich entdeckte, seufzte sie und rollte mit den Augen. »Ich wusste, du würdest irgendwann bei mir auftauchen.«

»Wo ist sie?«

Sie ließ sich nicht aus dem Konzept bringen, strich seelenruhig das Laken glatt und arbeitete routiniert weiter. »Keine Ahnung.«

»Du musst es mir sagen! Es ist wichtig, Inma.«

»Ich muss gar nichts, Noah. Ich finde, du solltest ihr ein wenig Zeit zugestehen, nach dem, was sie gestern erfahren hat. Lass sie einfach in Ruhe, okay?«

Schon klar, dass Cats beste Freundin sich gegen mich wandte. »Cats Appartement stand vorhin offen, und ihr Schlafzimmer ist voll mit hunderten blauen Rosen. Ihr Waschbeutel und ihre Kosmetik lagen auf dem Boden, und von Cat fehlt jede Spur. Vielleicht ist sie in Gefahr.«

Inma sog die Luft ein und wurde bleich. »Was? Aber ...«
»Wo ist sie?«

Sie war sichtlich geschockt von den Neuigkeiten und dachte angestrengt nach. Mit zittrigen Fingern griff sie in ihre Rocktasche und holte ihr Handy heraus.

»Sie hat es ausgeschaltet«, klärte ich sie auf. »Ich habe pausenlos versucht, sie zu erreichen.«

Inma vergewisserte sich selbst, wählte Cats Nummer und steckte das Handy frustriert in ihre Tasche zurück, als die Abwesenheitsmeldung kam.

»Bevor ich zur Arbeit gegangen bin, haben wir uns verabschiedet. Sie wollte ein paar Sachen aus ihrem Appartement holen und den nächsten Flug nach Pleasant Hill nehmen. Scheiße, Noah! Meinst du, sie wurde ...?« Ihre Stimme brach.

»Ich weiß es nicht.« Ich biss mir auf die Lippe. Der bloße Gedanke, dass der Kerl Cat geschnappt haben könnte, ließ meine Eingeweide zusammenschrumpfen.

»Ich versuche es bei ihr zu Hause«, sagte Inma und holte erneut ihr Handy heraus. Während sie in der Spence-Residenz anrief, ging ich in der Suite auf und ab. Vielleicht saß Cat noch im Flieger und hatte deshalb ihr Telefon ausgeschaltet.

»Mist! Da nimmt auch niemand ab. Was machen wir jetzt? Ist die Polizei verständigt?«

»Die habe ich als Erstes angerufen.« Ich wählte sofort die Nummer von Weather und informierte ihn. Die Polizei konnte feststellen, ob Cat an Bord war oder nicht.

Inma kämpfte mit den Tränen. »Wie ist das möglich? John kann doch nicht vom Gefängnis aus so etwas tun, oder?«

»Beruhige dich, wir finden Cat schon. Vielleicht kommst du mit mir. Weather will bestimmt auch mit dir sprechen.«

»Ist gut.« Inma ließ alles stehen und liegen und begleitete mich zur Appartementanlage, wo der Detective schon auf uns wartete.

Die Polizei nahm die Ermittlungen auf. Sie entdeckten auf den Überwachungsaufnahmen einen weißen Transporter mit dem Logo einer ortsansässigen Gärtnerei und zwei ihrer Mitarbeiter, die die Sonderbestellung abluden. Eimerweise schleppten sie die Rosen in Cats Appartement. Der Auftraggeber hatte viel Geld ausgegeben und die dreistellige Summe online bezahlt. Wie Detective Weather und ich erwartet hatten, verliefen alle Spuren im Sand.

Als die Polizei in Cats Wohnung fertig war, standen wir vor der Appartementanlage und unterhielten uns. Der Detective war ebenfalls über Cats Verschwinden besorgt. John und sein

Komplize hatten keine Anrufe getätigt und auch keinen Besuch empfangen. Es war also höchst unwahrscheinlich, dass sie vom Gefängnis aus den Auftrag an die Gärtnerei gegeben hatten. Ich war mir aber sicher, dass John mehr wusste, als er zugab. Weather wollte ihn nochmals verhören.

Als wir endlich die Nachricht bekamen, dass Cat an Bord der Maschine war, war ich erleichtert. Das alles war ziemlich seltsam. Ich entschied mich, nach Antworten zu suchen.

»Ich muss kurz weg«, raunte ich Dylan zu, als wir zu Robinson ins Büro zitiert wurden.

»Wo willst du hin? Was soll ich dem Boss sagen?«

»Dir wird schon was Nettes einfallen«, rief ich ihm zu und lief zum Schiebetor. Ich konnte damit leben, dass Robinson mich dafür verfluchen würde. Womit ich nicht leben konnte, war die Ungewissheit, ob der ehemalige Polizei-Chef etwas mit der Rosenscheiße zu tun hatte, mit der man Cat terrorisierte.

Wenig später parkte ich vor der Residenz und starrte auf das Gebäude. Gleich würde ich dem Mörder meines Vaters und dem Mann begegnen, der mich jahrelang erpresst hatte. Wie oft hatte ich mir vorgestellt, ihm ein Messer an die Kehle zu halten und ihn dazu zu bringen, meine Familie in Ruhe zu lassen? Damals war ich zu eingeschüchtert gewesen, hatte zu viel Angst vor ihm gehabt. Wie ein Feigling hatte ich alles hingenommen und mich nie gewehrt.

Erst nachdem Hudson mir mit verschiedenen Kampfsportarten einen Weg gezeigt hatte, die Dämonen in mir zu bezwingen, hatte ich ein Ventil gefunden. Ich wurde älter und begann, den Mord aus einem anderen Blickwinkel zu sehen. Ich akzeptierte, dass Gerechtigkeit nicht immer mit Gesetzen erreicht werden konnte. Selbstjustiz war auch ein Verbrechen, aber ich verstand, warum der Chief so gehandelt hatte. Die Bluttat an meinem Erzeuger lag sechs Jahre zurück, und keinen verdammten Tag hatte ich ihn vermisst. Cats Vater hatte nicht nur Blutrache an dem Vergewaltiger seiner Tochter genommen, sondern auch meine Mom und mich von unserem Peiniger befreit.

Ich schaffte es nicht vollständig, die Erinnerungen an die Nacht am Papenfus Creek abzuschütteln, denn der Chief sorgte dafür, dass ich weiterhin Todesangst um meine Familie hatte. Er hatte mich beobachten lassen, mir Fotos geschickt, die Mom bei der Arbeit und später mit Timi zeigten. Keine Ahnung, wer das für ihn erledigte und ob es sich nur um eine Person handelte. Allerdings wusste er dadurch genau, wo er uns finden konnte, wo wir lebten und wie einfach es für ihn war, uns etwas anzutun. Auf jedem Foto war am Rand der Lauf einer Waffe zu sehen, und mir war klar, was das bedeutete. Er sicherte sich damit mein Schweigen. Erst als ich monatelang keine Post mehr bekommen hatte, begann ich zu hoffen, dass es vorbei war. Nach zwei Jahren Ruhe wagte ich es, New York zu verlassen.

All das sorgte dafür, dass ich nicht an einen Zufall glaubte, als ich erfahren hatte, dass der Chief sich in dieser Residenz in San Francisco eingemietet hatte und Cat nun auch hier war. Nur die Sache mit den Rosen war mir ein Rätsel und passte nicht ins Bild. Zudem fragte ich mich, ob der Chief von der Schwangerschaft seiner Tochter gewusst hatte. Es wurde höchste Zeit für einen Besuch – und vor allem für ein paar Antworten.

Mein Blick war immer noch auf den teuren Bunker gerichtet. Der Chief ließ sich das Leben hier einiges kosten. Die Spence' waren einen gewissen Luxus in Pleasant Hill gewohnt. Mit ihren Autos, einem Chauffeur, Bediensteten, ihren exklusiven Statussymbolen und der Villa waren sie die reichste Familie, die ich kannte. Mein Erzeuger hatte sich früher immer abfällig darüber geäußert und hin und wieder in der Kneipe Stimmung gegen die Spence' gemacht.

Egal, wie viel Kohle sie besaßen und welche Macht der Chief

hatte, ich war bereit, ihm die Stirn zu bieten. Die Zeiten, in denen ich mich herumschubsen ließ, waren endgültig vorbei. Ich stieg aus, ging auf das Gebäude zu, lief am Portier vorbei, der mir grüßend zunickte, und betrat die Eingangshalle. Gleich links befand sich der Empfangstresen. Ich trat zu der Dame, die aufsah, als ich am Schalter ankam. »Hallo. Ich möchte gern Mr. Spence besuchen.«

Die junge, hübsche Frau mit blonden Locken lächelte. »Sind Sie ein Verwandter?«

»Nein, ein alter Freund.«

»Dann tragen Sie sich bitte hier ein.« Sie reichte mir eine Liste und einen Stift. Schnell füllte ich alles aus und gab ihr den Wisch zurück. »In Ordnung. Ich melde Sie an«, sagte sie, nahm den Telefonhörer in die Hand und wählte. »Mr. Spence? Sie haben Besuch. Ein Mr. Graham ist für Sie da ... Sehr wohl, Sir.« Die Empfangsdame legte auf. »Er erwartet Sie in der Fürstensuite.« Sie deutete in den langen Flur hinter mir.

Nickend dankte ich ihr und machte mich mit einem nervösen Ziehen im Magen auf den Weg. Vor seiner Tür angekommen, klopfte ich an. Ein Summen ertönte, und ich trat der Person entgegen, die mein Leben vor sechs Jahren völlig auf den Kopf gestellt hatte.

Ein schmächtiger Mann, der mir den Rücken zugekehrt hatte, saß in einem Rollstuhl und blickte aus dem Fenster. Leise schloss ich dir Tür hinter mir.

»Ich habe mich schon gefragt, wann du hier auftauchen würdest, Noah.« In der Mitte der Fürstensuite blieb ich stehen. Er betätigte einen Hebel am Rollstuhl und drehte sich zu mir.

Er war gealtert, sein Haar ergraut, sein Körper gebrechlich, nur sein Blick war scharf und wach wie der eines Adlers. In meiner Erinnerung war er eine respektvolle und große Erscheinung gewesen, aber heute war er ein gebrochener, alter Mann.

Mein Instinkt riet mir, vorsichtig zu sein – egal wie harmlos er nun wirken mochte. Ich war froh, dass ich meine Angst im Griff hatte. Ich fühlte mich stark, trotz des leisen, nervösen Zuckens in meinen Eingeweiden.

»Ich bin beeindruckt«, nuschelte er und musterte mich. Cat hatte mir von seinen sprachlichen wie körperlichen Schwierigkeiten erzählt, aber ich war schockiert, es mit eigenen Augen zu sehen und zu hören.

»Aus dem verschüchterten, übergewichtigen Jungen von einst ist ein richtiger Mann geworden.«

Sein Mund hing ein wenig schief, und seinen rechten Arm hielt er steif an sich gedrückt. Er bot mir an, vor seinem Schreibtisch Platz zu nehmen.

»Ich stehe lieber. Danke. Woher wussten Sie, dass ich kommen würde?«

Er steuerte seinen Rolli hinter den Tisch. »Nun, nachdem du von Cat erfahren hast, dass ich hier bin, war es nur eine Frage der Zeit.« Er grinste, was durch seinen hängenden Mundwinkel gruselig wirkte. »Allerdings habe ich gehofft, du würdest früher den Weg zu mir finden. Ich wollte schon jemanden auf dich ansetzen, um dich zu suchen, aber das hat sich nun erledigt.«

Er hatte mich ausfindig machen wollen? Warum?

Das Sprechen strengte ihn an, es klang verwaschen und undeutlich, sodass ich mich auf seine Worte konzentrieren musste. Ich erinnerte mich an seine kalte, raue Stimme von früher. Wie oft hatte ich mich in meinen Träumen vor ihr gefürchtet? Jetzt war der Schrecken aus ihr verschwunden.

»Erzähl, wie geht es deiner Familie?«

Ich lachte schnaubend. Was trieb er für Spielchen? Er tat gerade so, als wären wir Freunde, die sich lange nicht gesehen hatten und zwischen Whiskey und einer Zigarre über alte Zeiten plauderten.

»Ich bin nicht gekommen, um Smalltalk mit Ihnen zu halten, Mr. Spence. Ich habe meinen Teil der Abmachung erfüllt. Bis heute weiß niemand von unserem Geheimnis.«

»Gut. Ich hoffe, das wird auch so bleiben. Ich würde nur ungern den Befehl erteilen, deinem Bruder oder deiner Mutter etwas anzutun.«

Ich biss die Zähne zusammen. Selbst wenn er krank und gebrechlich war, gab es keinen Grund, an seinen Worten zu zweifeln. Ich wusste, wozu er auch jetzt noch fähig war. Er hatte seine Leute, die die Drecksarbeiten für ihn erledigten. »Ehrlich gesagt habe ich mich schon gewundert, ob Sie mich vergessen haben. Seit über zwei Jahren habe ich nichts mehr von Ihnen gehört. Von ihrem Komplizen habe ich lange keine Bilder und Drohungen mehr bekommen.«

Er schmunzelte. »Wie du siehst, war ich mit anderen Problemen beschäftigt.« Er deutete auf seine Beine und den Rollstuhl. »Aber keine Sorge, ich hatte immer eine Absicherung, falls du unser Geheimnis doch verraten hättest. Ein Anruf hätte genügt.«

Seine Machtspielchen schüchterten mich nicht mehr ein. Ich war kein kleiner, schwacher Junge mehr, den er mit seinen Drohungen, Fotos oder was auch immer verängstigen konnte. »Was tun Sie hier in San Francisco? Und erzählen Sie mir nicht, Sie sind wegen der guten Pflege in der Residenz.«

»Ob du es glaubst oder nicht, genauso ist es.«

Das nahm ich ihm nicht ab. Auch wenn er an einen Rollstuhl gefesselt, körperlich und sprachlich nicht fit war, schien sein Verstand immer noch scharf und wach zu sein. Ich verschränkte die Arme und beobachtete ihn. Irgendwas störte mich an ihm, ich konnte nur nicht sagen, was es war. Vielleicht hatten das Bild, das ich jahrelang von ihm im Kopf gehabt hatte, und seine jetzige Situation damit zu tun. Der Unterschied zwischen damals und heute war krass. Er war ein Mörder, nun aber krank und gebrechlich an einen Rollstuhl gefesselt.

»Du bist doch nicht ohne Grund hergekommen, oder? Was hast du auf dem Herzen?«

»Nachdem ich von Cat erfahren habe, dass Sie in der Stadt sind, und ich lange nichts von Ihnen gehört habe, dachte ich, es wird Zeit, dass Sie mir ein paar Fragen beantworten.«

»Um was geht es?«

Aufmerksam musterte ich ihn, hielt einen Moment inne, bevor ich weiterredete. »Zum Beispiel würde ich gerne Näheres über Beckys Tod erfahren.«

Er runzelte die Stirn, und ein harter Zug legte sich um seine Augen. Ich blickte auf seinen gesunden Arm. »Und was genau?«

»War Becky schwanger zum Zeitpunkt ihres Todes?«, platzte es aus mir heraus.

Ruckartig hob er den Kopf und sah mich an. »Wer behauptet das?«

»Ich habe mich gefragt, ob das der Grund für den Selbstmord war«, überging ich seine Frage.

»So ein Schwachsinn.« Er betätigte den Knopf an seinem Rollstuhl, wandte sich von mir ab und griff sich an die Brust. Ein leises Keuchen war zu hören. Es dauerte nur einen kurzen Moment, dann hatte er sich wieder unter Kontrolle und drehte den Stuhl zurück in meine Richtung. »Meine Tochter war nicht von diesem Schwein schwanger.« Die Vorstellung schien für ihn völlig abwegig zu sein, aber andererseits wusste er es vielleicht selbst nicht. »Woher hast du den Mist?«

»Im Laufe der Jahre habe ich mir eben Gedanken gemacht.«

»Dein Vater hat meine Tochter in den Tod getrieben. Er war ein Dreckskerl und hat verdient, was er bekommen hat.« Er war aufgebracht und seine Aussprache ungewöhnlich deutlich.

»Becky war krank«, widersprach er vehement. »Uns beiden ist klar, wer sie auf dem Gewissen hat.«

Ich hasste es, an meinen sadistischen Vater erinnert zu werden. Er hatte nicht nur mir das Leben schwergemacht, sondern auch meiner Mutter, Becky und wer weiß wem noch. Nachdem ich erfahren hatte, was für Gräueltaten er begangen hatte, traute ich ihm alles zu. Ich war froh, dass dieser Mistkerl niemandem mehr etwas antun konnte.

Offensichtlich wusste der Chief nichts von Beckys Tagebucheinträgen. Sie hatte diese brisante Information so formuliert, dass man glauben musste, ich wäre der Vater ihres Kindes gewesen. Ich war mir sicher, er hätte damals anders reagiert, wenn er davon gewusst hätte.

»Warum haben Sie mich weiter beschatten lassen?«, fragte ich ihn, um ihn auf ein anderes Thema zu lenken.

Er senkte den Kopf, fing meinen Blick ein und hielt ihn fest. »Du hast wohl geglaubt, dass du mich nach meinem Schlaganfall losgeworden bist, was?«

»Um ehrlich zu sein, ich habe es gehofft, Sir.«

Er grinste schief und gequält. »Tut mir leid, aber ich bin noch am Leben.« Das Grinsen verschwand jedoch sofort, und er lehnte sich ein Stück über den Tisch. »Hör zu, Noah. Ich will, dass du etwas für mich tust.« Ich kniff die Augen zusammen. Verschwörerisch senkte er seine Stimme. »Bring Cat dazu, dass sie die Stadt verlässt.«

»Ich soll *was*?«

»Ich weiß, wie sehr du meine Tochter immer noch magst ... Ich will, dass du deine Beziehung zu ihr beendest, und zwar noch heute.«

Cat sollte aus San Francisco verschwinden? War das nicht auch die Forderung, die der Rosenstalker an sie hatte? »Ist das eine neue Erpressung?«

»Sieh es, wie du willst.«

»Und wenn ich mich weigere?«

»Du tust, was ich dir sage, Cage Fighter. Sorg dafür, dass meine Tochter San Francisco verlässt, dann wird deiner Familie kein Haar gekrümmt und dein illegales Geschäftsgeheimnis bleibt bei mir.«

Scheißkerl! Wut stieg in mir auf. »Oder Sie bringen Cat selbst um, wenn ich mich nicht an Ihre Forderung halte?«

Fragend sah er mich an. »Umbringen? Wovon sprichst du?«

Der Mistkerl war einfach unglaublich. Stellte er sich absichtlich blöd? »Sie widern mich an, Chief. Den Mord an meinem Vater konnte ich nachvollziehen, aber dass Sie gegen Ihre eigene Tochter so brutal vorgehen würden, das ist erbärmlich. Was sind Sie nur für ein Mensch?«

»Wovon zum Teufel sprichst du?«

»Tun Sie nicht so, das wissen Sie genau. Sind nicht Sie es gewesen, der ihr Blumen mit Drohungen geschickt hat, der bei ihr einbrechen und sie sogar krankenhausreif schlagen ließ? Und einen Freund von uns haben Sie auch verprügeln lassen. Alles nur, weil Sie Cat von hier vertreiben wollten? Warum? Was ist der Grund?«

Unruhig wanderte sein Blick durch den Raum, dabei schüttelte er immer wieder den Kopf. Der Chief ballte seine linke Hand zur Faust. An seinem Hals traten Adern hervor, und er rang um Fassung. Er war es nicht gewohnt, dass man ihn unter Druck setzte. Auch früher schon nicht. Cat war die Einzige gewesen, die ihm widersprochen und sich deshalb stets Ärger eingehandelt hatte.

»Wovon zur Hölle redest du? Was ist passiert? Ich würde meiner Cat doch nie ...«

Wusste er es nicht oder spielte er Theater? Es war schwer, ihn einzuschätzen, aber konnte man einem Mörder glauben?

»Rede!«, zischte er mich undeutlich an und schlug unge-schickt die Faust auf den Tisch.

»Fragen Sie doch Ihre Tochter. Ach, das geht ja nicht, weil sie heute nach Pleasant Hill geflogen ist. Sie scheinen Ihr Ziel erreicht zu haben, Mr. Spence.«

Perplex starrte mich der ehemalige Polizei-Chef an, dabei schien sein Hirn auf Hochtouren zu arbeiten. »Wa...? Wieso weiß ich nichts davon?«

»Was glauben Sie denn?«

Ich erzählte ihm kurz von den Ereignissen und erklärte, warum Cat ihn eine ganze Weile nicht besucht hatte. Er sah besorgt aus, und ich neigte dazu, ihm zu glauben, dass er vielleicht doch unschuldig war. Andererseits pochte mein Instinkt darauf, aufmerksam zu bleiben. Ich verschwieg ihm die Festnahme von John und dem anderen Komplizen. Falls die beiden in seinem Auftrag gehandelt hatten, könnte ich nach einer Verbindung zwischen ihnen suchen. »Ihre neue Erpressung war also völlig unnötig. Cat ist bereits in Pleasant Hill.«

»Sie hat San Francisco verlassen?«, murmelte er.

»Warum wollten Sie, dass Cat nach Pleasant Hill zurückkehrt? Verstehen Sie nicht, dass Ihre Tochter Sie liebt und nicht im Stich lassen will?« Er schien mir gar nicht zuzuhören. Seine Lippen bebten, und er schaute durch mich hindurch, während er all die Informationen verarbeitete. »Sagen Sie mir die Wahrheit. Warum wollten Sie Cat nicht bei sich haben?«

Schweigend erwiderte er meinen Blick, und da er keine Anstalten machte, mir zu antworten, stand ich auf und schlenderte zur Tür. Die Begründung, die er Cat gegeben hatte, nahm ich ihm nicht ab. Wieso sollte jemand seine Tochter verlassen, nachdem sie ihn aufopferungsvoll gepflegt hatte? Oder wollte er vielleicht doch seinen Ruhestand als einsamer Wolf genießen?

Ich war mir nicht sicher. Der Chief war auch jetzt ein gerissener Hund.

»Sorg dafür, dass Cat in Pleasant Hill bleibt.«

»Und wenn ich es nicht tue?«

»Das kannst du dir doch denken, oder?«

Es war alles gesagt. Schweigend lief ich aus der Suite und schloss die Tür hinter mir. Erleichtert lehnte ich mit dem Rücken dagegen und war froh, ihm nicht länger gegenüberstehen zu müssen. Kurz hielt ich inne und lauschte, ob er mir nachkommen und noch etwas zurufen würde. Stattdessen vernahm ich üble Flüche, aber er blieb, wo er war.

»Wir haben ein Problem«, hörte ich den Chief in der Fürstensuite deutlich und mit klarer Stimme sagen. »Kommen Sie in die Residenz. Sofort!«

Es erstaunte mich, wie gut er sich plötzlich artikulieren konnte. Kein Sprachfehler, keine Silben, die er verschluckte. Dann folgten Schritte. War jemand bei ihm? Irgendetwas stank gewaltig, daran hatte ich keinen Zweifel mehr. Der Chief spielte wieder seine verdammten Spielchen.

3

Cat

Sonnenstrahlen kitzelten mich. Ich brauchte einen Moment, um wach zu werden. Orientierungslos richtete ich mich auf. Ich war zu Hause. Mein Hirn sprang wie ein alter Leierkasten an, und sofort drang die Erinnerung von gestern wieder in mein Bewusstsein.

Nachdem die Panikattacke abgeklungen war und ich mich beruhigt hatte, war ich zum Gästehaus gelaufen und hatte Martha gesucht. Ursprünglich hatte sie ein Zimmer im Erdgeschoss der Villa bewohnt, aber als Dad aus dem Krankenhaus entlassen worden war, war es für alle Beteiligten einfacher gewesen, dass er in Marthas Räumlichkeit einzog. So konnte er mit dem Rollstuhl auch mal auf die Terrasse. Im Gegenzug hatte ich mich bei Mom durchgesetzt, dass unsere Haushälterin ins Gästehaus ziehen durfte. Dort hatte ich gestern Abend vergeblich auf sie gewartet. Resigniert war ich irgendwann zurückgegangen und hatte Martha in Gedanken verflucht, da sie sich immer geweigert hatte, sich ein Handy anzuschaffen. Als unnötigen elektronischen Firlefanz hatte sie die Dinger bezeichnet.

Ich sprang auf und lief in das angrenzende Badezimmer. Ich hatte wieder die Fragen im Kopf, die mich aus San Francisco fortgetrieben hatten. Je länger ich über eine mögliche Schwangerschaft Beckys nachdachte, desto mehr begriff ich, in welchem Dilemma meine Schwester gesteckt haben musste. Mom und Dad wären ausgeflippt, hätten wahrscheinlich alles getan, um einen Skandal wie diesen zu verhindern. Ich konnte mir lebhaft vorstellen, dass meine Eltern sie zu einem Schwangerschaftsabbruch gedrängt hätten und Noah dazu, Pleasant Hill zu verlassen.

Oder war er freiwillig abgehauen, hatte sie im Stich gelassen und war deshalb verschwunden? So weh diese Version tat, sie konnte passen … oder nicht? Bei dem Gedanken schrie mein Herz auf, wollte mich an den Schultern packen und schütteln. Falls das die Wahrheit sein sollte, war ich mir sicher, dass ich mich nicht so schnell davon erholen würde.

Welche Erklärung gab es sonst? In mir brannten Fragen, und Martha war vielleicht die Einzige, die Licht ins Dunkel bringen konnte. Ich musste sie unbedingt finden.

Eine Katzenwäsche würde ausreichen. Schnell zog ich mich an und machte mich auf den Weg nach unten, wo alles still war. Langsam beschlich mich die Angst, dass Mom Martha tatsächlich verjagt haben könnte. Gerade wollte ich noch einmal im Gästehaus nachsehen, da hörte ich ein dumpfes Geräusch aus dem Salon. Ich ging hinüber und öffnete die Tür einen Spalt. Ein muffiger Geruch empfing mich. Die Jalousien waren komplett heruntergelassen, nur die kleine Lampe am Flügel war eingeschaltet. Der Fernseher flimmerte lautlos. Wo zuvor noch gefeiert worden war, war jetzt nur Chaos übriggeblieben.

»Geh weg, du alte Hexe! Ich hab dir gesagt, dass ich niemanden sehen will«, lallte Mom herablassend.

Alte Hexe? So hatte sie mich noch nie betitelt. Ich trat hinein.

Ein Sonnenstrahl aus der Empfangshalle strömte in den Salon, sodass ich schemenhaft ihre Gestalt im Ohrensessel erkennen konnte. Ich ging zu ihr und blieb wortlos vor ihr stehen.

Mom sah schrecklich aus. Dunkle Schatten deuteten auf zu wenig Schlaf hin. Ihr Make-up war verschmiert, und die sonst so schöne Lockenmähne stand strähnig und wirr zu allen Seiten ab. Sie trug noch immer ihr Partyoutfit, das mit undefinierbaren braunen Flecken besudelt war. Ich war nicht geschockt; der Anblick war mir nicht fremd.

Sie beugte sich vor, um mich anzusehen. »Du? Was willst du hier?«

Die Eiswürfel schlugen leise gegen ihr Glas, und es war ihr noch nicht einmal unangenehm, dass ich sie beim Trinken beobachtete. Ihr Alkoholdunst strömte mir entgegen, und ich unterdrückte ein Würgen. Nur meine Abscheu und die Enttäuschung konnte ich nicht verbergen. Ihr Rückfall weckte böse Erinnerungen, die zu unserem schlechten Verhältnis beigetragen hatten. Ohne ein Wort wandte ich mich ab, ging zum Rolloschalter, der an der Wand neben der Fensterfront angebracht war, und drückte den Knopf. Die Jalousien setzten sich in Bewegung, und Tageslicht durchflutete den großen Raum.

Sofort fluchte Mom. »Verdammt noch mal, Catherine! Lass sie wieder runter!«

Mit einer Hand schirmte sie ihre Augen vor dem hellen Licht ab, und das Ausmaß ihrer nächtlichen Partyorgie wurde sichtbar. Überall um sie herum lagen leere Champagner- und Whiskeyflaschen, sogar vor dem Piano hatten sie nicht haltgemacht. Die Gäste hatten schmutziges Geschirr mit Essensresten darauf abgestellt. Auf dem Boden vor dem Sessel stapelten sich Fotoalben, aus denen einige Bilder von Becky herausgefallen waren. Was für ein Chaos! Dad wäre ausgerastet.

»Wie kannst du zulassen, dass —«

»Ich habe dich nicht um deine Meinung gebeten«, unterbrach sie mich.

Nach ihrer letzten Entziehungskur vor vier Jahren schien es, als hätte sie ihr Problem in den Griff bekommen. Sie hatte wieder gearbeitet, war beliebt in der Gemeinde gewesen und hatte Erfolg gehabt. Als ich mich damals dazu entschied, zu Dad nach San Francisco zu gehen, warf sie mir vor, sie im Stich zu lassen, verweigerte mir sogar jede finanzielle Unterstützung, wenn ich nicht nach ihrer Pfeife tanzte. Selbst Dad schlug sich auf ihre Seite, aber seine Motivation lag lediglich darin, dass er es lieber gehabt hätte, ich würde endlich studieren und mir ein Leben aufbauen.

Mom war rechthaberisch, egoistisch und ein absoluter Snob. Sie liebte es, im Mittelpunkt zu stehen, hielt sich für eine großartige Mutter, die alles für ihre Töchter getan hatte. Für sie war immer nur Becky wichtig gewesen und die berufliche Entwicklung, die meine Schwester einmal machen sollte. Ich war die ungezogene, lästige zweite Wahl. Das hatte sich auch nach Beckys Tod nicht geändert. Obwohl ich keinen Grund gehabt hätte, Mitgefühl zu empfinden, tat meine Mutter mir dennoch leid. Tief in mir lauerte das winzige schlechte Gewissen, das sie mir eingeredet hatte, als ich beschlossen hatte, Pleasant Hill zu verlassen.

»Schau nicht so«, herrschte sie mich an. »Ich trinke, ja und?! Wieso bist du überhaupt hier? Hat dein Daddy«, sie spie das Wort fast angewidert hervor, »dich endlich weichgeklopft? Oder brauchst du Geld?« Sie richtete sich auf und machte eine wegwerfende Handbewegung. »Verschwinde und nimm Martha gleich mit. Sie ist gefeuert. Sag ihr das«, brabbelte sie, rollte sich wie ein beleidigtes Kind im Sessel zusammen und zog eine Decke über ihre Schulter.

Kaum merklich schüttelte ich den Kopf und blickte ihr

finster entgegen. Sie wusste genau, dass eine Kündigung Unsinn war. Mein Grandpa väterlicherseits hatte damals in seinem Testament bestimmt, dass unsere Haushälterin unkündbar war. Für mich gehörte Martha zur Familie, deshalb gab ich nichts auf das, was Mom in ihrem betrunkenen Zustand faselte.

»Auch auf die Gefahr hin, dass es dir nicht passt, ich bleibe. Und was Martha betrifft: Du weißt genau, dass du ohne sie aufgeschmissen bist. Wo ist sie?« Ich öffnete alle Fenster und die Tür zum Garten, um kühle, saubere Luft hereinzulassen. Der Gestank war nicht zum Aushalten. Anschließend machte ich mich daran, die Fotos vom Boden einzusammeln und ins Familienalbum zurückzustecken.

»Keine Ahnung.« Mom wollte ihren Whiskey ansetzen, doch bevor das Glas ihre Lippen berührte, entriss ich es ihr. »Gib das sofort wieder her, Cat!«

»Nein. Geh dich duschen und zieh dir etwas Frisches an. Du siehst schrecklich aus, Mom. Ich suche Martha, und wenn du Glück hast, helfen wir dir vielleicht beim Saubermachen.«

Damit ließ ich sie allein, nahm im Vorbeigehen noch einige leere Flaschen mit und lief in die Küche. Es war hart, die eigene Mutter so zu sehen. Wenn sie so drauf war, nutzte sie jede Gelegenheit, um mir wehzutun. Sie zeigte mir, wie sehr sie unter Beckys Tragödie litt. Jedes Mal sah ich in ihren Augen, dass sie sich wünschte, *ich* hätte mir den Strick um den Hals gelegt und nicht Becky.

In der Küche stellte ich alles auf der Theke ab, dabei fiel mein Blick auf ein riesiges Vorratsglas, das auf dem Regal neben dem Küchenschrank stand. Daraus leuchteten mir Grandmas rosafarbene Erdbeerbonbons entgegen. Meine Nervennahrung. Sofort lief mir das Wasser im Mund zusammen. Ich nahm das Glas herunter, öffnete es, griff herzhaft mit der Hand hinein und stopfte mir so viele wie möglich in meine Hosentasche. Ich steckte sogar einige in meine Gesäßtasche und bemerkte nicht, dass mich jemand dabei beobachtete.

»Cat?« Martha ließ vor Überraschung ihre Einkaufstaschen fallen und sah mich völlig entgeistert an.

»Na endlich! Ich habe mir schon Sorgen gemacht.« Freudestrahlend stellte ich das Bonbonglas ab und lief ihr entgegen, um sie an mich zu drücken.

»Um Gottes willen, Kind, was machst du denn hier? Ist etwas mit deinem Vater?« Sie löste sich aus der Umarmung und sah mich sorgenvoll an. Dann zog sie mich erneut an ihre weiche Brust. Wie hatte ich sie vermisst!

»Nein, es geht ihm gut. Wo hast du gesteckt?«

»Ich habe eine alte Freundin besucht, wieso? Wie kommst du überhaupt hierher?«, wollte sie wissen, nachdem sie mich von oben bis unten gemustert hatte.

»Erst mit dem Flugzeug, dann mit dem Bus«, witzelte ich. Es tat gut, in ehrliche Augen zu blicken, ein warmes Lächeln zu bekommen und sich willkommen zu fühlen. Mit dem im Nacken gebundenen Dutt und ihrem klaren, wachen Blick sah sie genauso vertraut und liebenswürdig aus wie immer.

»Was ist passiert? Geht es dir und deinem Vater wirklich gut?«

Ihr konnte ich nichts vormachen. Sie hatte mich schon als Baby gekannt und immer gewusst, wenn ich was zu verbergen versuchte. Ich schaute zu Boden. »Martha, du musst mir helfen. Ich habe etwas Schreckliches erfahren und ...«

Sie griff sich an die Brust. »Himmel, Mädchen! Du machst mir Angst.«

Ich schielte zur Tür, weil ich nicht wollte, dass Mom davon etwas mitbekam. »Es geht um Becky.«

»Um deine Schwester? Was ist mit ihr?«

»Können wir in mein Zimmer gehen?«, fragte ich leise.

»Dort sind wir ungestört.« Ich bückte mich und hob die herausgepurzelten Äpfel auf. Nachdem ich ihre Tragetasche auf der Theke abgestellt hatte, kam sie bereitwillig mit mir nach oben.

In meinen vier Wänden angelangt, setzten wir uns auf mein Bett. Als ich ihr von Noah erzählte, meiner Beziehung zu ihm, den seltsamen Rosen mit den Drohungen, dem Angriff im Park, dem Einbruch in Inmas Wohnung, Spike, der beinahe mit seinem Leben bezahlt hatte, und zuletzt von Beckys Tagebuch, das ich in einem meiner Umzugskartons gefunden hatte, war Martha vollkommen geschockt. Unsere arme Haushälterin war ganz und gar aufgelöst, als ich endete. Das letzte Rosenmeer, das ich vor der Abreise in meinem Appartement entdeckt hatte, verschwieg ich. Die Tatsache, dass ich eventuell wieder in Gefahr war, würde sie nur noch mehr aufwühlen.

»Jesus, Maria und Josef!« Sie stöhnte und bekreuzigte sich mehrfach. »Noah Graham ... unglaublich! Und ihr seid ...?«

»Ja, irgendwie sind wir zusammen, aber es ist kompliziert. Erst recht, nachdem ich das hier gefunden habe.« Ich kramte das Tagebuch aus meiner Tasche und streckte es ihr entgegen.

Sie runzelte die Stirn. »Das kommt mir bekannt vor.«

»Das ist Beckys Tagebuch. Lies die letzten Einträge.«

Martha blätterte darin, während ich wartete. Sie hob die Brauen, riss dann die Augen auf, als sie zu den brisanten Stellen kam. Erst nach einer Weile klappte sie es zu und schaute nachdenklich in die Ferne. »Ich bin sprachlos, Kind. Das ist ...«

»Genau, es ist beängstigend. Noah hat gestern alles abgestritten, aber warum sollte Becky so etwas schreiben, wenn es nicht wahr ist? Du hast sie gekannt. Sie war ein ehrlicher Mensch, zwar verschlossen und still, doch sie hätte niemals Lügen in ihr Tagebuch gekritzelt.«

»Das stimmt, aber du darfst nicht vergessen, dass sie krank war. Sie lebte in ihrer eigenen Welt, zu der wir nie Zutritt hatten. Deine Schwester war ein liebes Mädchen, aber sie war voller Geheimnisse.«

Erstaunt hob ich die Brauen. »Was meinst du damit?«

»Manchmal hat sie Selbstgespräche geführt, wirres zusammenhangloses Zeug. Einmal hat sie sogar laut gelacht über ihren Monolog. Erst als sie Medikamente bekam, wurde es besser.«

»Medikamente? Davon hatte ich ja keine Ahnung.«

»Deine Eltern wollten nicht, dass sich das in Pleasant Hill herumspricht. Du weißt doch, wie die Leute hier sind. Schnell werden irgendwelche Geschichten in die Welt gesetzt. Deshalb behielten sie es für sich. Offiziell sagten sie, Becky würde zu ihren Gesangsstunden gehen, wenn sie einen Termin bei ihrem Psychologen hatte. Das war zweimal die Woche.«

Ich erinnerte mich, dass Becky viele Gesangsproben gehabt hatte, aber dass sie in diesen Stunden bei ihrem Psychiater gewesen war, davon hatte ich bis jetzt keine Ahnung.

»Was soll ich denn jetzt glauben, Martha? In dem Tagebuch steht es nun mal schwarz auf weiß: Becky war schwanger von Noah. Erinnerst du dich, wie traurig sie damals war, als er gegangen ist? Sie muss total verzweifelt gewesen sein. Wahrscheinlich hatte sie Angst vor Moms und Dads Reaktion. Womöglich wussten sie es und haben sie zu einem Abbruch gezwungen. Wenn Becky wirklich ein Kind von Noah erwartet hat und er deshalb Pleasant Hill verlassen hat, dann ... dann hat er sie auf dem Gewissen.« Meine Stimme brach, und ich schluckte die aufkommenden Tränen hinunter.

»Jetzt mal langsam, Kindchen.« Sie legte einen Arm um meine Schulter. »Beckys Tagebuch lässt einen tatsächlich auf solche Gedanken kommen, aber deine Schwester war krank, Cat. Niemand ahnte, wie sehr. Sie war jahrelang in Behandlung, und ihr Psychiater hat bestätigt, dass sie manchmal an Wahnvorstellungen litt. In den letzten Monaten vor ihrem Tod hatte er sogar den Eindruck, dass sie ihre Medikamente nicht regelmäßig einnahm. Deine Eltern und ich haben damals lange mit dem Arzt gesprochen, und er meinte, Becky habe sich eine eigene Fantasiewelt erschaffen, weil sie aus der Realität entfliehen wollte. Um ihr mehr Freiraum zu verschaffen, ist dein Dad mit ihr öfters ins Chalet gefahren. Damit sie dort zur Ruhe kommt. Wir alle haben versucht, zu ihr durchzudringen, leider ohne Erfolg. Becky war nicht schwanger. Sie war vielleicht in Noah verliebt, aber der Junge hatte immer nur Augen für dich. Dein Grandpa und ich haben schon Wetten abgeschlossen, wie lange es dauern wird, bis du es endlich erkennst.«

Eine Weile dachte ich darüber nach. Was Martha mir da eröffnete, beinhaltete viele neue Details, von denen ich bisher nichts geahnt hatte. Trotzdem war das noch lange kein Beweis. »Es gibt doch Unterlagen von Beckys Tod, einen Obduktionsbericht, oder nicht?«

Martha grinste. »Du bist genauso scharfsinnig wie dein Dad. Natürlich gibt es Unterlagen. Komm mit, ich zeige sie dir.«

***

Zusammen verließen wir mein Zimmer und gingen ins Büro. Martha stand vor dem Gemälde, hinter dem sich der Tresor befand. »Verpetz mich nicht an deine Mom, dass ich die neue Kombination kenne«, sagte sie augenzwinkernd und machte sich daran, am Zahlenschloss zu drehen. Es dauerte nur wenige Sekunden, bis es klickte und die Tür sich öffnete. Dort lag eine schwarze Mappe, die sie herausnahm. »Dein Vater hat damals seine Beziehungen spielen lassen und Kopien von sämtlichen Schriftstücken der Polizei und der Behörden bekommen. Er hat alles hier drin aufbewahrt.«

Sie ging zum Schreibtisch, legte den Ordner ab, suchte den Wisch heraus und übergab ihn mir. Mit angehaltenem Atem überflog ich den Bericht.

»Siehst du, hier steht nichts von einer Schwangerschaft, sondern dass Becky zum Todeszeitpunkt noch Jungfrau war.«

Oh. Mein. Gott! Erleichterung erfasste mich, als ich wieder und wieder über die Zeilen flog. Da stand es, ebenfalls schwarz auf weiß. Meine Beine gaben nach, und ich ließ mich in Moms Bürostuhl plumpsen. Becky war noch viel kränker gewesen, als ich es je vermutet hatte. Das Baby und die angebliche Liebesbeziehung hatten nur in ihrer Vorstellung existiert.

Shit! Noah! Ich hatte ihm Unrecht getan. Ich hatte ihn angeschrien und als Lügner beschimpft. Mein schlechtes Gewissen war grenzenlos, und ich fühlte mich erbärmlich.

»Ruf ihn an und rede mit ihm. Er wird dir verzeihen«, sagte Martha, die meinen Gesichtsausdruck richtig deutete. »Jedenfalls weißt du jetzt alles.« Sie räumte die Mappe in den Safe zurück und schloss ihn. »Becky war ein hochtalentiertes, aber einsames und krankes Mädchen. Sie hat sich eine Liebesbeziehung zu Noah gewünscht, vielleicht davon geträumt und es sich irgendwie eingebildet.«

Wir waren zurück in meinem Zimmer und setzten uns wieder auf die Bettkante.

»Weißt du, was mich wundert?« Martha nahm erneut das Tagebuch in die Hand. »Die Polizei und deine Eltern haben damals lange nach dem Tagebuch gesucht. Erinnerst du dich?«

»Ja.«

»Wir hatten die Hoffnung, mehr über Beckys Gedanken zu erfahren, um herauszufinden, warum sie sich das Leben genommen hat. Dass es nun ausgerechnet bei dir auftaucht, nach all den Jahren, ist schon seltsam. Findest du nicht?«

»Na ja, es muss die ganze Zeit in meinem Buchregal versteckt gewesen sein. Inma hat beim Auszug die Bücherkartons gepackt. Sie kann sich aber nicht daran erinnern. Sie meinte, sie hätte die Bücher verstaut, ohne groß darauf zu achten.«

Sie nickte. »Und wie soll es jetzt weitergehen? Willst du nun zurück zu deinem Job?«

Wenn ich das nur selbst wüsste. »Keine Ahnung, ob ich noch einen Job habe. Ich bin einfach Hals über Kopf abgehauen. Die Einzige, die darüber Bescheid wusste, war Inma.«

»Abhauen ist nie gut, Cat.«

Ich senkte den Blick und rang mein schlechtes Gewissen nieder. »Was hättest du getan? Ich war total verwirrt, vollkommen durch den Wind. Noah hat Geheimnisse, die er mir nicht erzählt. Ich wusste einfach nicht, ob ich ihm noch vertrauen kann. Er hat mir schon einmal wehgetan.«

»Ich weiß, Liebes.«

»Ich habe es nicht mehr ausgehalten und wollte die Wahrheit wissen.«

»Das kann ich verstehen.«

»Und Mom? Seit wann trinkt sie wieder?«

Martha kniff die Lippen zusammen, so wie sie es immer tat, wenn sie verärgert war. »Geahnt habe ich es schon eine Weile, aber herausgefunden erst gestern. Wie lange sie es vor mir verheimlicht hat, weiß ich nicht. Sie hat mich gefeuert.«

Ich winkte ab. »Das will sie doch jedes Mal. Du weißt, dass du ein lebenslanges Recht hast, hierzubleiben. Also vergiss, was sie in dem Zustand sagt.«

Sie nickte. »Das weiß ich, aber diesmal war sie so verletzend. Sie hat mich vor ihren Gästen zur Minna gemacht und übel beschimpft. Da bin ich zu einer alten Schulfreundin gefahren. Ich habe einfach eine Auszeit gebraucht.«

Verständlich. Mom konnte schon ziemlich fies werden. »Und wie wird es jetzt weitergehen?«

»Dein Großvater wird kommen. Ich habe ihn angerufen.«

»Grandpa? Er kommt her?«

»Ja, noch heute. Ich wusste nicht, was ich sonst tun sollte. Irgendjemand muss deine Mutter wieder zur Vernunft bringen.« Das stimmte, und ich war mit Sicherheit die letzte Person, von der sie etwas annehmen würde. »Na komm, ich mache dir ein Frühstück und erzähle dir alles. Du siehst aus, als könntest du ein paar Pancakes vertragen.«

4

Cat

In kürzester Zeit hatte Martha einen Pancake-Teig angerührt – natürlich nach dem Originalrezept meiner Großmutter – und der köstliche Duft breitete sich in der ganzen Küche aus. Ich saß an der Kochinsel und sah ihr zu, wie sie mit geschickten Handgriffen die besten Pfannkuchen der Welt briet. Normalerweise würde mir das Wasser im Mund zusammenlaufen, aber ich musste ständig an Noah denken und daran, was ich ihm an den Kopf geworfen hatte. Martha zuliebe zwang ich mich, einen Bissen zu essen, schob dann den Teller von mir.

»Wann genau kommt Grandpa Bambam?«, wollte ich wissen und trank von meinem Orangensaft, den sie mir frisch gepresst hatte.

»Keine Ahnung. Du kennst ihn doch, er kommt und geht wie der Wind.«

Ich grinste. »Das stimmt. Und was ist mit Mom? Was ist passiert, seit ich fortgezogen bin?«

»Sie hat ihren Job verloren.«

»Was? Wie denn das?«

»Sie hatte mal wieder eine Affäre, und diesmal mit einem Mann, von dem sie die Finger hätte lassen sollen.«

Oh nein! Ich ahnte Schlimmes. »Wer ist es diesmal?«

»Na ja ... Bürgermeister Blumberg. Ausgerechnet Cybill, seine Frau, hat die beiden in flagranti erwischt.«

»Ach du Scheiße.« Ich hatte gewusst, dass Moms Männerverschleiß ihr irgendwann zum Verhängnis werden würde.

»Du kannst dir vorstellen, wie Cybill reagiert hat.«

Allerdings. Die Frau vom Bürgermeister war nicht der umgänglichste Mensch. Im Grunde genauso versnobt wie meine Mutter, aber einflussreich und mit dem Hang, fies zu sein.

»Cybill stachelt den Gemeinderat gegen deine Mom auf. Die Gerüchteküche brodelt nicht, sondern kocht deshalb über.«

Mom war selbst schuld an der Misere. Jeder wusste von ihren Affären, aber meistens hatte sie die nur mit unseren Angestellten gehabt. Schließlich hatten ihre Liebschaften ihren eigenen Ehemann aus dem Haus getrieben. Mein armer Dad!

»Es liegt auf der Hand, dass deine Mom Probleme hat.«

»Mein Mitleid für sie hält sich wirklich in Grenzen. Wir tragen alle unsere Päckchen, Martha.«

»Das stimmt, aber die einen kommen besser klar als die anderen. Es waren zu viele Dinge, die in letzter Zeit auf sie eingestürmt sind. Du bist nach San Francisco gezogen, Beckys Todestag, dann die Aufdeckung ihrer Affäre – vielleicht war das alles der Auslöser für ihren Rückfall.«

»Das ist keine Entschuldigung.«

»Natürlich nicht, aber ich kenne deine Mom schon fast ihr ganzes Leben. Ich denke, sie ist einsam.«

»Einsam?«, sagte ich ein wenig schrill. »Mom ist ein Naturtalent darin, alle Menschen zu vertreiben, die sie lieben.«

»Cat«, ermahnte mich Martha sanft.

»Ist doch wahr. Wer waren die Leute gestern?«

Sie zuckte die Schultern. »Keine Ahnung. Irgendwelche *Freunde*.« Sie deutete mit den Fingern Anführungszeichen in der Luft an. »Du weißt, ich frage nicht mehr genau nach.«

»Und wie soll es jetzt weitergehen?«

»Ich weiß es nicht. Vielleicht kann dein Großvater zu ihr durchdringen und sie zur Vernunft bringen.« Sie goss eine Schöpfkelle Teig in die Pfanne. »Weißt du, Cat, manchmal glaube ich, dass das Schicksal deiner Mutter zu viel zugemutet hat. Sie tut mir leid, egal wie garstig sie mir gegenüber ist. Sie hat in ihrem Leben viel durchgemacht.«

Innerlich rollte ich mit den Augen. »Wie auch immer. Wir haben ihr oft genug vorgeschlagen, eine Therapie zu machen. Selbst schuld, wenn sie alles ablehnt. Sie nimmt nichts an, alles weiß sie besser.«

»Du bist hart mit ihr, Kind. Dabei weiß ich, dass sie dich sehr liebt.«

»Merkwürdige Liebe«, murmelte ich vor mich hin.

»Ihr habt es alle nicht leicht gehabt.«

Ich hätte mir auch eine andere Beziehung zu meiner Mutter gewünscht. Irgendwann gab man eben auf, wenn man nur Kälte und Verachtung zurückbekam. Wenn sie sich ein klitzekleines bisschen für mich interessieren, nicht immer nur an sich denken würde … aber schon lange hatte ich diese Hoffnung aufgegeben. Ich war eben nicht Becky. Irgendwann waren alle Friedensangebote durch ihren Kleinkrieg zunichtegemacht worden. Hätte ich wie eine Marionette nach ihren Wünschen gehandelt, wäre unser Verhältnis vielleicht ganz okay, aber zu allem Ja und Amen zu sagen, lag nun mal nicht in meiner Natur. Ich hatte mich selten an die Regeln gehalten, die sie aufgestellt hatte. Warum sollte ich jetzt damit anfangen?

»Warten wir ab, bis Grandpa kommt. Er hat den größten Einfluss auf sie«, meinte ich und trank den Orangensaft aus.

»Guten Morgen ... Was für ein Chaos gestern ... Cat? Das ist ja eine Überraschung.« Erschrocken, weil ich Mr. Claus nicht kommen gehört hatte, zuckte ich zusammen. »Seit wann bist du hier?«, fragte er verblüfft, tätschelte mir zur Begrüßung den Rücken, lächelte wie immer freundlich und setzte sich neben mich auf einen Barhocker.

»Hi Mr. Claus. Seit gestern, bin ganz spontan auf einen Besuch da«, gab ich vor, obwohl er bestimmt dachte, dass Martha mich wegen Mom angerufen hatte.

Es war schön, ihn mal wieder zu Gesicht zu bekommen, aber er sah noch schlechter aus als letztes Mal. Er war unser Chauffeur, kümmerte sich um den Fuhrpark, den meine Eltern in der Garage angehäuft hatten, und schaute auch sonst nach dem Rechten. Seit seine Frau gestorben war, versorgte Martha ihn mit den Mahlzeiten. Er gehörte, wie unsere Haushälterin, zu unserem Inventar.

»Dich haben bestimmt die Pancakes zu uns gelockt, stimmt's?« Martha lachte. Sie liebte es, uns zu bekochen, und Mr. Claus hatte schon immer einen gesunden Appetit gehabt, deshalb wunderte ich mich, dass er seit unserem letzten Zusammentreffen abgenommen hatte. Der rundgewölbte Bauch war deutlich weniger geworden. Schmeckte ihm das Essen nicht mehr?

Er revidierte meine Gedanken, reckte grinsend den Hals und schnupperte Richtung Pfanne. »Ganz recht, Ma'am. Nach dem Blechlawinen-Chaos von gestern habe ich mir welche verdient.« Martha schenkte ihm Kaffee in eine Tasse und gab ihm einen Teller. »Wie geht es dir, Cat? Und deinem Vater?«

»Gut. Alles bestens«, wich ich aus. Obwohl er mir längst verziehen hatte, dass ich damals seine Scheune versehentlich abgefackelt hatte, fühlte ich mich in seiner Gegenwart manchmal unwohl. Nicht, weil ich ihn nicht mochte. Er war stets fair, nie nachtragend und immer freundlich zu mir, aber er war einer der Menschen, der mit nur einem Blick tief in den Abgrund meiner Seele schauen konnte. Und wer zeigte sich schon gern nackt?

»Wir sehen uns dann später. Bis nachher, Martha. Tschüss, Mr. Claus«, sagte ich und rutschte vom Hocker.

»Hey, wo willst du hin? Du hast kaum etwas gegessen, Kind«, protestierte sie, aber ich war schon aufgesprungen.

»Noah anrufen.«

»Noah? Etwa *der* Noah?« Mr. Claus schaute verdutzt von einem zum anderen.

»Richtig, Noah Holder.« Ich winkte ab. »Ist ne lange Geschichte. Bis später.« Dem armen Mr. Claus stand die Verwirrung ins Gesicht geschrieben, aber Martha würde ihm schon ein Update liefern.

Mir klopfte das Herz bis zum Hals, als ich kurze Zeit später mit dem Handy auf meinem Bett saß und seine Nummer wählte. Sein Gesicht tauchte vor mir auf, und ich sehnte mich nach dem Blau seiner Augen. Es war unbeschreiblich enttäuschend, als sein Anrufbeantworter ansprang und ich ihm nicht sagen konnte, wie leid es mir tat und wie sehr er mir fehlte. Niedergeschlagen legte ich auf und beschloss einen Spaziergang zu machen.

Ich verließ die Villa und hing meinen Gedanken nach. Ausgerechnet Johns Vorwürfe, die er mir im Gefängnis gemacht hatte, kamen plötzlich und unerwartet wieder in mir hoch. *»Was für eine Schwester warst du, dass du ihre Sorgen nicht bemerkt hast? Nein, du hast nur an dich selbst gedacht, während sie total verzweifelt war.«*

Genauso fühlte ich mich jetzt – als egoistische und selbstgerechte Person, die sich nur um ihren eigenen Seelenfrieden kümmerte. Dabei hatte ich oft versucht, Becky zu helfen, sie zu trösten, sie zu verstehen. Mir wurde klar, dass ich nie wirklich eine Chance gehabt hatte. Ihre Krankheit war schwerwiegender gewesen, als ich es je vermutet hätte. Es tat verflucht weh, dass meine Familie daraus ein Geheimnis gemacht und mich ausgeschlossen hatte. Alle hatten es gewusst: Mom, Dad, Grandpa, Martha …

Die Vergangenheit konnte ich nicht mehr ändern – was geschehen war, war geschehen. Ich wollte nur eins: nach vorn sehen und den Menschen um Verzeihung bitten, den ich von ganzem Herzen liebte. Es hatte eine Tragödie, ein zufälliges Wiedersehen und jede Menge Veränderungen gebraucht, damit ich kapierte, wie viel Noah mir bedeutete. Ihn jetzt wegen meiner Dummheit zu verlieren, könnte ich kaum ertragen. Erneut wählte ich seine Nummer. Sein Anrufbeantworter sprang wieder an, und diesmal wollte ich ihm etwas sagen:

»Hi, ich bin's … Ich bin in Pleasant Hill. Es ist ein Chaos, in das ich zurückgekommen bin. Du kannst es dir bestimmt denken … Noah … ich … Ich habe einen Fehler gemacht, und ich hoffe sehr, dass du mir verzeihen kannst. Ich hätte dir vertrauen sollen.« Eine Träne lief mir über die Wange, die ich mit einer hastigen Handbewegung fortwischte. Ich lachte gequält auf. *»Du kennst mich. Ich bin manchmal etwas schwierig, impulsiv und verkorkst. Niemand versteht das so gut wie du. Du fehlst mir.«*

Ich legte auf, steckte das Handy in meine Jeans, schlenderte gedankenverloren durch die Straßen und schlug den Weg ein, der zum Spielplatz führte. Lächelnd und tief in Erinnerungen versunken blieb ich einen Moment am Eingang stehen. Hier hatte ich Noah das erste Mal vor Mason Halloway und seinen Freunden gerettet. Heute wäre Noah selbst in der Lage, sich zu befreien. Wahrscheinlich könnte er es mit allen Jungs auf einmal aufnehmen. Sie würden staunen, was für ein toller Mann aus ihm geworden war. Stolz auf Noahs Veränderung ging ich weiter. Obwohl ich es früher nicht hatte erwarten können, Pleasant Hill für immer den Rücken zu kehren, fühlte es sich gut an, durch die Straßen zu laufen, weil ich alles mit Noah und meiner Kindheit verband.

Ohne es beabsichtigt zu haben, war ich am Friedhof angekommen. Ich war schon lange nicht mehr hier gewesen, und vielleicht war das nun der richtige Augenblick, um Becky zu besuchen. Mit einem tiefen Seufzer schob ich das Gatter auf und lief den Kiesweg entlang zu dem imposanten Marmordenkmal, das man von Weitem schon sehen konnte. Es war Beckys letzte Ruhestätte. Mom hatte einen berühmten Steinmetz beauftragt, ein Grabmal aus portugiesischem Marmor anzufertigen. Er hatte einen schneeweißen Engel gemeißelt, der seitlich an einem riesigen Herzstein lehnte. Mit den Flügeln umschloss der Himmelswächter schützend den Stein. Das Ding war auffällig, ungewöhnlich und teuer gewesen. Unmittelbar davor blieb ich stehen und starrte auf die Inschrift des Marmorherzens.

»Hi Becky«, flüsterte ich und ging vor ihrem Grab auf die Knie. Ich versuchte, nicht an das schreckliche letzte Bild von ihr zu denken, und zerrte stattdessen die schönen Erinnerungen in mein Bewusstsein. Noch während ich sie vor Augen sah, blies mir ein Windstoß eine Locke ins Gesicht. Ich lächelte und deutete es als Begrüßung.

***

Cat, 15 Jahre alt

Der heutige Abend wird spießig und stinklangweilig, so viel steht fest. Irgendwie müssen Noah und ich es schaffen, eine Flasche Schampus zu stibitzen und uns unauffällig von Dads Jubiläumsfeier zu schleichen. Seit Tagen laufen die Vorbereitungen auf Hochtouren. Überall auf unserem Anwesen sind Lieferanten und Angestellte, die Überstunden schieben. Selbst Martha ist im Dauerstress, obwohl sie sich sonst nie aus der Ruhe bringen lässt. Mom ist mit der Organisation voll in ihrem Element und dirigiert, befiehlt und erteilt Aufträge. Einige hohe Tiere werden erwartet, und Mom hat Zeitungsreporter eingeladen, die von unserer Gala berichten und Fotos schießen sollen. Alles muss perfekt sein, und nichts wird dem Zufall überlassen. Wenigstens darf Noah heute Abend mein Begleiter sein. Mom hat erst dagegen protestiert, weil sie John an meiner Seite bevorzugt hätte, aber zum Glück konnte ich mich durchsetzen.

Meine Stylistin ist endlich fertig, und ich betrachte mich skeptisch im Spiegel. Ich sehe ganz gut aus in dem bodenlangen hellgrünen Abendkleid, aber es verdeckt für meinen Geschmack zu viel Haut. Das Make-up ist zu dezent, und der alberne Zopf lässt mich jünger aussehen, als ich bin. Seufzend laufe ich den Flur entlang zu Beckys Zimmer. Bei jedem Schritt, den ich mache, windet sich der Stoff um meine Beine. Hoffentlich falle ich nicht vor allen Leuten hin. Ich fühle mich unwohl in dem Kleid, das Mom für mich hat anfertigen lassen. Noah wird sich schlapplachen, wenn er mich in dem Fummel sieht. Er kennt mich in zerrissenen Jeans und lässigen, knappen Shirts.

Leise klopfe ich an Beckys Zimmertür und strecke den Kopf hinein. Sie steht vor dem Spiegel und blickt gedankenverloren ins Nirgendwo. Meine große Schwester ist atemberaubend. Unsere Stylistin hat sie in eine Elfe verwandelt. Obwohl sie blass ist, wirkt sie frisch und strahlend. Ihr zartrosa Kleid schmiegt sich wie eine zweite Haut um ihre schlanke Gestalt und lässt sie sehr weiblich und wunderschön aussehen – das muss ich neidlos anerkennen. Aber Becky scheint mit ihren Gedanken mal wieder weit fort zu sein. In den letzten Tagen ist sie noch stiller als sonst, und ich spüre, dass es ihr nicht gutgeht, was bestimmt an den Erwartungen liegt. Mit ihrem Auftritt heute Abend könnte sich ihr Leben vollkommen verändern. Zumindest bläut Mom ihr das seit Wochen ein.

»Was ist? Gefällt dir dein Kleid nicht, oder warum schaust du so finster?«, frage ich locker, trete in ihr Zimmer und schließe die Tür. Beinahe erschrocken taucht sie aus ihren Gedanken auf und lächelt sanft. Aber es ist nicht echt. Hinter dem Make-up erkenne ich die tiefe Traurigkeit, die sie in letzter Zeit umgibt.

»Doch, es ist schön, ich ... Lass dich anschauen.« Sie nimmt meine Hände in ihre und betrachtet mich eingehend. Nach einigen Augenblicken nickt sie zufrieden, und jetzt ist ihr Lächeln ehrlich. »Du bist wunderschön, Cat. Das Grün passt zu deinen Augen. Sie werden dich heute Abend alle bewundern.«

Sie weiß, dass ich darauf keinen Wert lege. »Bist du nervös?«

Nickend senkt sie den Blick. »Ich habe Angst, dass ich den Text vergesse.«

Becky hat noch nie etwas verpatzt. Singen war schon immer ihre Leidenschaft, und eigentlich fühlt sie sich wohl auf der Bühne. Dann vergisst sie, dass sie schüchtern ist. Ihre Stimme ist stark und voluminös, lebendig und einzigartig. Ich kenne ihr Geheimnis. Sie blendet alles aus und singt sich an entfernte Orte, weit weg von uns. Manchmal glaube ich, dass ihr Geist dann tatsächlich ihren Körper verlässt und sie deshalb so fantastisch klingt. Sie braucht einen Text nur einmal durchzulesen, und ihr Hirn scheint alle Wörter für immer in der richtigen Reihenfolge abzuspeichern.

Früher war ich eifersüchtig auf sie, weil ich selbst gern irgendetwas außergewöhnlich gut können wollte, heute bin ich stolz und habe längst akzeptiert, nur Durchschnitt zu sein.

Becky bekommt viel Aufmerksamkeit und Anerkennung, aber sie ist trotzdem unglücklich. Schon oft habe ich mich gefragt, was sie wirklich glücklich machen würde, aber dahintergestiegen bin ich nicht. Sie ist auf den ersten Blick ein normales Mädchen, aber in Wahrheit ist sie viel komplizierter gestrickt als ich. Wenn sie nur nicht so verschlossen wäre. Manchmal höre ich sie nachts weinen, dann schlupfe ich zu ihr ins Bett und hoffe, dass sie erzählt, was sie traurig macht. Aber noch nie hat sie einen Ton herausbekommen.

»Es wird gut werden«, versichere ich ihr. »Stell dir einfach vor, die sind alle nackt.«

Sie kichert und errötet. Seufzend lege ich einen Arm um sie und glaube schon, dass sie nichts mehr sagen wird, bis sie leise flüstert: »Du darfst nie aufhören, dich zu wehren, Cat. Verändere dich nicht, bleib, wie du bist.«

***

Ich tauchte aus den Erinnerungen auf und schaute auf den Engel. Becky hatte an diesem Abend eine grandiose Darbietung abgeliefert, jeden Ton sicher getroffen und uns mit ihrer Stimme begeistert. Innerhalb weniger Sekunden hatte sie alle Gäste in der Tasche gehabt. Wenn sie die Bühne betreten und ein Mikrofon in die Hand genommen hatte, war es, als würde sie einen unsichtbaren Schalter in sich anknipsen. Es war ein kurzer Moment, wenn Becky zum Höhepunkt des Songs kam und ich den verträumten Glanz in ihren Augen sah. Sie war selbstbewusst und sicher, ihre Stimme kräftig und stark, ihr Auftreten souverän. Der Agent, den Mom eingeladen hatte, hatte angebissen und war völlig aus dem Häuschen gewesen. Dad war vor Stolz beinahe geplatzt.

»Es tut mir leid, dass du in diesem Leben nicht glücklich

warst und niemand dir helfen konnte. Ich vermisse dich, große Schwester«, flüsterte ich. »Ich wünschte, wir könnten miteinander sprechen.« Mit einem Mal wirbelte ein Windstoß durch meine Locken. Ich sah hinauf zum Himmel und bemerkte die dunklen Regenwolken, die sich über mir zusammengebraut hatten. Wie viel Zeit war inzwischen vergangen? Ich sollte schnell nach Hause, bevor das Gewitter über mir losbrach.

5

Cat

Bevor es Bindfäden regnete, war ich zurück und lief über den Vorplatz unserer Villa. Es war Grandpa Bambams Harley, die mir ein freudiges Lächeln ins Gesicht zauberte und die trüben Gedanken, die mich beschäftigt hatten, vertrieb. Ich hörte seine Stimme schon aus der Küche und beeilte mich, die Stufen zum Haus hinaufzukommen.

»Es war richtig, mich anzurufen. Machen Sie sich keine Sorgen, Martha. Es gibt immer wieder mal ein Festival, auf das ich gehen kann.«

»Grandpa!«, rief ich erfreut, als ich die Küche betrat.

Er drehte sich um. »Na, sieh mal einer an, mein herumstreunendes Zuckersternchen.« Er breitete die Arme aus. Die Einladung ließ ich mir nicht entgehen. Wie immer war seine Umarmung herzlich. Erst nachdem er mich noch zweimal fest gedrückt hatte, löste er sich ein wenig von mir und lächelte mich sanftmütig an. »Alles in Ordnung?«

Ich nickte. »Wolltest du nicht zu diesem Harley-Treffen?«

»Da war ich. Das hättest du sehen sollen. Ein Schaulaufen

der Chromschönheiten und die heißesten Öfen, die du dir nur vorstellen kannst. Es hätte dir gefallen.«

»Tut mir leid, aber ich wusste nicht, was ich machen sollte«, meinte Martha bedauernd.

Er winkte ab. »Ich sagte doch, Sie haben das Richtige getan. Familie geht immer vor.«

»Hast du mit Mom gesprochen?«, wollte ich wissen und stibitzte mir ein Stück von der Paprika, die Martha aufschnitt.

»Das habe ich.« In seinem Seufzen hörte ich die Müdigkeit heraus, die das Gespräch in ihm hervorgerufen hatte. Ich konnte mir schon denken, dass es nicht einfach gewesen war. Mom konnte ziemlich garstig sein, erst recht, wenn sie getrunken hatte. »Wir kriegen das wieder hin, Zuckersternchen.«

Ich setzte mich auf den freien Barhocker neben ihn. »*Sie* muss es hinbekommen«, meinte ich nachdrücklich. Mom hatte sich in diese Lage gebracht, was bei ihrem Lebensstil zu erwarten gewesen war. »Wir haben nichts falsch gemacht.«

»Da hast du recht. Trotzdem braucht sie unsere Unterstützung. Wir sind eine Familie, und die hält zusammen, ganz gleich, was passiert.« Abwartend sah er mich an.

Innerlich rollte ich mit den Augen, aber im nächsten Moment löste sich mein Widerstand und ich schob meinen verletzten Stolz beiseite. Wir waren eine Familie, und ganz gleich wie schwierig unsere Beziehungen waren, wir sollten trotz allem füreinander da sein. Das fiel mir nicht immer leicht, aber dann erinnerte ich mich daran, dass Grandpa und Martha mich auch nie fallengelassen hatten. Also platzierte ich meine ungeliebte Tochterseele an einen anderen Ort und bemühte mich, ein braves Mädchen zu sein. »Verstanden.«

»Das ist mein Zuckersternchen«, verkündete Grandpa stolz. »Deine Mom hat sich hingelegt und schläft jetzt. Ich rede später noch mal mit ihr.«

»Und der Salon ist auch wieder betretbar, also wenn ihr möchtet, kann ich euch das Abendessen nachher dort servieren«, ergänzte Martha feierlich. Sie schien richtig erleichtert zu sein, dass Grandpa hier war und uns half.

»Perfekt. Danke, Martha. Komm, Zuckersternchen, ich glaube, wir sollten uns mal unterhalten«, sagte er, legte einen Arm um meine Schulter und schlenderte mit mir in den Salon.

Dort machte er es sich im Ohrensessel vor dem Kamin gemütlich und zündete sich eine Zigarre an. Während der Rauch über ihm aufstieg, beschloss ich, ihn mit dem heiklen Thema zu konfrontieren, das mir auf der Seele brannte. »Sag mal, Grandpa, du und ich, wir waren doch immer ehrlich zueinander, haben immer über alles offen gesprochen, oder?«

Er legte das Feuerzeug beiseite, lehnte sich entspannt zurück und schaute auf die fette Zigarre in seiner Hand. »Natürlich.«

»Wieso hast du dann nie ein Wort darüber verloren, wie krank Becky wirklich war?« Er verzog das Gesicht und sah mich nachdenklich an. »Weißt du, wie es sich anfühlt, das erst nach so vielen Jahren zu erfahren?«

Schuldbewusst senkte er den Blick und nickte schwach. »Es tut mir leid, ehrlich. Deine Eltern wollten damals, dass darüber nicht gesprochen wird, und du hattest genug eigene Probleme. Letztlich war es so, dass es Becky besser ging – zumindest hat das deine Mutter immer gesagt, wenn ich zu Besuch da war.«

»Und danach? Sie ist bereits sechs Jahre tot. Ich habe lange Zeit versucht zu verstehen, warum sie sich das Leben genommen hat. Die Frage nach dem Warum hat mich beinahe aufgefressen. Ich habe deshalb schlimme Zeiten hinter mir.« Ein wenig beleidigt stand ich auf, verschränkte die Arme und lief im Salon auf und ab. »Du hättest mit mir darüber reden sollen.«

Er legte seine Zigarre in den Aschenbecher, kam zu mir und nahm mich an den Schultern. »Es tut mir leid, Zuckersternchen.

Ich wusste damals selbst nicht, wie ernst es um Becky stand. Nach ihrem Tod gab es viel Streit und Schuldzuweisungen.«

Ich runzelte die Stirn. »Davon habe ich nichts mitbekommen.«

»Und das war gut so, denn es war ziemlich hässlich, aber eben eine normale Reaktion deiner Eltern. Jeder suchte nach Antworten. Du hattest den Verlust von Noah zu verarbeiten und deine Schwester dort oben gefunden, du standst unter Schock. Es wäre nicht richtig gewesen, dich auch noch damit zu konfrontieren. Und später ...« Er seufzte. »Ich war froh, dass du dich einigermaßen gefangen hast, und ich wollte nicht, dass es dir wieder schlecht geht. Ich wollte dich schützen.«

Ich konnte mich an die Zeit nach der Beerdigung kaum erinnern. Schmerz und Trauer hatten meinen Alltag bestimmt. Tag für Tag hatte ich alles durch Watte wahrgenommen. Es hatte lange gedauert, bis ich einigermaßen zu mir zurückgefunden hatte.

»Okay«, flüsterte ich versöhnlich.

»Als ich damals wieder fortmusste, hätte ich dich am liebsten mitgenommen. Es brach mir das Herz zu gehen.« Er küsste mich auf den Scheitel.

»Du warst trotzdem da, jeden Tag.«

»Aber nur am Telefon.«

Ich lächelte. »Du warst mir näher als irgendjemand sonst, Grandpa ... Deine Zigarre glüht übrigens ohne dich ab.«

»Oh!« Er ging hinüber, setzte sich wieder und paffte. »Erzähl mal. Martha hat Beckys Tagebuch und Probleme erwähnt.«

Ich gab ihm eine Kurzversion aller Ereignisse.

»Deine Schwester war ein schwieriger Fall, Cat«, begann er nachdenklich. »Sie hat dich immer beneidet. Sie hätte auch gern einen Freund wie Noah gehabt. Sie hat mir zwar nie davon erzählt, aber ich konnte es ihr ansehen.«

Seufzend setzte ich mich auf die Pianobank und streichelte über die elfenbeinfarbenen Tasten. »Ich habe Noah Unrecht getan, Grandpa.«

»Ja, das hast du. Er ist ein Dummkopf, wenn er dir nicht verzeiht.«

»Vielleicht, aber ich war auch nicht gerade fair. Es ist kompliziert.«

»Das ist es doch immer, Zuckersternchen.«

Kurz warf ich einen Blick auf mein Handy – keine Nachricht, kein Anruf. Ob er seine Mailbox schon abgehört hatte? Sollte ich es noch mal bei ihm versuchen? »In diesem Fall ist es aber besonders schwierig.«

»Quatsch! Das reden sich die Menschen nur ein. Wenn es wahre Liebe ist, dann wird das Schicksal euch wieder zusammenbringen. Das hat es schon einmal geschafft.« Er zwinkerte, und ich verkniff mir einen Kommentar zum Thema Schicksal.

Der Tag verging, am frühen Abend saßen Martha, Grandpa und ich beim Essen und redeten über die Therapien, die Mom möglicherweise in Anspruch nehmen konnte. Martha hatte mehrere Angebote von Kliniken aus dem Internet ausgedruckt und auf dem Tisch verteilt. Wir waren uns einig, dass wir Dad erst über einen Klinikaufenthalt informieren würden, wenn Mom sich bereiterklärte, einen neuen Entzugsversuch zu unternehmen. Ich wusste noch von früher, wie schwer es Mom gefallen war und durch welche Hölle sie gegangen sein musste.

Während Martha und Grandpa sich zwei Privatkliniken ansahen, drang von der Empfangshalle das Klappern von Absätzen zu uns, und binnen weniger Sekunden kam Mom mit übellauniger Miene in den Salon. Sie setzte sich zu uns an den Tisch, würdigte uns aber keines Blickes. Immerhin hatte sie geduscht und sich frische Kleidung angezogen. Man sah ihr die nächtliche Eskapade dank ihres Make-ups nicht mehr an. Sie war wie immer elegant, und ihre Hochsteckfrisur saß tadellos.

»Und? Habt ihr beschlossen, wie ihr mich am schnellsten loswerden könnt?«, begann sie giftig. Mir entging nicht, wie ihre Hände zitterten. Auch Martha fiel es auf. Sie wollte ihr die Arbeit abnehmen und für sie das Essen auf den Teller schöpfen, doch Mom ließ sich nicht helfen. »Lass das! Ich mache das selbst«, zischte sie, nahm sich Fleisch und etwas Gemüse.

Augenblicklich setzte Martha sich wieder.

»Niemand will dich loswerden, Monica«, sagte Grandpa. »Ich denke, eine Veränderung wird dir guttun, und du hättest Abstand zu allem.«

»Ts!« Sie rollte mit den Augen. »Du weißt gar nichts, Dad. Du hast keine Ahnung, wie es mir geht. Du warst ja nie da, warst lieber mit diesen Verbrechern unterwegs, als dich um meine Belange zu kümmern.«

Das war eine Lüge, und Mom wusste das genau. Grandpa war immer für uns dagewesen. Meine Eltern hatten ihm das Gefühl gegeben, nicht willkommen zu sein, und ihn somit aus dem Haus getrieben. Aber selbst das hatte ihn nicht von uns Mädchen fernhalten können. Stets hatte er alles stehen und liegen gelassen und war zu uns geeilt, sobald wir ihn brauchten. Auch jetzt saß er hier bei uns am Tisch und versuchte seiner Tochter zu helfen, statt bei seinen Freunden auf dem Harley-Festival zu sein, auf das er sich schon so lange gefreut hatte. Aber Mom sah nur sich in der Opferrolle.

Gott! Wie mich das anödete. Wieso kam es ihr nicht in den Sinn, dass wir alle unser Päckchen zu tragen hatten? Ich hatte gute Lust, ihr das alles mal ins Gesicht zu sagen. Grandpa kannte mich gut und bemerkte, wie sehr ich mich innerlich aufregte. Mit einem stummen Blick bat er mich zu schweigen. Nur ihm zuliebe riss ich mich zusammen und hielt die Klappe.

»Alle haben mich verlassen, sogar meine eigenen Kinder.«

»Das ist nicht wahr, und das weißt du.« Grandpa legte seine Hand auf ihren Arm, worauf sie plötzlich in Tränen ausbrach. Sie schlug die Hände vors Gesicht. Es war nichts Neues, meine Mutter weinen zu sehen, und es berührte mich nicht, was erschreckend war. Ihre Tränen hatte ich einfach zu oft durchlebt, und sie hatte sie immer dann eingesetzt, wenn sie bemitleidet werden wollte. Ich hasste das.

»Wir sind alle hier und stehen dir bei«, bekräftigte Grandpa und warf mir einen auffordernden Blick zu.

»Das nennt man Familie, Mom. In guten wie in schlechten Zeiten.« Damit das Ganze nicht zu tonlos klang, zwang ich mich zu einem Lächeln. Grandpa nickte mir zu.

Mom nahm die Prospekte der Kliniken und betrachtete die Bilder. Unauffällig tippte mich Martha mit dem Fuß unterm Tisch an und gab mir ein Zeichen, dass wir die beiden alleinlassen sollten. Das brauchte sie mir nicht zweimal zu sagen.

»Ich bin total erledigt und gehe ins Bett.« Ich gab Martha einen Kuss auf die Wange.

»Das werde ich auch bald tun. Es ist ja schon weit nach Mitternacht. Schlaf gut, Kind.« Sie strich mir über den Arm und ging in die Küche.

Während ich langsam die Steintreppe hinaufstieg und ein Erdbeerbonbon aus dem Papier wickelte, hörte ich die hitzige Diskussion von Mom und Grandpa aus dem Salon.

»Der Name Spence und dein Ruf sind doch jetzt völlig egal. Es gibt Wichtigeres, zum Beispiel deine Gesundheit und Cat«, fuhr Grandpa sie an.

»Cat? Sie ist zu ihrem Vater nach San Francisco gegangen, schon vergessen? Sie hat mich, wie ihr alle, im Stich gelassen.«

»Du redest Blödsinn, Monica. Kannst du nicht einmal aufhören, nur an dich selbst zu denken?«

»Wirfst du mir jetzt auch noch vor, als Mutter versagt zu haben?«

Genervt lief ich schneller die Stufen hinauf und blendete die Diskussion aus. Es hatte ohnehin keinen Sinn, und Grandpa sollte das eigentlich wissen. Warum ließ er sich immer wieder mit ihr auf dieses Thema ein?

Ich war froh, als die Zimmertür hinter mir ins Schloss fiel und ich nichts mehr mitbekam. Rücklings ließ ich mich aufs Bett fallen, während es draußen zu regnen anfing. Von irgendwoher dröhnte ein Donnergrollen, und der Wind nahm zu. Gerade wollte ich mein Handy aus der Tasche nehmen, als ein Geräusch am Fenster meine Aufmerksamkeit erregte. Ich setzte mich auf. Es hörte sich an, als würden kleine Steinchen gegen das Glas geworfen werden. Es war genau wie früher, wenn Noah sich heimlich in mein Zimmer schleichen wollte. Seit Jahren hatte ich das Geräusch nicht mehr gehört. Oder bildete ich mir das nur ein?

Erneut vernahm ich deutlich das vertraute Klackern. Ich schaltete die Nachttischlampe ein, stand auf und ging zum Fenster. Ein Blitz erhellte die Dunkelheit, die mich umgab, und gleich darauf folgte ein tiefes Donnergrollen. Mittlerweile schüttete es wie aus Kübeln. Ich schob den Vorhang beiseite und entdeckte auf dem Fenstersims tatsächlich einige Steinchen. Mein Herz flippte aus, als ich einen Schatten auf dem großen Ast sitzen sah. Dort hockte er, genau wie damals, und grinste mich breit an.

»Noah?« Vor Schreck verschluckte ich das Bonbon im Mund, hustete kurz und öffnete eilig das Fenster, worauf er mit Leichtigkeit über die Astgabel in mein Zimmer kletterte. Tropfnass stand er vor mir, während ich ihn fassungslos wie ein Mondkalb anstarrte. Ich brauchte einige Sekunden, um zu begreifen, dass er tatsächlich hier war. »Wie zur Hölle ...?«

Ein Pflaster an seiner Braue hielt eine frische Naht zusammen, und ein lila Veilchen zierte sein linkes Auge. Seine Wange schimmerte in allen Nuancen von Rot und Blau, und er hatte dunkle Bartstoppeln im Gesicht.

»Sehr nette Begrüßung, Catwoman. Ich freue mich auch, dich zu sehen.« Er grinste und schüttelte den kalten Regen aus seinem Haar.

Er war tatsächlich da. Hier, in Pleasant Hill. Innerlich strahlend vergaß ich den ganzen Mist, der mich in den letzten Stunden beschäftigt hatte. Am liebsten wäre ich ihm vor Freude um den Hals gefallen, stattdessen stand mir der Mund offen.

»Du bist verletzt«, sagte ich, als ich ihn genauer betrachtete.

Er winkte ab. »Schaut schlimmer aus, als es ist. Du solltest den anderen sehen. Den habe ich ziemlich übel verdroschen.« Winzige Tropfen sammelten sich in den Haarspitzen und flossen in kleinen Rinnsalen seinen Hals hinab. »Alles okay mit dir? Geht es dir gut?«

Sein Blick war besorgt, aber so unverhohlen, dass ich nur nicken konnte. »Du bist hier ... Wie ...?«

»Ich muss doch auf mein Mädchen aufpassen. Ich bin gleich nach dem Kampf mit dem nächsten Flieger los.«

Er hatte mich ›mein Mädchen‹ genannt. In meinem Bauch kribbelte es. »Was ist mit Inma, Spike und den anderen?«

»Alles in Ordnung. Die Jungs passen auf sie auf. Was ist mit dir?«

»Ich hatte Panik, als ich die Rosen und die neue Nachricht in meiner Wohnung entdeckt habe.«

»Kann ich mir vorstellen.«

»Ich hatte eine Scheißangst, hab meine Sachen geschnappt und bin abgehauen.« Ich erinnerte mich, dass ich auch vor ihm davongelaufen war. »Noah, ich muss dir unbedingt etwas sagen. Ich habe den ganzen Tag versucht dich zu erreichen.«

»Jetzt bin ich ja hier.«

Nervös fummelte ich am Saum meines T-Shirts. »Martha hat mir die Sterbeunterlagen gezeigt. Becky war nicht schwanger. Ich war im Unrecht, und das tut mir leid. Ich hätte dir vertrauen sollen.«

»Ja, das hättest du«, flüsterte er rau. »Aber es wäre auch seltsam gewesen, wenn du das alles nicht hinterfragt hättest.« Noah legte einen Finger unter mein Kinn und zwang mich ihn anzusehen. »Wir wissen beide, wie schwer die Sache mit deiner Schwester für dich ist. Ich hätte das Gleiche vermutet«, sagte er mit sanfter Stimme.

»Dann verzeihst du mir?«

»Es gibt nichts zu verzeihen, Cat. Mir tut es leid, dass du das alles durchmachen musst. Vergiss es einfach. Ich bin froh, dass es dir gutgeht und du in Sicherheit bist.«

Es war kein Stein, der mir vom Herzen fiel, sondern ein ganzer Brocken. Sekundenlang starrten wir uns an, und die Luft zwischen uns flirrte. Er stand so nahe vor mir, dass ich unwillkürlich schlucken musste. Gleich würde er mich erlösen und mich endlich küssen. Ich wollte es so sehr und reckte ihm ein winziges bisschen mein Gesicht entgegen. Uns trennten nur wenige Zentimeter. Ich schloss die Augen und konnte seinen Atem schmecken. Mein Herz klopfte in freudiger Erwartung, und die Erinnerung, wie seine Küsse schmeckten, wie seine Hände meinen Körper in Ekstase versetzen konnten und welche intensiven Gefühle er in mir verursachte, vernebelte mir den Verstand. Gott! Ich wollte diesen Mann so sehr. Ich bebte bei der Vorstellung, dass wir es gleich tun würden.

»Hey, die habe ich ja schon lange nicht mehr gesehen.« Plötzlich ließ er von mir ab, ließ mich einfach stehen, durchquerte das Zimmer und nahm eine alte Lavalampe vom Nachttisch.

Ich war so perplex, dass ich ihm völlig verwirrt nachsah. Genauso gut hätte er mich in ein Fass mit Eiswasser werfen können. War das etwa sein Ernst? Fassungslos schaute ich zu, wie er die olle Lampe akribisch inspizierte. Ich folgte ihm, und da durchschaute ich sein Spiel. Sein Mund zuckte amüsiert, und er unterdrückte ein freches Grinsen. Was für ein Mistkerl!

Ich stemmte die Fäuste in die Hüften und funkelte ihn böse an. »Weißt du was, ich schenke sie dir. Im Gästezimmer kannst du sie die ganze Nacht bewundern, sie aus- und anknipsen und dich an ihr erfreuen«, sagte ich schnippisch, dabei konnte ich mir einen sarkastischen Unterton nicht verkneifen. Beleidigt zog ich das Kabel aus der Steckdose, verhedderte mich beinahe darin und drückte ihm das hässliche Teil grob gegen die Brust. »Viel Spaß.«

Aufgebracht lief ich zur Tür und hörte ihn lachen. Schnell stellte er die Lampe zurück und zog mich am Handgelenk zu sich, sodass ich gegen seine Brust stolperte. Ich war auf ihn hereingefallen, deshalb grinste er mich breit an. »Weißt du eigentlich, wie sexy du aussiehst, wenn du sauer bist, Catwoman?«

Er hielt mich in seinem Arm.

»So? Du hast aber eine merkwürdige Art, mir das zu zeigen, Noah Holder.«

Sein Lächeln verschwand. »Das ist die Wahrheit, Catwoman. Du machst mich total verrückt.«

Augenblicklich erfasste ein sehnsüchtiges Ziehen meinen ganzen Körper, die Luft knisterte, und jeder Spaß war abrupt vorbei. Ehe ich mich versah, hob Noah mich hoch. Ich schlang meine Beine um seine Hüften, und wir wankten zur Wand, gegen die er mich ungestüm drückte. Ein Brummen dröhnte aus seiner Kehle, als er endlich seinen Mund auf meinen presste. Wild und ausgehungert küsste er mich. Nichts, was zwischen uns gestanden hatte, war mehr von Belang, alles rückte in den

Hintergrund. Es gab nur noch Noah und mich. Tief sog ich seinen Duft von Sandelholz, herber Frische und Sommerregen ein und vergrub meine Finger in seinem feuchten Haar.

»Cat«, flüsterte er. »Du hast keine Ahnung, wie sehr ich das die ganze Zeit tun wollte.«

Innerhalb von Sekunden entfachte er wieder die kleine Flamme in mir. Hell und klar loderte sie auf und wärmte mein Herz und meine Seele. Alle meine Gedanken lösten sich in Luft auf. Sanft biss er mir in die Unterlippe, neckte und spielte mit meiner Zunge, bis ich keuchend vor Lust aufstöhnte. Ein Blitz erhellte mein Zimmer, gefolgt von einem lauten Donner. Seine Augen waren vor Gier verhangen, dunkel flackerte es darin.

»Einfach abhauen, ohne ein Wort zu sagen, ist echt mies. Du wirst das nie wieder tun, verstanden?« Seine fordernde Art, seine knurrende Stimme und der gefährliche Blick kitzelten mich im Unterleib. Ich schluckte. Mein Körper sehnte sich nach seiner Berührung und seinen Küssen.

»Okay«, flüsterte ich.

Er stellte mich auf die Füße zurück und befreite mich eilig von den Klamotten. Als ich nur noch in Unterwäsche vor ihm stand, machte ich mich an seinem Hemd zu schaffen. Mit zittrigen Fingern fummelte ich ungeduldig an den Knöpfen herum und riss schließlich mit einem Ruck das ganze Hemd auf. Die kleinen runden Dinger sprangen vom Stoff und kullerten über den Zimmerboden.

Achtlos warf er das Hemd beiseite. »Hemmungslos wie immer, meine Süße.«

Endlich fühlte ich seine warme Haut, atmete tief sein Aroma ein und fuhr über seine harten Muskeln. Gott! Wie hatte er mir gefehlt. Erneut hob er mich hoch und drückte mich gegen die Wand, dabei spürte ich deutlich seine Erektion. Geschickt schob Noah das Körbchen meines BHs herunter, leckte und saugte gierig an meinem Nippel. Mit einer Hand glitt er in mein Höschen, und das war der Moment, als ich glaubte, den Verstand zu verlieren. Mit zwei Fingern drang er in mich und umkreiste mit dem Daumen meine Klitoris.

»Himmel, Noah!« Ich keuchte in seinen Mund und griff fester in sein Haar, was ihn noch mehr anheizte. Wieder ließ er mich herunter, befreite mich vom Slip und hauchte heiße Küsse auf meinen Bauch, bis er genau dort ankam, wo ich ihn am dringendsten brauchte. Während ich mit dem Rücken an der Wand lehnte, schob er meine Beine auseinander. Ich konnte es kaum erwarten. Endlich spürte ich seine Zunge an meinem empfindlichsten Punkt und unterdrückte einen lauten Schrei. Er leckte und malträtierte mich, bis meine Beine zitterten. Ich war wie von Sinnen, unfähig auch nur einen klaren Gedanken zu fassen. Mein Unterleib zog sich vor Verlangen zusammen. In kürzester Zeit baute sich der Orgasmus auf, und genau in dem Moment, als ich meine Lust hinausschreien wollte, hörte er plötzlich auf und erhob sich. Eilig öffnete er seine Jeans und schob sie weit genug herunter. Dann hob er mich wieder hoch und drang mit einem harten, festen Stoß in mich. Er füllte mich vollkommen aus. Ich biss mir auf die Unterlippe. Oh Mann! Er war wirklich der Teufel!

»Fuck, Cat«, presste er hervor und sog scharf den Atem ein. Sogleich bewegte er sich rhythmisch in mir. Ich fühlte seine Lust und die unersättliche Gier, mit der er mich nahm. Meine Fingernägel gruben sich in seine Haut, worauf er knurrend das Tempo beschleunigte. Ich keuchte, und ein noch gewaltigerer Druck baute sich in mir auf. Ich war wie eine gezündete Rakete, die jeden Moment in die Luft ging. Im Zimmer war nur unser Keuchen zu hören, und es war mir egal, ob jemand das mitbekam. Darüber konnte ich mir später Gedanken machen. Jetzt wollte ich nur ihn fühlen, und genau das tat ich. Er stieß immer

härter in mich, steigerte das Tempo, und dann war es so weit –
ich flog in den Himmel, in die Wolken und zu den Sternen.

»Heilige Scheiße«, presste er heiser heraus, als er ebenfalls
den Höhepunkt erreichte und sich in warmen Schüben in mir
ergoss. Er hielt mich fest, sodass ich erschöpft mit dem Kopf an
seine Schulter sank. Es war wundervoll, in seinen Armen gehalten zu werden, sicher und geborgen.

Er trug mich zum Bett und legte mich ab. Er war noch immer
in mir, schob eine Haarsträhne aus meiner Stirn und küsste mich
zärtlich. Ich strich über seine Wange, ohne ein Wort zu sagen.
Es brauchte keine Worte, um auszudrücken, was wir empfan-
den. Wir waren wieder vereint – Cat und Noah.

6

Noah

Unter mir lag das schönste Mädchen der Welt. Ich hatte noch ihren sinnlichen Geschmack im Mund, doch das Beste war ihr verhangener Blick, als ich sie auf dem Bett ablegte und sie ihre Arme um meinen Nacken schlang. Da war dieser glückliche Schimmer, der in ihren Augen lag, unfassbar süß. Cat war wie eine Sucht – einmal von ihr genascht, kam ich nicht mehr los. Kein Wunder, dass ich an nichts anderes mehr hatte denken können als an Sex, seit ich in ihr Zimmer geklettert war.

Ich war ein verdammter Glückspilz und sollte diesen Moment genießen. Kaum ebbte der Rausch ab, drängten sich jedoch die Probleme in den Vordergrund. Ich fragte mich, was ihr Vater tun würde, wenn er herausfand, dass ich diesmal nicht vorhatte, seinen Forderungen nachzukommen. Ich war nun Manns genug, dem Chief die Stirn zu bieten, und wollte mich nicht länger von seinen Machtspielchen missbrauchen lassen. Ich hatte viel nachgedacht und war zu dem Schluss gekommen, dass ich zu lange auf Cat verzichtet hatte. Seit sie wieder in mein Leben getreten war, wusste ich, was ich all die Jahre verloren hatte. Ein zweites Mal würde ich das nicht durchstehen. Dabei befürchtete ich, dass Cats und meine Zeit begrenzt war.

Ich spielte mit einer ihrer Locken und schmunzelte, weil ich an ihr verdutztes Gesicht denken musste, als ich der komischen Lampe mehr Aufmerksamkeit geschenkt hatte als ihr. »Bist du jetzt wieder friedlich mit mir?«

Sie kniff die Augen zusammen. »Das war echt gemein.«

»Ich weiß, aber ich konnte nicht widerstehen. Außerdem hast du es verdient«, konterte ich, glitt vorsichtig aus ihr heraus und rollte mich neben sie auf die Matratze. »Ich hoffe, ich habe es wiedergutgemacht.«

»Das hast du.« Cat drehte sich in meinen Arm, und ich genoss, wie sich ihre zarte Haut auf meiner anfühlte. »Worüber denkst du nach? Du hast schon wieder diesen ernsten Ausdruck.«

»Darüber, dass ich sehr froh bin, dass wir hier zusammen sind.«

Cat sah mich bedrückt an. »Du meinst wegen der neuen Drohung?«

»Ich glaube inzwischen, dass John im Auftrag gehandelt hat«, sagte ich vorsichtig.

Interessiert stützte sie ihren Kopf mit der Handfläche ab. »Du meinst, er hat das aus dem Gefängnis heraus organisiert?«

»Nein, laut Weather dürfen John und der andere nur einen Anruf pro Woche tätigen, und der wurde überwacht. Weather wird die beiden noch mal eindringlich in die Zange nehmen, aber dass John endlich plaudert, halte ich für unwahrscheinlich.«

In Cats hübschem Köpfchen ratterte es. »Das heißt, wer auch immer dahintersteckt, wird mir keine Ruhe lassen, nicht aufhören, bis er irgendwann seine Drohungen wahrmacht? Aber ...

warum? Ich verstehe einfach nicht, wieso. Das alles ist doch verrückt!«

Angst schwang in ihrer Stimme mit, und ich wünschte, ich könnte sie ihr nehmen. Liebend gern würde ich ihr von meinem Verdacht erzählen, aber das neugewonnene Vertrauen zwischen uns war zart, und das wollte ich auf keinen Fall aufs Spiel setzen. Cat liebte ihren Vater, und ich fragte mich, wie sie reagieren würde, wenn sie erfuhr, dass ihr eigener Dad vielleicht etwas mit den Drohungen und den Rosen zu tun hatte. Noch war ich mir nicht sicher, denn die Besorgnis und der Schock, als ich ihm von den Angriffen auf seine Tochter erzählt hatte, schienen echt gewesen zu sein. Allerdings trieb der Mann ein falsches Spiel. Seine Forderung, dass Cat aus San Francisco verschwinden sollte, war ein Punkt, der ihn verdächtig machte. Der zweite war, dass er Cat und allen anderen ein großes Theater vorgaukelte. Er konnte normal sprechen und womöglich sogar laufen. Da waren einige Details, die nicht zusammenpassten, weshalb ich noch nicht von seiner Unschuld überzeugt war. Fakt war: Der Chief verbarg etwas. Er liebte Cat und würde ihr niemals Gewalt antun.

Resigniert stieß sie den Atem aus. »Was soll ich machen, Noah? Es kann doch nicht ewig so weitergehen, dafür habe ich einfach nicht die Kraft.«

Ich nahm ihre Hand in meine und streichelte zärtlich über ihre Fingerkuppen. »Wir werden das zusammen durchstehen. Ich werde bei dir sein.«

Ich zog sie noch fester in meine Arme. Sie kuschelte sich an mich, wir schwiegen eine Weile und hingen unseren Gedanken nach. Irgendwann würde Cat die Wahrheit über ihren Vater herausfinden, und bis dahin wollte ich, dass dieser Mist ein Ende hatte. Manchmal wünschte ich mir, ich könnte ihr alles erklären.

»Meine Mutter trinkt wieder«, sagte sie irgendwann in die Stille.

Erstaunt blickte ich auf sie hinab. »Tut mir leid. Ich wusste nicht, dass sie ein Alkoholproblem hat. Wie schlimm ist es?«

»Nicht so extrem wie bei deinem Vater damals. Sie ist in permanenter Feierlaune, hat mit dem Bürgermeister gevögelt und sich auch noch von dessen Frau erwischen lassen. Deshalb ist Grandpa hier. Er will versuchen, sie zur Vernunft zu bringen.«

Shit! Ich wusste nur zu gut, wie belastend die Problematik sein konnte. Mein Vater war der übelste Abschaum gewesen, der täglich seine Launen an meiner Mutter und mir ausgelassen hatte. Noch heute trug ich die Narben von seinen Alkoholexzessen, und oft träumte ich von den vergangenen Zeiten. In meiner Erinnerung war Mrs. Spence die strenge und engagierte Mom, die ihr Hauptaugenmerk auf die Karriere ihrer Tochter Becky legte. Lange hatte ich sie nicht mehr gesehen, und einiges hatte sich geändert. Es tat mir leid, dass Cat zusätzlich auch mit diesem Problem zu kämpfen hatte. »Das Leben kann manchmal verflucht hart sein.«

»Das stimmt, aber man gewöhnt sich an vieles.«

Ich wollte ihr widersprechen, denn sie hatte Besseres verdient und sollte sich nicht an so viel Mist gewöhnen müssen. Am liebsten würde ich sie schnappen und mit ihr fortgehen. Mein Herz krampfte, als ich mir ausmalte, wie einsam sie die letzten Jahre gewesen sein musste. Dieser Gedanke förderte mein schlechtes Gewissen wieder zutage. »Du bist nicht allein, Catwoman. Wir stehen das zusammen durch.« Sie lehnte sich an mich, und ich war wild entschlossen, ihr nie wieder das Gefühl zu geben, sie zu verlassen, zumindest nicht, solange sie mich in ihrer Nähe haben wollte. Ich hauchte einen Kuss auf ihre Stirn. »Du musst mir nur vertrauen.«

»Das tue ich.« Sie legte ihre Handfläche an meine Wange. »Das mit Beckys Tagebuch war —«

»Das meine ich nicht«, unterbrach ich sie. »Ich rede davon, dass du mir zu den Docks gefolgt bist und dich in die Fight-Halle geschlichen hast oder einfach aus San Francisco verschwindest.«

Sie seufzte tief, senkte den Kopf und malte mit dem Finger kleine Kreise auf meine Haut. »Du hättest mich vorher einweihen können. Auch du musst lernen, mir zu vertrauen.«

Abwartend blickte sie zu mir auf, und ich wusste, dass sie recht hatte. Ich war selbst schuld, hätte ihr früher von den Problemen mit Billy erzählen sollen, aber ich war es gewohnt, all diese Kämpfe allein auszufechten. Meine innere Mauer war massiv, sehr hoch, mit scharfem Stacheldraht umwickelt und unüberwindbar. Dagegen kam niemand an.

»Was ist damals geschehen?«, fragte sie leise, als ich nicht antwortete. »Es muss so schrecklich sein, dass du glaubst, es nur im Käfig loszuwerden ... Wenn du träumst, redest du manchmal.« Ich kniff die Lippen zusammen, und mir wurde heiß und kalt. Hatte ich etwa von dem Mord gesprochen? Vielleicht sogar einen Namen erwähnt? Ich wich ihrem Blick aus. »Meinst du nicht, du könntest wenigstens versuchen, mir davon zu erzählen?«

Genau im richtigen Moment klingelte mein Handy. »Tut mir leid, ich muss da rangehen.« Eilig stand ich vom Bett auf, ging zu meiner Jeans, die noch am Boden lag, und nahm das Telefon heraus. »Dylan, was gibt's?«

»Hey Bro. Hast du Cat gefunden?«

»Ja, habe ich.«

»Sehr gut. Hör zu, Billy war heute mit seinen Leuten im Hotel.«

»Fuck! Wieso?«

»Keine Ahnung. Blöderweise ist er direkt in Robinsons Arme gelaufen. Was sie besprochen haben, weiß ich nicht. Ich dachte nur, du solltest das wissen.«

Dieser Schweinehund! »Hat Robinson etwas gesagt?«

»Nein, zu mir nicht. Vielleicht rufst du Billy an und machst ihm klar, dass er sich nicht mehr in der Nähe des *Empire Heaven* blicken lassen soll, wenn er seinen Cage weiter betreiben will. Falls unser Boss spitzkriegt, was läuft, sind wir alle geliefert.«

Manchmal wünschte ich mir, Billys Laden würde auffliegen, dann hätte ich eine Sorge weniger. »Ist gut, ich kümmere mich darum.«

»Okay. Und was ist mit Cat und dir? Wieder alles klar?«

Ich blickte grinsend zu ihr. »Ja. Gibt es Neuigkeiten von der Polizei?«

»Nein. Weather hat sich nach Cat erkundigt, aber ansonsten nichts Neues. Wann kommt ihr zurück?«

»Keine Ahnung. In ein paar Tagen.«

»Okay, dann passt auf euch auf. Wir hören voneinander.«

»Alles klar, danke. Bis bald.« Nachdenklich legte ich auf.

»Wer war das?«

»Dylan.«

»Und? Was gibt es?«

»Nichts. Alles okay.«

»Noah?«, sagte sie mit warnendem Unterton und krabbelte zum Bettende. »Das ist genau, was ich meinte. Rede mit mir.«

Ich fuhr mir durchs Haar und überlegte. Ich war im Begriff, wieder den gleichen Fehler zu machen, indem ich ihr Informationen vorenthielt. Wenn ich schon Vertrauen von ihr verlangte, dann sollte ich ihr das ebenfalls entgegenbringen – zumindest was die Probleme des Cage-Fightings betraf. »Billy war heute im Hotel und ist Robinson über den Weg gelaufen.«

»Oh Mist! Und jetzt weiß euer Chef über die heimlichen Kämpfe Bescheid?«

»Keine Ahnung. Dylan konnte nicht hören, was sie geredet haben oder ob Billy meinem Boss etwas gesteckt hat. Andererseits kann ich mir nicht vorstellen, dass er so dumm ist, Robinson von unserem Arrangement zu erzählen. Sein Auftauchen war ein mieser Einschüchterungsversuch mir gegenüber.«

»Und wenn doch?«

»Dann schneidet der Idiot sich ins eigene Fleisch. Wenn er will, dass ich für ihn kämpfe, sollte ich meinen normalen Brotjob weiter ausführen können. Wahrscheinlich ist er davon ausgegangen, mich im Hotel anzutreffen. Ich sollte bald zurück.«

Cat nickte und richtete sich auf den Knien auf. »Haben wir noch ein wenig Zeit?«

Ich ging zu ihr, blieb dicht vor ihr stehen und schaute auf sie hinunter. Mit dem Finger spielte ich mit einer ihrer wunderschönen Locken.

»Für einen Snack immer«, flüsterte ich grinsend.

»Du bist wie immer unersättlich, Mr. Holder.«

»Was denn? Ich war vorhin noch nicht am Ende. Zum Beispiel habe ich diesen Teil deiner Haut noch nicht geküsst.« Ich beugte mich vor und biss zärtlich in ihre Schulter. »Und hier war ich heute auch noch nicht.« Ihr Duft stieg mir in die Nase, als ich ihre Mähne anhob und sie im Nacken küsste. Dabei umgriff ich ihre Taille und ließ mich mit ihr ins Bett zurücksinken. Sie kicherte, und es war wie Musik in meinen Ohren. Cat stöhnte honigsüß auf und brachte mich um den Verstand. Ich war hoffnungslos verloren.

Es war früher Morgen. Bilder eines Albtraums schreckten mich auf, Cats sanfte Hände und ihre zarte Stimme holten mich in die

Gegenwart zurück. »Hey, es ist alles gut. Du hast nur geträumt.«

Es dauerte einen Moment, bis ich meine Gefühle wieder ordnen konnte. Verwirrt richtete ich mich auf und fuhr mir durchs Haar, als könnte ich alles aus meinem Gedächtnis fortwischen. »Tut mir leid, dass ich dich geweckt habe. Schlaf weiter, Babe.«

Ich wollte aufstehen, doch sie hielt mich an der Schulter fest und zog mich sachte aufs Kissen zurück. »Bleib bei mir, Noah. Bitte.«

Normalerweise hätte ich mich aus der Villa geschlichen, Cat weiterschlafen lassen und wäre so lange spazieren gelaufen, bis ich mir sicher sein konnte, nicht mehr zu träumen, aber Cat sah mich so flehentlich an, dass ich ihr den Wunsch nicht abschlagen konnte. Erschöpft gab ich nach, legte mich wieder zu ihr, fühlte ihre Wärme und nahm ihren Duft auf. Schneller als ich erwartet hatte, glitt ich in einen traumlosen und tiefen Schlaf.

***

Da war das Geräusch von prasselndem Wasser, das mich aus dem Tiefschlaf holte. Ich tastete auf den Platz, auf dem Cat hätte liegen müssen, aber das Laken war kühl und leer. Ich hob den Kopf und kniff die Augen zusammen. Sonnenlicht blendete mich. Keine Ahnung, wie spät es war, ich war noch viel zu müde. Gegen ein weiteres Nickerchen hätte ich nichts einzuwenden.

Gerade als ich wieder wegdöste, klopfte es, und ich hörte eine vertraute Stimme. »Cat, du Schlafmütze, willst du nicht endlich aufstehen? Ich habe dir Frühstück gemacht.«

Die Tür öffnete sich, und eine Frau kam herein. Schrilles Geschrei, dicht gefolgt von klapperndem und herunterfallendem Geschirr. Orientierungslos taumelte ich aus dem Bett, worauf die Frau in der Tür noch lauter aufschrie. Ich war noch zu verpeilt, um die Situation zu kapieren.

»Jesus, Maria und Josef«, rief sie mit weitaufgerissenen Augen, dabei bekreuzigte sie sich mehrfach, während sie auf einen Punkt an meinem Körper stierte. Erst als ich ihrem Blick folgte, verstand ich die Aufregung. Entsetzt starrte sie auf mein unbedecktes Heiligtum und kreischte, als wäre ich ein exhibitionistischer Einbrecher. Nackt stand ich mitten in Cats Zimmer und hielt die Hände vor mein Glied.

Genau in dem Moment kam Cat mit einem Handtuch um ihren Körper gewickelt aus dem Badezimmer, vom Flur draußen polterten Schritte. Shit! Blindlings schnappte ich etwas vom Boden und verhüllte damit mein bestes Stück.

»Was ist hier los?«, donnerte Grandpa Bambams Stimme. Genauso sprachlos wie die Haushälterin war er zusammen mit Mrs. Spence im Türrahmen stehen geblieben.

Alle Augen waren auf mich, meine Verletzungen im Gesicht und den winzigen Fetzen Stoff gerichtet. Cat presste die Lippen aufeinander und unterdrückte ein Lachen. Ich fand das überhaupt nicht witzig. Ich folgte dem Blick meiner Zuschauer. Für einen Moment schloss ich genervt die Augen. Shit! Wieso hatte ich nicht nach einem anderen Stück Stoff gegriffen? Ausgerechnet Cats rosafarbenen Mini-String hielt ich schützend vor mein Glied.

»Aber das ist doch ... Noah? Was machst du denn hier?« Grandpa Bambam sah fragend und amüsiert von Cat zu mir.

Mrs. Spence trat stirnrunzelnd näher, und Martha klappte den Mund auf. Nur Cat hatte Erbarmen. Sie zog das Laken von ihrem Bett und warf es mir zu. »Entschuldigt, Leute, Noah kam gestern Nacht an. Wir wollten euch nicht wecken, deshalb dachten wir, wir überraschen euch beim Frühstück mit seinem Besuch.«

»Noah? Welcher Noah?«, wollte Cats Mutter wissen, die jetzt näherkam und ihre Brille aufsetzte, um mich genauer unter die Lupe zu nehmen. Auch das noch.

»Noah Graham«, erklärte Grandpa. »Erinnerst du dich nicht, Monica?«

Sie und Martha musterten mich eindringlich. »Aber das ist ja unglaublich«, entfuhrt es der Haushälterin. »Dich hätte ich nicht wiedererkannt, Junge. Du bist ja vollkommen verändert.«

»Sechs Jahre sind eine lange Zeit. Schön, Sie wiederzusehen, Martha«, sagte ich und raffte das Laken enger um meine Hüften.

»Ach, papperlapapp! Du brauchst mich doch nicht so förmlich anzureden«, widersprach sie abwinkend. Sie hatte sich kaum verändert. Martha war der gute Geist des Hauses, und ich hatte nur positive Erinnerungen an sie. »Du hast mir einen schönen Schrecken eingejagt, junger Mann.«

»Entschuldigen Sie, das war keine Absicht.«

»Schon gut. Ich kann es immer noch nicht glauben! Cat hat mir zwar von dir erzählt, aber ich hätte dich nicht wiedererkannt.« Sie bückte sich und hob das zerbrochene Geschirr auf. Cat half ihr.

»Das hätte wohl niemand von uns«, mischte sich Mrs. Spence ein. »Sieh mal einer an! Vom hässlichen Entlein zum Schwan, was?«

Ein süffisantes Lächeln umspielte ihre Lippen, und sofort fühlte ich mich unbehaglich. Sie trat näher und begutachtete mich eingehend. Die Art, wie sie mich in Augenschein nahm, war sehr unangenehm. Ich kannte diesen Blick von einigen weiblichen Gästen aus dem Hotel. Ich war es gewohnt, dass Frauen, egal welchen Alters, mich attraktiv fanden, aber in dieser Situation, noch dazu von der Mutter meines Mädchens, nackt abgecheckt zu werden, war nicht gerade behaglich. Ihr

Blick glitt über meine Brust und blieb schließlich bei meinem Schritt hängen. Sie leckte sich mit einem winzigen Grinsen über die Lippen, was mir sofort die Kehle zuschnürte. Es war kein freundliches Lächeln, sondern eines, das keine Mutter dem Freund ihrer Tochter schenken sollte. Ich verachtete sie dafür, dass sie es wagte, ausgerechnet mich so anzusehen, sogar während ihre eigene Tochter im Raum stand. Das war einfach widerwärtig! War der Frau denn gar nichts heilig?

Desinteressiert wandte ich den Kopf ab und prüfte, ob Cat etwas mitbekommen hatte. Natürlich hatte sie das – wie wahrscheinlich alle Personen im Zimmer. Besitzergreifend und ihr Revier markierend schob Cat sich zwischen uns, verschränkte die Arme und starrte ihre Mutter eiskalt an.

»Ihr könnt jetzt gehen. Wir kommen gleich runter«, fuhr Cat sie spitz an.

Es vergingen mehrere Sekunden, bevor Mrs. Spence den Rückzug antrat. In aller Seelenruhe glitt ihr Blick noch einmal völlig ungeniert über meinen Körper. »Nett, Noah. Wirklich nett!«

»Das reicht, Monica, lassen wir die Kinder allein«, befahl Grandpa, dem die Stimmung zwischen den beiden Frauen nicht entgangen war.

Erst als alle nacheinander das Zimmer verlassen hatten, atmete Cat erleichtert auf. »Ich entschuldige mich für das schlechte Benehmen meiner Mutter. Die tickt doch nicht richtig.«

Ich zog sie an mich. »Ich hatte mir die Begegnung mit deiner Mom auch anders vorgestellt, aber jetzt haben wir es wenigstens hinter uns.«

»Wenn Mom getrunken hat, ist sie unmöglich.«

Ich nickte. »Ich kenne das.« Sofort wollten sich Erinnerungen an meinen Vater auftun, aber ich drängte sie erfolgreich beiseite und konzentrierte mich auf das Mädchen in meinen Armen.

»Komm, lass uns frühstücken.« Cat hauchte einen Kuss auf meine nackte Brust und lief zurück ins Badezimmer. Ich sah ihr nach, wie sie nur mit ihrem Handtuch bekleidet verschwand. Dabei wackelte sie so sexy mit dem Hintern, dass ich ihr, wie eine Motte angezogen vom Licht, ins Bad folgte.

Hand in Hand gingen Cat und ich etwas später als beabsichtigt die Stufen hinunter. Noch immer konnte ich den Blick nicht von ihr abwenden. Sie trug einen ziemlich kurzen Rock, der ihren Hintern betonte und ihre Beine endlos lang wirken ließ. Ich bekam einfach nicht genug von ihr.

Erst als wir in der lichtdurchfluteten Eingangshalle standen, fielen mir die großen Porträtbilder von Becky auf, die die hohen Wände schmückten. Interessiert schaute ich zur Bibliothek, deren Schiebetür weit offen stand. Deckenhohe Regale und der Ledersessel, in dem der Chief oft in seine Gesetzesbücher versunken gewesen war, befanden sich noch an gleicher Stelle, als wäre ich nie fort gewesen. Schon als Kind hatte mich die Villa der Spence' beeindruckt. Unzählige große Räume, alle geschmackvoll eingerichtet, ein riesiges Grundstück, auf dem man tun und lassen konnte, was man wollte – das hatte ich mir als kleiner Junge auch gewünscht. Mit der Zeit hatte ich aber erfahren, dass das Leben für Cat viele Schattenseiten gehabt hatte.

Als wir unten ankamen und sie kurz zu Beckys Porträt schaute, spürte ich ihre Anspannung.

In der Küche warteten bereits leckere Pancakes und Kaffee auf uns. Ungeduldig trommelte Mrs. Spence ihre manikürten Nägel auf die Tischplatte und hörte augenblicklich auf, als Cat und ich eintraten. Neugierig ruhte ihr Blick auf mir.

Martha kam freudestrahlend hinter dem Herd hervor. »Da seid ihr ja. Setzt euch, Kinder.« Sie deutete auf die freien Plätze an der Theke und füllte Kaffee in die Tassen. »Es ist so schön, dich endlich mal wieder zu sehen, Noah. Cat hat mir viel von dir erzählt.«

»Ach?«, warf Mrs. Spence ein. »Mir hat sie kein Wort davon gesagt. Wieso hast du mir nicht bei einem unserer Telefonate davon berichtet?« Cat seufzte und rang um Fassung. »Ich wette, dein Vater wusste gleich Bescheid.«

»Jetzt lass die Kinder doch erst mal was in den Magen bekommen.« Grandpa stöhnte, da er ahnte, wohin die Unterhaltung führen würde.

Neben mir wandte Cat sich langsam ihrer Mutter zu. Ich wollte sie beruhigen und berührte ihren Oberarm. Sie war wie versteinert.

»Und woher kommen die Verletzungen in seinem Gesicht?«, wollte Mrs. Spence wissen.

»Das geht dich nichts an, Mom.«

Mrs. Spence kniff die Augen zusammen und drehte sich aufmerksam zu ihrer Tochter um. »Was willst du hier, Cat? Spuck es schon aus. Geld kannst du jedenfalls von mir nicht erwarten.«

»Ich pfeif auf dein dämliches Geld, Mom.«

»Was ist es dann? Etwa nach Hause zurückkommen und so tun, als wäre nichts gewesen? Du warst noch nicht mal an Beckys Todestag hier, hast es vorgezogen, dich zu vergnügen.«

»Es reicht, Monica!«, brüllte Grandpa plötzlich auf und knallte seine Hand auf den Tisch. Augenblicklich war es totenstill in der Küche, nur das Brutzeln in Marthas Pfanne war zu hören.

»Oh nein, es ist noch lange nicht genug«, brauste Mrs. Spence auf. »Ihr habt nicht das Recht, euch in mein Leben einzumischen, und es geht euch einen Scheiß an, ob und wie viel ich trinke! Ihr habt euch entschieden zu gehen, dann verschwindet gefälligst.«

»Wir sind deine Familie, Monica«, brummte Grandpa verärgert.

»›Familie‹ nennst du das? Ich habe meine Familie vor sechs Jahren beerdigt.« Voller Hass musterte Mrs. Spence die verletzten Gesichter von Martha und Cats Großvater.

Auch ich war entsetzt über den Ausbruch und fragte mich, was aus jener Frau geworden war, die einst in Pleasant Hill großes Ansehen genossen hatte. Ihre Attraktivität und der Glamour, der sie stets umgeben hatte, waren einer hässlichen, verbitterten Fratze gewichen. Hinter ihrer Feindseligkeit und Wut steckte nicht nur der Verlust ihrer Tochter. Schon früher hatte ich durch Cat mitbekommen, dass ihre Mutter Probleme hatte. Oft hatten sich ihre Eltern gestritten, und es hatte tagelang dicke Luft in der Villa geherrscht. Ich empfand Mitleid, aber auch Verständnislosigkeit. Ich war fassungslos. Was hatte Cat in den letzten Jahren alles ertragen müssen? Es war untypisch für Cat, völlig still dazusitzen und alles über sich ergehen zu lassen. Mitfühlend legte ich eine Hand auf ihre Schulter.

Als hätte sie meine Gedanken erraten, spürte ich, wie sie sich innerlich aufraffte, tief den Atem einsog und ihrer Mutter die Stirn bot. »Falsch, Mom. Du hast dich mit Becky beerdigt.«

Stolz und Erleichterung flatterten in meiner Brust. Da war sie wieder. Die Cat, die ich von früher kannte. Ich verkniff mir ein Schmunzeln.

»Wag es nicht, so mit mir zu reden, junge Dame. Du bist in *meinem* Haus«, zischte Mrs. Spence mit kaum verhüllter Wut.

Aufgebracht stand Cat auf. »Doch, Mom. Es wird Zeit, dass ich endlich ein paar Dinge ausspreche. Du wirfst mir vor, dass ich dich verlassen habe. Ja, das habe ich, weil man es hier nicht aushält. Es geht immer nur um dich, und ich habe dein

Gejammer und dein Selbstmitleid satt. Egal, was du sagst, du kannst mir nicht mehr wehtun. Deshalb tu dir keinen Zwang an und beschimpfe mich. Du hast jetzt die Gelegenheit, mir alles an den Kopf zu werfen, was du dir seit Jahren verbietest.«

»Cat!«, rief Grandpa energisch und sah sie verärgert an. Früher hatte er auch immer versucht, zwischen Mutter und Tochter zu schlichten – damals wie heute war jeder Versuch erfolglos.

»Schon gut, Grandpa. Das lag mir länger auf der Seele und musste mal gesagt werden.«

Für eine Millisekunde sah ich die Verletztheit in Mrs. Spence' Augen, die aber sofort hinter einer steinernen Miene verschwand. Vor Wut schnaubend suchte sie nach Widerworten, kleinen Gemeinheiten, mit denen sie Cat wehtun konnte. Unmittelbar regte sich in mir der Beschützerinstinkt, und ich stellte mich hinter Cat. Es war mir unbegreiflich, wie man so kalt und gleichgültig sein konnte. Schon damals hatte ich mich gefragt, warum Mrs. Spence Becky immer vorgezogen hatte. Warum machten manche Eltern überhaupt Unterschiede zwischen ihren Kindern? Cats Mom war ungerecht und kaltherzig zu ihr, auch lange vor Beckys Tod. Kein Vergleich zu meiner Mom, die mich immer mit Liebe überschüttet hatte, egal wie schlecht es ihr ging. Sie hatte stets ein liebevolles Lächeln für mich übrig, selbst in Zeiten, als dieses Lächeln ihr Schmerzen bereitet hatte.

Die Stimmung war zum Zerreißen gespannt, selbst Grandpa taxierte Mutter und Tochter und wusste nicht, was er tun sollte. Bevor die Situation eskalieren konnte, griff Cat nach meiner Hand und zog mich aus der Küche. Zielstrebig führte sie mich durch die Eingangshalle, wo wir auf ein bekanntes Gesicht stießen. Mr. Claus.

»Hallo Cat«, sagte er freundlich, blieb stehen und musterte mich.

»Erinnern Sie sich noch an Noah, Mr. Claus?«

Er brauchte einige Sekunden, um in mir den Jungen von damals zu erkennen. Den alten Chauffeur der Familie Spence hatte ich in guter Erinnerung behalten. Er war grau geworden, hatte abgenommen und wirkte erschöpft. An seinem Gang hatte ich gemerkt, dass er beim Laufen Mühe hatte, was er geschickt zu verbergen wusste.

»Das ist ja eine Überraschung. Noah Graham! Was machst du denn hier?« Er reichte mir zur Begrüßung die Hand.

»Ich dachte, ich schau mal in der alten Heimat vorbei«, sagte ich und ergriff sie.

»Du bist zum Mann geworden, hast dich sehr verändert.« Anerkennend nickte er und schaute abwechselnd von Cat zu mir.

»Wie geht es Ihnen, Mr. Claus?«

»Ganz gut, nur meine Knochen werden nicht jünger. Das ist der Nachteil am Altwerden. Unsere Hüllen werden zunehmend gebrechlicher, aber die Seelen bleiben ewig jung.« Er lachte.

»Das werden wir irgendwann auch noch erfahren. Wir gehen nach draußen, da drinnen mal wieder dicke Luft herrscht«, erklärte Cat und zog mich auch schon weiter zur Tür.

»Ist ja nichts Neues. Bis nachher«, murmelte Mr. Claus und winkte uns. Nachdenklich sah er uns hinterher, als Cat und ich das Haus verließen.

7

Cat

Freiheit! Früher hatte ich geglaubt, dass es wahre Freiheit nur weit entfernt von zu Hause geben konnte. Ich hatte mich getäuscht. Beinahe beschwingt lief ich neben Noah her und fühlte mich großartig. Der Knäuel aus Frust, Enttäuschung und Zorn in meinem Magen, der mich gequält hatte, seit ich hier war, hatte sich gelöst, und es ging mir sehr viel besser. Dankbar lächelnd schaute ich immer wieder zu Noah, während wir das Grundstück verließen. Es waren unsere Blicke, die mehr sagten als tausend Worte.

Hinter den Grundstücksmauern blieb er plötzlich stehen und wandte sich den Häusern zu, die die Straße säumten. Ich wusste genau, welchem davon seine Aufmerksamkeit galt. Es war das letzte in der Reihe mit der verblichenen grünen Fassade und dem gepflegten Garten. Es hatte eine Weile leer gestanden, und Dad hatte damals geflucht, weil er den Mietpreis herabsetzen musste, um neue Mieter zu finden. Es hatte fast zwei Jahre gedauert, bis ein Rentnerpaar endlich dort eingezogen war.

Völlig ruhig schaute Noah auf sein altes Zuhause. Ich konnte mir vorstellen, was der Anblick in ihm auslöste – schmerzhafte, böse Erinnerungen.

»Willst du hingehen? Die Chapmans sind nett.«

Mrs. Chapman schob gerade die Fliegengittertür auf, um ihre Blumen zu gießen, die sie in Ampeln und Blumenkästen auf der ganzen Veranda gepflanzt hatte. Ein aufgeregter Hund kläffte um ihre Aufmerksamkeit, bis sie die Kanne abstellte und liebevoll mit ihm redete.

»Nein, schon gut«, antwortete Noah. »Es ist schön, dass das Haus jetzt nette Bewohner hat.«

»Das hat es«, bestätigte ich. »Nichts erinnert mehr an früher; sie haben alle Zimmer gestrichen und tapeziert.«

Er nickte. »Das ist gut. Es ist seltsam, hier zu sein. Ich hätte nicht gedacht, dass ich jemals wieder hier stehen würde.«

Ich drückte mich an seine Brust. »So wie es damals ausgesehen hat, existiert es nur noch in unserer Erinnerung, und mit jedem Jahr, das vergeht, werden die Bilder blasser.«

Er küsste mich auf den Scheitel, wandte sich von seinem ehemaligen Zuhause ab und schlenderte mit mir im Arm die Straße hinunter. Wie früher nahmen wir Abkürzungen und kleine Schleichwege, vorbei an den Maisfeldern, bis wir die Hauptstraße erreichten, die zur Ortsmitte von Pleasant Hill führte. Er war schweigsam. Am Spielplatz blieb er am Zaun stehen. Die Ortsverwaltung hatte einige Spielgeräte erneuert. Selbst das Hundeverbotsschild hatte man versetzt und direkt am Eingang platziert. Um seine Stimmung wieder aufzuhellen, knuffte ich ihm lachend in die Seite. »Weißt du noch?«

»Wie könnte ich das vergessen, Catwoman?« Er grinste und zog mich weiter. »Lass uns einfach bummeln. Hast du Lust?«

»Klar.« Ein nervöses Kribbeln machte sich in meinem Magen breit, als ich daran dachte, wie die Leute auf Noah reagieren würden.

Vor einigen Jahren waren wir beide der Fluch jedes Ladenbesitzers gewesen – okay, das meiste ging auf meine Kappe, aber zumindest hatte Noah mich nie im Stich gelassen, wenn es Stunk gab. Wir hatten solchen Spaß gehabt, die Klamotten anzuprobieren und Bücher und Zeitschriften verkehrt herum in die Regale zu stellen. Hin und wieder ließen wir auch etwas mitgehen – nichts Teures, einfach nur so.

Wir erreichten Pleasant Hills Mini-Einkaufspassage, die höchstens sieben oder acht Geschäfte beherbergte. Den winzigen Ort konnte man nicht mit San Francisco vergleichen, wo das Leben Tag und Nacht tobte und Menschenströme die Straßen bevölkerten. In Pleasant Hill kannte jeder jeden, Klatsch und Tratsch verbreitete sich schnell.

Noah war nicht verborgen geblieben, dass ich angespannt war. »Nervös?«

»Ein wenig«, gab ich zu. »Willst du nicht lieber woanders hin?«

Abrupt blieb er stehen. »Hey! Seit wann bist du ein Feigling? Heute Morgen in der Küche war ich stolz auf dich, und jetzt willst du wegen ein paar aufgeblasener Snobs den Schwanz einziehen? Du warst eindeutig zu lange unter der Fuchtel deiner Mutter. Ihr Mist färbt doch nicht etwa ab?«

»Sorry, ich hatte nur einen schwachen Moment.« Ich lachte, wurde aber schnell wieder ernst. »Es ist nur … Es war eine schreckliche Zeit … Was die Leute alles gesagt haben, nachdem du fortgegangen warst und Becky gestorben ist. Das und die Probleme zu Hause haben mich fertiggemacht.« Wie oft war ich verzweifelt gewesen, hatte keine Kraft mehr gehabt? Aber egal, wie schlimm mein Leben gewesen war, die Erde drehte sich unermüdlich weiter – Tag für Tag. Stolz schaute ich zu Noah auf. Mit ihm an meiner Seite hatten wir die Mega-Power, gebündelte Kräfte – Catwoman und Superman! Ich kicherte.

»Was ist so witzig?«

»Du und ich, Catwoman und Superman!«

»Was?« Noah lachte laut auf. »Wenn schon, dann bin ich Spiderman, okay?«

»Der Spinnenmann?«

»Ja, der hat einen coolen Anzug, kann aus den Handgelenken Netze schießen – und überhaupt, der Typ ist heiß, findest du nicht?« Er hatte sich aus meinen Armen gelöst, nahm eine für Spiderman typische Sprunghaltung ein und schoss mit lauten Geräuschen imaginäre Spinnenfäden auf die Hausfassade.

Lachend schüttelte ich den Kopf. Was für ein Kindskopf! »Du bist und bleibst ein verrückter Kerl, Noah Holder!«

Wir betrachteten die Schaufenster und nickten den entgegenkommenden Passanten grüßend zu. Niemand erkannte Noah, und ich glaubte, er war auch ganz froh darüber. Die Leute schenkten mir verdutzte Blicke, bevor sie weitergingen. Als wir bei *Harolds' Haushaltwarengeschäft* an der Auslage vorbeiliefen, klingelte die Ladentür. Mrs. Harolds, die Ladenbesitzerin, und Mrs. Sawyer traten heraus. »Ich denke, bis nächste Woche sollte deine Bestellung ... Catherine? Catherine Spence?«

Ertappt wie ein Kind blieb ich stehen und rollte mit den Augen.

»Hallo Mrs. Harolds! Mrs. Sawyer«, begrüßte ich die größten Quatschbasen von Pleasant Hill und war mir sicher, dass unser Auftauchen in Nullkommanichts die Runde machen würde.

»Ja, gibt es denn so was? Ich dachte, du bist in San Francisco und machst Karriere?« Mrs. Harolds war eine Dame von über siebzig Jahren. Jeder kannte und manche fürchteten sie. Seit ich denken konnte, gab es ihren Laden, in dem auch Mom und Martha oft einkauften. »Hast du Urlaub und besuchst deine Mutter?«

Karriere? Was zum Henker hatte Mom erzählt? »Genau, Urlaub von meinem Job als Kellnerin.«

Die beiden Frauen kamen neugierig wie zwei Schlangen näher. »Kellnerin?«

»Korrekt«, sagte ich so freundlich wie möglich. Es war herrlich zu sehen, wie entgeistert sie waren. Das war natürlich mal wieder ein gefundenes Fressen.

Mrs. Sawyer, die einige Jahre jünger war, musterte Noah. Offensichtlich gefiel ihr, was sie sah. »Willst du uns deine gutaussehende Begleitung nicht vorstellen?«

Besitzergreifend hakte ich mich bei Noah unter und freute mich schon auf die Reaktionen. »Aber erkennen Sie ihn denn nicht? Das ist Noah.« Lässig klopfte ich mit der flachen Hand auf seine Brust. Die Damen schüttelten nur bedächtig den Kopf. Dann half ich ihnen auf die Sprünge. »Noah Holder, ehemals Graham.«

Es dauerte genau drei Sekunden, bevor ihnen das Gesicht einschlief und die Kinnlade aufklappte. Beinahe musste ich losprusten.

»Mrs. Harolds, Mrs. Sawyer«, grüßte Noah und deutete eine winzige Verbeugung an. »Schön, Sie wiederzusehen. Es ist eine Weile her.«

Mrs. Harold war die Erste, die sich wieder fing. »Der Junge von den Grahams, aber ... wie ist das möglich?«

»Mit Disziplin und jeder Menge Sex«, erklärte Noah, entblößte breit grinsend seine weißen Zähne und zog mich noch näher an sich. Verblüfft riss ich die Augen auf und spürte sofort Hitze in meinem Gesicht. Hatte er das gerade wirklich gesagt?

Mrs. Harolds sog scharf die Luft ein, und Mrs. Sawyer kramte aus ihrer Handtasche eine Brille. Sie zog sie nicht auf, sondern hielt sie sich nur vor die Augen. »Himmel! Breitschultrig, muskulös und sexy, genau wie ein Mann nach meinem

Geschmack aussehen sollte. Das werden mir die Mädels vom Chor niemals glauben.«

»Barbara! Dafür bist du doch viel zu alt«, echauffierte sich Mrs. Harolds.

»Zu alt? Dafür ist man nie zu alt. Du hast ja keine Ahnung. Ich bin weder eine vertrocknete Jungfer, noch verheiratet. Ich könnte es mir also erlauben, und Angebote habe ich schließlich genug«, konterte Mrs. Sawyer verschnupft.

»Ach, von wem denn, wenn ich fragen darf? Etwa von unserem ehebrecherischen Bürgermeister?« Autsch! Diese Spitze war eindeutig.

Noah und ich traten von einem Bein aufs andere, bis er die Damen schließlich unterbrach. »Es war schön, Sie beide wiederzusehen. Einen angenehmen Tag noch.«

Er zog mich mit sich, aber wir spürten die Blicke in unserem Rücken.

»Da hast du aber eine Lawine losgetreten«, sagte ich, als wir einige Meter gegangen waren und kurz zurückblickten. Bei den Damen stand nun auch Mrs. Smith, und alle schauten in unsere Richtung.

»Aber es macht unheimlich Spaß, die Gesichter zu beobachten.«

»Stimmt. Trotzdem staune ich immer wieder über dich. Meine Güte, früher wäre dir so ein Spruch niemals über die Lippen gekommen!« Es imponierte mir.

»Was denn? Wenn deine Mutter schon für Gerüchte sorgt, machen wir eben das Ding perfekt und heizen Pleasant Hill mal so richtig ein, oder nicht?«

Wir könnten die verrücktesten Dinge erzählen, über die das Kaff wochenlang reden würde. Uns konnte es egal sein, schließlich hatte ich beschlossen, diesem Ort für lange Zeit den Rücken zu kehren. Gut gelaunt setzten wir uns in das kleine Café an der

Straßenecke. Martha hatte vor Wochen am Telefon erwähnt, dass endlich das *Cafetissimo* eröffnet worden war und ich unbedingt mal dort vorbeischauen sollte. Die Sonne lugte durch die Wolkendecke und tauchte die Szenerie in ein warmes, fast goldenes Licht. Während Noah und ich uns einen großen Eisbecher teilten, beobachteten wir die Leute. Hausfrauen erledigten ihre vormittäglichen Einkäufe, LKWs belieferten die Geschäfte. Vereinzelt sah ich vertraute Gesichter – Mr. Brewster, der eine Kfz-Werkstatt betrieb, knatterte auf seinem alten Mofa an uns vorbei, Mr. Milford, unser Hausarzt, überquerte die Straße.

Ich war froh, dass ich nicht allen Hallo sagen musste, und Noah interessierte sich im Augenblick mehr für den riesigen Eisbecher, den wir uns bestellt hatten. Erst als ein Polizeiauto an uns vorbeifuhr, schaute er auf. Der Wagen war schon einige Meter weiter, bremste plötzlich, legte den Rückwärtsgang ein und kam zurück. Der Fahrer hatte Glück, dass kein Verkehr herrschte. Genau auf unserer Höhe wurde die Fensterscheibe heruntergelassen.

»Cat?« Der Beamte hatte sich über den Beifahrersitz gebeugt und rief aus dem offenen Fenster.

Mit der Hand schirmte ich die Sonne ab, um zu erkennen, wer da hinterm Steuer saß. Das war doch ... »Mason Halloway?«

Er parkte den Wagen, stieg aus und kam lächelnd auf uns zu. »Cat! Du bist zurück?«

Mit der verspiegelten Sonnenbrille, dem goldenen Stern an der Brust und dem Hut sah er wirklich cool aus. Ich freute mich, ihn zu treffen, legte den Eislöffel beiseite und stand auf. Er zog seine Brille ab und breitete die Arme aus.

»Was machst du denn hier? Hast du schon die Nase voll von der großen Stadt?«, fragte er lachend, umarmte mich freundschaftlich und grüßte meine Begleitung. Erst beim zweiten Blick hielt Mason inne und schaute Noah genauer an. Die Verwirrung stand ihm ins Gesicht geschrieben, und er vergaß, was er zu mir sagen wollte. »Graham?«

»Ist lange her, Halloway.«

Unsicher, wie das Gespräch verlaufen würde, beobachtete ich die beiden. Mason war damals ein ziemlicher Arsch gewesen, und Noah hatte keine guten Erinnerungen an ihn.

»Ich werd verrückt!«, entfuhr es Mason. »Was ist denn mit dir passiert? Zu viel Anabolika geschluckt?«

»So was Ähnliches.« Noah wollte ihm die Hand reichen, doch Mason schlug diese aus, umarmte ihn und klopfte ihm kumpelhaft auf die Schulter. Noah deutete auf den Sheriffstern auf Masons Brust. »Und du hast wohl die Seiten gewechselt?«

Unser stellvertretender Sheriff lachte. »Das kann man wohl sagen.« Er setzte sich zu uns an den Tisch. »Ich habe früher ziemlichen Mist gebaut, und dann musste ich wegen einer Sache in den Bau einfahren. Dort hatte ich jede Menge Zeit zum Nachdenken. Mir wurde klar, dass ich dringend etwas ändern muss.«

Mason erzählte, dass er und seine Frau im Herbst ihr erstes Kind erwarteten und wie sehr er sich auf den kleinen Racker freute.

»Du kannst stolz auf dich sein«, erwiderte ich voller Respekt. »Wer hätte je gedacht, dass du mal ein Staatsdiener und ein treusorgender Ehemann und bald Vater sein würdest?«

»Damit habe ich wohl einige überrascht, mich selbst am meisten.«

Während wir uns weiter unterhielten, schweiften meine Gedanken ab. Aus dem Augenwinkel beobachtete ich Mrs. Harolds, die noch immer vor ihrem Laden stand und inzwischen noch mehr Frauen um sich scharte. Alte Schnattertanten! Sie steckten die Köpfe zusammen und schauten ständig in unsere Richtung. Im Grunde sollte es mir egal sein, schließlich hatten Noah und ich diesmal selbst für den Gesprächsstoff gesorgt. Ich ermahnte mich, nicht länger über sie nachzudenken, und schenkte Mason meine Aufmerksamkeit, die er zweifellos verdient hatte.

Dieser strich über den dunklen Schnauzbart, senkte den Blick und räusperte sich. »Ist schon ne Weile her, aber da du und deine Mom damals verschwunden seid, hatte ich nie die Gelegenheit, mich bei dir zu entschuldigen, Graham.« Noah winkte ab, doch Mason ließ sich nicht beirren. »Ich war früher ein ziemliches Arschloch, hab echt miese Sachen gemacht. Tut mir leid, Mann!«

»Vergiss es, Halloway. Wir waren Kinder, ist lange her und längst vergessen.«

»Da bin ich aber froh, weil ich heute wahrscheinlich den Kürzeren ziehen würde, wenn ich mich mit dir anlege.« Sie lachten, und Mason schlug Noah auf den Bizeps. »Hast ja ordentlich Muckis bekommen.« Er lehnte sich im Stuhl zurück und strahlte uns an. »Ich hätte nie gedacht, dass ich euch beide gemeinsam wiedersehe. Erzählt, wie geht es euch? Cat, ich habe gehört, du hattest ziemliche Probleme in San Francisco. John, der Mistkerl, soll im Knast verrotten«, brummte Mason grimmig, was Noah kopfnickend bestätigte.

»Das kann man wohl sagen.« Ich verriet ihm, wie alles angefangen hatte, hielt mich aber mit der aktuellen Drohung zurück, als ich erneut zum Haushaltsgeschäft von Mrs. Harolds schaute. Es gab schon genug Geschwätz in Pleasant Hill.

»Tut mir wirklich leid, Cat. Wenn ich etwas tun kann, sagt mir Bescheid.«

»Danke, das ist nett«, meinte Noah und gab der Bedienung ein Zeichen, dass wir zahlen wollten.

Aus dem Streifenwagen dröhnte eine Stimme, die nach Deputy Sheriff Halloway verlangte. »Sorry, Leute, die Pflicht ruft.« Er seufzte. »Ich muss los.«

Wir verabschiedeten uns von ihm. »Alles Liebe für euer Baby!«

»Danke, Cat.« Er umarmte mich, wandte sich an Noah und schüttelte lachend den Kopf. »Unglaublich, Noah, wirklich! War echt cool, dich wiederzusehen.«

»Ja, das fand ich auch.« Die Männer klopften sich gegenseitig auf die Schulter. Mason lief zu seinem Streifenwagen, stieg ein und fuhr davon.

Nachdem Noah den Eisbecher bezahlt hatte, beschlossen wir weiterzuschlendern. Ich konnte nicht fassen, dass sich der Schnatterweiberhaufen immer noch nicht aufgelöst hatte. Hatten die denn nichts Besseres zu tun?

»Ich glaube, du bist die neue Sensation im Ort«, sagte ich zu Noah und nickte in Richtung Laden.

»Lass ihnen doch den Spaß.«

Kopfschüttelnd wandte ich mich ab und lief mit ihm weiter. Wir kamen an einem Geschäft vorbei, das mehrere Ständer mit Angeboten vor der Tür stehen hatte. Gartenwerkzeug in allen Arten und Farben, Gartenhandschuhe, Blumenerde, Besen in unterschiedlichen Größen und Varianten und allerlei anderen Kram. Besen! Ich nahm einen in die Hand und überlegte kurz.

Noah trat neben mich. »Was hast du vor?«

Ich zog weitere Kehrbesen heraus. »Kannst du die für mich bezahlen?«

»Klar.« Noah ging hinein und kaufte die Besen. Voller Tatendrang machte ich mich auf den Weg zu den Lästermäulern.

»Catherine!«, rief Mrs. Harolds verwundert, als ich bei ihnen ankam.

»Mrs. Harolds, ich habe was vergessen.« Alle Augenpaare

waren auf mich und Noah gerichtet, der mit verschränkten Armen neben mir stand.

»Einen für Sie«, sagte ich und drückte der ersten Dame einen Besen in die Hand, »für Sie, Mrs. Sawyer, und für Sie auch einen. Ganz besonders für Sie, Mrs. Harolds.« Ich hatte alle Besen verteilt und erntete verwirrte Blicke. »Herzlichen Glückwunsch, jetzt könnt ihr endlich mal vor eurer eigenen Tür kehren. Schönen Tag noch.« Ich klopfte mir imaginären Staub von den Händen und ließ die Truppe einfach stehen.

Ich bekam noch mit, wie sie schnaubend etwas von einer ›Unverschämtheit‹ und ›frechen Göre‹ murmelten, aber das interessierte mich nicht mehr. Zufrieden lächelnd hakte ich mich bei Noah unter, der lauthals lachte. Es tat meiner Seele so gut!

Wir vertrödelten den ganzen Nachmittag, schlenderten zu den Plätzen, an denen wir uns früher immer aufgehalten hatten. Nur unsere Höhle am Papenfus Creek ließen wir aus – zu viele Erinnerungen und zu viel Schmerz. Ich war froh, dass Noah das genauso sah. Alles, was wir gemeinsam dort aufgebaut hatten, war irgendwann einem meiner Wutausbrüche zum Opfer gefallen. Ich hatte unser Geheimversteck zerstört und war nie wieder zurückgekehrt. Wahrscheinlich war der Höhleneingang überwuchert, und wir könnten ohnehin nicht hinein. Außerdem hätte das die angenehme Stimmung gedämpft.

Wir hatten es uns auf einer einsamen Wiese am Ortsrand gemütlich gemacht, ließen die Sonne auf uns herunterstrahlen und schauten den großen, aufgeblähten Cumulus-Wolken zu, die wie riesige Wattebäusche am Himmel hingen und ihre Form veränderten. Noah lag mit geschlossenen Augen auf dem Rücken und spielte mit einem Grashalm im Mund, während ich meinen Kopf auf seinen Bauch gebettet hatte und die Stille zwischen uns genoss. Die Grillen zirpten in der Nachmittagssonne, und ich beobachtete einen Schmetterling, der über uns hinwegflatterte. Es war so friedlich, dass ich beinahe all meine Sorgen vergaß.

Mein Handy unterbrach die Idylle und riss mich aus den Träumereien. Ich kramte es aus meiner Handtasche und ging ran. »Hallo?«

»Cat?«

Inmas Stimme zauberte sofort ein Lächeln auf meine Lippen. »Hey! Schön, dich zu hören, ich wollte dich heute Abend anrufen. Alles klar bei dir?« Stille, dann ein tiefes Schluchzen. »Inma? Was ist los?«

»Spike ... Er ... hat Schluss gemacht und unsere Verlobung gelöst.« Sie schniefte und brach dann vollkommen aufgelöst in Tränen aus.

»Was?« Ich warf Noah einen entsetzten Blick zu und schirmte das Mikrofon des Handys ab. »Es ist Inma. Zwischen ihr und Spike ist es aus«, flüsterte ich ihm zu. Er runzelte ungläubig die Stirn. »Beruhige dich. Was ist passiert?«

Meine beste Freundin brauchte drei Anläufe, um überhaupt einen verständlichen Satz zustande zu bringen. Neben dem Schluchzen und Jammern hörte ich ihre Verzweiflung – es schien wirklich ernst. »Er kam, wie immer, gestern Abend zu mir. Er war schon eine Weile so komisch, redete kaum und ist mir ausgewichen. Irgendwann zog er den Ring vom Finger und meinte, wir könnten nicht länger zusammen sein. Er hat mich verlassen, und ich habe das Gefühl, ich sterbe.«

Tiefe Schluchzer drangen durch das Telefon. Ich konnte nur den Kopf schütteln. Das sah Spike überhaupt nicht ähnlich. »Bist du sicher, Süße, dass das kein Missverständnis ist?«

»Ja.«

»Habt ihr euch vor Kurzem gestritten?«

»Nein, es war alles gut. Cat? Wenn Spike mich nicht mehr

will, dann ...« Sie brach ab und wimmerte, sodass es mir beinahe das Herz zerriss. Mein Gott, so hatte ich Inma noch nie erlebt! Sie war total verzweifelt. Ich stand auf, ging einige Schritte auf der Wiese umher und wünschte, ich könnte irgendetwas sagen, um sie zu trösten, aber mir fiel nichts ein. »Ich liebe ihn, Cat. Mein Leben ist ohne ihn vorbei.« Sie zog die Nase hoch.

Shit! Was konnte ich tun? Sie brauchte mich dringend, und ich saß hier. Hilflosigkeit machte sich in mir breit, und ich verfluchte die etwas über fünfhundert Meilen, die zwischen uns lagen.

»Ich muss Schluss machen, mein Vater kommt gerade«, beendete sie unser Gespräch schniefend, und bevor ich etwas erwidern konnte, hatte sie schon aufgelegt.

»Inma, warte!« Fassungslos starrte ich aufs Display. Ihr Vater war da? Wieso hatte sie mir nichts davon gesagt? Soweit ich wusste, lebten ihre Eltern in Spanien und konnten nur selten das Restaurant, das sie betrieben, alleinlassen. Vielleicht hatte Inma ihnen erzählt, was geschehen war.

»Was ist passiert? Ich habe dein Geflüster vorher nicht verstanden«, meinte Noah.

»Spike hat sich von Inma getrennt.« Ich konnte es immer noch nicht fassen.

»Was? Wieso? Er betet sie doch förmlich an.«

»Ich verstehe das auch nicht ... Ich muss zu ihr. Sie braucht mich. Dringend«, sagte ich entschlossen.

Noah zog die Brauen zusammen, nahm den Grashalm aus dem Mund und stand auf. »Nein! Das ist zu gefährlich, Cat. Das wirst du nicht tun.«

»Wie bitte? Das hast du nicht zu entscheiden!«

»Du bist hier in Sicherheit. Wir rufen Maja an – sie soll nach Inma sehen, falls sie das nicht schon tut.« Er zog sein Handy heraus und schrieb eine Nachricht. »Siehst du, erledigt.« Er steckte das Telefon wieder ein.

»Noah! Sie ist meine Freundin und braucht mich. Du hast selbst gesagt, dass du zurückmusst, wegen Billy. Wir werden gemeinsam gehen.«

»Nein, Cat«, widersprach er und sah mich eindringlich an. »Ich möchte, dass du hier bei deinem Großvater bleibst. Ich rede mit Mason, der auch noch ein Auge auf dich werfen soll, und –«

»Hast du sie noch alle? Das mache ich auf keinen Fall«, fuhr ich ihn an.

»Verstehst du nicht? In San Francisco bist du nicht sicher, und ich habe kein gutes Gefühl. Wir sollten kein Risiko eingehen.«

»Ich bleibe nicht hier, das kannst du vergessen.« Stur verschränkte ich die Arme vor der Brust.

»Und was, wenn es zu einem weiteren Übergriff des Rosenstalkers kommt? Hast du vergessen, was er mit dir gemacht hat?«

Ich wusste, dass Noah recht hatte, aber allein der Gedanke, länger ohne ihn hierzubleiben, ging mir gehörig gegen den Strich. Zu wissen, dass Inma mich brauchte, verstärkte nur meine Haltung. Sie war immer für mich da gewesen, und es war meine Pflicht als beste Freundin, ihr jetzt beizustehen. Doch Noahs Worte erinnerten mich an die Angst. Ich sah die Bilder vom Überfall, Spikes Verletzungen, und fühlte erneut die Schmerzen. Wut sammelte sich in meinem Magen, wenn ich nur daran dachte. Für einen Moment schloss ich die Augen und befreite mich kopfschüttelnd von den Gedanken. »Dann muss die Polizei eben mehr tun, und du und deine Jungs müsst mich noch besser beschützen.«

Noah schnaubte und fuhr sich durchs Haar.

Jede Entscheidung zog Konsequenzen nach sich. Ich war hergekommen, um Antworten zu finden, und es gab bis auf Grandpa keinen Grund mehr, länger hierzubleiben. Angst vor dem Rosenstalker hatte ich nicht nur in San Francisco, sondern auch hier. Mein Entschluss stand fest. »Ich werde auf keinen Fall hierbleiben, ich komme mit dir.«

»Cat, sei vernünftig! Es ist doch nur vorübergehend, und du kannst jeden Tag mit Inma telefonieren, solange du willst.«

Ich überlegte. »Ich soll also genau das tun, was der Rosenstalker will? Was bringt das?«

»Es verschafft uns Zeit«, gab er knapp zurück.

»Pah ... Zeit! Die hatte die Polizei doch zur Genüge, und nichts ist dabei herausgekommen. Nichts! Ich kann mich nicht ewig hier verstecken!«

»Verdammt, Cat. Du bist so eigensinnig!«, schrie Noah. »Verstehst du denn nicht, dass die Sache mit Spike auch eine Falle sein könnte?«

Ich runzelte die Stirn. »Eine Falle?«

»Ich weiß es doch auch nicht, aber merkwürdig ist das schon. Wir wissen nicht, was dahintersteckt, und sollten deshalb aufpassen.«

»Dann sperrst du mich eben bei Inma ein«, fuhr ich ihn an, wusste aber, dass ich Unsinn redete. Wir funkelten uns an, und da kapierte ich etwas. »Du wolltest ohne mich von hier verschwinden?«, stellte ich heiser fest. »Wann?«

Er warf den Kopf in den Nacken und seufzte schwerfällig. »Morgen.«

»Morgen?!«, entgegnete ich schrill. Ich hatte geglaubt, er würde ein paar Tage bei mir bleiben und dann gemeinsam mit mir von hier verschwinden, aber das hatte er gar nicht vorgehabt. Er würde gehen, und plötzlich quoll der gleiche Schmerz wie damals in mein Herz. Er würde mich zurücklassen, in der

Villa, die sich lange Zeit wie ein Gefängnis angefühlt hatte. Nur hatte ich mich diesmal selbst dorthin begeben. Langsam ging ich auf Noah zu. »Inma braucht mich, Noah. Ich habe sie noch nie so erlebt, und ich bin es ihr schuldig. Außerdem will ich auch zu Maja, Dylan und all den anderen. Selbst zu Wilson, dem Arsch! Aber vor allem will ich ... bei dir bleiben. Ich brauche dich, verstehst du das denn nicht?«

Sekunden verstrichen, in denen sein Blick mich durchbohrte und er nachdachte. »Was ist mit deiner Mom? Sie braucht auch deine Hilfe.«

»Nein. Was sie wirklich braucht, sind ein Therapeut und ein Entzugsaufenthalt. Solange ich hier bin, werden wir uns gegenseitig die Tage nur unnötig schwer machen. Lass mich nicht allein zurück ... Nicht schon wieder«, fügte ich leise hinzu.

Sein Blick wurde sanfter, und er umspielte mit dem Finger eine meiner Haarlocken. »Ich weiß nicht, ob ich dich beschützen kann. Der Rosenstalker und Billy mit seinen Leuten sind gefährlich. Ich könnte es nicht ertragen, wenn dir noch mal etwas geschieht.« Vorsichtig strich ich über die kleine Platzwunde über seiner Braue. Sie heilte bereits. Ich verstand seine Angst, und auch ich war voller Sorge. »Versprich mir, dass du nichts tust, was dich in Gefahr bringt. Du machst nur das, was Weather, Dylan oder ich dir sagen. Keine spontane Tour, keine unüberlegten Aktionen. Du gehst nirgends allein hin.«

Ich erstrahlte und salutierte. »Aye, Sir.«

»Ich meine es ernst, Cat«, warnte er mich. »Und was deine Bitte betrifft ... Ich lasse dich nicht im Stich, Babe. Diesen Fehler begehe ich nicht noch einmal. Ich will, dass es dir gutgeht.« Er blickte auf meine Lippen und schluckte, als ich mir darüber leckte. »Ich habe eine Scheißangst um dich. Sollte dir etwas zustoßen, würde ich das nicht ertragen.«

Seine Worte sickerten wie Balsam in mein Herz, wärmten

mich. Immer wenn er mich so ansah wie jetzt, schmolz ich dahin. Sanft legte er seinen Mund auf meinen. Ich schlang meine Arme um seinen Nacken und vergrub meine Finger in seinen Haaren. Ich liebte ihn und war mir sicher, dass mir an seiner Seite nichts passieren würde und ich alles durchstehen konnte.

Noahs Kuss vernebelte die Wut über die Diskussion, und in Nullkommanichts stand ich in Flammen. Ein leises Stöhnen drang aus meiner Kehle, als er an meiner Unterlippe knabberte und seine Finger am Saum meines Shirts einen Weg zu meiner Haut am Rücken suchten. Geschickt löste er die Haken meines BHs und presste sich an mich.

»Noah, was tust du?«, entfuhr es mir atemlos.

Er sah sich um, und als er keine Zeugen entdeckte, grinste er breit und ließ sich mit mir auf der Wiese nieder. »Ich werde dich nehmen, genau hier und jetzt, Babe.«

Seine Worte schossen sofort in meinen Unterleib, und mein Herz pochte nervös. Bevor ich etwas erwidern konnte, küsste er mich wieder, löschte den Einwand aus, den ich eben noch auf den Lippen gehabt hatte, und drang mit seiner Zunge in meinen Mund. Seine Hand wanderte unter mein Shirt, erreichte meine Brust und umfasste sie gierig. Mir wurde schwindelig vor Lust. Ich wimmerte, als er mit den Fingern zärtlich in meine Brustwarze kniff. Ich drängte die Hüfte gegen seinen Schritt, dort, wo ich seine Härte spürte. Quälend langsam strich seine Hand über meine Taille, weiter abwärts zu meinen Schenkeln. Ich erschauderte, als er den Weg zu meinem Höschen fand. Mit sanft kreisenden Bewegungen streichelte er mich dort, wo ich ihn am dringendsten brauchte, so lange, bis ich beinahe den Verstand verlor. Voller Erwartung hielt ich den Atem an und drängte ihm mein Becken entgegen.

»Ich liebe es, wenn du für mich bereit bist, Babe«, sagte er mit einem Lächeln, während er mich beobachtete.

»Noah ... «, bettelte ich heiser, voller Verlangen und mit trübem Verstand. Seine Augen glühten, und er hielt den Atem an. »Bitte ...«, flehte ich bebend. Ich wollte ihn so sehr, dass mir alles egal war.

Ein animalisches Knurren dröhnte aus seiner Kehle, als ich mich an ihm rieb. Sein Versuch, die Fassung zu bewahren, scheiterte. Eilig öffnete er die Schnalle seines Gürtels und schob seine Jeans ein Stück herunter. Nur eine Sekunde später drang er tief und hart in mich.

»Fuck!«, stieß er hervor, warf seinen Kopf in den Nacken und füllte mich aus. Es gab nichts, was zwischen uns lag, und das warme, berauschende Gefühl, das nur er mir schenken konnte, ergriff von meinem Herzen und meiner Seele Besitz.

Endlich bewegte er sich mit festen Stößen in mir, nahm mich, liebte mich, ließ mich ihn fühlen, brachte meinen Körper an den Rand des Wahnsinns. Es dauerte nicht lange, bis Sterne vor meinen Augen tanzten, die Muskeln in meinem Schoß sich zusammenzogen und eine Welle nach der anderen über mich hinwegfegte. Im gleichen Augenblick wurde auch Noah vom Höhepunkt erfasst und ergoss sich in warmen Schüben in mir.

Er lehnte seine Stirn an meine, und erst jetzt nahmen wir unsere Umgebung wieder wahr. Er hob den Kopf und sah sich vorsichtig um. Nur die Grillen waren Zeuge unseres Liebesspiels gewesen.

»Du machst mich fertig, Babe.« Er keuchte, lächelte und küsste mich zärtlich, bevor er sich zurückzog.

8

Cat

Meine Knie fühlten sich wie Pudding an, auf meinen Wangen lag noch das zarte Rosa, was bestimmt verriet, was Noah und ich vor wenigen Minuten getrieben hatten. Hand in Hand waren wir auf dem Weg zur Villa. Noah versuchte vergeblich Spike anzurufen, um herauszufinden, was los war, doch egal wie oft er ihn anklingelte, seine Anrufe blieben unbeantwortet. Auch Dylan fiel aus allen Wolken, als Noah ihn informierte. Er versprach, dem guten Spike mal auf den Zahn zu fühlen.

Ich machte mir Sorgen, musste ständig an meinen letzten Geburtstag denken, als Noah mich mit der Party am Strand überrascht und Spike um Inmas Hand angehalten hatte. In seinen Augen hatte ich tiefe Liebe gesehen, und in den Tagen danach seinen Stolz, Inma, seine Verlobte, überall vorstellen zu können. Es war mir unbegreiflich, warum er die Verlobung gelöst hatte. Arme Inma! Ich konnte es kaum erwarten, sie zu sehen.

In der Villa angekommen, trafen wir auf Grandpa Bambam, der gerade aus der Bibliothek geschlendert kam.

»Hi Grandpa«, murmelte ich nachdenklich und folgte Noah die Treppe in mein Zimmer hinauf.

»Hallo Kinder. Warte mal, Zuckersternchen.« Am Treppenabsatz blieben wir stehen. »Können wir beide uns kurz unterhalten, Cat?« Grandpa sah müde zu mir hoch, und das bedeutete nichts Gutes.

»Ich komme gleich nach«, meinte ich zu Noah, der nickend weiterging. Ich konnte mir schon denken, worüber Grandpa mit mir reden wollte, und kam zu ihm. Bestimmt waren die Worte, die ich Mom heute Morgen an den Kopf geknallt hatte, zu grob gewesen. »Ich weiß, was du mir sagen willst.«

»So?« Grandpa führte mich in die Bibliothek, wo wir ungestört waren, schloss die Tür und setzte sich in einen der Ledersessel.

Ich tat es ihm nach, nahm ihm gegenüber Platz und schlug die Beine übereinander. »Es geht um die Auseinandersetzung heute in der Küche, habe ich recht?« Ich sammelte meine Gedanken und teilte ihm sofort meine Ansicht darüber mit. »Ist dir aufgefallen, wie viel Mühe wir uns alle geben, es ihr recht zu machen? Wir meiden sensible Themen, um sie zu schonen, akzeptieren ihr schlechtes Benehmen und lassen zu, dass sie auf unseren Gefühlen herumtrampelt, ohne Rücksicht auf Verluste. Es ist ihr scheißegal, dass wir einen Gast haben. Du kannst nicht von mir erwarten, dass ich hinnehme, dass Mom mit mir umgeht, wie es ihr gerade passt. Ich bin kein kleines Kind mehr. Sie führt sich auf wie ein verwöhntes Gör, dem man das Spielzeug weggenommen hat.«

»Sie meint es nicht so und wird sich ändern.«

»Hat sie das zu dir gesagt?« Ich schüttelte den Kopf. »Daran glaube ich nicht mehr. Mag sein, dass sie in einem schwachen Moment ihre Fehler einsieht, aber sie hat es schon zu oft versprochen und nie gehalten. Mein Verhältnis zu ihr war nie gut, und nach Beckys Tod hat es sich noch verschlechtert. Seit ich nach San Francisco gegangen bin, frage ich mich, wie ich das nur so lange ausgehalten habe.« Ich senkte den Blick. »Zu lange habe ich ihre Launen und Zurückweisungen ertragen, jetzt kann ich das nicht mehr.«

Mit traurigem Ausdruck nickte er und beugte sich vor. »Ja, ich weiß, aber darüber wollte ich nicht mit dir sprechen.«

Erstaunt hob ich eine Braue. »Nicht? Worüber dann?«

Er sah zu Boden und dachte einen Moment nach. »Ich habe das Gefühl, dass ich einen Fehler gemacht habe.«

»Was meinst du?«

Er rieb sich über das stoppelige Kinn. »Vielleicht war es ein Fehler, damals zu gehen. In letzter Zeit denke ich viel darüber nach. Ich hätte zurückkommen müssen und mich um euch kümmern sollen. Mir ist heute Morgen klargeworden, dass —«

»Was soll das werden, Grandpa?«, hakte ich ein. »Du bist nicht für Moms Eskapaden verantwortlich. Nach Grandmas Tod hast du es hier auch nicht ausgehalten und bist fort, genau wie ich jetzt. Du weißt doch, dass Mom und ich uns noch nie gut verstanden haben.«

»Aber ich frage mich, ob ich ihre Alkoholsucht hätte verhindern können, wenn ich geblieben wäre. Sie ist meine Tochter, Cat, ich kenne sie. Irgendwas ist bei ihr schiefgelaufen, und ich werde das Gefühl nicht los, dass ich ihr hätte helfen können.«

»Nein, hör auf. Sie war schon immer so, Grandpa. Du hast getan, was du konntest. Du warst für mich da, obwohl das der Job meiner Eltern hätte sein müssen.«

Schweigend stand er auf und schenkte sich an der kleinen Bar in der Ecke einen Drink ein. »Ich hätte trotzdem nicht fortgehen dürfen, das wird mir allmählich klar.«

»Und was hätte sich deiner Meinung nach geändert, wenn du geblieben wärst? Du und Dad hättet euch weiter gestritten,

Mom hätte ihren Egotrip dennoch ausgelebt und wäre auf mir herumgetrampelt. Ich gebe zu, ich habe es ihnen auch nicht leicht gemacht, aber nach Dads Schlaganfall hat sich zumindest unser Verhältnis sehr verbessert. Was Mom betrifft ... Wir sind einfach zu verschieden. Also mach dir bitte keine Vorwürfe.«

Er nahm einen Schluck von seinem Drink und sah mich lange tieftraurig an. »Das alles tut mir leid, Zuckersternchen.«

Ich erkannte, wie erschöpft er war. Wahrscheinlich war das Gespräch mit Mom heute nicht gut verlaufen, und nun suchte er Gründe für ihren erneuten Rückfall. »Hast du mit ihr geredet?«

Er nickte. »Sie redet nicht mit mir. Sie ... Ich weiß nicht, manchmal habe ich das Gefühl, dass sie mir fremd geworden ist.«

Mitleid überschwemmte meine Brust, und ich empfand den gleichen Schmerz, der in seinen Augen stand. Ich wusste genau, wovon er sprach. Ich ging zu ihm. »Sie ist erwachsen und trifft Entscheidungen, mit denen wir leben müssen. Du warst für mich da, wann immer ich dich gebraucht habe, das allein zählt.«

Er betrachtete mich grübelnd, und sein Blick tastete über mein Gesicht. Er lächelte stolz und schob mir eine Haarsträhne hinters Ohr. »Wie erwachsen du bist! Wie wird es jetzt weitergehen?«

»Ich fliege morgen zurück nach San Francisco. Inma braucht mich. Ihr geht es nicht gut.«

»Was ist mit ihr?«

Ich erzählte ihm von ihrem Anruf. »Und ... Grandpa?«

»Ja?«

Kurz zögerte ich. »Ich habe nicht vor, nach Pleasant Hill zurückzukehren – auch wenn mich in San Francisco irgendwann nichts mehr halten wird.«

Er öffnete den Mund und wollte etwas erwidern, doch dann

sah er meine Entschlossenheit und seufzte. »Ein Vogel will eben fliegen, nicht wahr? Du wolltest schon als Kind früh dein Nest verlassen. Du und Noah also?« Ich nickte. Grinsend trank er seinen Drink aus. »Der Junge hat dir deine Flügel zurückgegeben«, murmelte er und stellte das Glas ab. »Das ist sehr gut. Du wirkst lebendiger als früher. Diesen Effekt hatte deine Großmutter auch auf mich.«

»Nur, dass sie dir deine Flügel gestutzt hat.«

Wir lachten, und er zog mich in seinen Arm. »Ach, Zuckersternchen, du wirst bei mir immer ein Zuhause haben. Vergiss das nie.«

»Das weiß ich. Ich liebe dich, Grandpa.«

»Ich dich auch, meine Kleine.«

***

Es war also beschlossen: Morgen würden Noah und ich nach San Francisco fliegen und endlich erfahren, was zwischen Inma und Spike vorgefallen war. Jetzt musste ich es nur Martha und meiner Mutter sagen, wobei Letzteres kein Problem sein dürfte.

Wie erwartet war Martha ziemlich traurig, hatte sie doch gehofft, dass sie Noah und mich länger bei sich haben konnte. Sie reagierte sehr verständnisvoll, als ich von Inmas Problemen erzählte, und grübelte, was der Grund für Spikes Verhalten gewesen sein könnte.

Während Noah noch einige Zeit am Telefon verbrachte, suchte ich meine Mutter, um ihr meinen Entschluss mitzuteilen. Gerade machte ich mich auf den Weg nach unten und wollte im Salon nach ihr sehen, da ging eine von Moms Freundinnen durch die Eingangshalle. Vor der Tür blieb sie stehen. »Catherine! Was für eine Überraschung! Deine Mutter hat gar nicht erwähnt, dass du hier bist.«

»Hallo Mrs. Miller.« Ashleys Mom hatte sich kaum verändert, seit ich sie zuletzt gesehen hatte. Früher hatte sie ihr Haar lang getragen, jetzt war es kurz, was ihr mehr Frische und Jugend verlieh.

»Wie schade, ausgerechnet heute habe ich einen engen Zeitplan und muss gleich weiter. Aber erzähl doch kurz, wie geht es dir denn?«

»Ganz okay.« Sie war eine der wenigen Freundinnen meiner Mom, die ich mochte. »Und wie geht es Ashley? Macht sie immer noch so tolle Fortschritte?«, wollte ich wissen, nachdem ich kurz von San Francisco geschwärmt hatte. Ashley und ich waren nie Freundinnen gewesen, aber als ich von ihrem schrecklichen Unfall gehört hatte, tat sie mir leid, und ich wollte höflich sein. Mrs. Millers Lächeln verblasste. »Es geht ihr doch gut?«, hakte ich besorgt nach.

»Um ehrlich zu sein, ich weiß es nicht. Du hast gehört, dass Bentley, mein Ex-Mann, sie zu sich nach Wisconsin genommen hat? Ashley hat dort in einer Spezialklinik gute Fortschritte gemacht, aber aus irgendeinem Grund hat sie den Kontakt zu mir abgebrochen. Ich habe seit Längerem nichts mehr von ihr gehört.« Sie tupfte sich die aufkommenden Tränen mit einem Taschentuch fort.

»Oh, das tut mir leid.«

»Wer weiß, was Bentley deiner Tochter erzählt hat, um sie auf seine Seite zu ziehen. Er wäre nicht der erste Mann, der sich solch hinterlistiger Methoden bedient«, warf Mom ein, die aus dem Salon gekommen war. Ich wusste genau, worauf sie anspielte, aber ich ließ mich nicht von ihr provozieren.

»Reagiert Ashley nicht auf Anrufe oder Post?«, fragte ich an Mrs. Miller gewandt.

»Nein, nichts.«

»Und was sagt ihr Dad dazu?«

»Er streitet es ab, meint aber, ich solle die Entscheidung unserer Tochter akzeptieren. Seit er dieses Flittchen hat, kann man sowieso nicht mehr normal mit ihm sprechen.«

»Das tut mir leid zu hören. Ich hoffe, dass Ashley bald zur Vernunft kommt und Sie alle Angelegenheiten klären können«, sagte ich mitfühlend und legte meine Hand auf ihren Arm.

»Das ist sehr lieb von dir. Danke. So, ich muss los. Schade, dass wir uns nur kurz unterhalten haben.«

»Ja, das finde ich auch. Auf Wiedersehen.«

Mrs. Miller verließ winkend das Haus. Es war schon verrückt, wie sich meine ehemaligen Freunde und Feinde entwickelt hatten. Mason war Polizist geworden, und Ashley hatte den Kontakt zu ihrer Mom abgebrochen, obwohl ich die beiden früher immer um ihre enge Beziehung beneidet hatte.

Ich drehte mich zu meiner Mutter um. Sie sah ihrer Freundin nach, wie sie in den Wagen stieg und davonfuhr. »Noah und ich fliegen morgen nach San Francisco.«

Die Gleichgültigkeit, mit der sie mich musterte, erschreckte mich trotz allem, aber ich ließ mir nichts anmerken. Ich hatte die richtige Entscheidung getroffen, und je schneller ich fortkam, desto besser.

Am nächsten Morgen standen Noah und ich zeitig auf. Ich hatte einen Stein im Magen, und ich wusste nicht, ob es am Abschiedsessen lag, das Martha für uns zubereitet hatte, oder ob ich mir zu viele Gedanken um Inma machte. Vielleicht lag es auch an der Nervosität, die mich langsam beschlich, je näher ich wieder dem Rosenstalker und seinen Drohungen kam. Fakt war: In mein Appartement konnte ich nicht zurück. Zur Not würde ich mich vorübergehend bei Inma einquartieren.

Diesmal würde uns Mr. Claus zum Flughafen bringen. Obwohl mir gestern Abend beim Essen aufgefallen war, dass es ihm nicht so gutging, hatte er Grandpas Angebot abgelehnt, diese Aufgabe zu übernehmen. Seit meiner Kindheit kümmerte er sich um alle Fahrten unserer Familie, ganz besonders darum, meinen Vater nach Portland zu chauffieren, als er noch der Polizeichef gewesen war. Jetzt verbrachte Mr. Claus die meiste Zeit damit, den Fuhrpark zu polieren, da Mom ihren Porsche selbst spazieren fuhr.

Gestern war ein netter Abend gewesen. Martha hatte sich mit dem Essen wieder selbst übertroffen, Grandpa hatte einige Motorradklubgeschichten zum Besten gegeben, sogar Mom hatte sich mit ihrem Gift zurückgehalten und war nach dem Essen in ihrem Zimmer verschwunden. Mr. Claus hatte immer wieder meinen Blick gesucht und einmal leise gefragt, ob ich kurz Zeit hätte, doch bevor ich ihm antworten konnte, waren wir von Grandpa gestört worden.

Mit grummelndem Magen stand ich in der Eingangshalle, um mich zu verabschieden. Martha kam gerade aus der Küche und drückte uns jeweils ein riesiges Lunchpaket in die Hand.

»Was ist das denn alles?« Ich warf einen Blick in die Box. Sie hatte gegrillte Hähnchenschenkel, mehrere Sandwiches, einen Joghurt, einen gebratenen Maiskolben von gestern Abend und geschnittenes Obst und Gemüse eingepackt. Ich lachte. Mit der Menge könnte sie glatt eine ganze Reisegruppe verköstigen. »Aber Martha, das ist doch viel zu viel. Wir haben gut gefrühstückt und fliegen nicht mal zwei Stunden.«

»Und falls du doch Appetit bekommst? Das Essen am Flughafen ist sehr teuer und wahrscheinlich ungenießbar, also stell dich nicht so an, Kind, und hör auf mich.« Damit war das Thema vom Tisch. Also packte ich die XXL-Lunchpakete ohne Widerrede in meine Tasche.

»Pass gut auf mein Zuckersternchen auf, mein Junge«, forderte Grandpa mit erhobenem Zeigefinger von Noah.

»Natürlich, Sir.«

Er umarmte ihn und klopfte ihm auf die Schulter. Dann wandte sich Grandpa an mich, dabei warf er einen Blick zur Treppe, in der Hoffnung, Mom würde noch herunterkommen. »Ich will, dass du mich anrufst, wenn du Probleme hast. Verstanden?«

»Natürlich, Sir«, sagte ich grinsend.

Draußen fuhr Mr. Claus den Wagen vor – es war Zeit zu gehen. Ich nahm meinen Grandpa in die Arme, sog den Duft von Leder und Motoröl auf, der ihn stets umgab, und drückte ihm einen Kuss auf die Wange.

»Bis bald, Zuckersternchen.« Er küsste mich auf den Scheitel und gab mich nur widerwillig aus der Umarmung frei.

Martha verkniff sich die Tränen, als wir uns in den Armen lagen. »Melde dich regelmäßig, und ich rechne fest damit, dass ihr Weihnachten nach Hause kommt.«

»Danke für alles, Martha.«

Aus dem Augenwinkel sah ich, wie Grandpa zum Treppengeländer ging.

»Monica, deine Tochter fährt jetzt.« Er wartete auf eine Reaktion, die aber ausblieb. Im oberen Stockwerk war nichts zu hören.

»Ist schon gut, Grandpa.«

»Ist es nicht«, rief er verärgert. »Himmel, Arsch und ...«

Draußen hupte Mr. Claus. »Wenn ihr den Flieger noch erwischen wollt, dann sollten wir jetzt los.«

»Es tut mir leid, Cat. Ich ...« Grandpa sah mich mitleidig an.

»Ist okay, alles gut.« Ich lächelte und drückte ihn noch einmal an mich, bevor ich zum Wagen ging. Noah hatte bereits unsere Taschen im Kofferraum verstaut, und wir stiegen ein.

»Halt, wartet!« Bevor ich die Wagentür zuzog, hielt ich inne. Eilig kam Martha die Stufen heruntergelaufen. »Hier, die hätte ich beinahe vergessen.« Sie gab mir eine prall gefüllte Tüte. »Deine Erdbeerbonbons.«

Mir wurde warm ums Herz. Ich stieg noch einmal aus und drückte ihr einen dicken Kuss auf die Wange. »Danke, du rettest mich.«

Mr. Claus fuhr los, Grandpa und Martha winkten, und endlich ließen wir die Villa hinter uns. Bevor das Haus nicht mehr zu sehen sein würde, schaute ich zurück und sah Mom an ihrem Schlafzimmerfenster stehen. Sie schaute dem Wagen nach, bis die Bäume die Sicht versperrten.

»Alles okay?«, fragte Noah, der meinen letzten Blick bemerkt hatte. Er nahm meine Hand und verflocht seine Finger mit meinen.

Mom ... Es tat nur ein klitzekleines bisschen weh. Lächelnd nickte ich und schaute nach vorn. Mr. Claus hatte mich im Rückspiegel beobachtet. Jetzt konzentrierte er sich wieder auf die Fahrt.

Wir ließen das Ortsschild hinter uns, und ich atmete erleichtert auf. Auch wenn ich geliebte Menschen verließ, wusste ich, dass ich von nun an mein Leben wieder selbst in der Hand hatte. Es war ein unbeschreiblich befreiendes Gefühl.

Mr. Claus parkte direkt vor der Abflughalle. Wir stiegen aus und waren bereit. Noah verabschiedete sich von ihm und nahm meine Reisetasche.

»Tut mir leid, dass wir keine Zeit mehr gefunden haben. Sie wollten gestern Abend mit mir sprechen?«

»Ach, war nicht so wichtig, Cat.« Er winkte ab und lächelte verlegen. Seine Hand zitterte. Peinlich berührt steckte er sie in die Hosentasche.

Forschend sah ich ihn an. »Wirklich?«

»Ja, alles in Ordnung. Gute Reise und komm bald wieder

nach Hause, kleine Cat.« Etwas unsicher umarmte er mich. Es war das erste Mal, dass er das tat, und es rührte mich. Unser Chauffeur hatte nie körperliche Nähe zugelassen, hatte sich damit immer unwohl gefühlt. Deshalb bewegte mich seine Geste sehr. Ich erwiderte seine Umarmung und gab ihm einen Kuss auf die Wange. »Bis bald, Mr. Claus.«

Ich hatte noch nie gesehen, dass er errötete, aber genau in diesem Moment tat er es. »Pass auf dich auf. Es war schön, euch noch mal wiederzusehen.« In seinen Augen lag eine Mischung aus Zufriedenheit und Abschiedsschmerz – beides hatte etwas Endgültiges und ließ mich innehalten. »Nun mach schon, Cat, oder willst du doch hierbleiben?«

Lächelnd scheuchte er mich mit einer Handbewegung zu Noah, der bereits auf mich wartete. Bevor ich in die Abflughalle trat, drehte ich mich noch einmal nach ihm um und winkte.

9

Cat

Während des Fluges war ich an Noahs Schulter eingenickt und erst wieder aufgewacht, als der Pilot die Landung ankündigte. Mein Magen knurrte, und ich dachte an das leckere Lunchpaket, das Martha uns gepackt hatte.

Endlich am Boden angekommen, fuhren wir mit dem Taxi zum *Empire Heaven*. An dessen Haupteingang lungerte eine ganze Traube Reporter. Bestimmt hatte ein Superstar bei uns eingecheckt. Wir stiegen am Personalparkplatz aus. Noah bezahlte das Taxi, und wir machten uns auf den Weg zu Inma. Ich konnte es kaum mehr erwarten und flog beinahe die Stufen zu ihrer Wohnung hinauf. Maja stand in der Tür und bekam ganz große Augen. »Was macht ihr denn hier?«

Lachend fiel ich ihr in die Arme. »Wir leben hier, falls du dich erinnerst.«

Sie lachte. »Du Verrückte! Kommt rein.«

Noah und Maja begrüßten sich, und sie schaute verwundert auf die Verletzungen in seinem Gesicht – die Überbleibsel des letzten Kampfes. Bevor sie ihn mit Fragen bombardieren konnte, kam ich ihr zuvor. »Wie geht es ihr? Habt ihr mit Spike geredet?«

»Sie liegt in ihrem Bett. Geh ruhig zu ihr. Sie wird sich freuen, dich zu sehen.«

Ich lief den kleinen Flur entlang, klopfte leise an ihrer Schlafzimmertür und trat ein. Inma hatte sich zu einem Knäuel zusammengekauert und hielt ihr Handy in der Hand. »Hey Süße!«

Sie hob den Kopf und blinzelte mich aus roten Augen an. »Cat?« Ich setzte mich zu ihr auf die Bettkante. Sie richtete sich auf und fiel mir weinend in die Arme. »Ich bin so froh, dass du da bist.«

»Sch ... Schon gut.« Behutsam hielt ich sie fest.

»Ich weiß nicht, was ich tun soll, Cat. Er kann mich doch nicht einfach verlassen. Ohne Grund!« Heftige Schluchzer schüttelten sie, und es dauerte eine ganze Weile, bis Inmas inneres Beben abklang und sie ruhiger wurde.

»Wir kriegen das wieder hin, Süße«, flüsterte ich tröstend und strich ihr das Haar aus dem Gesicht.

»Warum passiert mir das immer, Cat? Was stimmt nicht mit mir?«

»Mit dir ist alles in Ordnung«, sagte ich leise. Wir unterhielten uns noch eine Weile wispernd, bis ihre Aussprache undeutlich wurde und sie in meinen Armen eingeschlafen war. Ich lauschte ihren gleichmäßigen Atemzügen.

»Ich habe ihr vorhin ein leichtes Schlafmittel gegeben, das wird jetzt wirken«, flüsterte Maja, die im Türrahmen stand und zusah, wie ich Inma vorsichtig in die Kissen bettete. Behutsam deckte ich meine unglückliche Freundin zu und verließ auf leisen Sohlen das Zimmer.

Wir beobachteten sie schweigend, in der Hoffnung, dass sie im Schlaf etwas Frieden fand. »Sie tut mir so leid, Maja.«

»Wem sagst du das? Komm mit, ich habe Kaffee gemacht.«

Wir gingen in den Wohnbereich, wo Noah am Essplatz wartete. »Wie geht es ihr?«

Unsicher zuckte ich mit den Schultern. »Sie ist ziemlich fertig.« Ich setzte mich zu ihm und umklammerte die Kaffeetasse vor mir. »Warum zum Henker hat Spike die Verlobung aufgelöst?«

Maja schüttelte den Kopf. »Das würde ich auch gern wissen und dem Kerl in seinen kaum vorhandenen Hintern treten. In meiner Pause sind Dylan und ich zu ihm gefahren, haben ihn aber nicht angetroffen. Von seinen Kollegen haben wir erfahren, dass er sich krankgemeldet hat. Mehr wissen wir bisher auch nicht.«

»Irgendwas ist doch faul an der Sache«, meinte Noah nachdenklich.

Ich wusste genau, in welche Richtung er dachte – der Rosenstalker. Mein Magen zog sich zusammen. Der Gedanke, dass Spike wieder in Gefahr sein könnte, jagte mir eine Heidenangst ein.

»Wir müssen ihn finden«, murmelte ich nervös und schob die Horrorgedanken vom letzten Mal beiseite.

»Wo geht Spike hin, wenn er Probleme hat? Hat er Freunde oder Familie hier?« Noah zog sein Handy heraus und tippte darauf herum. »Bevor wir Weather informieren, sollten wir uns sicher sein, dass er nicht bei seiner Familie ist.«

»Soweit ich weiß, hat Spike keine Familie, zumindest hat Inma das gesagt. Sie meinte, dass er sich manchmal im *Café Venue* am *Museum of Modern Art* aufhält.«

»Gut, sobald Dylan Zeit hat, kümmern wir uns darum. Und wo ist Inmas Vater? Sie hat erwähnt, dass er in der Stadt ist«, fragte Noah und hielt sich das Handy ans Ohr.

»Er war gestern hier, hat irgendwas Geschäftliches zu tun.

Persönlich habe ich ihn aber nicht getroffen. Was ist los? Ihr denkt doch nicht, dass der Typ, der hinter Cat her ist, wieder ...?« Maja schaute abwechselnd in unsere Gesichter.

»Wir wissen es nicht, sollten aber in Betracht ziehen, dass es mit dem Rosenstalker zusammenhängt.«

Maja stieß nachdenklich den Atem aus. »Oh Gott! Das alles ist echt ein einziger Albtraum.«

»Du siehst müde aus«, stellte ich fest, als sie sich zurücklehnte, den Kopf in den Nacken warf und dabei die Augen schloss.

»Ja, die letzten drei Tagen waren sehr anstrengend.«

»Dann löse ich dich gleich ab. Ich würde nur gern schnell rüber in meine Wohnung und mich ein wenig frischmachen. Ist das okay für dich?«

Abrupt richtete Maja sich wieder auf. »Sag bloß, du weißt es noch nicht.«

»Was sollte ich wissen?«

Während sie eine Hand auf ihren Mund presste und ihr Blick von Noah zu mir wanderte, hatte ich gleich eine Ahnung, die mir nicht gefiel.

»Nun sag, was ist los?« Noah saß ebenso auf Nadeln wie ich.

»Ja, also ... nachdem du verschwunden bist, hat ...« Sie seufzte. Es war deutlich zu sehen, dass es ihr nicht leichtfiel weiterzusprechen. »Wilson hat dich entlassen, deine Unterkunft räumen lassen und das Appartement dichtgemacht.«

Mir klappte der Mund auf. Shit! Ich hatte völlig vergessen, Wilson anzurufen.

Noah war der Erste, der die Sprache wiederfand. »Was?! Das können sie nicht machen!«

»Es tut mir leid, ich habe versucht ihn umzustimmen, aber er war ganz versessen darauf. Soweit ich weiß, gab es ein Meeting mit dem Personalchef und ein paar anderen Wichtigtuern, da wurde alles beschlossen. Und du hast Hausverbot bekommen.«

»Hausverbot?« Der Mistkerl von Maître hatte wahrscheinlich genau auf so eine Gelegenheit gewartet. Ich konnte keinen weiteren Ton von mir geben. Das Gefühl, völlig versagt zu haben, lastete auf mir. Langsam verlor ich die Kontrolle. Ich ließ die Schultern sinken, und eine Übelkeitswelle fegte über mich hinweg, als ich darüber nachdachte, welche Bedeutung der Verlust von meinem Job und dem Dach über meinem Kopf für mich hatte. »Das heißt, ich bin obdachlos.«

»Nein. Du bleibst bei mir«, bestimmte Noah, aber er wusste genau, dass das keine Lösung war, wenn er seinen Job behalten wollte. Verdammt! Alles in mir wehrte sich, auch nur einen Gedanken an Pleasant Hill zu verschwenden. Dorthin konnte ich nicht zurück. Innerlich sackte ich zusammen, fühlte mich klein und hilflos. Noah suchte meinen Blick. »Hey Catwoman, du gibst dich doch deshalb nicht geschlagen, oder?« Mit einem Finger unter meinem Kinn zwang er mich ihn anzusehen. »Du bist eine Heldin, und du wirst einen Ausweg finden.«

Ich blinzelte die Tränen weg. »Ich weiß nicht weiter, Noah.«

»Uns fällt etwas ein. Versprochen.«

Ich fuhr mit der Hand durch sein Haar und lächelte schwach. »Wie soll ich ohne Job ein Zimmer bezahlen? Ohne die finanzielle Hilfe meiner Eltern ist meine Lage ziemlich aussichtslos. Ich denke, ich bin schachmatt gesetzt!«

Energisch schüttelte er den Kopf. »Nein! Das Spiel ist noch lange nicht vorbei.«

»Wo soll ich denn hin? Du und Inma könnt nicht riskieren, dass ihr auch eure Jobs verliert. Durch das Hausverbot dürfte ich jetzt nicht mal hier sein.«

»Paolo und ich haben genug Platz im Haus. Du kannst bleiben, solange du willst. Abgesehen davon steht unser Gästezimmer sowieso immer leer.«

Sie sah mich so zuversichtlich an, dass ich im ersten Moment nicht wusste, was ich sagen sollte. »Das ist wirklich lieb gemeint, aber ...«

» ... sie nimmt dein Angebot dankbar an, Maja.«

»Noah! Du weißt doch gar nicht ...«

Maja rollte mit den Augen. »Hör auf zu zicken, Cat. Bis du wieder was gefunden hast, wohnst du bei mir. Es ist die beste Lösung.«

»Und was ist mit Paolo? Er hat doch auch ein Wörtchen mitzureden«, wandte ich ein.

»Hör zu, Süße, du bist meine Freundin und in einer Notlage, ich habe die perfekte Lösung, und Paolo sieht das genau wie ich.«

Natürlich klang ihr Vorschlag gut. Ich müsste meinen Vater nicht um Geld bitten und könnte mir in Ruhe einen neuen Job suchen. Jetzt war nicht der Zeitpunkt, um meinen Stolz zu zeigen, also schluckte ich ihn hinunter und sah meine Wohltäterin dankbar an. »Das werde ich dir nie vergessen.«

Ich stand auf und umarmte sie.

»Ach was, ist schon in Ordnung. Du kannst doch nichts dafür, dass es irgendein Vollidiot auf dich abgesehen hat. Und für Wilson kann auch keiner was. Wir sind deine Freunde, Cat, und wenn einer Hilfe braucht, dann sind wir da. Basta.«

Noah schien zufrieden zu sein. »Siehst du, es gibt immer eine Lösung. Da ich noch Urlaub habe, können wir die Zeit nutzen und nach einem Job suchen.«

Zwei Stunden später hatten Noah, Dylan und Taylor mein Hab und Gut aus dem Lagerraum des Hotels abgeholt und zu Majas Haus gebracht, während ich dringend etwas brauchte, womit ich meinen Frust loswerden konnte. Selbst meine geliebten Erdbeerbonbons halfen mir diesmal nicht, mich zu entspannen, deshalb knetete ich, unter Majas kritischem Blick, einen Teig in Inmas Kochnische.

Mir wurde umso wärmer, je energischer ich die Masse bearbeitete. Aber auch als der Teig längst glatt und geschmeidig war, fühlte ich mich nicht besser. Ich war so sauer auf meinen unbekannten Peiniger und die Idioten, die so leichtfertig über mein Schicksal entschieden hatten. »Mistkerle!«

»Du solltest dir das nicht so zu Herzen nehmen, Cat. Das war zwar nicht fair von Wilson, aber dafür ist er auch nicht bekannt. Er dreht sowieso gerade am Rad wegen dem Scheich mit seinem Gefolge.«

»Ein Scheich?«

»Ja, ein megareicher Wüstenscheich hat eingecheckt und bringt das ganze Hotel mit Sonderwünschen durcheinander.«

»Ich hab gar nichts mitbekommen.«

Sie winkte ab. »Du hattest auch wirklich andere Sorgen. Jedenfalls müssen wir jetzt noch mehr schuften. Das Team ist auch der Meinung, dass du an allen Ecken und Kanten fehlst. Keiner kann deine Entlassung nachvollziehen.«

»Lieb von dir, dass du das sagst.« Es tat gut zu wissen, dass meine Kollegen mich vermissten, denn egal wie Wilson als Chef war, ich hatte es geliebt, in dem Restaurant zu arbeiten.

»Frank und ich schieben Doppelschichten, und so langsam ist mein Akku leer.«

Ich hatte den Teig inzwischen in den Backofen geschoben. Während sich der Duft des Wutkuchens in Inmas Wohnung verteilte, machten wir es uns auf dem Sofa gemütlich. Maja erzählte, was für schräge Gäste sich zurzeit im *Ivy Blue* tummelten, und ich war froh über ihre skurrilen Geschichten, denn sie lenkten mich ab. Ansonsten wäre ich durchaus dazu imstande gewesen, zum Restaurant zu laufen und Wilson meine Meinung zu geigen.

Kaum war mein Kuchen fertig, kam auch Inma bleich wie eine Leiche aus ihrem Zimmer geschlichen. Sie nippte an dem Tee, den wir ihr in die Hand drückten, und setzte sich aufs Sofa. Sie wirkte gefasst, vergoss keine Tränen mehr, aber ihr versteinerter Blick beunruhigte mich. Mit nichts ließ sie sich ablenken, nicht mal meine Besenaktion in Pleasant Hill entlockte ihr ein winziges Schmunzeln. Dafür bekam sich Maja nicht mehr ein und klopfte sich prustend auf die Schenkel. So deprimiert hatte ich Inma noch nie erlebt. Sie war normalerweise ein kleiner Wirbelwind, wusste alles besser und steckte voller Leben. Jetzt saß ein Trauerkloß vor mir. Ich war froh, dass ich sie überreden konnte, einen Happen zu essen und anschließend ein Bad zu nehmen.

Irgendwann piepste mein Handy, und ich erhielt eine Nachricht von Noah:

Kannst du runterkommen? Warte auf dem Parkplatz. Wir haben Spike gefunden und brauchen deine Hilfe. Er ist stockbetrunken, aber sag Inma noch nichts.

Ich tippte zurück, dass ich mich auf den Weg machte, und gab Maja kurz Bescheid. Inma lag noch in der Wanne, also schlich ich mich leise hinaus. Als ich das Haus verließ, sah ich Noahs Wagen am Schiebetor stehen. Eilig ging ich zu ihm.

»Was ist los? Wo ist Spike?«, fragte ich mit den blutigen Bildern vom letzten Mal im Kopf. Übelkeit kroch meine Kehle hinauf, wenn ich nur daran dachte.

»Das erzähle ich dir unterwegs, steig ein.« Kaum berührte mein Hintern den Sitz, startete Noah den Wagen und gab Gas. »Wir sind zu seiner Wohnung gefahren. Erst haben wir geglaubt, dass er nicht da ist, doch dann hörten wir von innen Geräusche. Als er nicht auf unser Klopfen und Klingeln reagierte, habe ich die Tür aufgebrochen und ihn stockbesoffen und in einem ziemlich desolaten Zustand auf dem Boden in seinem

Zimmer vorgefunden. Er hat wirres Zeug geredet, und ich habe den Verdacht, dass Inmas Vater etwas mit der Sache zu tun haben könnte.«

»Ihr Vater?«

»Ja, aber so richtig redet er nicht, stattdessen jammert er und ruft nach Inma. Nach dir hat er auch gefragt.« Noah sah kurz zu mir, richtete dann seinen Blick wieder auf die Straße.

Inmas Familie hatte ich nie persönlich getroffen. Ab und zu war ich dabeigesessen, wenn Inma mit ihren Eltern, die in Borox lebten – einem kleinen Dorf in der Nähe von Toledo in Spanien –, geskypt hatte. Inma war ein Freigeist, wollte schon als Kind durch die USA reisen und war schließlich irgendwann länger in Pleasant Hill hängen geblieben, als sie es ursprünglich vorgehabt hatte. Ihr Vater war Geschäftsmann, handelte mit Gastronomiebedarf und Großküchentechnik im Direktvertrieb, während ihre Mutter ein gut laufendes Restaurant in ihrem Heimatdorf Borox unterhielt. Inma war das einzige Kind, das sie sehr liebten und immer unterstützten. Die Penas Rodeas waren warmherzige und großzügige Menschen, denen das Glück ihrer Tochter wichtig war.

Wir fuhren südlich der Market Street. Noah parkte vor einem alten Gebäude, das mehrere Stockwerke aufwies. Wir stiegen aus, klingelten und stießen den Eingang auf. In der dritten Etage angekommen, standen wir vor der ramponierten und offenen Holztür.

»Dein Werk?«, fragte ich Noah.

Er zuckte mit den Schultern. »Es ging leider nicht anders.«

Wir traten ein. Spike bewohnte ein Zimmer mit kleiner Kochnische und Bad. Im Wohnraum waren die Jalousien heruntergelassen, und durch das Aufglimmen einer Zigarette entdeckte ich eine dürre Gestalt, die auf dem Sofa kauerte. Spike. Er starrte ins Leere und schien uns nicht zu bemerken.

»Hey Kleine, schön, dass du wieder da bist.« Kurz zuckte ich zusammen, als ich Dylan von der anderen Seite des Zimmers auf mich zukommen sah. Wir umarmten uns zur Begrüßung. »Du musst unbedingt mit ihm reden, Cat. Ich habe alles versucht, aber ...«

Wie kamen sie nur auf die Idee, dass ich es schaffen konnte, Spike zum Reden zu bringen? Seufzend nickte ich und trat näher. Noah ging zum Fenster und ließ etwas mehr Licht in den Raum, was das Chaos sichtbar machte, in dem Spike hauste. Überall verstreut lagen Kleidung, Pappschachteln, Bücher und Malutensilien, die wahrscheinlich auf dem heruntergerissenen Regal gelegen hatten. Es roch nach Räucherstäbchen, verdunstetem Alkohol und etwas Undefinierbarem. An den Wänden sah man noch die Reste von abgerissenen Postern. Am Boden lagen zwei bemalte Leinwände, die eingetreten und zerstört waren. Auf dem kleinen Tisch lagerten jede Menge Flaschen mit Hochprozentigem. Aus einem übervollen Aschenbecher quollen unzählige Zigarettenstummel. Direkt vor Spike standen ein Kaffeebecher und ein Glas Wasser, in dem sich eine Tablette auflöste. Mein Blick fiel auf Spike, der völlig abwesend auf dem Sofa hockte, rauchte und vor sich hinstarrte. Er sah schrecklich aus.

»Spike? ... Ich bin es, Cat.« Keine Reaktion. Vorsichtig stieg ich über den Unrat, setzte mich zu ihm und berührte ihn am Oberarm. Der Geruch von kaltem Rauch, Alkohol und Schweiß drang in meine Nase. Tapfer ertrug ich es. Ich wusste nur zu gut, wie gleichgültig einem alles sein konnte. »Spike? Können wir reden?«, versuchte ich es erneut. »Wir sind gekommen, um dir zu helfen.«

»Cat?«, flüsterte er mit zittriger Stimme. Endlich nahm er mich neben sich wahr.

»Ich will dir helfen.«

Er schüttelte den Kopf. »Zu spät. Ich hab sie verloren.«

»Du meinst Inma? Nein, du hast sie noch, sie gehört dir, wenn du sie willst. Du liebst sie doch, oder?«

Endlich drehte er sich zu mir und sah mir in die Augen. »Sie ist mein Stern, Cat.«

»Das weiß ich, das wissen wir alle. Deshalb verstehen wir nicht, warum du dich getrennt hast.«

Er zog erneut an der Zigarette, die beinahe abgebrannt war, inhalierte den Rauch und stieß ihn lange und gleichmäßig aus. »Sieh dich doch um. Was kann ich ihr schon bieten? Ich bin ein Versager, ein Taugenichts, und das werde ich immer sein.«

»Das ist nicht wahr.«

»Ich habe nichts, was ich Inma geben kann. Irgendwann wird sie es bereuen, mich geheiratet zu haben, deshalb darf ich ihr nicht im Weg stehen.« Eine Träne kullerte aus seinem Auge, und mir brach beinahe das Herz. Noch nie hatte ich einen Mann so leiden sehen.

»Wer hat dir so einen Unsinn eingeredet?«

Er schwieg, drückte den Stummel im Aschenbecher aus und zog die dünnen Beine an sich. »Es stimmt, er hat recht. Ich bin ein Versager. Ich habe noch nicht mal eine Familie.«

»Wo ist sie?«, wollte ich vorsichtig wissen.

»Ich weiß es nicht. Ich bin in einem Waisenheim großgeworden. Ich habe niemanden.«

Das war hart, und ich sah ihm an, wie sehr er sich eine Familie wünschte.

»Du hast uns«, widersprach ich ihm. »Noah und Dylan sind hier, Maja hat auch versucht, dich zu finden. Wir sorgen uns um dich, weil wir deine Freunde ... deine Familie sind.« Ich berührte seinen Arm und lächelte sanft.

Zweifelnd sah er mich an. »Ich bin nicht gut genug für sie.«

»Wer sagt das?«

»Mr. Penas Rodea.«

Ich runzelte die Stirn. »Inmas Vater? Aber ...«

Spike nickte zum Tisch, auf dem ein Scheck lag. »Er kam in meine Wohnung und sagte, dass ich seine Tochter niemals heiraten könnte. Sie hat einen richtigen Mann verdient.«

Er weinte und hielt seine Hände vors Gesicht. Ich schaute mir den Bankscheck genauer an. Eintausend Dollar? Ernsthaft? Mehr war ihm Inma nicht wert?

Abfällig legte ich den Wisch zurück, nahm Spikes Gesicht und zwang ihn dazu, mich anzusehen. »Hör mir jetzt gut zu, Spike. Alles, was er gesagt hat, ist eine Lüge. Inma hätte keinen besseren Mann finden können. Du bist ehrlich, einfühlsam und liebenswert. Du hast ein Herz aus Gold. Okay, du bist auch ein wenig verrückt, aber deshalb passt du perfekt zu meiner besten Freundin. Erinnerst du dich an den Tag, an dem ich ziemlich aufgebracht mit dir Aufzug gefahren bin?« Er nickte. »Du warst ein so wunderbarer Freund für mich, hast mir deine Welt von oben gezeigt und mir klargemacht, dass alles im Auge des Betrachters liegt. Man muss die Dinge aus verschiedenen Blickwinkeln sehen, um die Wahrheit zu erkennen. Betrachte es von Inmas Warte aus. Sie hat sich vom ersten Moment an unsterblich in dich verliebt. Und glaub mir, seit dem Tag liegt sie mir in den Ohren, wie toll du bist. Sie hat sich für dich entschieden, und du bist der Richtige für sie.«

»Meinst du das wirklich ernst?«

Ich hob meine Hand an die Brust. »Ich schwöre, dass ich dir die Wahrheit sage.« Es verging ein Augenblick, während er mich ansah und tatsächlich begann mir zu glauben. »Ihr beide gehört zusammen, und niemand hat das Recht, euch zu trennen, auch nicht ihr Vater. Du musst jetzt ein Mann sein, Inma zeigen, wie sehr du sie liebst, und ihrem Vater die Stirn bieten, indem du dich von ihm nicht einschüchtern lässt. Geh zu ihr.«

Als hätten meine Worte eine Rakete in ihm gezündet, sprang er plötzlich freudestrahlend auf und stolperte fast über den Unrat auf dem Boden. »Ja, ich muss zu ihr. Sie gehört mir, ich liebe sie.« Mit neuem Elan lief er planlos im Zimmer umher. »Ich muss zu ihr, sofort.«

Er war schon auf dem Weg zur Tür, aber Noah hielt ihn zurück.

»Hey, nicht so schnell. Du solltest vorher dringend duschen, mein Freund, und dir vielleicht etwas anziehen«, sagte Noah lachend.

»Anziehen?« Spike schaute an sich herunter. Er trug lediglich einen Slip, der ihm zwei Nummern zu groß war, und ein bauchfreies Tanktop, das auch schon bessere Tage gesehen hatte. Typisch Spike eben. Ich kicherte. Seinen Kleidungsstil würde er wohl nie ändern. »Okay, wartet, ich gehe duschen. Könnt ihr mich dann zu Inma fahren?«

»Na klar, Kumpel.« Noah trat zur Seite, und Spike verschwand im Bad.

Lachend schüttelten wir den Kopf. Erleichtert über den Ausgang des Gesprächs, lehnte ich mich an Noah. »Das wird ganz schön Zoff geben, wenn Inma davon erfährt.«

»Mit Sicherheit. Wie ich Inmas Temperament kenne, wird sie ihrem Vater die Hölle heißmachen.«

»Mit Recht«, ergänzte Dylan und schob mit dem Fuß den Unrat beiseite.

»Zumindest wissen wir jetzt, dass nur ein übereifriger Vater die beiden auseinanderbringen wollte und nicht der Rosenstalker dahintergesteckt hat. Das hast du gut gemacht, Catwoman«, sagte Noah stolz, drückte mich an sich und hauchte einen Kuss auf meine Stirn.

Während Spike unter der Dusche gut gelaunt und in den höchsten Tönen sang, schaufelten Noah, Dylan und ich den

Boden frei, damit man wenigstens laufen konnte, ohne zu stolpern.

»Spike muss außer sich vor Wut gewesen sein, wenn ich mir das Chaos hier ansehe«, meinte Dylan, der mit Noahs Hilfe das umgefallene Regal hochstemmte und wieder an seinen Platz stellte.

Wenige Minuten später kam Spike splitterfasernackt aus der Dusche, lief durch den Wohnraum und suchte seine Klamotten zusammen. Er wandte sich zu einer Kommode, die nicht Opfer seines Wutausbruchs geworden war, bückte sich zur untersten Schublade und streckte Dylan seinen blanken Hintern entgegen.

»Argh ... Spike! Kannst du dir nicht wenigstens ein Handtuch um die Hüften wickeln wie jeder normale Mensch?«

Überrascht richtete er sich auf und wandte sich zu Dylan. »Wieso? Hast du ein Problem mit Nacktheit?«

Dylan, dem es offensichtlich total unangenehm war, dass Spike so vor ihm stand, wusste im ersten Moment nicht, was er sagen sollte, und bemühte sich krampfhaft, ihm ins Gesicht zu schauen. »Ja ... nein ... Zieh dir einfach etwas an, okay?«

»Wieso ist es den Menschen so peinlich? Wir haben doch alle das Gleiche.« Spike schwang seine Hüfte hin und her – sein Gehänge schwang mit.

»Urgs ... Spike!« Angewidert sprang Dylan zurück.

Noah und ich kicherten. Spike hatte offensichtlich sein Tief überwunden und war in allerbester Laune.

Kurze Zeit später hielten wir vor der Appartementanlage. Spike hatte während der ganzen Fahrt seine Finger knacken lassen, was mich schier in den Wahnsinn getrieben hatte.

»Danke«, rief er, kaum dass der Wagen stand, stieg aus und sprintete zu Inmas Wohnung. Die Jungs schüttelten grinsend den Kopf.

»Jeden Tag eine gute Tat«, meinte Dylan zufrieden, als wir Spike nachschauten. »Dann werde ich mal Maja sagen, dass ihr auf sie wartet. Bis später, Champ. Cat, wir sehen uns.« Dylan lief am Schiebetor vorbei und winkte uns noch einmal zu.

»Was für ein Tag!« Ich lehnte meinen Kopf an die Nackenstütze und schloss für einen Moment die Augen.

»Wir werden alles in Ordnung bringen, Cat.« Noah griff nach meiner Hand und verflocht seine Finger mit meinen. Wärme kribbelte darin.

»Ich will meinen Vater sehen. Er wird sich schon wundern, warum ich mich nicht gemeldet habe.«

Noah biss die Zähne zusammen, bis seine Kieferknochen hervortraten, sagte aber nichts.

»Du könntest mitkommen.«

»Mal sehen.« Jedes Mal, wenn ich von meinem Vater sprach, wurde er seltsam wortkarg. Ob das wirklich nur an der Unsicherheit lag, weil er und seine Mutter damals fortgezogen und noch Monatsmieten offen gewesen waren? Zärtlich streichelte er über meine Wange. »Selbstverständlich werde ich dich zu ihm begleiten. Sag mir nur, wann.«

Ich drückte mein Gesicht sanft in seine Handfläche. »Okay.«

»Hey ihr Turteltäubchen. Das Happy End ist euch perfekt gelungen«, rief Maja, öffnete die Wagentür und stieg hinten ein. Sie beugte sich durch die Mitte zu uns vor. »Spike und Inma haben sich wiedergefunden, und ich würde behaupten, wir haben für heute Feierabend.«

»Gott sei Dank, dann ist mein Mädchen auch beruhigt.« Noah startete den Wagen und zwinkerte mir zu.

»Das bin ich«, gab ich zufrieden lächelnd zurück.

»Halleluja.«

10

Noah

ährend der Fahrt blubberte Maja munter drauflos und berichtete, wie Inma auf Spikes Auftauchen reagiert hatte. Erst hatte sie – typisch für ihr spanisches Temperament – auf stur geschaltet, dicht gefolgt von einem Schwall Schimpftiraden, die der arme Spike über sich ergehen lassen musste, bis er auf die Knie ging und seine Angebetete um Verzeihung anflehte. Inma erlöste ihn schließlich und fiel ihm um den Hals.

Cat lachte und war beruhigt, dass ihre beste Freundin wieder im siebten Himmel schwebte. Aber ich sah in ihren Augen, wie besorgt sie in ihre eigene Zukunft blickte – ohne Job, kaum Geld, mit dem Rosenstalker im Nacken und der notdürftigen Unterbringung bei Maja. Damit war ihre momentane Situation ziemlich beschissen.

Ich hatte gewusst, dass Maja ihr ein Dach über dem Kopf anbieten würde, aber ich hätte Cat trotzdem lieber bei mir gehabt. Ich pfiff auf das verdammte Hausverbot. Cat einfach so zu feuern, war nicht die feine englische Art, nach allem, was sie durchgemacht hatte. Dafür, dass Maja ihr nun aus der Patsche half, war ich ihr sehr dankbar. Sie ahnte, wie wichtig Cat mir war. Maja war ein guter Mensch, liebte mich wie einen Bruder, obwohl ich ihr damals sehr wehgetan hatte. Als ich unsere Beziehung, die hauptsächlich aus Sex bestanden hatte, beendet hatte, war mir nicht klar gewesen, wie gut sie mich lesen konnte. Zum Glück hatte sie irgendwann verstanden, dass ich nicht imstande war, sie so zu lieben, wie sie es verdient hätte. Ich war ein Idiot gewesen, aber heute wusste ich, dass ich die richtige Entscheidung für uns beide getroffen hatte, denn mit Paolo hatte sie einen Mann gefunden, mit dem sie glücklich war und der ihr das geben konnte, was sie brauchte.

Paolo erwartete uns bereits an der Eingangstür. Mit gelockerter Krawatte und einem Bier in der Hand begrüßte er erst Maja mit einem Kuss, umarmte Cat und schlug mit mir ein.

»Hey Noah, schön dich zu sehen ... Was ist denn mit deinem Gesicht passiert?«, fragte er und inspizierte die noch vorhandenen Blessuren.

»Lange Geschichte, nicht so wild. Wie läuft der Job? Hab gehört, du wirst in nächster Zeit viel unterwegs sein?«, lenkte ich von seiner Frage ab.

Paolo wusste, dass ich nicht gern über mich redete, und akzeptierte den Themenwechsel. Er hatte eine Consulting-Firma gegründet, die in den letzten zwei Jahren sehr erfolgreich war. Er war zwar der Boss des Unternehmens, ließ es sich aber nicht nehmen, seine wichtigsten Kunden selbst zu beraten. »Stimmt. Ich habe den Auftrag einer großen IT-Firma angenommen, die ihren Sitz in Florida hat, aber das verschiebt sich um ein paar Wochen, und Urlaub habe ich auch noch. Maja hat mich noch eine Weile an der Backe.«

Wir folgten den Frauen ins Wohnzimmer.

»Das will ich dir auch geraten haben. Ich zeige Cat mal ihr

Zimmer.« Sie zog Cat mit sich. Ich wollte die Gelegenheit nutzen, um allein mit Paolo zu sprechen.

»Auch ein Bier?«

Ich lehnte ab. »Hör mal, ich wollte etwas mit dir bereden.«

»Was ist denn los?« Er bot mir den Platz auf dem Sofa an.

»Du weißt von Cats Problemen, oder?«

»Ja. Hat denn die Polizei immer noch nichts herausgefunden?«

»Nein. Seit der Kerl ihr Appartement in einen blauen Floristikladen verwandelt hat, nichts mehr.«

»Scheiße.« Er nippte an seiner Bierflasche. »Aber mach dir keine Sorgen, Maja und ich haben beschlossen, das Haus nun doch zu kaufen, und haben erst vor einigen Tagen eine Alarmanlage installieren lassen. Cat ist hier sicher.« Der Mann wusste genau, was ich hören wollte.

»Gut. Das beruhigt mich. Falls dir irgendwas seltsam vorkommt, zögere nicht und ruf diese Nummer an.« Ich zog Detective Weathers Visitenkarte aus meiner Brieftasche und gab sie ihm.

Paolo stellte die Flasche auf den Tisch, nahm sie und las. »Das ist der Detective, der den Fall übernommen hat?«

»Genau. Du kannst ihn Tag und Nacht anrufen – und mich natürlich ebenfalls.«

»Okay, das mache ich.«

»Danke.«

»Ist doch Ehrensache. Hast du Lust auf eine Partie Billard?«

»Noah! Paolo! Kommt ihr mal?« Majas Stimme war unüberhörbar.

Wir erhoben uns und liefen durchs Wohnzimmer in den Flur, auf dessen linker Seite sich das Gästezimmer befand. Es war hell und freundlich eingerichtet mit modernen Möbeln, einem bequemen Sessel, auf dem Maja irgendein hässliches rosa

Kissen drapiert hatte, und einem großen, gemütlichen Bett. Des Öfteren hatte sie mir das Zimmer angeboten, wenn ich mal wieder Abstand von den Flirts gebraucht hatte, die mir auf die Pelle rückten.

»Gefällt es dir?« Sorgfältig studierte ich Cats Gesicht.

Ihre Augen funkelten aufgeregt. Ehrliche Begeisterung lag in ihrem Blick. »Und wie! Es ist wunderschön. Danke, Maja.«

»Sehr gern, Süße.« Maja wandte sich zu uns. »Cat braucht aus der Garage ihre Kartons. Würdet ihr bitte so lieb sein?«

»Ja, Ma'am«, witzelte ich und machte mich mit Paolo an die Arbeit.

Cat besaß nicht viel. Ihre wenigen Möbel und die fünf Kartons hatten wir schon hergebracht. Nun schleppten wir sie ins Haus und stellten sie an der Wand neben dem Schrank ab.

»Okay, dann lassen wir dich mal ankommen. Paolo, ich brauche dich in der Küche«, zitierte Maja ihren Mann herbei und bedeutete ihm, ihr zu folgen.

»Was? Aber, ich wollte mit Noah eine Runde Billard –«

»Nix da. Du kommst schön mit in die Küche.«

»Frauen«, sagte er in einem abfälligen, aber nicht ernstgemeinten Tonfall und zwinkerte Cat zu. »Sorry Noah, wird wohl nix mit Billard.«

»Leider.«

Paolo folgte seiner Chefin und schloss leise die Tür hinter sich. Ich zog meine Lederjacke aus, legte sie über den Stuhl, der vor einer Schminkkommode stand, haute mich auf das herrlich weiche Bett und sah zu Cat, die damit beginnen wollte, ihre Sachen auszuräumen.

Sie stemmte die Hände in die Hüften, während ich es mir bequem machte. »Hey du Faulpelz, ich dachte, du hilfst mir.«

»Du kannst doch auch zu mir kommen. Ich schwöre, es wird dir gefallen.« Ich zuckte vielsagend mit den Brauen.

Sie neigte den Kopf und sah mich mahnend an. »Ich will mich frischmachen und etwas Bequemes anziehen, aber vorher muss ich die Sachen ausräumen. Die haben meine Klamotten einfach so in den Karton geschmissen.«

Sie hielt ein verknittertes T-Shirt von sich, zog weitere Kleidungsstücke voller Falten heraus.

»Reg dich nicht auf, Süße«, versuchte ich sie zu beruhigen, aber dieser Tag hatte Cat ziemlich zugesetzt.

»Ich soll mich nicht aufregen? Ich komme mir vor wie ein alter Schuh, den man unbedingt loswerden wollte. Ich habe mir schon viel anhören müssen, angefangen bei meinen Eltern bis hin zu den Schulkollegen, aber das *Empire Heaven* toppt wirklich alles. Ich konnte mich nicht mal verteidigen«, brauste sie auf.

Sie hatte recht. Noch nie hatte ich erlebt, dass eine Angestellte so behandelt worden war – nicht mal Morin, die mich damals gestalkt hatte und in mein Appartement eingebrochen war. Sie hatte lediglich ihre Kündigung erhalten sowie eine Frist, die Wohnung zu räumen. »Ich stimme dir zu, das war echt mies.«

Als sie aus einem Karton ein Paar Schuhe herausholte und sie vor der Kommode ablegte, nutzte ich die Gelegenheit, schlang blitzschnell meinen Arm um ihre Mitte und zog sie zu mir aufs Bett. Endlich hörte ich ihr süßes Quieken und Kichern. »Das ist unfair, Noah!«

Mit Leichtigkeit setzte ich mich auf sie, hielt ihre Handgelenke neben ihrem Kopf fest und genoss das Gefühl, dass sie mir nicht mehr entwischen konnte. »Du hast keine Chance, Catwoman.«

Ihre erhitzten Wangen und ihr Lächeln waren umwerfend, und ich wünschte, ich könnte die Zeit anhalten. Mein Blick ruhte auf ihren Lippen, bis ich schwach wurde und ihnen nicht länger widerstehen konnte. Ich küsste sie, so wie sie es mochte, tief und voller Begierde, dabei gab ich ein Handgelenk frei und ließ meine Hand über ihren Körper wandern. Ihre Finger wühlten durch meine Haare, ihr Atem ging schnell, und als ich ein leises Stöhnen vernahm, wurde ich augenblicklich hart. Ich schob ihr Shirt hoch, wollte ihre Wärme spüren und von ihrer samtweichen Haut kosten.

»Noah, wir sollten nicht«, wisperte sie, als ich mit der Zunge ihre Brustwarze neckte.

»Oh doch, das ist genau das, was wir tun sollten.« Ich wollte mich in ihr versenken und sie ausfüllen, ich wollte ihr ins Gesicht sehen, wenn sie kam. Fuck! Mein Verstand spielte völlig verrückt.

»Hey ihr zwei, Abendessen ist fertig!«, drang es von draußen mit einem kurzen Klopfen zu uns.

Cat hielt inne. »Siehst du, das war keine gute Idee.«

Ich hätte Maja für ihr Timing verfluchen können. »Wir kommen gleich«, rief ich und erinnerte mich, dass Cat einen anstrengenden Tag hinter sich hatte. »Du solltest etwas essen, Babe.«

Ich ließ sie los und richtete mich auf.

»Du etwa nicht?«

Jetzt kam der Teil, den ich am liebsten ausgelassen hätte. »Nein, ich ... muss noch ein paar Dinge erledigen.« Enttäuscht stützte sie sich auf ihren Ellenbogen ab. Ich wusste genau, welche Frage sie auf den Lippen trug. Ich erinnerte mich, dass ich ihr versprochen hatte, ihr zu vertrauen. »Ich gehe zu Billy, Dylan wird mich begleiten.«

»Was willst du tun?«

»Ich muss dem Mistkerl klarmachen, dass er sich im Hotel nicht mehr blicken lassen darf, wenn er nicht will, dass Robinson misstrauisch wird und die Polizei auf seinen Laden aufmerksam macht.«

»Und wenn –«

»Es wird nichts passieren, ich verspreche es dir.«

»Und wann sehen wir uns?«

»Du schläfst dich morgen erst mal aus, dann komme ich zu dir, und wir machen etwas Schönes.« Erneut konnte ich mir ein anrüchiges Grinsen nicht verkneifen.

»Na gut, aber ich will mich so schnell wie möglich um einen neuen Job kümmern.«

»Abgemacht.« An die guten Jobs kam man nur über Beziehungen, und bezahlbare Zimmer waren ebenfalls Mangelware. Das behielt ich aber für mich. »Es wird hart werden, dich nachts nicht mehr neben mir liegen zu haben«, gestand ich, und damit sie spürte, *wie* schwer es werden würde, drückte ich mein Becken gegen ihren Unterleib, und – *schwupps* – hatte sie wieder dieses süße Grinsen im Gesicht.

»Dann müssen wir uns eben heimlich treffen.«

»Wie früher in unserer Höhle?«

»Ja«, flüsterte sie.

Ich streichelte über ihre Wange.

»Es wird sich schon alles finden, Cat. Du wirst sehen. Wir bauen uns irgendwo eine neue Höhle«, versprach ich. Diese Worte bereute ich sofort, denn ich wusste, eines Tages würde Cat hinter das Geheimnis kommen, und dann würde sie mich für immer verlassen.

***

Als ich das Haus verließ, konnte man noch deutlich die Beule in meiner Hose erkennen. Egal wie sehr ich mich anstrengte, an Katzenbabys oder die Antarktis zu denken, es blieb eng. Großer Gott! So konnte ich Billy auf keinen Fall unter die Augen treten. Zum Glück hatte ich noch etwas Zeit, bevor ich Dylan am Hotel aufgabelte und wir gemeinsam dem Käfig-Besitzer einen Besuch abstatten würden. Hoffentlich beobachtete mich jetzt niemand, wie ich neben meinem Wagen minutenlang hin und her tigerte und mit seltsamen Verrenkungen versuchte, meinen Freund in eine bequeme Position zu bringen. Ich warf einen Blick zu Majas Haus, in dem das Mädchen, das für meine Misere verantwortlich war, bei einem leckeren Abendessen gemütlich am Tisch saß. Oh Mann! Das durfte auf keinen Fall zum Dauerzustand werden.

Mein Problem erledigte sich schlagartig, als ich an den Chief und die damit verbundenen Verwicklungen dachte. Das zeigte Wirkung – in meinem Schritt wurde es wieder angenehmer. Ich stieg endlich in den Wagen, steckte das Handy in die Halterung und verband es mit der Freisprecheinrichtung. Mit dem Kopf voller wirrer Gedanken fuhr ich durch die Straßen und rang mich endgültig zu einer Entscheidung durch. Ich brauchte Hilfe, wenn ich die Idee, die mir in Pleasant Hill in den Sinn gekommen war, in die Tat umsetzen wollte.

Es gab nur einen Mann, der mir dabei helfen konnte: Hudson. Ich zögerte, ihn einzuweihen, aber da Cat entlassen worden war und ich nicht mehr permanent in ihrer Nähe sein konnte, hatte ich keine andere Wahl.

Eine ganze Stunde war ich planlos durch die Gegend gefahren und hielt schließlich auf dem Parkplatz eines Einkaufscenters. Ich fühlte mich hundeelend, weil ich nicht gern andere um Geld anbettelte. Hudson war nicht dumm, verfügte über eine ausgesprochen gute Menschenkenntnis und eine verfluchte Gabe, Lügen aufzudecken. Früher hatte er mich oft beim Schwindeln entlarvt. Er würde definitiv über alles Bescheid wissen wollen.

Als Mom damals mit ihm zusammenkam, traute ich ihm nicht über den Weg. Für einen Sportlehrer an einer normalen

Schule schien er mir zu trainiert, zu aufmerksam, zu ... keine Ahnung was. Es war einfach das Gefühl, dass mit dem Kerl etwas nicht stimmte. Ich belauschte seine Telefonate und spionierte ihm nach, wenn er sich angeblich mit Freunden traf. Anfangs hatte ich sogar den Verdacht, dass der Chief diesen Mann auf uns angesetzt hatte. Ziemlich durchgeknallt, wenn ich heute darüber nachdachte. Um Mom davon zu überzeugen, dass sie den falschen Mann liebte, brauchte ich Beweise, und eines Tages entdeckte ich seine wahre Identität in einer Sammelmappe in seinem Arbeitszimmer, die er in einer verschlossenen Schublade versteckt hielt. Es waren Auszeichnungen, Briefe und Fotos. Ich erinnerte mich noch genau, wie heftig mir das Herz gegen meine Rippen gepocht hatte, als ich mir alles ansah und mir klar wurde, dass Mom auf einen Lügner hereingefallen war. Auf den Bildern war er mit Waffen in Soldatenkluft zu sehen, und über den Unterlagen und Ehrungen prangte das Logo der U.S. Navy Seals.

Es kam, wie es kommen musste: Hudson erwischte mich, wie ich in seinen persönlichen Sachen schnüffelte. Ich rechnete schon mit einer Tracht Prügel, weil ich die Schublade aufgebrochen und meine Nase in Dinge gesteckt hatte, die mich nichts angingen, doch stattdessen bot er mir einen Deal an: gegenseitige Verschwiegenheit über unsere Vergangenheit. Er würde keine Fragen über meine Geheimnisse stellen, wenn ich im Gegenzug ebenfalls den Mund hielt über das, was ich gesehen hatte. Er gab mir sein Wort, dass er Mom aufrichtig liebte, wir von ihm nichts zu befürchten hatten und ich ihm vertrauen konnte. Ich schloss den Pakt, blieb aber weiter misstrauisch. Insgeheim fand ich es cool, einen Ex-Navy-Seal als Stiefvater zu haben. Damals stellte ich mir vor, wie er als Elitekämpfer heldenhafte Taten vollbrachte und das Leben unzähliger Zivilisten rettete. Nach und nach wurde er zu meinem Vorbild.

Hudson weckte mein Interesse für Sport, zeigte mir, wie ich mich gegen die Jungs, die mich auch an der neuen Schule traktierten, verteidigen konnte, und wenn ich von den Albträumen aufwachte, war er da. Manchmal spielten wir nachts Basketball hinterm Haus oder gingen so lange spazieren, bis der Schrecken verschwunden war. Er stellte niemals Fragen, so wie wir es vereinbart hatten. Im Grunde wusste er von Mom, was wir durchgemacht hatten, aber er zwang mich nie, darüber zu reden. Er sorgte dafür, dass Mom wieder lächeln konnte, und ich merkte, wie glücklich er sie machte. Hudson veränderte unser Leben. Er wurde mein Freund, mein Vorbild, mein Held und – was ich am dringendsten brauchte – ein Vater.

Er würde mir helfen, egal welches Problem ich hatte. Also riss ich mich zusammen und wählte seine Nummer. Erst beim fünften Klingeln nahm er ab.

»Hallo?« Er klang verschlafen. Seit wann ging er so früh ins Bett? In New York war es kurz vor Mitternacht.

»Hey Hudson, ich bin es.«

»Noah? Ist etwas geschehen?«

»Mir geht es gut. Wieso bist du schon im Bett? Bist du krank?«

»Nein, nein, ich will mit Frank zum Fischen, und wir fahren gegen vier Uhr in der Früh los. Du rufst doch nicht einfach so an. Ist wirklich alles in Ordnung?« Hudsons Gespür für Probleme funktionierte also auch, wenn er nicht ganz wach war. Er schien einen sechsten Sinn zu haben, wenn es um Komplikationen ging.

Ich hielt den Atem an und zögerte, doch dann sprach ich es endlich aus. »Ich brauche deine Hilfe.«

Kurz schwieg er, musste wahrscheinlich erst munter werden. »Warte«, flüsterte er. »Ich gehe ins Arbeitszimmer. Deine Mutter ist noch im Bad und kriegt sofort mit, wenn ich mit dir rede.«

Geraschel, schlurfende Schritte und eine Tür, die leise geschlossen wurde, waren zu hören. Bilder von zu Hause schossen mir ins Gedächtnis, begleitet von einem tiefen Sehnen. Ich hätte mich schon längst mal wieder blicken lassen sollen. Timi war bestimmt ein ganzes Stück gewachsen, und mir fehlte Moms gutes Essen. Ich schwor, demnächst für ein paar Tage vorbeizuschauen.

»Jetzt sind wir ungestört. Was ist los, Junge?« Deutlich vernahm ich das vertraute Knarzen seines ledernen Bürostuhls, als er sich darauf niederließ.

Kurz überlegte ich, wie ich ihm meine Bitte vortragen sollte, und entschied mich, einfach alles zu erzählen – mit wenigen Ausnahmen natürlich. »Es ist etwas passiert, womit ich nicht gerechnet habe.«

»Lass mich raten: eine Frau.« Sein amüsiertes Grinsen hatte ich klar vor Augen.

Schmunzelnd senkte ich den Blick. »Ja, aber diesmal ist es anders ...«

»Das sind ja ganz neue Töne.«

Ich seufzte. Wieso machte er es mir so schwer?

»Catherine Spence ist wieder in mein Leben getreten«, platzte ich geradewegs damit raus.

Stille.

»Ich verstehe nicht ... dein Mädchen von damals?«

»Richtig. Cat.«

Wieder schwieg er einen Moment. Nachdem er die erste Nachricht aufgenommen hatte, erzählte ich ihm, wie ich Cat begegnet war und wie es nun um uns stand. Dabei berichtete ich ihm auch von den Rosen, den Bedrohungen und was Cat und Spike widerfahren war.

Zwischenzeitlich schenkte Hudson sich einen Drink ein, und ehrlich, ich hätte auch einen vertragen können. Alles, was ich erlebt hatte – die Sache mit meinem Vater, die Beobachtung am Papenfus Creek, die Erpressung durch den Chief und die Gefahr, in der unsere Familie geschwebt hatte – musste ich verschweigen. Irgendwann hatte ich ihm einen Teil meiner Geschichte anvertraut, von meiner großen Jugendliebe Cat erzählt und davon, wie sehr ich unter dem Umzug nach New York gelitten hatte. Daher wusste Hudson über Cat genau Bescheid.

»Mein Gott, Junge! Wieso hast du mir nichts gesagt? Schnapp das Mädchen und komm nach Hause. Wer weiß, was dieser Irre noch anrichten wird.«

Wie gern würde ich das tun, aber so einfach war das nicht. Sofort hatte ich das Bild des Chiefs im Kopf, wie sein Schnüffler uns wieder hinterherjagte, ich neue Fotos bekam, auf denen im Bildrand der Lauf einer Pistole zu sehen war. Nein! Wegrennen galt nicht, und das war auch nicht meine Art – das hatte Hudson mir ebenfalls beigebracht. »Das ist keine Option. Ich habe eine Idee, aber ich schaffe es nicht allein.«

»Dann schieß mal los, Junge.«

»Ich brauche Geld.« Ich hasste es, ihn darum zu bitten, aber mein Konto war abgegrast. »Ich bin mir nicht sicher, aber vielleicht hängt ihr Vater mit drin. Jedenfalls muss ich etwas unternehmen, aber ich kann durch meinen Job nicht ständig an der Sache dranbleiben. Ich denke, eine neutrale Person könnte sich an den Chief dranhängen und vielleicht etwas herausfinden. Es sollte aber jemand sein, der sein Handwerk versteht.«

»Was ist mit der Polizei?«

»Was wohl? Die tappen genauso im Dunkeln. Ich will nicht abwarten, bis wieder etwas passiert.«

»Das verstehe ich. Wie viel brauchst du, mein Junge?«

Ohne mit der Wimper zu zucken, würde Hudson mir jede Summe geben. Meine Zuneigung zu dem Mann war grenzenlos. Er hatte so viel für meine Familie und mich getan, und dafür würde ich ihn immer lieben. Oft hatte ich mir gewünscht, ihm endlich alles anvertrauen zu können, aber das Trauma von damals hielt mich wie ein wildes Tier im Käfig gefangen. Nach alldem hatte Hudson eigentlich die Wahrheit verdient. »Keine Ahnung, ich kenne noch nicht mal jemanden, der den Job übernehmen könnte. Ich habe gehofft, du ...«

»Okay. Es war richtig, dass du mich in dieser Angelegenheit angerufen hast. Warte ...« Das Geräusch, wie eine Schublade aufgezogen wurde und Papier raschelte, erfüllte das Wageninnere. »Ah ... hier ist es. Ich gebe dir die Nummer. Du rufst an, wartest, bis die Bandansage vorbei ist, sagst das Codewort ›Ewiger Frühling‹ und hinterlässt deine Nummer, mehr nicht. Man wird dich kontaktieren.«

»Codewort ›Ewiger Frühling‹ und meine Nummer, kapiert«, plapperte ich fasziniert nach. Das war schon ziemlich geheimagentenmäßig. Ich musste zugeben, ich fand es aufregend.

»Ich überweise dir dreitausend Dollar, das dürfte genügen, aber ... Noah?«

Dreitausend? Ich schluckte. »Ja?«

»Wenn deine Mutter etwas von den Problemen erfährt, macht sie Hackfleisch aus uns. Also lass dir nichts anmerken, wenn du mit ihr telefonierst, und sieh zu, dass man dich nicht in kleine Häppchen schneidet.«

Häppchen? Ich? Wohl kaum. Was Mom betraf, das würde ich schon irgendwie hinkriegen. Falls sie es herausbekam, konnte sich der Rosenheini auf etwas gefasst machen. Sie konnte ziemlich unangenehm werden. Sie war mit Leib und Seele Mutter, und wie die meisten Muttertiere würde sie den Feind zermalmen, wenn er ihrem Baby ein Haar krümmte. Kurz fantasierte ich, Mom auf den Rosenstalker loszulassen, wenn wir seine Identität endlich erfuhren. Ich hatte ein wunderbares Bild vor Augen, wie sie ihm den Arsch aufriss und diesen mit seinen dämlichen Rosen vollstopfte. Ein schöner Gedanke, wie ich fand.

Kopfschüttelnd fegte ich die alberne Vorstellung beiseite und räusperte mich. »Du kannst dich auf mich verlassen, Hudson. Danke. Ich zahle dir alles zurück.«

»Vergiss das Geld, konzentrier dich lieber darauf, dass dir und dem Mädchen nichts geschieht. Mach keine Dummheiten und halte mich auf dem Laufenden.«

»Natürlich. Danke.«

»Immer. Gute Nacht, mein Junge.«

»Gute Nacht.«

Zufrieden lehnte ich mich in den Fahrersitz zurück, wartete auf die versprochenen Kontaktdaten und freute mich schon darauf, das Codewort zu verwenden. Ich fühlte mich unbesiegbar wie ein kleiner Junge, der Geheimagent spielen durfte.

Das Klingeln meines Handys riss mich aus meinen Träumereien. Zu meiner Enttäuschung rief nur Dylan an. »Hey Bro!«

»Wo bleibst du? Ich steh vor dem Schiebetor.« Sein vorwurfsvoller Ton war überdeutlich.

»Ich habe das Geld besorgt, und jetzt halt dich fest, ich bekomme sogar die Kontaktdaten eines Spezialisten, der verdammt gut sein soll.«

Dylan, mit dem ich heute Nachmittag unsere Möglichkeiten durchgesprochen hatte, lachte überrascht auf. »Wie hast du das so schnell gedeichselt?«

»Tja ... Manchmal ist es eben ganz nützlich, fremde Geheimnisse zu kennen, Bro.« Zufrieden zündete ich den Motor und fuhr aus der Parklücke.

»Du bist ein Teufelskerl.«

»Ja, hin und wieder«, stimmte ich ihm zu und sonnte mich ein wenig in dem Kompliment.

»Ach, Robinson hat deinen unbezahlten Urlaub gestrichen.«

Wam! Die Sonne war plötzlich aus, und es regnete.

»Wieso das?« Verdammt! Das brachte alle meine Pläne durcheinander.

»Willst du die offizielle Version oder die Wahrheit?«

»Beides.«

»Na gut, es heißt ›aus Personalmangel‹, aber im Grunde steckt der anspruchsvolle Scheich mit seinen vielen Sonderwünschen dahinter. Ich kann dir sagen, der raubt uns den letzten Nerv.«

Verdammt! Den hatte ich völlig von meinem Radar verdrängt. »Das heißt, morgen früh beginnt für mich die Wüsten-Party?«

»Korrekt, also lass uns schnell die Sache mit Billy hinter uns bringen, damit wir uns bald aufs Ohr legen können.«

Shit! Ausgerechnet jetzt. Cat würde enttäuscht sein. »Okay, bin schon unterwegs.«

11

Cat

Es war mir peinlich gewesen, mit hochroten Wangen und wildem Haar meinen Gastgebern unter die Augen zu treten. Maja wusste sofort, womit wir beide beschäftigt gewesen waren, nur Paolo hatte ein wenig verwirrt geschaut, als Noah die Einladung zum Essen abgelehnt und fluchtartig das Haus verlassen hatte.

Beim Abendessen lernte ich endlich den Mann meiner Freundin besser kennen. Paolo gehörte schon länger zu Noahs Clique, aber bisher hatte ich mich noch nicht näher mit ihm unterhalten. Er war der typische Geschäftsmann, elegant gekleidet, hilfsbereit und ein enthusiastischer Golfspieler. Den Altersunterschied zwischen Maja und ihm merkte man den beiden nicht an, und seine graumelierten Schläfen machten ihn interessant. Er trug Maja auf Händen, und ich fand es süß, dass sie nicht die Finger voneinander lassen konnten, wenn sie glaubten, unbeobachtet zu sein.

Sie machten es mir leicht, mich im Haus wohlzufühlen. Nach dem Essen spülte ich mit Maja das Geschirr, und sie erzählte mir, dass Professor Gilmore mit seiner imaginären Frau wieder im *Empire Heaven* zu Gast war. Ich erinnerte mich gut an ihn. Es war in meiner ersten Woche gewesen, dass ich das Frühstück für das ältere Ehepaar serviert hatte. Erst als er mit dem freien Platz neben sich geredet hatte, war mir klargeworden, dass er entweder den verpeilten Professor spielte oder tatsächlich einsam war. Das würde ich nun nicht mehr herausfinden.

Maja erzählte auch, dass unser Spitzenkoch bereits wenige Stunden nach der Ankunft des Scheichs kurz davor stand, das Handtuch zu werfen. Es sei unverzeihlich, dass es einem Sternekoch wie ihm nicht vergönnt sei, eine solche Persönlichkeit zu bekochen. Stattdessen müsse er seine Küche mit einem arabischen Koch teilen, der ausschließlich für die Speisen seiner königlichen Hoheit zuständig war, und dürfe ihm nur mit lästigen Kleinarbeiten zur Hand gehen. Aber am schlimmsten sei der Vorkoster, der auch für die Lieblingsfrauen des Scheichs alle Gerichte probierte, bevor er den Zimmerkellnern das Okay gab. Majas Darstellung hörte sich wirklich abenteuerlich an.

Später im Bett war es zwar gemütlich, trotzdem wälzte ich mich hin und her. Gegen fünf Uhr in der Früh gab ich schließlich auf, räumte ein paar meiner Kartons aus und bügelte die Falten aus meinen Sachen. Ich hatte Lust, meine eingerosteten Knochen mal wieder zu bewegen, doch dann fiel mir ein, dass ich Noah versprochen hatte, nichts Unvernünftiges zu tun. Daran wollte ich mich diesmal halten, also verschob ich die Idee. Ich würde ihn nachher fragen, ob er mich begleiten wollte.

In der Küche hatte ich mir gerade einen Kaffee gemacht, als Maja gegen halb acht die Treppe herunterkam. Sie deutete gähnend auf die Tasse in meiner Hand. »Morgen, krieg ich auch einen?«

»Na klar.« Ich bediente die Maschine. »Wieso schläfst du nicht aus?«

Sie rollte mit den Augen. »Weil Frank mich wachgeklingelt

hat. Ich soll gleich ins *Ivy Blue*. Wilson muss in ein Meeting, das wohl den ganzen Tag dauert, und wir dürfen ihn vertreten.«

»Und wann kommst du nach Hause?« Ich stellte Milch und Zucker auf den Tisch.

»So wie es gerade läuft, wahrscheinlich am späten Abend.«

»Muss wohl ein wichtiges Meeting sein, wenn er fast den ganzen Tag dort sein wird.«

»Weswegen wird wohl so ein Tamtam veranstaltet – nur wegen dem Scheich. Sogar der Hoteldirektor Mr. Tillerson ist früher von seinem Urlaub zurück. Na ja, du kannst dich hier gern wie zu Hause fühlen. Leg dich in den Garten oder schalt die Glotze ein, wie du möchtest.«

Die vollautomatische Kaffeemaschine spuckte die letzten Tropfen des warmen Gebräus aus, zischte und dampfte. »Noah kommt nachher, eventuell geht er mit mir joggen.«

»Gute Idee.«

Während Maja ihren Kaffee trank, kam ich ins Grübeln. Alle würden bei dem Meeting sein? Alle, die mitentschieden hatten, mich auf die Straße zu setzen? Vielleicht würden sie mich durch den Sicherheitsdienst rauswerfen lassen, wenn ich überraschend aufkreuzte, aber damit konnte ich leben, solange ich einen richtigen Schlussstrich ziehen konnte. Außerdem wäre das *die* Gelegenheit, mich wenigstens von meinem Team zu verabschieden. Dann dachte ich an Noah, der heute Morgen kommen wollte. Genau in dem Moment erhielt ich eine Nachricht.

Hey Babe,

ich hoffe, du hast gut geschlafen ... ohne mich. Leider habe ich keine guten Nachrichten für dich. Robinson hat mir den Urlaub gestrichen, und ich muss arbeiten. Sorry, ich melde mich in der Mittagspause.

Noah

Seine Nachricht kam wie gerufen, auch wenn ich enttäuscht war, dass ich die meiste Zeit in Majas Haus festsitzen würde, aber darüber konnte ich mir in den nächsten Tagen Gedanken machen. Verschwunden war mein Vorsatz, keine Dummheiten zu machen – ich konnte einfach nicht widerstehen. Es wäre vielleicht klug, Noah nicht gerade heute Vormittag über den Weg zu laufen, das würde mir unnötige Diskussionen ersparen.

Ich sah zu Maja auf. »Könntest du mich mitnehmen?«

»Wohin?«

»Zum Hotel.« Fragend runzelte sie die Stirn. »Ich will ein paar Sachen erledigen, mich vom Team verabschieden, und meine Zugangskarte sollte ich auch noch abgeben«, erklärte ich ausweichend, und das war nicht mal gelogen. Schließlich hatte ich mich mit Joe, Vanessa, Frank und Melinda gut verstanden.

Sie nickte. »Klar, kein Problem.«

Es kribbelte aufgeregt in meinem Magen, als wir zwanzig Minuten später auf den Angestelltenparkplatz fuhren. Wir liefen zum Eingang. Mist! Dass die Taschen des Personals gecheckt wurden, hatte ich völlig vergessen. Ich hatte Glück. Ein mir unbekannter Mann führte heute Morgen die Kontrollen durch.

»Der Scheich hat seine eigenen Sicherheitsleute im ganzen Haus«, flüsterte Maja mir zu, bevor wir an der Reihe waren. Wir setzten ein künstliches Lächeln auf und zeigten ihm den Inhalt unserer Taschen. Er ließ uns durch. »Okay, kommst du gleich ins Restaurant?«

»Als Erstes gebe ich das Ding hier ab.« Ich wedelte mit der Zugangskarte.

»Okay, bis dann.«

Während ich allein durch die vertrauten Flure lief, fühlte ich mich wie eine Aussätzige. Ich hatte gern hier gearbeitet, auch wenn es an manchen Tagen hart gewesen war. Deshalb wurmte es mich, dass ich diesen Job verloren hatte. Wieso passierte das ausgerechnet mir? Ich war nur eine kleine Kellnerin, die durch Vitamin B und aus einer Notlage des *Ivy Blue* an die Anstellung gekommen war. Im Grunde konnte ich die Geschäftsleitung verstehen. Wer hielt schon an einer Mitarbeiterin fest, die solche Probleme hatte? Die Vorfälle, die ständig die Polizei auf den Plan riefen, sorgten für Unruhe, Gerüchte und schlechte Presse. Der Ruf des Hotels und das Wohl seiner Gäste hatten oberste Priorität. Ich verstand das. Was ich nicht kapierte: Wieso hatte man mich nie zu einem Gespräch gebeten? Wieso warf man mich auf so üble Weise raus? Wilson war zufrieden gewesen mit meiner Arbeit. Es war einfach nicht fair.

Mehr als eine halbe Stunde verging, während ich wie eine Diebin durch die Gänge schlich. Beim Personalaufzug blieb ich stehen, fuhr hinauf und fand mich im Flur wieder, in dem das große Meeting stattfand. Durch die Tür hörte ich eine Männerstimme, die einen Vortrag oder etwas Ähnliches hielt.

Was zum Teufel tat ich hier? Mein Herz klopfte, meine Hände zitterten, aber nicht vor Nervosität, sondern weil die Verärgerung in mir hochkochte, die ich die ganze Zeit im Zaum gehalten hatte. Dort saßen die Herren, die über mein Schicksal entschieden hatten. Da war es mit der Selbstbeherrschung vorbei. Der Drang, ihnen zu sagen, wie ihre Art, mit Menschen umzugehen, mich verletzt hatte, gewann die Oberhand. Ich straffte die Schultern, atmete tief durch, klopfte an und ging, ohne eine Antwort abzuwarten, hinein.

***

Der Mut verließ mich genau in dem Augenblick, als die stehende Person – ich glaubte, es war der Chef des Wellnessbereichs – verstummte und irritiert in meine Richtung starrte. Ich hielt den Atem an. Nacheinander drehten sich alle Köpfe, und ich merkte, dass die wenigsten Männer wussten, wer ich war. Natürlich erkannten mich Mr. Wilson, Mr. Robinson und auch der Personalchef, der mich eingestellt hatte. Ansonsten sah ich nur unbekannte Gesichter, bis mein Blick auf den hinteren Bereich fiel. Dort stierten mich zwei herrlich blaue Augen völlig entgeistert an. Mist!

»Wir sind mitten in einer sehr ermüdenden Besprechung, Miss ...«, kam es vom Kopfende der langen Tafel. Der Mann fiel schon deshalb auf, weil er seinen Stuhl seitlich zum Panoramafenster gedreht hatte und offensichtlich lieber die Aussicht auf die Stadt betrachtete als seine Mitarbeiter am Tisch und weil er keine Krawatte trug und den oberen Knopf offenstehen hatte. Er wirkte völlig entspannt, beinahe gelangweilt.

»Mr. Tillerson, wenn ich Ihnen erklären dürfte«, säuselte ein junger Mann mit streng zurückgekämmtem Haar und Anzug, der sich zu dem Hoteldirektor herübergebeugt hatte. »Das ist die Mitarbeiterin, wegen der die Polizei in unserem Hause ermittelt. Wir haben sie entlassen. Eigentlich dürfte sie nicht mal hier sein. Ich werde umgehend den Sicherheitsdienst —«

Mr. Tillerson hob die Hand und brachte ihn so zum Schweigen.

Was hatte ich mir nur dabei gedacht? Zum Umkehren war es jetzt zu spät. Entweder ich verschwand ganz schnell oder ich musste Stellung beziehen und den Mund aufmachen, sonst hielten mich alle Anwesenden für völlig bekloppt. Ich hob das Kinn und drängte meine Unsicherheit beiseite. »Ich bin Catherine Spence, und ich entschuldige mich nicht für die Störung.«

Getuschel war von allen Seiten zu hören, aber das ignorierte ich und trat noch einen Schritt vor. Jetzt setzte sich auch Noah in Bewegung. Eine Mischung aus Sorge und Ärger lag in seinen Augen.

»Cat, was tust du hier? Wie bist du überhaupt ...? Komm, ich bring dich ...« Er wollte mich hinausführen.

»Bitte, Noah, ich muss nur ein paar Dinge loswerden. Auch wenn es sie wahrscheinlich kaum interessiert, aber sie sollen wissen, wie schäbig ihr Verhalten ist.«

Er sah mich lange und bedächtig an. Er wusste, wie sehr mich das Benehmen der großen Bosse verletzt hatte und dass ich meinen Frust abladen musste, um nicht zu platzen. Ich brauchte das, um einen Schlussstrich zu ziehen, damit ich wenigstens ein Stück Gerechtigkeit zurückbekam.

»Okay«, flüsterte er und lächelte mild. Dann tat er etwas, womit er mein Herz erneut im Sturm eroberte. Er blieb an meiner Seite stehen, richtete den Blick zur versammelten Führungsspitze und verflocht seine Finger mit meinen. Die Flamme loderte auf, durchflutete mich mit Wärme und Sicherheit. Ich schaute zu meinem liebsten und besten Freund auf und fühlte mich unendlich stark. Noah und ich gegen den Rest der Welt. Er vertraute mir, war an meiner Seite, gleichgültig, was ich tun würde.

»Was soll das, Ms. Spence? Wieso stören Sie unser Meeting? Und Mr. Holder, machen Sie Ihren Job und sorgen Sie dafür, dass wir nicht länger von dieser Person gestört werden.« Mr. Wilson rückte seine Krawatte zurecht und suchte per Augenkontakt die Zustimmung von Tillerson, der die ganze Szene völlig ruhig beobachtete. Regungslos blieben Noah und ich stehen. »Haben Sie beide den Verstand verloren?«, fuhr Wilson uns an.

Noah ließ sich nicht aus der Ruhe bringen. »Gerade Sie, Mr. Wilson, sollten sich anhören, was Ms. Spence zu sagen hat. Ich denke, das sollten Sie alle.«

Noah blickte in die Runde. Im Augenwinkel bemerkte ich, wie Mr. Robinson sich in seinem Stuhl zurücklehnte, die Arme überkreuzte und die Szene zufrieden, beinahe vergnügt beobachtete.

Das ließ mich mutiger werden, und endlich fand ich meine Stimme wieder. Ich trat vor und sah in die Gesichter der Männer, die jeden Tag Entscheidungen trafen, ohne über die Konsequenzen nachzudenken. »Diese Stadt, dieses Hotel und die Menschen – sie bedeuten mir alles. Ich kann Ihnen gar nicht sagen, wie glücklich ich war, als ich die Zusage für den Kellnerjob im *Ivy Blue* erhielt. Mein Leben hier sollte ein Neustart sein, aber seit ich hergekommen bin, habe ich ein schreckliches Martyrium erlebt. Ich rede nicht von Ihren Launen, Mr. Wilson, die Sie gern an Ihren Mitarbeitern auslassen, sondern davon, dass man mich seit meiner Ankunft eingeschüchtert, brutal zusammengeschlagen, sogar einen Freund, der auch hier beschäftigt ist, lebensgefährlich verletzt hat. Ich lebe und arbeite in ständiger Angst, es könnte noch Schlimmeres passieren – von dem Psychoterror und dem letzten Einbruch in mein Appartement will ich erst gar nicht anfangen.«

Mr. Wilson erhob sich, strich gelangweilt seinen Anzug glatt. »Das ist Ihre private Angelegenheit, Ms. Spence. Sie hätten sich Ihr Umfeld eben genauer aussuchen müssen. Das kommt davon, wenn man sich mit Kriminellen einlässt. Sie können unser Haus nicht dafür verantwortlich machen. Und jetzt gehen Sie, bevor ich den Sicherheitsdienst rufen lasse.«

Genervt wandte er sich von mir ab. Seine typische arrogante Art brachte mein Blut zum Kochen. Konnte jemand so kalt und herzlos sein?

Mit einem erdolchenden Blick ging ich auf ihn zu. »Wie können Sie es wagen, zu behaupten, ich wäre kriminell? Sie kennen mich überhaupt nicht.« Ich hatte mich so nahe vor ihm aufgebaut, dass ich sein Aftershave riechen konnte. »Meine Freunde sind Angestellte des *Empire Heaven*, die mir durch diese schreckliche Zeit geholfen haben, die da waren und mich beschützten. Ganz im Gegensatz zu meinem Arbeitgeber, der es noch nicht mal für nötig gehalten hat, ein Gespräch mit mir zu führen, um herauszufinden, was überhaupt los ist.« Ich warf einen Blick zum Personalchef. »Stattdessen hat man mich, ohne mich darüber zu informieren, gefeuert und eiskalt auf die Straße gesetzt. Nach allem, was hinter mir liegt – dem Psychoterror, der Gewalt und der Todesangst –, wurde ich auch noch so gedemütigt und vor vollendete Tatsachen gestellt. Entspricht das etwa dem Bild des *Empire Heaven*?«

Wilson verzog das Gesicht zu einer hässlichen Fratze. »Das haben Sie sich ja hübsch zusammengesponnen. Das ist eine Lüge, Ms. Spence, und das wissen Sie genau. *Sie* sind abgehauen, ohne Erklärung. Niemand wusste, wo Sie waren.«

Jetzt spürte ich Noahs Hand in meinem Rücken. Wahrscheinlich befürchtete er, dass die Situation zu kippen drohte und die Gefahr bestand, dass ich Wilson die Augen auskratzte.

»Von mir haben Sie von dem neuen Vorfall erfahren. Ich habe sofort die Polizei benachrichtigt. Man sollte in Ms. Spence´ Situation, von der Sie unweigerlich wussten, auf Verständnis und Nachsicht hoffen können«, sagte Noah völlig ruhig und brachte mich dazu, selbst einen Gang herunterzufahren.

»Das gibt Ihnen noch lange nicht das Recht, hier so einen Aufstand zu machen.« Er verzog das Gesicht und ließ abfällig seinen Blick über mich hinwegwandern. »Ich hatte von Anfang an kein gutes Gefühl bei Ihnen, Sie kriminelles Miststück«, zischte er leise.

Plötzlich drängte mich Noah hinter sich und baute sich vor Wilson auf. »Wie war das?«

Mr. Wilson schien völlig vergessen zu haben, wer ihm zuhörte. »Ich sagte, Sie ist ein kriminelles Miststück, und Sie sollten sich von ihr fernhalten, falls Ihnen Ihr Job wichtig ist.«

Noah sah rot, packte den Maître wutschnaubend am Kragen und drückte ihn gegen die Wand. Hinter uns brach Tumult aus. Mein Herz raste, und ich befürchtete, dass alles außer Kontrolle geriet. Schnell drängte sich Mr. Robinson zwischen die Streithähne.

»Schluss jetzt!«, brüllte der Hotelboss und donnerte so heftig seine Hand auf den Tisch, dass augenblicklich alle verstummten.

»Lass ihn los, Noah«, forderte Mr. Robinson leise.

Tatsächlich lockerten sich seine Finger, und ganz langsam ließ er von Wilson ab. Noch nie hatte ich so viel Wut in Noahs Augen gesehen. Hinter uns wurde hektisch nach dem Sicherheitsdienst telefoniert, einige Mitarbeiter hatten sich ängstlich Richtung Tür bewegt. Niemand traute sich, auch nur einen Mucks von sich zu geben.

Jetzt war Tillerson alles andere als gelassen. In Rage machte er eine Armbewegung. »Alle raus, die nichts mit der Sache zu tun haben.«

Die Adern an seinem Hals traten hervor, und seine Augen funkelten wütend. Der Mann war stinksauer, und niemand wagte es, ihm zu widersprechen.

Mit leisem Gemurmel verließen alle den Raum. Als der Letzte die Tür schließen wollte, drängten sich Dylan und Taylor, die gerufen worden waren, herein. »Ist alles in Ordnung, Sir?«

Die beiden versuchten, die Situation zu überschauen.

»Kommen Sie rein. Ich brauche Sie, falls ich die Streithähne nicht unter Kontrolle halten kann«, befahl Tillerson und wandte sich an Noah. »Damit eines klar ist: Ich dulde keine Gewalt in meinem Haus!«

»Das wird ein Nachspiel haben, Holder«, drohte Wilson zischend.

Shit! So hatte ich das nicht geplant. Wenn auch Noah seinen Job verlor, war das einzig und allein meine Schuld.

Tillerson zog sein Jackett aus und warf es auf den Tisch.

»Ich entschuldige mich für das Verhalten meines Mitarbeiters. Mr. Holder stand in den letzten Wochen unter erheblichem Druck«, versuchte Mr. Robinson zu erklären.

»Ich hätte Mr. Wilson nicht angreifen dürfen«, sagte Noah, zeigte aber deutlich, dass er keine Sympathie für den Maître empfand.

»Ich kann verstehen, dass manche persönliche Situationen einen aus der Haut fahren lassen, aber ein Sicherheitsbeamter unseres Hauses sollte seine Emotionen im Griff haben.« Tillerson ließ sich wieder auf seinen Stuhl fallen. »Setzen Sie sich – alle«, befahl er, während er die Ärmel seines Hemdes hochkrempelte. Wir taten, was er verlangte. Ich rechnete damit, dass Noah und ich nun achtkantig rausflogen. Unauffällig legte ich meine Hand in seine. Er drückte sie sanft, ohne aufzusehen. »Nun, offensichtlich haben meine Mitarbeiter mich nur oberflächlich über Ihre Geschichte in Kenntnis gesetzt, Ms. Spence. Bitte, ich wäre Ihnen dankbar, wenn Sie mich über alles und von Anfang an aufklären würden.«

Ich bekam große Augen, nickte und erzählte dem Hoteldirektor all die schrecklichen Ereignisse. Hin und wieder stellte er an Wilson, der ziemlich angefressen war, oder an Mr. Robinson eine Frage.

Als ich von der Kündigung berichtete und davon, dass ich quasi von heute auf morgen auf der Straße stand, wandte sich Tillerson an Wilson. Dieser wusste, dass er sich nun nicht mehr herausreden konnte, und senkte beschämt den Blick. »Wer gab Ihnen das Recht, so zu handeln? Das entspricht nicht unsere Firmenphilosophie, Mr. Wilson.«

Tillerson kreuzte die Arme. Wilson fuhr mit dem Finger

seine schmalen Bartlinien entlang und hob stolz den Kopf. »Ich mache keinen Hehl daraus, dass ich eine gewisse Abneigung gegen Ms. Spence hege. Von Anfang an fiel es ihr schwer, sich an einfache Regeln wie Pünktlichkeit und Respekt zu halten. Ich schätze es nicht, wenn man mir widerspricht oder –«

»Aber das ist doch nicht wahr«, fuhr ich dazwischen, doch Tillerson unterbrach mich, indem er die Hand hob.

»Ich leite schon sehr lange und sehr erfolgreich das Restaurant, und über das Personal traf ich bisher alle Entscheidungen. In diesem Fall wurde die junge Dame mir einfach von Mr. McDust, dem Personalchef, diktiert. Wie gesagt, ich lege Wert auf bestimmte Prinzipien und Ms. Spence –«

Tillerson unterbrach ihn. »Offensichtlich liegen einige personal- und sozialkommunikative Kompetenzprobleme vor, denen ich mich aber zukünftig mehr widmen werde. Sie sind ein ausgezeichneter Maître, aber in diesem Fall steht doch die Sicherheit unserer Mitarbeiter im Vordergrund. Jemanden hinauszuwerfen, der in solch einer Lage steckt, das ist geradezu unmenschlich. Sie hätten das Gespräch mit Ms. Spence suchen müssen. Deshalb wird sie ihren Job zurückbekommen.«

Mr. Wilsons Augen wurden riesig, und mir klopfte das Herz so heftig gegen die Rippen, dass ich glaubte, sie könnten brechen. Mir klappte der Mund auf, ich schaute irritiert von Tillerson zu Noah.

»Ist das Ihr Ernst?« Ich konnte mein Glück kaum fassen.

»Oder möchten Sie nicht mehr für uns arbeiten?«

»Doch, doch … natürlich!«

»Gut, Sie können auch wieder in ein Appartement ziehen. Für die Unannehmlichkeiten werden wir Sie entschädigen, dafür erwarte ich, dass Sie uns über die Entwicklungen auf dem Laufenden halten. Ach, und den Detective von der Polizei will ich unverzüglich sprechen.«

»Das ist kein Problem, Sir. Ich werde Detective Weather informieren«, meinte Noah.

Mr. Tillerson nickte. »Mr. Robinson, Sie können stolz auf Ihr Team sein. Es freut mich zu hören, wie engagiert sich Ihre Männer für Ms. Spence einsetzen.«

»Danke, ich bin auch sehr stolz auf meine Jungs.«

»Gut. Und damit das klar ist: Ms. Spence ist freigestellt, solange der Fall nicht abgeschlossen ist.«

Wilson verzog den Mund.

»Ich würde aber gern wieder arbeiten, gleich morgen, wenn es möglich ist«, sagte ich eifrig. »Mir fällt die Decke auf den Kopf, und ich brauche dringend eine Ablenkung.«

Zufrieden nickte der Hotelchef. »Sehen Sie, Mr. Wilson, jetzt haben Sie genug Personal für unseren Scheich übrig. Gut, dann ist jetzt alles geklärt.«

Wir erhoben uns, und offensichtlich hatte Mr. Wilson es eilig, den Konferenzsaal zu verlassen.

»Sie bleiben. Wir müssen uns dringend unterhalten«, befahl Mr. Tillerson. Wilson setzte sich gekränkt. »Sagen Sie den anderen, dass das Meeting in einer halben Stunde fortgeführt wird«, bat er. Ich schüttelte seine Hand und plapperte gefühlt tausend Dankesworte.

Als wir endlich den Konferenzsaal verließen, warf ich mich quietschend vor Glück um Noahs Hals. Mr. Robinson, Dylan und Taylor lachten und freuten sich mit mir. Nach einer innigen Umarmung machte ich mich von Noah los und wandte mich an Mr. Robinson. »Danke, dass Sie uns geholfen haben. Das war wirklich sehr nett.«

»Schon in Ordnung. Ich bin nur froh, dass sich unser junger Löwe hier noch rechtzeitig gefangen hat.« Lachend griff er Noah im Nacken und schüttelte ihn spielerisch.

»Verdient hätte es der Mistkerl trotzdem«, meinte Taylor.

»Noah hätte ihm eine mitten in die Fresse ... « Er begann einen imaginären Schattenboxkampf.

»Ich bin noch anwesend, Mr. Dunken«, tadelte ihn Mr. Robinson, konnte sich aber ein Grinsen nicht verkneifen.

Der Aufzug glitt mit einem *Bing* auf, und wir fuhren hinunter. Dort verabschiedete sich Noahs Boss von mir. »Machen Sie sich keine Sorgen, Ms. Spence, wir werden die Sicherheitsmaßnahmen am Angestelltentrakt erhöhen. Bitte wenden Sie sich vertrauensvoll an mich, wenn Ihnen was auf dem Herzen liegt.«

»Danke, das ist sehr nett.«

Er lächelte freundlich und wandte sich an seine Mitarbeiter.

»In zwei Minuten in meinem Büro, meine Herren«, wies er sie an und durchquerte die Lobby Richtung Sicherheitszentrale.

»Mannomann, Noah!«, meinte Dylan, als Robinson außer Hörweite war. »Bist ein verdammt hohes Risiko eingegangen. Tillerson hätte dich feuern können.«

»Der Typ ist eben eine coole Socke. Wilson hat schon längst eine Abreibung verdient«, sagte Taylor achselzuckend.

Noah seufzte tief. »Ich habe rotgesehen, und das hätte mir nicht passieren dürfen.«

»Es ist nun mal geschehen, und du kannst es nicht mehr rückgängig machen«, warf Dylan ein.

»Vergiss es«, sagte Taylor. »Der Hotelmanager hat das anders gesehen, und außerdem weißt du, dass sich Wilson schon ein paar Dinger geleistet hat, mit denen er negativ aufgefallen ist. Und die süße Cat ist wieder an Bord – wenn das kein Grund zum Feiern ist!«

»Wo du recht hast, hast du recht. Ich gebe eine kleine Einweihungsparty am Wochenende.« Ich war so glücklich, meinen Job wiederzuhaben, dass ich am liebsten das ganze Hotel eingeladen hätte.

»Yeah, cool.« Taylor strahlte. »Wir könnten um die Häuser

ziehen oder mal wieder in einen Club gehen.« Voller Eifer suchte er die Zustimmung bei Noah und Dylan.

»Erst mal kümmern wir uns um ein neues Schloss an Cats Wohnungstür und schauen, was wir sonst noch im Lager finden«, unterbrach Dylan ihn. »Und jetzt will Robinson uns sprechen, also auf geht's.« Er scheuchte Taylor durch die Lobby. »Coole Aktion, Cat, echt, Mann!«

Noah und ich sahen den beiden grinsend nach.

Den Gedanken, in die alte Wohnung zurückzuziehen, fand ich nicht gerade prickelnd, aber ich vertraute auf die Jungs, dass sie eine Festung aus meinem Appartement machen würden. Zur Abwechslung taten die positiven Nachrichten wirklich gut.

Noah zog mich in seine Arme und küsste mich.

»Danke, dass du mein Beschützer und mein Fels in der Brandung warst«, sagte ich zwischen mehreren Küssen.

»Beinahe wäre es schiefgelaufen. Wenn Robinson nicht gewesen wäre ...«

»Ist es aber nicht. Dein Boss ist gar nicht so übel.«

»Unterschätz ihn nicht, er kann auch anders.«

»Egal, heute war er großartig, genau wie du.«

Engumschlungen standen wir da, vergaßen für wenige Minuten die Welt um uns herum. Ich konnte es nicht erwarten, Inma und Maja zu erzählen, was geschehen war. Nachdem Noah zurück zu seinem Team gegangen war und wir uns für später im Hotelgarten verabredet hatten, hüpfte ich total happy zu Spike, der vor seinem gläsernen Lift stand und auf Fahrgäste wartete. Er strahlte wie ein Honigkuchenpferd, als ich ihm die Neuigkeiten verkündete, und freute sich für mich. Deutlich sah ich ihm an, dass er letzte Nacht wenig Schlaf bekommen hatte. Inma bestimmt auch nicht, weshalb ich schmunzelte.

»Hör mal, Cat ... Danke, dass du mir gestern den Kopf gewaschen hast. Ich ...«

Ich winkte ab. »Hauptsache, zwischen dir und Inma ist alles wieder gut.«

»Das ist es. Soll ich dich zu ihr in die Etage fahren?«

»Sehr gern.«

Wir stiegen in den Aufzug und glitten schwebend hinauf. Wieder verschlug mir die Aussicht die Sprache. Die Schönheit der Architektur und das Sonnenlicht, das die Lobby in warme Farben tauchte, beeindruckten mich erneut. Während die Empfangshalle unter uns immer kleiner wurde, senkte sich langsam eine tiefe Zufriedenheit in mich, und ich tauschte mit Spike ein seliges Lächeln aus. Die Gefahr war noch lange nicht gebannt, aber meine ursprünglichen Rahmenbedingungen waren wiederhergestellt. Und es gab noch etwas, das mir bei der letzten Liftfahrt nicht bewusst gewesen war: Ich war nicht mehr allein. Ich hatte wunderbare Freunde, die mich unterstützten und mir immer halfen. Und ich hatte Noah – dem ich bedingungslos vertraute und der mich leidenschaftlich liebte. Gab es etwas Besseres auf der Welt?

Allen Gefahren und Rosen zum Trotz – am Ende würde ich als Siegerin hervorgehen.

12

Cat

*I*nma schob einen Wäschewagen durch den langen Flur, als ich sie entdeckte. Wie erwartet sah sie ziemlich übernächtigt aus. Ich war so froh, sie wieder glücklich zu erleben, und konnte es kaum erwarten, alle Details des Dilemmas zu erfahren, das ihre Verlobung in Gefahr gebracht hatte. Es war Mittagszeit, und wir verabredeten uns im Hotelgarten. Sie würde nur noch den Wagen in die Wäscherei bringen und mich dann dort treffen.

Ich saß bereits auf einer der Liegen und ließ die Sonne auf mein Gesicht scheinen. Ich dachte darüber nach, wie es zwischen Mr. Wilson und mir sein würde, wenn ich morgen wieder im *Ivy Blue* stand. Ich hatte kapiert, dass er mich nicht sonderlich mochte – ich ihn ja auch nicht –, aber ich hoffte, dass er Profi genug war, unsere Differenzen hintenanzustellen, um unsere Arbeitsatmosphäre nicht weiter zu vergiften. Mit der Zeit würde er sich schon beruhigen, und ich nahm mir vor, mir noch mehr Mühe zu geben, um ihm keine Angriffsfläche zu bieten.

Meine Überlegungen wurden durch mädchenhaftes Gekicher und Frauenstimmen gestört. Ich schirmte die Augen vor der Sonne ab und suchte in meinem Blickfeld nach der Quelle. Schließlich entdeckte ich auf der Wiese, etwas abseits, ein Dutzend junger Frauen, die in bunte Tücher gehüllt im Gras saßen und sich unterhielten. Der Anblick glich einem Märchen aus Tausendundeiner Nacht. So wie ich es erkennen konnte, waren sie alle im gleichen Alter und wunderschön. In ihrer unmittelbaren Nähe stand breitbeinig ein ziemlich fies dreinschauender Typ im Anzug, mit Sonnenbrille und Headset am Ohr, und hielt den Garten im Blick.

»So, da bin ich.« Ich war so in meine Beobachtungen vertieft, dass ich Inma nicht bemerkt hatte, die sich neben mich auf die Liege fallen ließ und ihre Lunchbox öffnete. Sie biss herzhaft in den Hefekuchen, den ich gestern gebacken hatte. »Kannst du dir vorstellen, in einem Harem zu leben? Das wäre, glaube ich, nichts für mich.«

Erstaunt richtete ich mich auf. »Das ist der Harem? Etwa von diesem Scheich?«

»Pst! Nicht so laut«, wies sie mich zurecht. »Kennst du noch mehr Menschen, die einen eigenen Harem besitzen? Also ich nicht.«

Abgeschreckt und gleichzeitig fasziniert musste ich zu den Frauen gucken, die ihre Köpfe zusammengesteckt hatten und kichernd zum Hauptgebäude schauten. Sie lebten bei einem Scheich in unermesslichem Reichtum, aber auch zu seinem Vergnügen, wenn er es wollte. Trotzdem schienen sie zufrieden und glücklich zu sein.

»Für mich wäre das nichts. Ich will einen Mann nicht mit vielen anderen Frauen teilen müssen, ich will die Einzige für ihn sein«, sagte ich, und genau in dem Moment wusste ich, warum die Frauen verzückt kicherten.

Noah, Dylan und Taylor liefen durch den Garten, und den

Haremsdamen gefiel der Anblick der Sicherheitsjungs offenkundig.

»Hast du das gesehen?« Inma fuhr aus der Liege hoch. »Noah hat ihnen zugelächelt. Ich habe gehört, dass man dafür geköpft werden kann.«

Ich lachte. »Jetzt übertreibst du aber. Wir sind in den USA und nicht im Mittelalter.« Trotzdem beobachtete ich ihn mit zusammengekniffenen Augen. Schlitzohr! Er konnte die Flirterei nicht lassen. Ich wandte mich ab, als Noah und die Jungs aus meinem Blickfeld verschwunden waren. »Jetzt erzähl mal, was passiert ist. Gestern war kein Wort aus dir herauszukriegen.«

Inma seufzte und berichtete mir in allen Einzelheiten, wie es zu dem Familienstreit gekommen war, den sie am Abend mit einem Anruf bei ihrem Vater ausgelöst hatte. Ich erfuhr, dass ihm die Verlobung zu schnell gegangen war, was ich ihm nicht verdenken konnte, und er Spike näher auf den Zahn fühlen wollte, wenn er das nächste Mal geschäftlich hier zu tun hatte. Und genau das hatte er getan. »Als Spike mir das endlich gestanden hatte, war ich außer mir.«

»Kann ich mir vorstellen.«

»Ich habe sofort zum Hörer gegriffen und meinen Vater angerufen. Ich versteh einfach nicht, was in seinem Kopf vorging. Spike Geld anzubieten und ihm solchen Unsinn einzureden! Es ist immer noch meine Entscheidung, wen ich liebe und wen nicht.« Sie redete sich in Rage, aber es war erleichternd zu sehen, dass sie ihr Temperament wiederhatte und ganz die Alte war.

»Und jetzt?«

Sie zuckte mit den Schultern. »Er hat gedroht mich zu enterben. Soll er ruhig.«

»Und deine Mom? Was sagt sie dazu?«

»Sie steht auf meiner Seite. Und wenn mein Vater nicht bald

von dem Trip runterkommt, werde ich Spike ohne ihn heiraten.«

Das würde zum Glück noch eine ganze Weile dauern, und vielleicht hatten sich die Wogen bis dahin wieder geglättet. »Jetzt warte mal ab. Gib deinem Vater Zeit. Es ist nicht leicht für ihn, seine Prinzessin herzugeben. Jedenfalls bin ich sehr froh, dass zwischen Spike und dir wieder alles okay ist. Für einen Moment hast du mir Angst gemacht.«

»Sorry, ich habe selbst nicht erwartet, dass ein Mann für mich so wichtig werden könnte.« Wieder lag ein Glitzern in ihren Augen, das ich echt süß fand. Sie seufzte. »Tut mir leid mit dem Job. Ich weiß, wie gern du im *Ivy Blue* gearbeitet hast. Ich hätte Wilson in der Luft zerreißen können, aber dann kam die Sache mit Spike, und der Ofen war bei mir ganz aus. Wenigstens bist du bei Maja untergekommen. Aber mach dir keine Sorgen, ich höre mich um, und wir finden etwas für dich.« Ich holte Luft, um ihr die guten Neuigkeiten zu verkünden, doch Inma blubberte ohne Punkt und Komma weiter. »Wie ist es in Pleasant Hill gelaufen? Was ist mir dir und Noah? Alles wieder gut? Er war —«

»INMA!«, rief ich laut aus.

Erschrocken hielt sie inne und sah mich verblüfft an. Endlich hatte ich ihre ungeteilte Aufmerksamkeit und konnte strahlend berichten, was passiert war. Vor Freude jauchzte sie auf und fiel mir um den Hals.

Als ich im *Ivy Blue* meinem Team die frohe Botschaft bekanntgab, hüpfte Maja jubelnd herum, und auch die anderen Kollegen freuten sich sehr für mich. Nur Maja flüsterte ich ins Ohr, dass ich ihr am Abend erzählen würde, was sich im Konferenzsaal zugetragen hatte.

Später machte ich es mir im Garten noch mal auf einer Bank

gemütlich und beobachtete die Hotelgäste, wie sie in der Grün-
anlage spazieren gingen. Von Weitem entdeckte ich Noah, der
sich suchend umschaute. Ich winkte ihm, und er kam auf mich
zu. Mit seinem Anzug, der dunklen Sonnenbrille und seinem
markanten Gesicht sah er nicht nur gut aus, sondern hatte auch
diese besondere Wirkung auf mich.

»Hey Babe, alles klar?« Müde ließ er sich neben mir auf die
Bank nieder, legte den Arm um mich und zog mich näher an
seine Seite.

»Ja, und bei dir?«

Er machte dicke Backen und stieß den Atem aus. »Dieser
Scheich ...« Er schüttelte genervt den Kopf. »Der Mann hat so
viel Asche, dass er nicht weiß, wohin damit. Es ist cool, wenn
man sich alles kaufen kann, und ich meine wirklich *alles*, aber
so etwas habe ich noch bei keinem unserer Gäste erlebt. Nicht
nur, dass er die gesamte obere Etage mit allen Suiten gemietet
hat, er hat sie eigens für seinen Aufenthalt von einem Innenein-
richter umräumen lassen.«

Ich lachte und hielt es für einen Witz. »Was?«

»Ja, während wir beide in Pleasant Hill waren, haben die
Jungs rund um die Uhr für den Kerl schuften müssen, und wir
sind immer noch nicht fertig. Morgen sollen zwei unserer Leute
seine Jacht bewachen, als hätten wir nichts Besseres zu tun.«

»Das ist ja verrückt! Will er etwa hier einziehen?«

»Dann kündige ich«, sagte Noah barsch. »Nein, im Ernst.
Zwei Wochen sind eingeplant und gebucht, aber ich hoffe, dass
er früher abreist.« Er lehnte erschöpft seinen Kopf an meine
Schulter.

Ich fuhr ihm durchs Haar. »Er wird wieder verschwinden,
dieser Scheich ... Wie heißt er eigentlich?«

»Hadschi Abdul Omar Ben Hadschi Jamil Aamir Ibn Hadschi Rahul El-almin.«

Ich prustete los. »Du verarschst mich.«

»Nein. Da ich in seiner Nähe zu tun habe, hat Robinson mich heute Morgen gezwungen, den Namen auswendig zu lernen.«

»Und du musst ihn wirklich so ansprechen?«

»Ich darf ihn noch nicht einmal anschauen, aber falls er mich anredet und ich ihm antworten muss, dann soll ich ihn bei seinem kilometerlangen Namen oder schlicht und einfach ›königliche Hoheit‹ nennen.«

»Gott! Wie umständlich.«

»Du sagst es.«

»Also gut, Möbelpacker von Scheich Hadschi irgendwas, gehen wir jetzt zu meinem Dad?«

Das Lächeln, das Noah eben noch auf den Lippen gehabt hatte, verschwand. »Verdammt! Das habe ich total vergessen. Können wir das auf morgen verschieben?«

Schmollend schob ich die Unterlippe vor. »Ich habe ihm schon geschrieben, dass ich heute komme.«

Noah seufzte. »Na gut, Babe. Ich habe es dir versprochen.«

***

Noah wurde immer unruhiger, je näher wir der *Lakewood Residenz* kamen. Er schien in Gedanken zu sein, kontrollierte im Rückspiegel die uns folgenden Autos, und überhaupt fiel mir auf, wie angespannt er war, seit wir uns auf den Weg gemacht hatten. Im Radio dudelte ein alter Song von Pink, dessen Takt er nervös mit den Fingern am Lenkrad mittrommelte.

Ich freute mich auf meinen Vater und hatte ein megaschlechtes Gewissen, weil ich einfach, ohne ihm etwas zu sagen, nach Pleasant Hill geflogen war, aber letztlich war ich nur drei Tage fort gewesen, und er hatte meine Abwesenheit vermutlich nicht mitbekommen.

»Wir bleiben nicht lange, versprochen«, sagte ich, während wir durch den Flur zur Fürstensuite liefen. Ich war selbst ein wenig nervös, wie Dad auf Noah reagieren würde. Bestimmt freute er sich. Dumm nur, dass ich heute keinen Kuchen dabeihatte, aber das würde Dad durch den Überraschungsgast, den ich mitbrachte, vergessen.

Ich klopfte an, und wir warteten auf sein ›Herein‹, das aber ausblieb. Ich drückte die Türklinke hinunter – verschlossen. »Er ist wahrscheinlich im Park.«

Hand in Hand liefen Noah und ich durchs Gebäude und traten hinaus in den Sonnenschein. Viele der Bewohner verbrachten die späten Nachmittagsstunden im Freien, saßen unter Sonnenschirmen im hauseigenen Café und ließen sich die Kuchen und Torten schmecken. Das Wetter war perfekt – azurblauer Himmel und keine Wolke weit und breit. Zielstrebig führte ich Noah zum Seerosenteich, wo ich Dad vermutete. Er liebte es, den Enten beim Schwimmen zuzusehen, doch auch hier war er nicht. Ich hätte vorher Sean, seinen Pfleger, fragen sollen. Wir blieben stehen und sahen uns um.

»Darf er denn so einfach überall hin?«, fragte Noah irgendwann, als wir meinen Vater nirgends entdecken konnten.

»Er ist doch kein Gefangener. Er muss sich lediglich abmelden, aber das vergisst er hin und wieder. Ach ... da ist er ja.« Ich entdeckte ihn etwas abseits des Teichs bei den Rosensträuchern vor einer Parkbank. Darauf saßen zwei mir unbekannte Männer in Anzügen und mit Aktenkoffern. Ich glaubte, einen von ihnen schon mal irgendwo gesehen zu haben, aber da konnte ich mich auch täuschen. »Komm, lass uns zu ihm gehen.«

Während ich voller Vorfreude war, schien Noah nur wenig Begeisterung aufbringen zu können. Mit undurchdringlicher Miene folgte er mir.

»Hey Dad«, rief ich ihm winkend zu. Die Männer drehten

ihre Köpfe, ließen ihre Unterlagen verschwinden und schlossen eilig ihre Aktentaschen. Sie erhoben sich und gingen rasch davon. Noah und ich kamen bei ihm an. »Hallo Dad, wer waren die Männer?« Außer unserem Anwalt hatte er selten Besuch. Ich gab ihm einen Kuss auf die Wange.

»Geschäftspartner«, erwiderte er knapp und musterte Noah.

»Geschäftspartner?« Ich lachte amüsiert. »Um was für Geschäfte geht es denn?«

Meine Frage blieb unbeantwortet. Stumpf und griesgrämig wandte Dad sich von mir ab und starrte zu Noah. »Dad, sieh mal, wen ich mitgebracht habe. Noah. Noah Graham, erinnerst du dich?«

»Noah. Was für eine Überraschung«, gab er tonlos und knurrig von sich.

Verunsichert über die Reaktion schaute ich zu Noah und erwartete irgendeine nette oder freundliche Begrüßung. Fehlanzeige! Erst als ich ihn am Ärmel anstupste, schien er sich an seine Manieren zu erinnern. »Schön, Sie zu sehen, Chief.«

Die Männer lächelten nicht, keine Spur von Wiedersehensfreude, geschweige denn überhaupt einer Emotion. Es herrschte eine merkwürdige, beinahe eisige Stimmung. Sie stierten sich an wie Feinde oder Löwen kurz vor dem Angriff. Ich war verwirrt. »Ich dachte, du freust dich, Noah nach so langer Zeit mal wieder zu treffen, Dad.«

»Das tue ich«, erwiderte er. Es klang nicht wirklich überzeugend. »Wie geht es deiner Mutter?«

Noah spitzte die Lippen und taxierte meinen Vater intensiv. »Gut. Und Ihnen? Ich habe von Cat gehört, dass Sie große Fortschritte beim Laufen machen.«

»Richtig. Jeden Tag wird es besser«, nuschelte Dad.

Enttäuscht setzte ich mich auf die Bank und versuchte, aus den beiden schlau zu werden. Sie schienen mit kalten, lauernden Blicken in einer mir unbekannten Sprache zu kommunizieren. Lag es an der Miete, die Mrs. Graham damals nicht gezahlt hatte? Noah hatte erwähnt, dass ihm das noch heute unangenehm war, und ich kannte meinen Dad – er vergaß nie etwas. Aber das war Jahre her. Das konnte ich mir nicht vorstellen.

Ich versuchte das Gespräch erneut in Schwung zu bringen. »Ich habe dir doch erzählt, dass Noah im gleichen Hotel wie ich arbeitet. Dort haben wir uns wiedergetroffen.«

Ich strahlte, aber von den Männern kam immer noch nichts zurück.

»Ich erinnere mich ... Und jetzt bist du mit meiner Tochter liiert?«

Noah kniff die Augen zusammen. »Man könnte sagen, dass unsere Beziehung heute noch ... enger ist als damals.«

Endlich, wenigstens ein Lächeln.

Dad verzog den Mund, senkte den Blick und schaute wieder zu Noah auf. Jetzt war sein Ausdruck eiskalt, bedrohlich.

Ich verstand überhaupt nichts mehr. Was ging zwischen den beiden vor? Hatte ich irgendetwas verpasst? Es war eine Scheißidee gewesen, mit Noah hierherzukommen.

»Cat, würdest du uns aus dem Café ein Wasser besorgen?«, sagte Dad undeutlich.

Was sollte das werden? Wollte er Noah etwa die Leviten lesen? Im Geiste sah ich ihn mit einer Flinte Noah durch den Park jagen.

»Nicht nötig, ich erledige das schon«, meinte Noah, kam mir damit zuvor und machte sich unverzüglich auf den Weg.

Ich war verwirrt, enttäuscht und völlig perplex. »Was ist mit euch los? Ich dachte, ich mache dir eine Freude mit seinem Besuch.« Es war mir unbegreiflich, wie die beiden sich benahmen. Man konnte glauben, sie wären Feinde. Dad antwortete nicht, faltete stattdessen die Hände im Schoß. »Dad!«

Er seufzte. »Er ist kein Mann für dich, Cat.«

Mir verschlug es die Sprache, und ich konnte meinen Vater nur fassungslos anstarren. »Was? ... Wie ...?«

»Du solltest aufs College gehen und dir dort einen besseren Mann suchen.«

Ich rollte mit den Augen. »Fängst du schon wieder damit an, Dad? Ich dachte, wir hatten das geklärt?« Er schwieg. »Noah ist mein Freund.«

»Er *war* es, Cat, bis er dich verlassen hat.«

Tief seufzend strich ich mir das Haar aus dem Gesicht und ordnete meine Gedanken. »Erstens: Ja, er hat mir damals sehr wehgetan. Zweitens: Ich habe ihm verziehen. Und drittens: Ich liebe ihn, und daran wird sich nichts ändern.«

»Du machst einen Fehler.«

»Das kannst du doch gar nicht wissen«, entgegnete ich harsch. »Und falls es ein Fehler ist, wird es *mein* Fehler sein, okay? Mein Fehler, mein Leben. Gott! Du hörst dich schon wie Mom an.« Genervt und beleidigt verschränkte ich die Arme. Man könnte glauben, er und Inmas Vater hätten sich gegen Inma und mich verschworen.

»Du liebst ihn also?«

»Ja, das tue ich.«

Er nickte und schwieg nachdenklich. Vielleicht sollte ich ihm meine Gefühle erklären, ihm sagen, was Noah mir bedeutete, aber es war zu spät – Noah kam zurück. In seiner Hand trug er eine Wasserflasche und ein Glas für meinen Vater.

Dad zog es vor, ihn für die nächste halbe Stunde komplett zu ignorieren. Auch als wir uns schließlich verabschiedeten, gab es weder ein freundliches Lächeln, noch einen Händedruck oder sonstige Höflichkeiten, die angebracht wären. Zwischen den beiden herrschte Eiszeit.

13

Noah

Als wir zum Auto liefen, war Cat sauer – mit Recht. Sie hatte ja keine Ahnung, was zwischen ihrem Vater und mir war, deshalb konnte sie auch nicht die Zweideutigkeiten verstehen, die wir uns gegenseitig um die Ohren gehauen hatten. Ich hatte versucht mich zusammenzureißen, aber der Chief hatte es mir nicht leicht gemacht. Die Verabschiedung war genauso seltsam verlaufen, und Cat hatte mich mit ihren Blicken beinahe erdolcht. Sie hatte ihre Arme um den Leib geschlungen und stapfte mit starrem Gesichtsausdruck zum Wagen.

Während der Fahrt war die Stille zwischen uns ohrenbetäubend. Cat knabberte an ihrem Daumennagel, hatte ihr Gesicht von mir abgewandt und schaute aus dem Fenster. Sie war definitiv wütend. Mehrmals suchte ich Blickkontakt, wollte irgendetwas sagen, aber alles, was mir in den Sinn kam, hätte zu viel verraten. Ich musste meinem Mädchen irgendeine Erklärung geben, aber mir fiel verdammt noch mal nichts ein.

Ich löste die rechte Hand vom Lenkrad und legte sie auf ihren

Oberschenkel. »Hast du Hunger? Sollen wir irgendwo etwas essen gehen?«

Ihr Kopf fuhr herum, und ihre Augen funkelten. »Wie wäre es, wenn du mir erst mal erklärst, was zwischen dir und ihm los war?« Ich nahm meine Hand zurück und umgriff das Lenkrad fester. »Hast du etwa deine gute Kinderstube vergessen? Man lächelt, sagt zumindest ein paar nette Worte, wenn man einen kranken Mann im Rollstuhl besucht.«

»Er war auch nicht gerade höflich.«

»Noah!«, fuhr sie mich an.

»Ich hatte die Befürchtung, dass ein Besuch alte Wunden aufreißen könnte, womit ich offensichtlich richtig lag«, warf ich ein.

»Alte Wunden? Was meinst du? Etwa die Sache wegen der offenen Miete?«

»Du bist seine Tochter, und ich habe dir damals wehgetan, als ich fortgegangen bin. Er vertraut mir eben nicht. Vielleicht findet er es seltsam, dass wir ein Paar sind«, bot ich ihr als Erklärung an.

Cat wollte gerade etwas erwidern, schloss aber den Mund. Diese ganze Sache war eine blöde Idee gewesen. Ich hätte sie nicht begleiten sollen. Es war ein unnötiges Risiko, das ich nicht hätte eingehen dürfen.

Sie schüttelte grübelnd den Kopf. »Trotzdem ... Es war mehr als seltsam.«

Um sie auf andere Gedanken zu bringen, redete ich über den bevorstehenden Umzug. Tatsächlich ließ Cat das Thema vorerst ruhen. Ich verwickelte sie in Fragen wegen der Organisation. Gleich morgen wollte sie sich bei der Verwaltung erkundigen, wann sie in ihr Appartement zurückziehen konnte, und schließlich berichtete sie von Inmas Familienproblemen.

Mir fiel ein Wagen auf, der schon eine Weile hinter uns herfuhr. Sofort erfasste mich eine Anspannung, die ich vor Cat so gut wie möglich verbarg. Noch hielt er Abstand, aber das konnte sich schnell ändern. Entweder war Billy mein letzter Besuch nicht gut bekommen und er hatte mir einen seiner Lackaffen auf den Hals geschickt, oder es war der ›Ewige Frühling‹, der endlich versuchte, Kontakt aufzunehmen. Die geheimnisvolle Nummer hatte ich gleich angerufen, nachdem ich von Hudson die Daten erhalten hatte. Es war schwer einzuschätzen, doch ich glaubte, dass Billys Leute sich nicht so dezent zurückhalten würden. Auch der Wagen war viel zu schlicht und unauffällig für Billys Lackaffen.

»Wie wäre es, wenn ich dich bei Maja abliefere und uns etwas zu essen besorge?«, schlug ich vor. Egal, wer hinter uns war, ich musste sie in Sicherheit bringen.

»Ich habe keinen Hunger«, erwiderte sie immer noch ein wenig eingeschnappt.

»Ich setze dich bei Maja ab und werde etwas besorgen«, sagte ich mit dem Blick in den Rückspiegel. »Italienisch oder lieber Chinesisch?«

»Mir egal.«

Ich hatte ihre Antwort schon gar nicht mehr gehört, weil ich versuchte, die Person hinter uns zu identifizieren. Vage konnte ich an einer Ampel einen Kerl mit weißem Haar ausmachen. Das war niemand aus Billys Schlägertrupp. Er fuhr für meinen Geschmack zu dicht auf. Ich behielt ihn im Auge und beeilte mich, Cat vor Majas Tür abzuliefern.

Wenige Minuten später erreichten wir das Haus, und ich war froh, dass Paolos Wagen in der Einfahrt stand. Mein Verfolger wartete in sicherer Entfernung. Erst als Cat die Eingangstür geschlossen hatte, fuhr ich langsam aus der Parklücke heraus. Sein Scheinwerferlicht blendete mich zweimal, und dann war ich mir sicher: Es musste der ›Ewige Frühling‹ sein.

Ich fuhr zum Hafengelände, parkte an einem verlassenen Pier, nahm meine Waffe aus dem Handschuhfach und steckte sie in meine Jackentasche. Der Jeep hielt neben mir, und ein Mann, den ich auf Hudsons Alter schätzte, schaute zu mir herüber. Er hob seine Hände und signalisierte damit, dass er unbewaffnet war. Ich nickte.

Er verließ seinen Wagen und stieg auf meiner Beifahrerseite ein. Er musterte mich. »Hudsons Sohn hatte ich mir anders vorgestellt. Ähnlichkeiten kann ich nicht erkennen.«

»Ich bin sein Stiefsohn«, erklärte ich. Er war schlank und trotz seines Alters sportlich, genau wie Hudson. Seine Haut war gebräunt, als würde er sich viel im Freien aufhalten. Er wirkte alles andere als bedrohlich, hatte ein freundliches Gesicht. »Sind Sie ›Ewiger Frühling‹?«

Er schmunzelte. »Entschuldige die Geheimniskrämerei. Sind noch Altlasten aus vergangenen Zeiten. Ich heiße August Fenwick.«

Er hielt mir seine Hand entgegen, die ich bereitwillig schüttelte. »Noah Holder.«

Auf seinem Handgelenk entdeckte ich ein Stück des Tattoos, das auch Hudson an der gleichen Stelle trug. Es zeigte einen Weißkopfseeadler, der auf einem Anker und einem Dreizack saß, mit einer Pistole in der Kralle. Im Hintergrund war die amerikanische Flagge zu sehen. Sie waren also gemeinsam bei den Navy Seals gewesen.

»Okay. Wie kann ich dir helfen? Was genau ist dein Problem?«

Eine halbe Stunde später war August im Bilde. Er hatte mir Fragen gestellt, aber keine Notizen gemacht. »Wollen Sie sich nicht irgendwas aufschreiben?«

»Nicht nötig«, sagte er grinsend und tippte sich an die

Schläfe. »Funktioniert noch perfekt. Sag du mir lieber, warum du glaubst, dass der Vater deiner Freundin darin verwickelt sein könnte.«

»Ich weiß nicht … Ich hatte schon immer das Gefühl, dass mit ihm etwas nicht stimmt«, wich ich aus. »Er wollte nie, dass Cat zu ihm nach San Francisco kommt, hat ihr sogar seine finanzielle Unterstützung entzogen. Er verhält sich seltsam. Angeblich hat er durch seinen Schlaganfall Probleme mit dem Laufen und Sprechen, aber wie ich Ihnen bereits erzählt habe, glaube ich, dass er das nur vorspielt. Heute habe ich ihn mit Cat besucht. Er war im Park mit zwei Männern, die sofort verschwunden sind, als sie uns bemerkt haben. Cat fand das merkwürdig, weil ihr Vater nie Besuch hat. Also habe ich, bei einer guten Gelegenheit, der Empfangsdame auf den Zahn gefühlt. Jeder muss sich in eine Namensliste eintragen, und die hat sie mir gezeigt. Snyder und Westham hießen sie – mehr habe ich bisher noch nicht herausgefunden.«

»Okay. Gib mir zwei Minuten«, sagte er und richtete seinen Blick geradeaus. Ich ging davon aus, dass er mit jemandem telefonieren musste oder sonst irgendwas nachsehen wollte, aber er blieb ruhig sitzen und starrte in den inzwischen dunklen Nachthimmel. Irgendwann schien er mit seinen Überlegungen fertig zu sein, nickte mehrmals und drehte sich wieder zu mir. »Gut. Es kann ein Weilchen dauern, aber wir schnappen den Kerl, der deiner Freundin nachstellt. Und ob der Vater etwas damit zu tun hat, finden wir auch heraus. Du wirst mich nicht kontaktieren. Wenn ich etwas weiß, melde ich mich bei dir.«

»Klar.«

»Tut nichts Ungewöhnliches, verhaltet euch normal und gebt dem Mistkerl das Gefühl, dass er mit euch spielen kann, ohne euch unnötig in Gefahr zu bringen.«

»In Ordnung.« Cat und ich würden das schon hinbekommen.

»Dann gute Nacht, Noah.«

»Gute Nacht, Mr. Fenwick.« Er stieg aus, und kurze Zeit später war der weißhaarige Mann wie eine geisterhafte Erscheinung verschwunden.

***

Ich stand in einem chinesischen Restaurant, wartete auf meine Bestellung und dachte über August Fenwick nach, dem ich gern ein paar Fragen zu seiner Freundschaft mit Hudson gestellt hätte. Seine geheimnisvolle Art hatte mich fasziniert, und aus irgendeinem Grund wusste ich, dass ich ihm vertrauen konnte. Wie Hudson schien Fenwick ein verschwiegener Hund zu sein. Egal – wichtig war, dass er Ergebnisse lieferte.

In meinem Magen klaffte ein riesiges Loch. *Wongs Garden* war gut besucht, beinahe jeder Stuhl belegt, sodass ich mich an der Theke postierte und dem Koch beim Zubereiten der Speisen in der Küche zusah. Zwischen dampfenden Töpfen und brutzelnden Pfannen hantierte ein schmächtiger Chinese, der eine Frau ständig in ruppigem Ton anwies, die Teller mit dem Essen schneller zu den Gästen zu tragen. Natürlich alles in seiner Sprache und ich verstand kein Wort, aber ich interpretierte es so. Dazwischen hüpfte ein kleiner Junge – ich schätzte ihn auf ungefähr sechs Jahre – mit einem Gummiball, und kaum hatte der Koch das Kind erblickt, schimpfte er. Plötzlich wurde das Gebrüll vom Klirren eines herunterfallenden Tellers abgelöst.

Neugierig reckte ich den Hals und sah, wie der Koch mit verzerrtem Gesicht und hitziger Wut auf den Jungen zuging. Zwischen den Scherben am Boden kauerte der Kleine, zuckte ängstlich und hob schützend seine Arme über den Kopf. Einem Impuls folgend, quetschte ich mich an der Theke vorbei und eilte in die Küche.

»Hey!«, brüllte ich gerade noch im richtigen Moment, bevor der Scheißkerl zuschlagen konnte. Irritiert hielt er inne, aber mein Eingreifen fachte seine Wut nur noch mehr an.

»Was fällt dir ein? Raus!«, schrie er mit chinesischem Akzent, doch das schüchterte mich nicht ein.

Ich sah nach dem Jungen, der sich weinend und zitternd aufgesetzt hatte. Ich wusste genau, dass ihm Schläge nicht fremd waren, so wie er sich mit den Armen abgeschirmt hatte. Dabei entdeckte ich blaue Schatten auf seiner Haut, alle unterschiedlich stark. Sofort war mein Beschützerinstinkt aktiv. Wütend funkelte ich den Kerl an. »Du wirst dem Bengel kein Haar krümmen, Scheißkerl.«

»Niemand sagt mir, was ich mit meinem Sohn tun werde. Raus!« Er war außer sich, schnappte nach Luft und wollte sich vor mir aufbauen, doch bevor er mich erreichte, stellte sich todesmutig die Kellnerin vor mich und redete flehend in ihrer Sprache auf den Koch ein. Sie weinte, und tatsächlich schien er auf sie zu hören. Keine Ahnung, ob sie mit ihm verwandt war oder nicht, Fakt war, sie schaffte es, dass er zumindest einen Schritt Abstand nahm.

»Gehen Sie, gehen Sie«, forderte die Frau mich auf. »Gehen Sie«, bat sie inständig, während der Koch, dem ich am liebsten eine in die Fresse zentriert hätte, weiterschimpfte.

Zögernd ging ich, aber mir fiel es schwer, das Kind seinem Schicksal zu überlassen. Schuldgefühle plagten mich, dennoch wusste ich, dass ich alles nur noch schlimmer gemacht hätte, hätte ich meiner Wut freien Lauf gelassen.

Als ich draußen vor dem Restaurant stand, war mir der Appetit vergangen. Cat hatte auch schon mehrfach geschrieben und gefragt, wo ich blieb. Ich antwortete ihr kurz, wollte dann den Motor starten, aber ich konnte nicht. Der Gedanke an den kleinen Jungen ließ mich nicht los. Ich überlegte und kam zu dem Entschluss, dass es auch Vorteile hatte, viele Frauen zu kennen.

Ich tippte eine Nummer. »Hey Megan, hier ist Noah. Wie geht es dir?«

»Welcher Noah?«, fragte sie und schien nachzudenken.

»Sag bloß, du hast mich schon vergessen. Noah Holder. Weißt du nicht mehr?«

»...«

War das zu fassen? Ich hatte gehofft, einen bleibenden Eindruck hinterlassen zu haben.

»Ach, *der* Noah! Sorry, ist ne Weile her.«

Ich rollte mit den Augen. »Ja, sechs Monate. Egal. Sag mal, arbeitest du noch bei der Fürsorge?«

»Ja, warum?«

»Perfekt, dann schreib dir jetzt mal Folgendes auf ...«

Ich sah auf das Reklameschild von *Wongs Garden*. Das Wimmern der Frau und das ängstliche Zittern des Jungen rüttelten Erinnerungen in mir wach. Das Gesicht des Kochs verschwamm, deutlich spürte ich die Narben auf meinem Körper und glitt in die Vergangenheit.

***

Noah, 11 Jahre alt

Es beruhigt mich zu hören, wie Mom den Hausschlüssel auf dem Schränkchen im Flur ablegt und ihre Tasche auf den Küchentisch stellt. Ich hätte schon längst schlafen sollen, aber ich warte immer auf sie. Erst wenn sie von der Spätschicht aus dem Krankenhaus heimkommt, kann ich erleichtert in die Kissen sinken und einschlafen.

Meine Zimmertür steht offen, und wenn ich den Kopf drehe,

kann ich sie durch den Lichtstrahl von draußen vorbeilaufen sehen. Obwohl ich weiß, dass sie jetzt da ist und mich nicht verlassen hat, klopft mein Herz wie verrückt, weil Dad besonders schlechte Laune hat. Schon als ich von der Schule gekommen bin, wusste ich, dass heute kein guter Tag für uns werden wird.

»Wieso ist der Kühlschrank leer? Und wo ist mein Bier, Madlen?«, brummt Dad. In seiner Stimme schwingt der Alkohol mit, den er schon den ganzen Abend in sich hineinschüttet. Erst Bier, später Schnaps – wie so oft.

Leise stehe ich auf und schaue durch den Türspalt, wo ich alles beobachten kann. Mom geht zum Sessel, nachdem sie die wenigen Einkäufe aus ihrer Tasche ausgepackt und auf den Küchentisch gestellt hat, und beginnt Dads leere Bierdosen einzusammeln, die auf dem Boden verteilt liegen.

»Das Haushaltsgeld für den Monat ist fast aufgebraucht. Ich habe vor der Arbeit nur das Nötigste gekauft«, sagt sie müde und bringt die Dosen zum Mülleimer, den ich heute Abend geleert habe.

»Das Nötigste, ja?« Schwerfällig erhebt sich Dad und torkelt zum Tisch, wo Mom Obst, einen Milchkarton und eine Müslipackung abgestellt hat. »Für diesen Mist reicht das Geld wohl noch.« Er nimmt die Müslitüte aus dem Karton. »Das hältst du für wichtiger als mein Bier?«, braust er auf, und das Plastik der Verpackung knistert in seiner Hand.

»Raymond, bitte sei leise, der Junge schläft. Noah muss irgendetwas frühstücken, bevor er zur Schule geht.«

»*Noah, Noah, Noah*«, äfft er sie nach. »Der Taugenichts sollte weniger fressen, dann wäre er nicht so fett und Geld für Bier wäre auch da.«

»Red nicht so über ihn!« Mom kann es nicht leiden, wenn Dad so von mir spricht, ich bin es aber gewohnt und habe ihr oft gesagt, dass es mir nichts mehr ausmacht.

»Was ist das?« Dad schwankt und hält ein schwarzes kleines Ding in der Hand, das ich nicht genau erkenne. Sein Gesicht nimmt diesen bestimmten Ausdruck an, wenn er stocksauer wird. »Du kleine Schlampe willst mich wohl verarschen? Ein Lippenstift?«

»Den habe ich von einer Kollegin geschenkt bekommen.« Ich merke an ihrer Stimme, wie verärgert sie ist. »Ich kaufe nie etwas für mich, das ist bei unserem Einkommen sowieso nicht drin.«

»Willst du etwa andeuten, dass ich nicht genug verdiene?« Seine Stimme wird schrill, fast kreischend, und Mom weicht vor ihm zurück.

»Nein, aber die Schulden häufen sich, und ... der Alkohol verschlingt viel Geld, Raymond.« In dem Moment, als die Worte ihren Mund verlassen, weiß sie, dass sie einen Fehler gemacht hat.

Ich weiß es auch, presse fest die Augen zusammen und warte auf das Donnerwetter, das gleich losbrechen wird.

Etwas knallt gegen die Wand, und ich muss doch hinsehen. Das Müsli liegt verteilt auf dem Boden, und Dad braust los. »Du wagst es! Du wagst es, mir das vorzuwerfen?«

Er baut sich drohend vor ihr auf.

»Raymond, bitte! Ich habe es nicht so gemeint«, sagt sie flehend. Ich habe solche Angst, und meine Knie werden ganz weich.

Dad brüllt, Mom weint, dann knallt etwas Dumpfes gegen den Küchenschrank. Ich weiß genau, dass seine Faust meine Mom getroffen hat. Keuchend und zitternd ringe ich mit mir hinauszugehen.

»Ich werde dir zeigen, wer der Mann im Haus ist.« Dad ist außer sich vor Wut, und Moms Schmerzensschrei, als er sie packt, geht mir durch Mark und Bein.

»Bitte nicht, Raymond!«, fleht sie ihn an und weint.

Dad keucht schwer, flucht und brüllt, wie er es in den letzten Wochen nicht getan hat. Mom versucht sich verzweifelt von ihm loszumachen, aber sie hat keine Chance.

»Bei Gott, ich mach dich kalt!«, zischt er außer sich.

Seine Worte lösen Panik in mir aus. Ich schwanke zwischen Schreien und Abhauen, aber ich kann nicht fort, darf Mom nicht im Stich lassen. Ihre Schreie und die darin klingende Angst zwingen mich, ihr zu helfen, aber das lähmende Gefühl in meinen Beinen hält mich zurück. Mom fleht ihn an, ihr das nicht mehr anzutun, aber keiner ihrer Versuche zeigt Wirkung. Dad ist erbarmungslos.

Feigling! Feigling! Wenn er sie umbringt, bist du schuld, wummert es durch meinen Kopf. Mein Herz rast, als ich mit aller Kraft jeden Funken Mut zusammenkratze, um ihn aufzuhalten. Zitternd und mit geballten Fäusten stehe ich an der Tür und kann alles mit ansehen. Er hält Mom über das Sofa gebeugt, hat den Rock ihres Kleides hochgeschoben und zieht sie stramm an den Haaren. Sie schreit laut auf, als er mit der schlimmen Sache beginnt. Er stöhnt und grunzt. Moms Gesicht ist aufgequollen und blutig, sie wimmert und lässt es kraftlos über sich ergehen.

Feigling! Feigling! Wenn er sie umbringt, hast du zugesehen, frönt es wieder in meinem Kopf. Ich kämpfe mit aller Macht gegen die Angst an. Es rauscht in meinen Ohren, Hitze schießt durch meine Glieder, eine unbändige Wut schlängelt sich unaufhaltsam durch meine Adern. Endlich setzen sich meine Beine in Bewegung, ich stürze aus dem Zimmer und werfe mich mit Gebrüll auf ihn. Ich habe keine Kontrolle über meinen Hass und lasse alles hinaus. Durch die Wucht, mit der ich auf ihn treffe, fällt er und lässt von Mom ab. Wie ein wildes Tier kralle ich mich an ihm fest, kratze, beiße, würge ihn mit aller Kraft. Ich werde nicht müde, spüre, wie die Wut wie flüssige Lava durch meinen Körper rauscht. Ich will ihm wehtun, so wie er uns oft wehgetan hat. Ich will ihn totmachen.

Grob packt er mich an den Haaren und zieht mich von sich runter. Kurz sehe ich noch seine Faust, dann ist da nur noch ein betäubender, allumfassender Schmerz. Mir wird schwarz vor Augen. Im nächsten Moment pralle ich hart auf dem Boden auf und bleibe regungslos liegen.

»Noah! Nein!«, schreit Mom hysterisch, weint und will mir helfen.

»Euch werde ich es zeigen! Mieses Pack!« Dad keucht, rasend vor Wut.

Meine Sicht verschwimmt, und Dunkelheit droht mich zu verschlingen. Das Letzte, was ich wahrnehme, ist Mom. Tränenüberströmt streckt sie die Hand nach mir aus, aber da tritt der Teufel noch einmal nach, und ich versinke in tiefe, wohltuende Schwärze.

Als ich wieder zu mir komme, kann ich mich kaum rühren. Schmerz rast wie Strom durch meinen Körper, und ich stöhne auf, als ich mich bewegen will. Ich blinzle, bis meine Sicht klarer wird. Kleine Punkte tanzen vor meinen Augen, dann Erinnerungsfetzen, die aufblitzen. Sofort denke ich an meine Mutter. *Mom! Mom! Wo bist du? Lass mich nicht mit ihm allein.* Verzweifelt rufe ich sie, aber es sind nur Gedanken, die durch mein Hirn wabern, zu mehr habe ich nicht die Kraft.

Es ist still im Haus, beinahe friedlich, bis ich zum Sessel schaue. Dad sitzt entspannt da und raucht eine Zigarette. Der Qualm hängt schwer in der Luft, und nach und nach bläst er neue Rauchschwaden hinzu. Langsam raffe ich mich auf, beiße die Zähne zusammen, als der Schmerz mich erneut erfasst. Ein winziges Jammern erlaube ich mir, weil ich es kaum aushalte.

»Mom?« Ängstlich schaue ich mich um, kann sie aber nirgends entdecken.

Dad pustet den Rauch aus seinen Lungen und dreht den Kopf zu mir. »Hat sich im Badezimmer eingesperrt.« Seine Antwort ist völlig ruhig, seine Wut scheint verflogen, aber eine Mischung aus Feindseligkeit und Zufriedenheit flackert in seinen Zügen. »Ihr habt wohl gedacht, ihr könnt mich verarschen, was?«

Er nimmt seine Schnapsflasche und trinkt. Als er sie absetzt und aufsteht, will ich sofort vor ihm zurückweichen, aber die Schmerzen sind so stark, dass ich mich kaum bewegen kann.

Dad bleibt vor mir stehen. Mit dem Finger tippt er die Asche von seinem Glimmstängel, und sie landet vor mir auf dem Boden. »Du bist ein fetter Schwachkopf, Noah, ein Schwächling, der zu nichts zu gebrauchen ist. Du hast noch nie etwas zustande gebracht, immer nur gefressen. Aber eines sage ich dir: Falls du je wieder auf die Idee kommen solltest, mich anzugreifen, dann schwöre ich dir, du kleiner Bastard, dass ich deine Mom und dich umbringen werde.«

Ich glaube ihm und dränge verzweifelt die Wut in mir zurück, so fest, dass Tränen über meine Wangen laufen und ich zittere. Ich kann nicht in Worte fassen, wie sehr ich meinen Vater hasse. Ich weiß nur, dass er Mom oder mich eines Tages töten wird, wenn wir es nicht schaffen abzuhauen.

Wird er den Stummel wieder auf mir ausdrücken? Ich weiche zurück, aber dann stellt er sich breitbeinig vor mich, schaut grinsend auf mich herab und öffnet den Reißverschluss seiner Hose.

Etwas Nasses trifft mich. Der Strahl seiner Pisse läuft warm und stinkend in Rinnsalen über meinen Kopf, über mein Gesicht, in meine Augen und meinen Mund. Ich will ausweichen und halte den Atem an, aber egal wohin ich mich winde, er zielt genau. Ich möchte schreien, aber ich presse die Lippen fest zusammen, obwohl ich den Geschmack schon wahrnehme. Das Ratschen des Reißverschlusses sagt mir, dass er fertig ist, aber ich wage es nicht, mich zu bewegen.

»Nie wieder, Fettmops! Hast du mich verstanden?«

Ich nicke schwach und mache keinen Mucks. Seine Spucke trifft mich, bevor er sich noch einen Schluck genehmigt und endlich aus dem Haus wankt. Länger kann ich nicht gegen die flüssige Übelkeit, die mir in den Mund schießt, ankämpfen und kotze mir die Seele aus dem Leib.

***

Nach Luft schnappend driftete ich in die Realität zurück. Die Bilder der Vergangenheit verschwammen, und ich sperrte die finsteren Erinnerungen wieder in die Untiefen meiner Psyche. Mom und mir ging es gut, diese schreckliche Zeit lag hinter uns, auch wenn ich bis heute nicht begriff, warum sie ihm damals verziehen hatte.

Sie hatte ihn verlassen wollen, und vorgehabt in dem Ort Pleasant Hill neu anfangen. Auf Knien bat er uns um Vergebung, ging sogar freiwillig in eine Entzugsklinik und schwor uns, sich zu ändern. Ich war skeptisch, sie glaubte ihm – ein ständiges Streitthema zwischen Mom und mir. Es fiel mir schwer, zu verstehen, dass sie wieder auf ihn hereinfiel, nach allem, was er ihr angetan hatte. Alkoholsucht war eine schlimme Krankheit, und viele Menschen schafften es aus dem Teufelskreis heraus, aber mein Vater hatte uns zu tief in seine Hölle hinabgezogen, als dass ich ihm hätte verzeihen können. Ich akzeptierte Moms Entscheidung, blieb aber wachsam.

Kaum waren wir in Pleasant Hill angekommen, fing er wieder mit der Sauferei an, und beinahe alles war wie zuvor. Im

Grunde musste ich Cats Vater dankbar sein, denn er hatte meine Mutter und mich endgültig aus dem Martyrium befreit, aber ... Der Chief hatte seit dem Moment, als ich den Mord mit eigenen Augen beobachtet hatte, die Stellung meines Vaters eingenommen. Er hatte nun die Rolle des Monsters inne, schlich sich damit in meine Albträume. Seit meiner Kindheit lebte ich in Angst. Seinetwegen hatte ich Cat verlassen müssen und hatte ständig die schlimmsten Befürchtungen und Sorgen um meine Familie. Und jetzt die Sache mit dem Rosenstalker.

Wer sagte mir, dass das nicht auch auf sein Konto ging?

14

Cat

Seit dem Besuch bei meinem Dad heute Nachmittag schien etwas in der Luft zu liegen. Paulo hatte sich in den Keller zurückgezogen, wo er Gewichte stemmte, während ich unruhig auf Noah wartete und mir inzwischen wirklich Sorgen machte. Sein merkwürdiges Verhalten bei Dad und die ständigen Blicke in den Rückspiegel während der Heimfahrt waren mir nicht verborgen geblieben.

Erst nach über einer Stunde tauchte er mit zwei Pizzakartons wieder auf. Er war seltsam in sich gekehrt.

»Wo warst du so lange? Alles in Ordnung?«, fragte ich, als ich ihm die Tür öffnete.

Er kam herein und stellte die Pizzen auf den Tisch. »Es gab einen Vorfall im Restaurant, deshalb hat es länger gedauert.«

»Was ist passiert?« Wir setzten uns, und Noah erzählte. Ich sah ihm an, wie wütend er war und wie sehr ihn das Schicksal des Jungen berührte. Er aß kaum etwas, nippte nur hin und wieder an seinem Wasser. Ich wusste sofort, dass er sich an seine eigene Kindheit erinnerte.

»Er tat mir einfach so leid, Cat. Ich hoffe, dass die Bekannte von der Fürsorge, die ich kontaktiert habe, der Familie helfen kann«, murmelte er.

»Das wird sie.« Ich berührte seine Hand, dabei sah ich den Schmerz in seinen Augen und wie sehr ihn das alles mitnahm.

Als wir nach dem Essen in mein Zimmer gingen, setzte er sich aufs Bett, lehnte sich gegen die Kopfstütze und schaltete den Fernseher ein. Eigentlich hatte ich vorgehabt, ihn nochmals auf den heutigen Besuch bei meinem Vater anzusprechen, aber ich spürte, wie die Sache im Restaurant ihn aufwühlte. Sein Blick war auf die Mattscheibe gerichtet, aber seine Aufmerksamkeit galt nicht der Tierdokumentation, die gerade lief. Er schien in seiner Vergangenheit festzustecken.

Schweigend ging ich um das Bett, zog ihm die Schuhe aus und setzte mich neben ihn. Er kam zurück in die Gegenwart und lächelte schwach.

»Du denkst an deinen Vater, habe ich recht?« Ich legte eine Hand auf seine Wange.

Er senkte den Blick und nickte.

Schon damals hatte Noah wenig von dem erzählt, was sein Vater ihm angetan hatte, aber die Narben auf seinem Körper sprachen eine deutliche Sprache von Gewalt und Tyrannei. Noah und seine Mutter hatten viel ertragen müssen. Alle in Pleasant Hill hatten davon gewusst, und alle hatten weggesehen. Manchmal war seine Mom tagelang nicht zur Arbeit gegangen, und meistens war Noah ebenfalls zu Hause geblieben. Das war die Zeit, während der ich mich heimlich in sein Zimmer geschlichen, mich zu ihm ins Bett gelegt und ihn schweigend im Arm gehalten hatte – stundenlang. Ich erinnerte mich, dass er selten geweint, meistens starr vor sich hingeschaut hatte.

»Dieser Koch hat die Erinnerungen wieder wachgerufen, stimmt's?«

Er nickte und erwiderte meinen Blick. Mein Herz wurde schwer. Ich sah den kindlichen Noah, der mich aus traurigen Augen anschaute und keinen Ausweg wusste. Aber vielleicht musste er einmal darüber reden, um es endlich loszuwerden.

»Was hat er euch angetan?«, fragte ich vorsichtig.

Lange schaute er mich an, bevor er aufstand und ans Fenster trat. Er starrte hinaus und ballte die Fäuste. Ich bemerkte, dass er zitterte. Ich glaubte schon, dass er mich wieder abweisen würde, aber dann setzte er sich zu mir und atmete tief durch. Sein Blick war voller Schmerz, als wäre er in der Vergangenheit gefangen.

Für einen Moment schloss er die Augen, dann öffnete er den Mund. »Er war der Teufel. Er hat ... meine Mutter ...« Er schluckte, und seine Stimme brach. Seine Brust hob und senkte sich schneller, an seinem Hals pochte die Schlagader. Er kämpfte gegen seine Mauer an, um endlich all das loszuwerden, was ihn quälte. Er setzte neu an. »Er ...« Er stieß den Atem aus. »Er ...«

Ich erkannte, wie groß die Dunkelheit war, die von ihm Besitz ergriffen hatte, wie schwer und mächtig ihm das alles auf der Seele lag.

»Es ist vorbei. Er kann dir nichts mehr tun. Du bist heute stärker als jemals zuvor, Noah«, flüsterte ich und berührte ihn am Arm.

Seine Muskeln waren angespannt, und sein Körper bebte. Ich sah ihm an, dass er verzweifelt gegen die Blockade anzurennen versuchte und wieder verlor. Resigniert ließ er die Schultern hängen und schüttelte den Kopf. »Es tut mir leid. Du hast keine Ahnung, wie gerne ich dir das alles sagen will, aber ... ich schaffe es einfach nicht.«

Ich zog ihn in meine Arme, hielt ihn und streichelte ihn beruhigend. Irgendwann ließen wir uns in die Kissen sinken und verharrten engumschlungen. »Die Gegenwart gehört dir, Noah. Er wird nicht zurückkehren, wenn du an ihn denkst. Du bist vor ihm sicher, hörst du?«

»Okay«, flüsterte er an meinem Hals und vergrub sein Gesicht in meinem Haar.

Es war genau wie damals. Ich hielt ihn und versuchte da zu sein. Keine Ahnung, ob ihm das half, aber ganz langsam beruhigte sich sein Atem, seine Muskeln entspannten sich, und schließlich schlief er ein. Vorsichtig drehte ich den Kopf und schaute ihn an. Er war wunderschön, und ich wünschte, ich hätte ihm helfen können. Auch wenn er es nicht geschafft hatte, mir von seinen Dämonen zu erzählen, verbuchte ich seinen Versuch als klitzekleinen Erfolg. Behutsam zog ich die Decke über uns und schlief ebenfalls ein.

Von Noahs Hitze, den unzusammenhängenden Worten und seinem Stöhnen wachte ich auf.

»Nein ... Mom ... Tu ihr nichts ... Es war Mord ...«

Ich schaltete das Nachtlicht ein. Es war gerade kurz nach vier Uhr. Er war total verschwitzt und warf den Kopf im Kissen hin und her – ein weiterer Albtraum.

»Noah, wach auf.« Vorsichtig rüttelte ich an ihm. Mit einem lauten Schrei riss er die Augen auf und schreckte hoch. Sanft rieb ich über sein feuchtes Shirt und wartete einige Sekunden, bis er sich gesammelt hatte. »Alles in Ordnung?«

Er vergrub das Gesicht in seinen Händen, und allmählich normalisierte sich seine Atmung. So blieb er eine Weile im Bett sitzen.

Die Tage vor und nach Beckys Todestag litt ich auch unter Albträumen, aber Noah träumte oft, sehr oft sogar, und ich fragte mich, wie er das aushielt. Es gab selten Nächte, in denen er durchschlief. Das konnte auf Dauer nicht gesund sein.

»Noah?« Er drehte seinen Kopf leicht zu mir. »Du solltest zu einem Arzt gehen. Ich finde es nicht normal, wie oft du Albträume hast.« Seine Vergangenheit musste ihn schrecklich belasten. Er schwieg und fuhr sich mehrmals durchs Haar. Ich richtete mich auf. »Sind das die Erinnerungen an deinen Vater?«, fragte ich behutsam. Als er immer noch nicht antwortete, beugte ich mich vor, sodass ich ihn ansehen konnte. »Du hast von deiner Mutter gesprochen und ›Es war Mord!‹ gerufen.«

»Vergiss das bitte«, flüsterte er rau.

Ich legte eine Hand auf seine Wange. »Wie soll ich es vergessen, wenn du beinahe jede Nacht von diesen Albträumen geplagt aufwachst? Ich mache mir Sorgen.«

Sein Blick wanderte über mein Gesicht, und ich merkte ihm an, wie er mit sich rang. Er öffnete den Mund und sog den Atem ein. »Cat, ich ... kann nicht.«

»Ich finde es schrecklich, dich so leiden zu sehen. Was kann ich tun?«

Er lächelte und lehnte seine Stirn an meine. »Bleib einfach bei mir«, flüsterte er und küsste mich sanft. Hilflos sah ich zu, wie er aufstand. Mir entging auch diesmal nicht, dass seine Hände zitterten. »Schlaf weiter, Babe. Morgen ist dein erster Tag im alten Job.«

»Wo willst du hin?«

Er blieb am Bettrand stehen. »Ich muss duschen und ... brauche Zeit für mich.«

Er verschwand im Badezimmer. Ich hörte, wie er das Wasser einschaltete. Mir tat das Herz weh. Immerhin war er diesmal nicht wortlos gegangen. Das war schon mal ein gutes Zeichen. Trotzdem half uns das nicht.

Ich war noch wach, als Noah aus dem Bad zurückkam. Schweigend zog er sich an.

»Wohin gehst du jetzt?«

»Trainieren.«

»Ich mag es nicht, wenn du mit blauen Flecken und geschundenen Händen zurückkommst.«

Er setzte sich auf den Bettrand. »Ich brauche das, Cat. Es ist für mich der einzige Weg, mir Luft zu machen. Es ist wie ein Ventil, das sich öffnet und all den Mist aus mir herauslöst.«

»Empfindest du das im Käfig, wenn du einen Kampf hast?«

»Ja.«

»Wieso?«

»Weil es *echt* ist. Mein Gegner ist kein Kumpel, der mit mir zum Spaß im Käfig steht. Er will um jeden Preis gewinnen, genau wie ich.«

»Auch wenn er dich verletzt?«

Er lächelte. »Ja, gerade dann ... Jeder Schlag, den ich einstecke, erinnert mich daran, dass ich nie wieder so sein möchte wie früher – schwach und ohne Willen. Es gibt mir das Gefühl, mich zu befreien, mich wehren zu können. Und mit jedem Treffer, den ich lande, fühle ich mich stark.«

»Aber es ist so brutal, blutig und ...«

Er zuckte mit den Schultern. »Es ist eben ein Kampf und kein Kindergeburtstag.«

Ich konnte das nachvollziehen, aber es tat mir weh, dass es für ihn nur diese Variante gab, um mit seinen Problemen fertigzuwerden. Ich wünschte, es gäbe einen anderen Weg.

»Ich muss los. Schlaf jetzt, wir sehen uns später.« Er küsste mich auf die Stirn und verließ das Zimmer.

Noch eine Weile lag ich wach. Mir blieb wohl nichts anderes übrig, als zu akzeptieren, dass Noah die Kämpfe brauchte. Was zum Teufel hatte Mr. Graham mit seinem Sohn nur angestellt?

Morgens fuhren Maja, Noah und ich zum *Empire Heaven*. Noahs geschundene Handknöchel blieben mir nicht verborgen.

Ich freute mich, endlich wieder arbeiten zu dürfen, und konnte es kaum erwarten, im *Ivy Blue* zu stehen und die Gäste zu bedienen. Zugegeben, ich war ein wenig nervös, denn heute begegnete ich Mr. Wilson wieder. Nach unserem letzten Gespräch war ich gespannt, wie es sein würde, aber zu meiner Verwunderung war er gar nicht da. Er steckte erneut in einem Meeting fest, was mir ganz recht war.

Im Laufe des Vormittags erhielt ich von der Hotelverwaltung einen Anruf, dass ich gleich morgen wieder in mein Appartement ziehen konnte. Mir grummelte der Magen, wenn ich mir vorstellte, dorthin zurückzukehren, aber Noah hatte versprochen, dass ich mich sicher fühlen konnte.

Am ersten Tag arbeitete ich ruhig und routiniert, bediente die Gäste und verbrachte die Mittagspause mit Inma im Hotelgarten. Dort tauchte Detective Weather auf. Er stellte mir die üblichen Fragen und teilte mir mit, dass es nach wie vor keine Anhaltspunkte und Spuren gab, die zum Rosenstalker führten, was ziemlich enttäuschend war. Also blieb meine Situation hoffnungslos. Ich würde weiter ein Spielball sein, mit dem der Stalker tun und lassen konnte, was er wollte. Der Kerl – wer auch immer er war – wusste stets über mich Bescheid, war uns stets einen Schritt voraus. Er hielt uns alle zum Narren. Niemand konnte ihn daran hindern, egal welche Sicherheitsvorkehrungen getroffen wurden. Wahrscheinlich war mein Schicksal schon besiegelt gewesen, als ich einen Fuß nach San Francisco gesetzt hatte. Ich hatte mich in seinem Spinnennetz verfangen und versuchte verzweifelt, mich zu befreien, während er mit seinen Klauen, seiner Hinterlist und dem tödlichen Gift langsam aber sicher auf mich zukam.

Weather deutete an, mein Umfeld enger in Betracht zu ziehen, was mir widerstrebte. Andererseits hatte ich keine Wahl, oder? Alles in mir wehrte sich dagegen, einen meiner Freunde als möglichen Täter zu sehen. Allein beim Gedanken, dass Maja, Paolo, Dylan, Taylor oder irgendjemand anderes dahinterstecken könnte, wurde mir übel. Ich fragte mich, ob es sinnvoll war, noch mal mit John zu reden. Noah war der Meinung, dass er im Auftrag gehandelt hatte, und vielleicht könnte man ihm mit einem weiteren Gespräch und der richtigen Taktik ein paar Informationen entlocken.

Am nächsten Tag erwartete mich das übliche Strammstehen in Wilsons Regiment. Maja und ich beeilten uns – wir waren zwar nicht zu spät, doch wussten wir, wie unser Feldwebel sein konnte, wenn wir uns auf den letzten Drücker einfanden. Frank, Vanessa, Joe und Melinda standen schon in einer Reihe, und Wilson ging vor seinen Soldaten auf und ab. Maja und ich schlichen uns leise und schnell zu den anderen.

»Ah ... Wie nett, dass sich die Damen auch endlich zu uns gesellen.«

»Sorry, wir –«

Wilson hob eine Braue, und Maja verstummte. Innerlich rollte ich mit den Augen, biss mir brav, um des Friedens willen, auf die Zunge und verbot mir eine freche Antwort. Ich wollte seine Nerven nicht gleich wieder überstrapazieren.

»Seine Königliche Hoheit, Scheich Hadschi Abdul Omar Ben Hadschi Jamil Aamir Ibn Hadschi Rahul El-almin«, begann er und war sichtlich zufrieden, dass er den Namen fehlerfrei und flüssig aufsagen konnte, »wird in einigen Tagen ein Galadinner geben. Es werden bekannte politische Persönlichkeiten und Geschäftspartner zugegen sein. Ich führe zwar nur dieses bescheidene Restaurant, aber der Scheich bat mich, auch alle weiteren Angelegenheiten zu übernehmen, wie eine erlesene Auswahl der köstlichsten Speisen, die unser Haus zu bieten hat, die Getränke und die Dekoration.« Mr. Wilson hob stolz das Kinn und strich über seine Fliege. »Für diesen Abend wird höchste Perfektion erwartet, deshalb habe ich für die Bewirtung Frank, Vanessa und Maja eingeteilt.«

Er warf einen kurzen Blick in meine Richtung, als ob er auf eine Reaktion von mir hoffte, weil er mich nicht aufgezählt hatte. Ich schmunzelte, denn das machte mir überhaupt nichts aus.

»Dieser Auftrag ist etwas Besonderes für unser Haus, und ich erwarte, dass Sie Ihr Bestes geben. Maja, Sie haben die Ehre, sich um die Blumenarrangements für den Abend zu kümmern. Eine Liste mit den Wünschen des Scheichs übergebe ich Ihnen im Laufe des Vormittags. Und jetzt – husch, husch!« Er klatschte in die Hände und scheuchte uns ins Restaurant.

»Na toll, ausgerechnet ich bin für das Grünzeug verantwortlich«, raunte Maja mir zu, als wir das *Ivy Blue* betraten. »Ich bin die Person mit dem giftigsten grünen Daumen überhaupt.«

Ich lachte, und wir machten uns an die Arbeit.

Nach Feierabend holte mich Noah ab, damit ich aus Majas Haus ausziehen konnte. Zurück in meinem Appartement klärte mich Taylor auf, dass er ein neues Schloss an die Wohnungstür montiert und auch die Balkontür extra gesichert hatte. Inma half mir, mich wieder einzurichten, und in weniger als drei Stunden war der Spuk vorbei.

Die Tage vergingen. Die Diskussion, die Noah und ich im Auto gehabt hatten, verblasste mehr und mehr, und ich machte sie auch kein weiteres Mal zum Thema. Ich mochte nicht verstehen, was zwischen den beiden nicht stimmte, aber ich wollte deshalb keinen neuen Streit vom Zaun brechen.

Eines Abends telefonierte ich mit Grandpa, der mir erleichtert erzählte, dass sich Mom nach einem weiteren Alkohol-Desaster nun doch freiwillig entschieden hatte, in die *Betty Ford*

Klinik nach Kalifornien zu gehen. Grandpa war deswegen geradezu selig, weshalb ich meine gemischten Gefühle vor ihm verbarg. Ich fand Moms Entschluss gut und richtig, aber an unserem Verhältnis würde sich dennoch nichts ändern.

»In drei Tagen geht sie in Behandlung.«

»Es wird ihr guttun.«

Es entstand eine Stille. Grandpa holte Luft. »Zuckersternchen, da gibt es noch etwas, was ich dir sagen muss.« Sofort zog sich mein Magen zusammen. Jedes Mal, wenn er so anfing, konnte das nichts Gutes bedeuten. »Es geht um Mr. Claus.«

»Was ist mit ihm?«

Er zögerte. »Ich weiß nicht, ob er dir von seiner Krankheit erzählt hat, aber ...«

»Krankheit?«

»Ja. Er ist vor einiger Zeit ... an Krebs erkrankt. Es ist die Lunge. Er wird sterben, Cat. Bald.«

Ich musste mich setzen. Tausend Erinnerungen strömten durch mein Gedächtnis. Meine ganze Kindheit war er da gewesen, hatte Becky und mich zur Schule gefahren, sich immer um alles gekümmert. Er war ein fester Bestandteil meines Lebens, meiner Familie, und ich konnte mir einfach nicht vorstellen, dass er eines Tages nicht mehr da sein könnte. Wir hatten früher unsere Differenzen gehabt, aber je älter ich wurde, desto besser war unser Verhältnis geworden. Er war ein treuer Mitarbeiter meines Vaters und stets fair. Noch immer fühlte ich mich schuldig, weil ich ihn beklaut und später versehentlich seinen Schuppen abgefackelt hatte. Er war nie wütend auf mich gewesen, hatte mir verziehen.

»Zuckersternchen, bist du noch da?«

»Ja«, sagte ich mit belegter Stimme und erinnerte mich, dass Mr. Claus am Abend vor meiner Abreise mit mir hatte reden wollen. Wollte er mir davon erzählen? Mir war aufgefallen, dass er sich körperlich verändert hatte, aber ich wäre nie auf die Idee gekommen, dass eine solch schwere Erkrankung dahinterstecken könnte. Wie konnte sein Zustand sich so schnell verschlechtern? »Wieso bringt ihr ihn nicht ins Krankenhaus?«

»Er möchte auf seiner Farm sterben. Er hat alles geregelt und wird dort ärztlich versorgt. Martha bleibt bei ihm. Ich habe es auch erst erfahren; er hat lange ein Geheimnis daraus gemacht.«

Das passte zu ihm. Er hatte schon früher nicht gern über sich gesprochen. Jetzt kämpfte ich mit den Tränen, weil ich an den Abschied am Flughafen zurückdachte. Er hatte sich seltsam rührselig verhalten. Mir wurde das Herz schwer. »Wann ... Wie lange hat er noch? Kann ich mit ihm reden?«

»Er ist wahrscheinlich zu schwach, Zuckersternchen. Es kann jeden Tag so weit sein. Er hat mir erzählt, dass er sich von dir verabschiedet hat, und es ist okay für ihn. Er hat alles geregelt. Der alte Narr hat genaue Vorstellungen, wie es ablaufen soll, und Martha und ich haben versprochen, ihm zu helfen.«

Dann war es ein Abschied für immer gewesen, und ich dumme Kuh hatte es nicht bemerkt. Tränen rannen über meine Wangen. »Kannst du ihm ausrichten, dass ich ihn sehr liebhabe und ihn nie vergessen werde?«

»Natürlich. Er weiß das. Er hat immer gut von dir gesprochen. Mach dir keine Gedanken, ich bringe deine Mutter in die Klinik, kehre dann zurück und werde Martha helfen. Bleib du in San Francisco. Ich rufe dich jeden Tag an.«

»Ist gut.«

Es fiel mir schwer, in den normalen Trott zurückzukehren. Die Nachricht von Mr. Claus' baldigem Tod hatte mich aus der Geschwindigkeit des Alltags gerissen. Wieder drehte sich die Welt einfach weiter. In Gedanken war ich oft bei unserem Chauffeur und telefonierte täglich mit Grandpa.

Der Aufenthalt des Scheichs und seines Gefolges brachte das ganze Hotel durcheinander. Noah und die Jungs befanden sich im Dauerstress und konnten den Tag kaum erwarten, wenn der Milliardär endlich abreiste. Taylor führte sogar eine Strichliste. Jeden Tag fiel dem Scheich etwas Neues ein, womit er seine eigenen, aber auch die Mitarbeiter des *Empire Heaven* auf Trab hielt. Täglich wollte er sich persönlich von der Unversehrtheit seines Schmucks überzeugen, den er in die Obhut des Hoteltresors gegeben hatte. Er ließ sich von einem Experten die Echtheit der Stücke bestätigten, was mehr als drei Stunden dauerte und Noah in den Wahnsinn trieb. Welcher Normalsterbliche reiste schon mit Diamanten, Edelsteinen und Brillanten von unschätzbarem Wert durch die Welt?

Neben dem Schmuck hatte er auch eine Menge Luxuskarossen mitgebracht, zu deren Bewachung Taylor abkommandiert worden war. Er war der Einzige, der mit seinem Auftrag zufrieden schien. Er erzählte von den coolen Flitzern, die unten in der Hotelgarage standen. Völlig begeistert war er von einem Bugatti La Voiture Noire, dem teuersten Auto der Welt. Heimlich hatte er mit seinem Handy Fotos gemacht, die er uns ständig unter die Nase hielt. Inma bekam große Augen, als sie auf einem der Bilder einen pinkfarbenen Porsche entdeckte, der mit unzähligen Swarovski-Steinchen besetzt war. Taylor erzählte, dass der Wagen der Lieblingsfrau des Scheichs gehörte, die ihn aber kaum benutzte.

Alle anderen waren genervt, und so langsam sorgten die ständigen Sonderbehandlungen und die aufwendigen Wünsche unserer arabischen Gäste auch bei den ›gewöhnlichen‹ Hotelgästen für Unmut. Es herrschte ohnehin genug Hektik, abgesehen von der merkwürdig gereizten Stimmung unter den Gästen wie auch unter den Angestellten. Schaulustige und Journalisten belagerten den Haupteingang, sodass Mr. Robinson das

Sicherheitspersonal aufstockte und die Polizei als Unterstützung den Verkehr umleiten musste.

Die Lage spitzte sich zu, als einigen Hotelgästen der Zutritt in den Wellnessbereich von den Wachhunden des Harems verwehrt wurde, weil die Frauen des Scheichs ungestört unter sich bleiben wollten. Ich war zufällig dort vorbeigelaufen und hatte Mrs. Koslow, eine russische Millionärsgattin, gesehen, die seit ein paar Tagen mit ihren Freundinnen im *Empire Heaven* Urlaub machte. Sie hatte schimpfend am Eingang des Wellnesstempels gestanden, vor dem sich zwei Gorillas postiert hatten und ihnen den Zutritt verweigerten. Von dem Geschrei der Frauen angelockt, kamen noch mehr Neugierige und schlossen sich der russischen Oligarchin an. Zum Glück tauchten Mr. Robinson, Noah, Dylan und weitere Sicherheitsleute auf und brachten die Situation schnell unter Kontrolle. So etwas hatte es noch nie gegeben!

Obwohl ich mit dem ganzen Firlefanz nichts zu tun hatte, war auch ich genervt von dem Trubel. Ich musste viel an Mr. Claus und an früher denken, als meine Welt noch fast in Ordnung gewesen war.

Noah sorgte sich rührend um mich, aber ich sah ihm die Erschöpfung und den Stress inzwischen deutlich an. Robinson verlangte viel von seinen Männern, so war es auch kein Wunder, dass Noah oft völlig erschöpft auf meinem Sofa einnickte. Ich ließ ihn schlafen und hoffte, er würde sich mehr als vier Stunden ausruhen können, bevor ihn seine Albträume wieder weckten.

Neben den wildesten Gerüchten grassierten verrückte Geschichten. Der Scheich war das Topthema, und meine Sorgen wegen des Rosenstalkers rückten in den Hintergrund. Nur manchmal, wenn ich allein war, rief ich mir ins Gedächtnis, dass die Bedrohung immer und überall lauerte.

Am Tag des Galadinners ging es hektisch zu. Seit den frühen Morgenstunden arbeitete das Küchenteam an dem Menü, das den Gästen heute Abend serviert werden sollte, und Mr. Wilson scheuchte seine Mitarbeiter im gewohnten Befehlston durch den Rosensaal. Maja hatte mich gebeten, ihr die Servietten zu bringen, die sie vergessen hatte, deshalb stand ich an der Schwelle des Saals und dachte an den Tag zurück, als ich Noah nach sechs Jahren wiederbegegnet war. Damals hatte diese Begegnung die dunklen Erinnerungen erneut heraufbeschworen, die ich tief in mir vergraben hatte. Ich war ...

»Ms. Spence, stehen Sie nicht so herum und machen Sie sich nützlich. Wir hängen mit dem Zeitplan hinterher«, fauchte mich Mr. Wilson an, als er mich entdeckte.

»Ja, Sir.« Eilig ging ich zu Maja, die gerade dabei war, die Tische einzudecken. Unter Wilsons strengem Blick faltete ich die Servietten.

»Shit! Die Tischdeko ist immer noch nicht da. Was mach ich denn nur?«, flüsterte Maja, die neben mir einen Teller polierte, bevor sie ihn an seinen Platz stellte.

»Wie? Ich dachte, die Blumen wurden heute Morgen schon geliefert?«

Sie stieß den Atem aus. »Sollten sie eigentlich.«

»Soll ich dort anrufen und fra–«

»Ms. Boysen?«, rief jemand in den Saal und unterbrach mich.

Maja sah auf. »Ja?«

»Der Blumenlieferant ist da.«

»Gott sei Dank«, stieß sie erleichtert aus. »Du musst mir helfen, komm mit.« Sie zog mich eilig mit sich aus dem Rosensaal, und wir machten uns auf den Weg zum Lieferanteneingang.

Dort stand der Wagen mit der Aufschrift der beauftragten Gärtnerei. Maja ging direkt auf den Fahrer zu. »Wieso kommen Sie erst jetzt? Ich warte seit drei Stunden!«

»Hey, ich bin nur der Fahrer«, sagte er und hob abwehrend die Hände. Aus dem Wageninneren holte er den Lieferschein. »Außerdem steht hier: Anlieferung um vierzehn Uhr.«

Maja und ich folgten seinem Finger auf dem Papier und konnten uns selbst davon überzeugen.

»So war das aber nicht vereinbart«, protestierte sie.

»Wenn Sie sich beschweren wollen, dann müssen Sie das bei meinem Chef machen.«

»Danke. Das werde ich.«

»Dann wollen wir mal abladen.« Er ging um den Wagen und öffnete die hinteren Türen, um mehrere Kartons auf einen Sackkarren zu hieven. Als er damit fertig war, hielt er Maja die Empfangsbestätigung entgegen und forderte eine Unterschrift.

Ehe sie den Stift auf das Papier setzte, funkte ich dazwischen. »Moment. Wir wollen uns erst von der Richtigkeit der Lieferung überzeugen.«

Seufzend riss er mit einem Messer einen Karton auf und bog die Laschen auf.

Was ich zu sehen bekam, ließ mir das Blut in den Adern gefrieren. Unzählige langstielige blaue Rosen lagen darin. Ich brachte keinen Ton heraus und trat wie von selbst einen Schritt zurück.

Maja sog scharf die Luft ein und schaute ungläubig zum Lieferanten. »Scheiße! Das ist nicht euer Ernst!« Sie drehte sich zu mir und schlang schützend einen Arm um mich. »Cat, alles in Ordnung?«

Fragend sah er in unsere Gesichter und begriff natürlich nichts. »Stimmt was nicht?«

»Es nimmt einfach kein Ende«, murmelte ich. Wieder hatte

der Rosenstalker mich eiskalt erwischt. In einem Moment, in dem ich mit ihm nicht gerechnet hatte.

»Beruhig dich, Cat«, sagte sie liebevoll und wandte sich an den Fahrer. »Hey Sie, das ist nicht unsere Bestellung. Sie können alles wieder einpacken und mitnehmen.«

»Wie bitte? Ich höre wohl nicht recht!«, donnerte eine Stimme hinter uns. Mr. Wilson kam auf uns zu, schaute in die Kartons und warf mir einen kalten Blick zu. »Was ist das?«

Was für eine blöde Frage. »Wir müssen die Polizei rufen. Jemand hat den Auftrag manipuliert.«

»Manipuliert?«, schimpfte der Lieferant auf. »Also Moment mal, bestellt wurden von Ms. Maja Boysen zweihundert blaue Rosen mit dem Namen ›Applause‹. Steht hier klar und deutlich.« Er drückte Mr. Wilson den Wisch in die Hand.

»Ich habe Girlanden mit bunten Blumen bestellt, genau die, die der Scheich wollte«, verteidigte sich Maja.

Während eine Diskussion losbrach, stand ich nur daneben und hatte das Gefühl, mal wieder in eine Falle getappt zu sein. Aber wie war das möglich? Der Rosenstalker wusste einfach zu gut Bescheid und nutzte jede Gelegenheit schamlos aus. Ich ging in die Hocke und öffnete die anderen Kartonagen, suchte nach einer Nachricht, die der Rosenstalker sonst immer mitschickte, doch diesmal hatte er wohl auf eine neue Drohung verzichtet. Hatte er mir nichts mehr mitzuteilen oder waren ihm etwa seine dämlichen Sprüche ausgegangen? Ich hasste dieses Blau, die Rosen, überhaupt alles, was damit zu tun hatte.

»Also, was ist jetzt? Ich habe nicht den ganzen Tag Zeit. Nehmen Sie die Lieferung an oder nicht?«

»Geben Sie schon her.« Verärgert unterschrieb Wilson den Lieferschein und ließ den Fahrer gehen. Dann wandte er sich an uns. »Sie haben genau drei Stunden Zeit, sich mit diesen Blumen eine Lösung einfallen zu lassen.«

»Wir sollen aus den Rosen etwas basteln? Wie stellen Sie sich das vor? Wir sind keine Floristen«, protestierte Maja aufgebracht. »Verstehen Sie nicht, was Sie da von Ms. Spence verlangen? Dieser Kerl macht ihr seit geraumer Zeit das Leben schwer und –«

»Das ist nicht mein Problem. Ich habe die Nase voll von diesem Kindergarten. Ms. Spence hat schon genug von meiner Zeit und Energie gestohlen.«

»Das ist Psychoterror!« Maja war fassungslos über seine Reaktion.

Wilson lachte höhnisch. »Hören Sie schon auf, es sind nur Blumen.«

»Das können Sie nicht von ihr verlangen.«

»Oh doch, das kann ich. Sollte nicht alles zur vollsten Zufriedenheit für den Scheich sein, mache ich Sie beide dafür verantwortlich. Und jetzt gehen Sie an die Arbeit«, brüllte er, kehrte auf seinen Lackschuhen um und lief ins Hotel.

Hilflos standen Maja und ich da, umringt von den Kartons voller Rosen und mit einer gehörigen Portion Wut im Bauch – Maja auf Wilson, ich auf den Rosenstalker. Wie gleichgültig Wilson das Psychospielchen des Stalkers hinnahm, schockierte mich. Der Mann hatte ein kaltes Herz.

»Das gibt es doch nicht! Wenn wir herausfinden, wer dieser Rosenidiot ist, kann er sich auf etwas gefasst machen«, schwor Maja und schaute so finster drein, dass ich grinsen musste. Inma hatte auch so etwas Ähnliches gesagt, und ich wollte lieber nicht in der Haut des Rosenstalkers stecken.

Seufzend musterte ich das Meer blauer Blüten und verzog widerstrebend die Lippen. Jetzt hatten wir ein Problem. Es gab für die Gala keine Tischdekoration. »Und was machen wir jetzt?«

Sie seufzte und zuckte mit den Schultern. »Wir könnten ein

paar Blumengeschäfte abklappern und fragen, ob sie uns aus der Patsche helfen.«

»In weniger als drei Stunden? Vergiss es. Wie viele Gestecke brauchst du?«

»Es sind verfluchte zwölf Tische.«

Puh! Zwölf war eine Menge, und woher sollten wir die Materialien nehmen, geschweige denn das Know-how? Kurz dachte ich nach. »Okay, komm mit. Wir planen um.«

15

Cat

Maja und ich schafften die Rosen ins Hotel, in einen Raum, den unser Koch hin und wieder für seine Teambesprechungen nutzte. Auf den Tischen stellten wir die Kartons ab.

Maja nahm eine der Rosen und betrachtete sie nachdenklich. »Und was jetzt?«

»Wir improvisieren. Lass uns im Lager nach Dekokram suchen, vielleicht fällt uns was ein.«

»Du weißt doch, dass ich mit dem Zeug nicht viel am Hut habe«, wandte sie ein.

»Irgendwas wird uns schon einfallen. Es wird wahrscheinlich nicht so professionell und prunkvoll sein, wie der Scheich das gewöhnt ist, aber besser als nichts.«

Wir liefen in einen Lagerraum neben der Küche. Maja schaltete das Licht ein. Auf Regalbrettern waren Ersatzgeschirr, Gläser und Besteck, Vasen und jede Menge anderer Plunder untergebracht. Im hintersten Regal am Boden befanden sich riesige Kartons.

Ich zog einen hervor und öffnete den Deckel. »Was ist denn das?«

Maja warf einen Blick hinein. »Ich glaube, das sind Tischlaternen, die mal für eine Hochzeit geplant waren. Die kamen aber nie zum Einsatz, weil die Feier abgesagt wurde. Ist schon ne Weile her.«

Ich schloss den Deckel und suchte weiter. Mein Blick fiel auf eine Dose mit der Aufschrift ›Feuerfarbe‹. Neugierig las ich die Beschriftung, und plötzlich hatte ich eine zündende Idee.

»Das ist perfekt«, sagte ich lächelnd.

»Was willst du denn damit?«

Sofort zog ich die vorherige Kiste wieder heraus und nahm eine der eingestaubten hohen Glassäulen heraus. »Das ist es«, rief ich aufgeregt und drehte mich zu Maja, die mich fragend anschaute. »Gibt es auch die passende Ethanollösung, um die Tischlaternen anzuzünden?«

»Keine Ahnung, die Sachen hat Frank damals bestellt. Eigentlich müsste alles da sein.« Maja suchte die Regale ab, und tatsächlich fanden wir mehrere Flaschen, mit denen wir ein schönes Tischfeuer zaubern konnten.

»Okay, hilf mir, die Glaszylinder in die Küche zu schaffen. Wir werden alle brauchen.«

»Alle?«

»Ja. Vertrau mir.« Ich zwinkerte Maja zu, und wir schleppten alles in die Küche. Vorsichtig stellten wir die hohen Glaszylinder in die Geschirrspülmaschine.

Als Maja den Startknopf für die erste Ladung gedrückt hatte, drehte sie sich zu mir um. »Würdest du mir endlich sagen, was genau wir hier tun?«

»Gern. Jetzt lassen wir Köpfe rollen, und zwar jede Menge.«

»Langsam machst du mir Angst, Cat.«

Ich kicherte über ihren entsetzten Gesichtsausdruck und

geriet in Hochstimmung. Egal, was der Rosenstalker mir diesmal hatte mitteilen wollen, den verdammten Rosen den Kopf
abzuschneiden fühlte sich gut an. Es war die befreiendste Idee,
die ich seit Langem hatte. Ich weihte Maja in meinen Plan ein
und freute mich, dass ich sie damit begeistern konnte.

Kurz bevor die Gäste eintrafen, hatten Maja und ich es geschafft
und schoben die mit Blumen bestückten Feuergläser in den Rosensaal. Ungeachtet Wilsons kritischen Blickes stellten wir die
Kunstwerke auf den Tischen ab.

»Cat, was geht hier vor? Was hast das zu bedeuten?« Noah
stand wie aus dem Nichts plötzlich neben uns. Irritiert musterte
er die Rosen im Glas.

Ich hatte nicht mitbekommen, dass er auch im Saal anwesend
war, und nun meldete sich mein Gewissen. Ich hätte ihn informieren sollen. »Das erkläre ich dir später.«

»Was soll das heißen – später?«, zischte er und sah sich um,
ob uns jemand zuhörte.

Ich legte eine Hand auf seine Brust. »Er hat Majas Blumen-
bestellung manipuliert und statt den Tischgestecken seinen Mist
liefern lassen. Wir hatten keine Wahl und haben eben improvi-
siert.«

»Und das sagst du mir erst jetzt?« Er machte sich Sorgen,
was natürlich verständlich war.

»Es geht mir gut«, beruhigte ich ihn. »Diesmal war keine
Drohung dabei.«

Ich schaute zu Maja, die sich Mr. Wilson erklären musste.
Als Musik erklang und seine königliche Hoheit mit seinem Gefolge den Rosensaal betrat, beendete er kurzerhand die Diskussion, setzte sein falsches Lächeln auf und trat dem Scheich entgegen.

Noah musste ebenfalls auf seinen Posten zurück. »Du bleibst

in meiner Nähe, verstanden? Du verlässt den Saal auf keinen Fall allein.«

Sein fordernder Blick ließ keine Widerworte zu, und ich fügte mich seinem Wunsch. »Okay.«

»Bleib wachsam, und sobald dir etwas auffällt ...«

»... gebe ich dir sofort Bescheid«, ergänzte ich. Noah kniff die Lippen zusammen und bezog widerwillig seine Stellung.

»Wilson gefällt unsere Lösung nicht besonders gut. Er hat etwas von einem ›Desaster‹ und einem ›Nachspiel‹ geredet«, raunte Maja mir leise zu. Rechtzeitig hatten wir die Wagen aus dem Saal geschoben und beobachteten vom Rand, wie der Scheich seine Gäste begrüßte und die Herrschaften zu den Tischen schlenderten.

»Er kann froh sein, dass wir in so kurzer Zeit überhaupt etwas auf die Beine gestellt haben. Wenn die Leute Platz genommen haben, entzünden wir die Gläser.«

Ich konnte es kaum erwarten, die verfluchten Rosen brennen zu sehen. Ich fühlte mich wie ein Feuerteufel, ein Pyromane, der seinen Frust nur mit einem Brand loswerden konnte.

Als ich das Streichholz in den Glaszylinder warf, schreckten die Gäste im ersten Moment zurück, bevor ein bewunderndes Raunen durch die Menge ging. Es knisterte, zischte leise, und die Rosenköpfe, die Maja und ich einer Extrabehandlung mit dem Feuerpulver unterzogen hatten, wurden in eine eigene Flammenblase eingehüllt. In allen Nuancen zwischen Blau und Weiß loderten die Flammenzungen im Glas empor. Der Anblick war ein brillantes Spektakel. Ich hätte nicht gedacht, dass es so wundervoll aussehen würde. Ich blickte mich im Saal um. Falls der Rosenstalker hier sein sollte, konnte er jetzt miterleben, wie mich tiefe Befriedigung erfasste. Das war meine Antwort, meine Reaktion auf seinen Versuch, mich erneut einzuschüchtern. Ich fühlte mich großartig.

»Ich glaube, das haben wir ganz fantastisch hinbekommen. Sieh nur, wie begeistert der Scheich ist«, sagte Maja. Seine königliche Hoheit lächelte und deutete einen Applaus in Richtung Wilson an. Dieser verbeugte sich, als wäre es sein Verdienst. Maja schüttelte den Kopf. »So ein Mistkerl! Erst redet er alles schlecht, und jetzt streicht er die Lorbeeren allein ein.«

Daran verschwendete ich keine Gedanken. Wilson war eben Wilson, und es hätte mich gewundert, wenn er mit unserer Arbeit zufrieden gewesen wäre. Es kam so gut wie nie vor, dass dieser Mann mal ein Lob aussprach. Zumindest blieb er seinem arroganten und hochnäsigen Charakter treu.

Sorgen machte mir Noah. Er hatte ziemlich angefressen reagiert, als er die Rosen gesehen hatte. Er stand nicht weit von mir, redete in sein Headset und bedachte mich immer wieder mit finsteren Blicken. Unauffällig schlenderte ich zu ihm, während Mr. Tillerson das Rednerpult betrat und ein Spot auf ihn gerichtet wurde. Gleichzeitig wurde die Beleuchtung gedimmt.

Noah und ich wurden in Schatten gehüllt. Ich schaute auf das Geschehen vor uns, suchte verstohlen Noahs Hand und verflocht unsere Finger. »Es tut mir leid. Ich hätte dich gleich informieren sollen, aber dafür war keine Zeit.«

»Schon gut, Babe. Ich war ...« Er seufzte. »Hauptsache ist, dass es dir gutgeht. Und er hat keine Nachricht hinterlassen?«

»Nein, diesmal nicht.«

Noah kniff die Augen zusammen und schüttelte kaum merklich den Kopf. »Aber warum?« Diese Frage hatte ich mir auch schon gestellt. Noah grinste. »Jedenfalls sehr eindrucksvoll, was Maja und du aus den Rosen gemacht habt.«

Ich folgte seinem Blick auf das blaue Feuer, das auf den Tischen leise vor sich hinloderte. »Es tat gut, dem Mistkerl zu zeigen, was ich von ihm halte.«

»Das ist mein Mädchen«, flüsterte er und schenkte mir sein

hinreißendstes Lächeln. Ich hätte ihn gern geküsst, doch der Applaus riss uns aus dem Augenblick.

Etwas später verließen Noah und ich das Hotel und liefen durch den Garten zum Angestelltentrakt. Mein Handy klingelte. Wie jeden Tag war es Grandpa, doch heute hörte ich sofort die Trauer in seiner Stimme, als er meinen Namen sagte.

Mr. Claus war gestorben.

Schweigend legte ich auf, nachdem Grandpa mir die traurige Nachricht mitgeteilt hatte. Meine Sicht verschwamm.

»Ist er ...?«, fragte Noah. Bekümmert nickte ich, unfähig ein Wort herauszubringen. Er zog mich in die Arme. »Er hat es hinter sich und muss keine Schmerzen mehr ertragen.«

Schweigend gingen wir in mein Appartement, wo wir den restlichen Abend in Erinnerungen schwelgten, die jeder von uns mit Mr. Claus verband. Ich war froh, dass Grandpa mir die Aufgabe abnahm und Dad über den Verlust seines Chauffeurs informieren würde.

So rückte der heutige Vorfall mit den Rosen in den Hintergrund. Es war zwar spät, aber ich rief Martha an. Grandpa hatte erzählt, wie fertig sie war, und ich musste einfach ihre Stimme hören. Der Gedanke, dass sie, bis auf Grandpa, allein in unserer Villa war, quälte mich, und am liebsten hätte ich sie zu mir nach San Francisco geholt. Meinen Vorschlag lehnte sie ab – sie wollte für die Beerdigung alles organisieren, da Mr. Claus keine Verwandtschaft hatte. Wir telefonierten über eine Stunde. Immerhin konnte ich sie überreden, nach dem Begräbnis ihre Schwester in Denver zu besuchen. Der Abstand und die Ruhe würden ihr bestimmt guttun.

Am nächsten Tag bat ich Wilson, mir freizugeben, was er natürlich nicht genehmigte. Der Mann hatte schlicht und einfach kein Herz, obwohl Maja und ich seinen Hintern gerettet und der Scheich die Feier als sehr gelungen gelobt hatte.

Noah und ich verbrachten unsere Mittagspause mit einem Spaziergang. Wir sprachen über Mr. Claus und meine Mutter. Wie sie die Nachricht wohl aufgenommen hatte? Kurz dachte ich darüber nach, sie anzurufen, verwarf den Gedanken aber wieder.

»Alles klar?«, fragte Noah, der einen Arm um meine Schulter legte.

»Ja, mir geht es gut, es ist nur ...« Ich stieß den Atem aus. »Zurzeit prasselt viel auf mich ein.« Ich schlang meine Arme um seine Mitte, und langsam schlenderten wir zum Hotel zurück.

Wir kamen gerade an den Mitarbeiterappartements vorbei, als plötzlich ein dunkler Wagen am Schiebetor hielt. Zwei Kerle, so groß wie Schränke und mit steinernen Mienen, stiegen aus. Einer öffnete die hintere Wagentür und ließ einen kleinen Mann mit dickem Bauch und einem Zigarrenstumpen im Mundwinkel aussteigen.

Augenblicklich versteifte sich Noah. »Geh ins Hotel, Cat. Sofort.«

Er löste sich aus meiner Umarmung und zog mich hinter sich.

»Wer ist das?«

»Billy. Jetzt mach schon«, zischte er mich an, aber ich war viel zu neugierig auf den Mann, der Noah zu den Kämpfen zwang, als dass ich auf ihn gehört hätte.

Billy schloss die Knöpfe seines Jacketts und grinste breit, als er uns erblickte. Er schob seine Sonnenbrille auf die Stirn und musterte mich.

»Was für ein Zufall, dich hier zu treffen«, rief er über die Schranke hinweg.

»Cat, geh ins Hotel. Ich komme gleich nach«, murmelte Noah, diesmal energischer, aber ich konnte keinen Schritt tun. Noah trat auf ihn zu. »Was hast du schon wieder hier zu suchen? Habe ich dir nicht klipp und klar gesagt, dass du nicht mehr herkommen sollst?«

»Na, na! Begrüßt man so alte Freunde? Warum so feindselig?« Billy schaute kurz zu den Kameras und schlenderte aus dem Sichtfeld. Noah folgte ihm. »Ich bin gekommen, um dich an den nächsten Kampf zu erinnern.«

Noah kniff die Augen zusammen. »Ich kenne den Termin.«

»Wenn du das weißt, warum trainierst du nicht? Es ist wichtig, dass du in Form bist.«

»Lass das meine Sorgen sein. In vier Wochen bekommst du deinen letzten Kampf, das war's dann.«

Billy seufzte und legte eine bedauernde Miene auf. »Schade, dass du deine Meinung nicht geändert hast. Wir könnten so viel gemeinsam erreichen.«

»Danke, aber ich habe andere Pläne«, wies Noah ihn knapp zurück, doch Billy ließ nicht locker.

Er kam noch näher ans Gitter. »War ich nicht immer wie ein Vater zu dir? Ich habe dich unterstützt und gefördert. Ist denn ein wenig Entgegenkommen zu viel verlangt?«

War das zu fassen? Hörte dieser Typ überhaupt zu? Verärgert trat ich neben Noah. Unvermittelt fuhr er zusammen – wahrscheinlich war er davon ausgegangen, dass ich längst ins Hotel verschwunden war. Eine Weile hatte ich gegen meine Verärgerung angekämpft, aber jetzt musste ich mich einmischen. »Haben Sie nicht verstanden, was Noah gesagt hat? Er begleicht seine Schuld, und dann ist Schluss. Suchen Sie sich einen anderen Knallkopf, der für Sie in den Käfig steigt.«

Überrascht lugte Billy mich an. Völlig ungeniert glitt sein Blick über meinen Körper, hielt sich einige Sekunden am

Ausschnitt meiner Bluse auf, bis er es schaffte, mir in die Augen zu sehen. »Donnerwetter, Noah! Du hattest schon immer einen exquisiten Frauengeschmack, aber diese Schönheit ist etwas ganz Besonderes. Wolltest sie mir wohl vorenthalten, was? Willst du mir deine Beschützerin nicht vorstellen?«

»Cat, wieso …?«, brummte Noah wütend und bedachte mich mit einem düsteren Blick.

»Cat?«, fragte Billy interessiert. »Ein Kätzchen – oder eher ein Raubkätzchen.« Er grinste.

»Catherine«, verbesserte ich ihn kühl, strich eine verirrte Locke aus dem Gesicht und hob stolz das Kinn.

»Ein schöner Name für eine wunderschöne Frau«, säuselte Billy.

Noah rieb sich entnervt den Nasenrücken.

»Sie hat damit nichts zu tun. Ich halte mich an den Deal, und jetzt entschuldigt uns«, presste er hervor, packte mich am Arm und ließ Billy und seine Handlanger stehen. Er lief so schnell, dass ich kaum mit ihm Schritt halten konnte, und daran, wie fest er meinen Arm umklammerte, erkannte ich, wie wütend er war.

»Aua, Noah, du tust mir weh«, murrte ich und versuchte mich loszureißen, aber er ignorierte mich. Erst als wir außerhalb von Billys Sichtweite waren, lockerte er seinen Griff, sodass ich mich befreien konnte.

»Verdammt, Cat! Wieso bist du nicht ins Hotel gegangen, wie ich es dir gesagt habe? Wieso kannst du nicht *einmal* das tun, was ich dir sage?«

Ich rieb mir über den Arm. »Weil ich dich in dieser Situation nicht alleinlassen wollte«, keifte ich zurück. »Ich dachte, wir sind ein Team und helfen uns gegenseitig.«

»Ich will nicht, dass du irgendetwas mit diesen Leuten zu tun hast. Billy ist ein gefährlicher Mann, und es war eine absolut blöde Idee, seine Aufmerksamkeit auf dich zu lenken.«

»Mein Gott! Es ist doch nichts passiert!«

»Nichts passiert?!«, brüllte er. »Du hast keine Ahnung, Cat! Ich brauche und will deine Hilfe in dieser Sache nicht.«

Mir klappte der Mund auf. Das wurde ja immer besser. »Verzeihung, dass ich dich unterstützt habe. Wird nicht wieder vorkommen«, geiferte ich spitz und hob abwehrend die Hände. »Dann werde ich mich aus deinen Angelegenheiten in Zukunft raushalten.«

»Gut!«

»Na fein!«

»Prima!«

Mit einem Blick erdolchte ich ihn, spie einen wütenden Laut aus, drehte mich um und stapfte Richtung Hotelgebäude. Sollte er sich selbst um seinen Mist kümmern. War das denn zu fassen?!

»Scheiße! Cat, warte!«, hörte ich ihn hinter mir.

Doch ich war viel zu sauer und rannte los, bis ich im Hotelgarten ankam. Sein kleiner Wutausbruch war völlig unnötig gewesen. Ich wollte ihm helfen, und was tat er? Er wies mich mal wieder zurück. Nicht mal die Chinesen toppten das Mauerwerk, das er um sich herum aufgebaut hatte. Und Maja glaubte ernsthaft, ich wäre der Schlüssel, um das Mysterium Noah Graham Holder zu knacken? Das konnte vermutlich niemand. Verdammter Mist! Kochend vor Wut murmelte ich tausend Flüche und Kraftausdrücke vor mich hin, die mir einige echauffierte Blicke der Hotelgäste einbrachte.

Als ich das *Ivy Blue* erreichte, musste ich erst mal durchatmen und mich sammeln. Es war gar nicht so leicht, wieder runterzukommen, den Gästen das Essen zu servieren und gute Laune vorzuspielen. Irgendwie schaffte ich es, durch den Nachmittag zu kommen, ohne grobe Fehler zu machen, und als ich mich später auf mein Sofa fallen ließ, war ich völlig erschlagen und müde. Ich schaute aufs Display meines Handys. Ich war ein wenig enttäuscht, dass Noah keine Nachricht geschrieben hatte. Ich wartete den ganzen Abend, aber er kam nicht, und schließlich schlief ich ein.

Wärme senkte sich über meinen ausgekühlten Körper. Jemand deckte mich zu. »Noah?«

Es war dunkel und kein Licht eingeschaltet. Müde zog ich die Decke bis zum Kinn.

»Schlaf weiter, Cat«, sagte er leise, und ich hörte, wie seine Schritte verhallten, bevor ich wieder wegdämmerte.

16

Cat

Der Duft von Kaffee und der nervige Ton meines Handys weckten mich. Ein dampfender Becher mit dem dunklen Gebräu stand vor mir auf dem Wohnzimmertisch, und ich sah Noah, der im Begriff war zu gehen. Ich richtete mich auf und rieb mir den Schlaf aus den Augen.

»Morgen«, murmelte er, steckte seinen Schlüssel ins Jackett und zog sein Handy vom Ladegerät.

»Morgen.« Ich nahm einen Schluck vom Kaffee und beobachtete ihn.

Seine Handknöchel waren gerötet und wiesen leichte Schwellungen auf. Er war also wieder boxen gewesen. Etwa die ganze Nacht? Er war noch immer sauer. Dafür gab es genau zwei Hinweise. Erstens: Er mied es mich anzusehen, wich meinem Blick aus, und seine Miene war undurchdringlich. Zweitens: Er schenkte mir keine Zärtlichkeiten, hatte mir keinen Gutenmorgenkuss gegeben, so wie er es immer tat. Diese kühle, distanzierte, beinahe gleichgültige Art kannte ich nicht. Seit wir ein Paar waren, weckte er mich meistens streichelnd und konnte oft die Finger nicht von mir lassen. Das war der wahre Grund, warum wir in der Regel spät dran waren und immer aus dem Haus hetzen mussten. Doch dieser Morgen war anders. Ich wollte, dass zwischen uns wieder alles in Ordnung kam, weil ich es hasste, wenn ein Streit sich durch den ganzen Tag zog, aber ich war auch verärgert.

Ich sprang über meinen Schatten. »Noah, ich ...«

Ich stand auf und lief zu ihm.

»Ich muss los, bin spät dran. Bis dann.« Noch bevor ich etwas sagen konnte, gab er mir einen flüchtigen Kuss auf die Wange und ging. Shit!

Es war ein grauenhafter Morgen, und der restliche Tag versprach nicht besser zu werden. Heute hatte ich Spätschicht, was bedeutete, dass ich erst am Nachmittag zur Arbeit musste und den ganzen Vormittag Zeit hatte, mich zu langweilen. Ich beschloss, etwas früher zum Hotel zu gehen, damit ich mit Inma die Mittagspause verbringen konnte.

Wie üblich hatten wir es uns auf den Liegen im Personalbereich des Hotelgartens gemütlich gemacht und genossen die warmen Temperaturen.

»Das wird deinem Dad aber nicht gefallen, oder hat er sich mit Spike abgefunden?«, wollte ich von ihr wissen, nachdem sie mir von ihrem Plan erzählt hatte, sich mit ihm eine gemeinsame Wohnung zu suchen.

Sie zuckte mit den Schultern. »Meine Mutter hat ihn in die Mangel genommen, nachdem er gedroht hat, mich zu enterben. Jetzt wollen sie Spike kennenlernen und haben ihn und mich eingeladen, nach Borox zu kommen.«

Überrascht sah ich zu ihr. »Hört, hört! Und wann fliegt ihr?«

»Keine Ahnung, ich muss Spike erst dazu überreden. Er klang nicht gerade begeistert.«

Ich schmunzelte. »Wer kann ihm das verdenken? Dein Dad

hat ihn übel behandelt und ziemlich unter Druck gesetzt. Das war echt mies.«

»Das stimmt, aber wenn er den Segen meiner Eltern will, muss er sich überwinden und sich ihm stellen.«

Auch wenn Inma recht hatte, tat er mir leid. Er war vielleicht nicht der Traum aller Schwiegermütter, aber er trug sein Herz am rechten Fleck. Man musste ihm nur eine Chance geben. Also, ich war definitiv Team Spike. »Das wird er. Er liebt dich sehr, und er wird alles tun, um dich glücklich zu machen.«

Inma legte eine Hand auf meinen Arm. »Das ist lieb, dass du das sagst.« Forschend blickte sie mich an. »Was ist mit dir? Der Tod eures Chauffeurs geht dir ganz schön nahe, oder?«

Ich nickte. »Es dauert nur, bis mir wirklich klar ist, dass er nicht mehr da sein wird, wenn ich irgendwann nach Pleasant Hill gehe.«

»Wann ist die Beerdigung?«

»In ein paar Tagen.« Ich senkte den Blick. »Aber das ist nicht das Einzige, was mich beschäftigt. Noah und ich haben uns gestern gestritten, und seitdem ist es irgendwie seltsam.«

»Was ist passiert?«

»Es geht um das, was schon immer zwischen uns gestanden hat – seine Mauer, die er jedes Mal wieder hochzieht, sobald man ihm zu nahe kommt.«

»Oh, oh. Nicht gut, Cat.«

»Ja, ich weiß. Manchmal habe ich das Gefühl, ich kann diesen dunklen Knoten, der ihn belastet, packen und von ihm reißen, aber dann merke ich, dass ich überhaupt nichts in der Hand habe und ins Leere gegriffen habe. Weißt du, was ich meine?«

Sie nickte. »Tut mir leid für dich. Was kann man da machen? Gibt es da nicht irgendeinen psychologischen Trick?«

Ich zuckte mit den Schultern. »Keine Ahnung. Ich glaube, mit Tricks kommt man bei Noah nicht weit. Die Gründe liegen wohl in seiner Kindheit. Vielleicht hat er das Trauma noch nicht verwunden.«

Im Stillen verfluchte ich seinen Vater.

»Vielleicht wäre eine Therapie ganz hilfreich?«

Wenn sie wüsste, womit er sich selbst therapierte, würde sie wahrscheinlich von ihrem Liegestuhl fallen. »Ich werde es demnächst mal vorschlagen.«

Als Inmas Mittagspause beendet war, machte ich mich auf den Weg zum Aufenthaltsraum und beschloss, heute Abend mit Noah zu sprechen. Wir hatten gestern beide Dinge gesagt, die wir nicht so gemeint hatten, aber es gab definitiv Redebedarf bezüglich unserer Beziehung. Ich musste wissen, wie er sich unsere Zukunft vorstellte. Gab es überhaupt eine für uns? Fakt war: Falls er mit mir zusammenbleiben wollte, musste er zusehen, dass er die Mauer loswurde.

Ich kam gerade in die Lobby, als ich ihn am gläsernen Aufzug stehen sah. Mein Herz polterte sehnsüchtig gegen die Rippen. Himmel! Ich wollte unbedingt, dass alles wieder in Ordnung kam, aber ich hatte Angst vor einer Abfuhr. Ich kämpfte die Beklommenheit nieder, raffte all meinen Mut zusammen und steuerte direkt auf ihn zu. Irritiert blieb ich stehen und konnte den Blick nicht von ihm wenden.

Er war nicht allein. Eine Frau stand neben ihm und hatte die Arme um seinen Hals geschlungen. Ich sah sie nur von hinten, aber mit ihrer schlanken Gestalt, ihrem langen blonden Haar und dem Klang ihrer Stimme, die ich von Weitem hören konnte, war sie unfassbar schön. Fehlte nur noch, dass sie ein Engelsgesicht hatte, dann wäre sie perfekt und läge bestimmt in Noahs Beuteschema. Bevor sie zu Spike in den Aufzug stiegen, sprang ich schnell hinter eine Pflanze und beobachtete sie zwischen den Blättern hindurch. Genau konnte ich es nicht sehen, aber mir fielen beinahe die Augen aus, als sie ihn plötzlich küsste, umarmte und er seine vom Boxen schwieligen Hände an ihren Rücken presste. Erwiderte er den Kuss etwa? Was hatte das zu bedeuten?

Mir wurde speiübel. Wie konnte er mir das antun? Ich kämpfte gegen die Erkenntnis an, betrogen worden zu sein. Wut machte sich in mir breit. Inzwischen waren sie im oberen Stockwerk angekommen, und ich verlor sie aus den Augen. Ich wusste nicht, was ich tun sollte, und machte mich schlechtgelaunt auf den Weg in den Aufenthaltsraum. Zornig zog ich mich um und trat meine Schicht an.

Es fiel mir schwer, meine Gefühle im Zaum zu halten. Mit etwas zu viel Schmackes stapelte ich das schmutzige Geschirr auf den Rollwagen, sodass der Turm schiefer als der in Pisa wankte, und fegte die Krümel so heftig vom Tisch, dass sie einen Gast am Hosenbein trafen. Zuletzt ließ ich auch noch ein Tablett mit Gläsern zu Boden klirren. Shit! Daran war nur Noah schuld.

»Was ist denn mit dir los? Du bist den ganzen Nachmittag schon so ... seltsam? Bist du wütend?« Maja hatte mir geholfen, die Scherben zu beseitigen, bevor sie in ihren wohlverdienten Feierabend ging.

»Wie ein Tornado, das trifft es eher. Entschuldige, scheint heut nicht mein Tag zu sein«, wich ich ihr aus.

»Ja, sieht ganz so aus. Brauchst du eine Pause?«

Ich zog die Brauen hoch.

»Dann gibt es einen Toten«, zischte ich kochend.

»Ups! Was hat Noah angestellt?«

»Ms. Spence?«, rief Mr. Wilson und schnippte mit den Fingern.

»Erzähle ich dir später.« Ich lief zum Maître, der einen Mann und einen kleinen Jungen zu einem reservierten Panoramatisch geführt hatte. Ich grüßte nickend den Gast und das Kind.

»Ms. Spence wird Sie heute Abend bedienen. Wird Ihre Frau auch dinieren?«

Der Mann zupfte an seiner Krawatte.

»Ja, sie kommt in etwa zwanzig Minuten nach«, erklärte er und nahm mir die Menükarte ab, die ich ihm entgegenstreckte.

»Wunderbar. Ich freue mich, dass Sie wieder unsere Gäste sind. Ms. Spence wird sich um alles Weitere kümmern«, säuselte Mr. Wilson.

»Sehr freundlich, vielen Dank.«

Mit einer angedeuteten Verbeugung entfernte sich mein Boss, und ich übernahm.

»Dad, darf ich bitte ein Schokoladeneis haben?«, fragte der Junge und schaute seinen Vater mit genau dem gleichen Welpenblick an, mit dem ich meinen Dad früher immer bezirzt hatte. Ich unterdrückte ein Schmunzeln, als er die Unterlippe leicht vorschob und sein Dad schon ablehnen wollte. »Bitte!«, fügte er drängend hinzu. »Nur ein kleines.«

»Du weißt, dass deine Mutter es nicht gern hat, wenn du vor dem Schlafengehen noch so viel Zucker zu dir nimmst.« Der Knirps schmollte, worauf sein Vater seufzend nachgab.

»Danke, Daddy.« Er strahlte.

»Bringen Sie meinem Sohn eine Kugel Eis.« Er beugte sich zu mir vor. »Wenn es möglich wäre, schnell, damit meine Frau davon nichts mitbekommt.«

Ich schmunzelte innerlich. »Natürlich.«

»Am liebsten Schokolade«, sagte der Kleine.

»Kommt sofort.«

Zügig kümmerte ich mich um die Bestellung, servierte ihm die Süßigkeit und deckte weiter die Tische ein. Sobald ich Feierabend hatte, konnte Noah was erleben. Ich war nicht die Sorte Frau, die ihren Mann gern teilte. Als ich zu dem kleinen Jungen schaute, musste ich kichern, obwohl ich immer noch sauer war.

Er sah in seinem Minianzug, der aus demselben Stoff wie der seines Vaters bestand, wirklich niedlich aus. Selbst die Krawatte und die Blume im Knopfloch waren identisch. Sein Haar war sorgfältig zurückgekämmt, auf seinen Wangen und der Nase prangten unzählige Sommersprossen.

»Ich hab's gewusst!« Der Vater stöhnte und versuchte mit der Serviette das Gesicht seines Sohnes zu säubern.

»War alles zu Ihrer Zufriedenheit, Sir?«

»Wie man sieht, war es perfekt.« Er deutete auf den schokoladenverschmierten Mund des Jungen und schmunzelte. »Wir sollten jetzt aber unbedingt die verräterischen Spuren beseitigen, bevor deine Mom kommt. Du weißt, ihren Augen entgeht nichts«, sagte er zu seinem Sohn und stand auf.

Sie steuerten die Toiletten an, während ich das Geschirr abräumte und in die Küche brachte. Dort nahm ich die Speisen für Tisch sieben und elf entgegen und servierte sie. Nach mehreren Minuten hüpfte der Junge vergnügt in den Speisesaal zurück.

»Noah! Noah!«, rief er und wetzte zum Eingang, wo er Noah in die Arme sprang und dieser ihn auffing. Ich war so überrascht, dass ich stehen blieb. Noahs Mutter und die Frau, die ihre Hände heute Nachmittag nicht hatte von ihm lassen können, kamen ins Restaurant.

»Mrs. Holder, welch besondere Ehre«, sagte Mr. Wilson entzückt, griff nach ihrer Hand und deutete einen Kuss an. »Willkommen und meinen allerherzlichsten Glückwunsch zu Ihrem Geburtstag.«

»Vielen Dank, sehr freundlich von Ihnen.« Noahs Mom hatte sich kaum verändert. Ich erinnerte mich an ihre weichen Gesichtszüge, die Augen, die den gleichen Farbton wie Noahs hatten, und an ihr warmherziges Lächeln, das sie jedem entgegenbrachte. Ihr Haar war an den Schläfen ein wenig ergraut, und sie trug es kürzer als früher, aber sie sah toll aus.

Ich war so überrumpelt, dass ich mich hinter ein Weinregal stellte, von wo aus ich zwischen den Flaschen hindurchlugte und alles beobachten konnte. Noah hatte mit keinem Wort erwähnt, dass seine Mutter kommen würde. Er ließ den Jungen herunter, um den Mann zu begrüßen – das musste demnach Hudson sein. Ich hatte ihn doch schon auf dem Familienfoto gesehen, wieso hatte ich mich nicht an das Gesicht erinnert? Er war attraktiv, schlank und groß, ein völlig anderer Typ, als es Mr. Graham gewesen war.

Mr. Wilson führte die Familie zum Tisch und schaute sich nach mir um. Es war albern, mich zu verstecken, und ich wusste selbst nicht, warum ich das tat. Ich riss mich zusammen, griff nach den Speisekarten und lief mit einem nervösen Zucken im Magen zu ihnen. Noah wollte sofort aufstehen, als er mich kommen sah, doch mit einer Handbewegung und einem ziemlich vernichtenden Blick bedeutete ich ihm, dass er sitzen bleiben sollte.

Irritiert ließ er sich langsam wieder auf den Stuhl nieder, während ich die Speisekarten verteilte.

»Stimmt etwas nicht, Liebling?« Mrs. Holder schaute unter der Lesebrille hervor zu ihrem Sohn.

»Nein, alles in Ordnung.«

»Schade, und ich dachte, du wolltest eine Rede halten«, sagte die Blonde neben Noah und kicherte. Sie legte ihre Hand auf seine, die er wegzog, als er meinen Blick entdeckte.

»Später vielleicht, Lynn.«

Lynn hieß das Miststück also. Am liebsten hätte ich ihm die Speisekarte um die Ohren geschlagen, aber ich hatte Anstand und konnte mich beherrschen.

»Bringen Sie uns bitte eine Flasche Champagner«, sagte Hudson an mich gerichtet.

»Oh Hudson, das ist aber aufmerksam von dir.« Mrs. Holder

gab ihrem Mann einen Kuss auf die Wange und suchte dann in ihrer Handtasche nach etwas.

»Gern, Sir.« Äußerlich ruhig, aber innerlich angespannt, servierte ich den Schampus.

»Auf deinen Geburtstag. Happy Birthday, Schatz«, sagte Hudson feierlich.

Alle hoben ihre Gläser und stimmten in seinen Trinkspruch mit ein.

»Und jetzt erzähl mal, Noah. Wer ist deine geheimnisvolle Freundin und wann lernen wir sie endlich kennen?« Mrs. Holder stellte ihr Glas ab und sah aufmerksam ihren Sohn an.

Ja, Noah, erzähl mal. Ich schenkte den Champagner absichtlich langsam nach.

Er lehnte sich zurück, kreuzte die Arme und blickte mich herausfordernd an. »Sie muss leider arbeiten, aber als Ersatz ist ja zum Glück Lynn hier.«

Provozierend legte er seinen Arm um Blondis Schulter und grinste mich einen Moment frech an, bevor er ihr einen Kuss auf die Schläfe drückte. Mistkerl! Offensichtlich hatte er kapiert, warum ich sauer war, aber musste er mich damit auch noch reizen?

Mrs. Holder seufzte. »Schade, ich hätte sie gern getroffen.«

»Manchmal sind die Personen näher, als man glaubt, Mom.«

Lynn runzelte die Stirn. »Was meinst du damit?«

»Das, was ich sage.« Noah grinste wieder. Ich warf ihm einen bösen Blick zu.

»Und wie ist sie so? Ich hoffe, sie ist nicht so wie die Miezen, die du sonst so an der Backe hast«, meinte Lynn optimistisch.

Noah lachte. »Doch, sie ist durch und durch eine Mieze, aber auf eine völlig andere Art.«

Ich funkelte ihn an, was ihn nur noch mehr zum Schmunzeln brachte. Er schien dieses Spielchen zu genießen.

»Was ist eine Mieze?«, quakte Timi dazwischen.

»Eine Mieze ist –«, setzte Noah an.

Hudson räusperte sich. »Jetzt lasst uns endlich bestellen, ich habe einen Mordshunger.«

»Ich will Pommes«, rief der Knirps begeistert und hatte seine vorherige Frage schon vergessen.

Ich notierte die Menübestellungen und positionierte mich Noah gegenüber, damit ich ihm zeigen konnte, was ich von seinen Anspielungen hielt. Eigentlich war es witzig, dass Mrs. Holder mich immer noch nicht bemerkt hatte. Wahrscheinlich war sie so auf ihre Familie konzentriert, dass sie mich nicht wahrnahm.

»Ich hätte gern den Seelachs«, sagte Mr. Holder, zog seine Lesebrille ab und gab sie seiner Frau.

»Und für mich bitte das Branzinofilet.« Mir klopfte das Herz, als Noahs Mom mit dem Finger auf die Karte deutete und kurz zu mir aufschaute. Aber sie erkannte mich nicht.

»Und wir nehmen die Spaghetti-Variationen und die Muscheln, oder, Noah? Das letzte Mal warst du doch so begeistert davon«, vergewisserte sich Lynn.

Sie war also schon mal mit ihm hier gewesen? Wer war sie? Etwa eine ehemalige Flamme?

»Klar«, gab er knapp zurück.

Seit wann mochte er denn Muscheln? Mir hatte er erzählt, dass er das glibberige Zeug nicht ausstehen konnte. Egal, ich würde ihm seine Muscheln und die Spaghetti servieren.

Froh, endlich aus dem Blickfeld der Holders verschwinden zu können, ging ich in die Küche und gab die Bestellungen weiter. Ich verschaffte mir eine Pause, indem ich mich um die anderen Tische kümmerte. Sie unterhielten sich angeregt, und jedes Mal, wenn ich in ihrer Nähe war, lauschte ich. Noah erzählte vom Scheich Hadschi, der zurzeit hier im Hotel weilte.

Ich bekam das Zeichen aus der Küche, dass das Essen auf dem Servierwagen bereitstand. Unauffällig schob ich den Wagen in eine Nische. Unter meiner Schürze holte ich die Cayennemühle hervor, die ich aus der Küche stibitzt hatte, hob die Servierhaube an und streute eine große Portion über Noahs Spaghetti. Diesmal grinste ich diabolisch.

»Guten Appetit«, wünschte ich allen, ganz besonders Noah, und stellte mich an die Theke, wo ich den besten Platz hatte, um ihn zu beobachten.

Er schien Kohldampf zu haben, denn er wickelte mit der Gabel eine riesige Portion Nudeln auf. Er führte die Gabel zum Mund. Ich hing so gebannt an seinen Lippen, dass ich meinen Mund ebenfalls öffnete und wartete. Ich hielt den Atem an, als er kaute. Er stockte, sah hinunter auf seinen Teller und griff nach der Serviette, um die scharfen Nudeln auszuspucken. Das war der Moment, als ich mich nicht mehr beherrschen konnte und laut losprustete. Besorgt beugten sich Lynn und Mrs. Holder zu ihm, aber Noah wiegelte ab und suchte meinen Blick. Er wusste genau, wem er das Feuer in seinem Mund zu verdanken hatte. Äußerst zufrieden schenkte ich ihm ein entzückendes Lächeln.

Nachdem er sein und Lynns Wasserglas geleert hatte, murmelte er irgendwelche entschuldigenden Worte und kam mit düsterem Gesichtsausdruck auf mich zu.

Oh oh! Hastig floh ich in den Flur und wollte mich auf der Damentoilette verstecken, aber bevor ich die Tür erreichte, hatte Noah mich schon eingeholt.

»Du kleine, hinterlistige ...«, zischte er, packte meinen Arm und sah sich kurz um. Dann schob er mich in einen Vorratsraum, schaltete das Licht ein und schloss die Tür.

»Noah! Was tust du?«, fauchte ich ihn an.

»Das Gleiche könnte ich dich fragen. Was zur Hölle ist los?«

Der Raum war für zwei viel zu eng, und mit nur einem halben Schritt rückwärts spürte ich das Regal im Kreuz. Das schien Noah nicht zu stören. Er trat dicht an mich heran und schaute auf mich herab.

Davon ließ ich mich nicht einschüchtern und tippte mit dem Zeigefinger auf seine Brust. »Klär du mich doch erst mal auf, was das mit Blondi zu bedeuten hat.«

»Blondi?« Amüsiert grinste er mich mit offenem Mund an. »Bist du etwa eifersüchtig, Catherine?«

Ich hasste es, wenn er mich mit vollem Namen ansprach. »Das ist nicht lustig, Noah! Wie würdest du reagieren, wenn ich mit einem gutaussehenden Kerl mitten in der Lobby rumknutschen würde?«

»Den Arsch würde ich kaltmachen.«

»Ha! Siehst du? Und wieso sitzt sie mit euch am Tisch? Und wieso hast du mir nicht gesagt, dass deine Familie kommt? Bis jetzt hat deine Mom mich nicht wahrgenommen, aber das kann sich –«

»Jetzt mal langsam«, unterbrach er meinen Redefluss und legte seinen Finger auf meine Lippen. Sofort verstummte ich. »Erstens: Hudson hat Mom zum Geburtstag mit dieser Reise nach San Francisco überrascht. Sie sind nur für einen Kurztrip hier, und bis vor zwei Stunden war ich genauso ahnungslos wie du. Zweitens: Lynn ist Hudsons Nichte, also meine Cousine, und wir haben überhaupt nicht geknutscht. Wie kommst du darauf? Und falls es dich interessiert, sie steht nicht auf Typen.«

Für einen Moment starrte ich ihn an. Sie war seine Cousine und stand nicht auf Männer? Das musste ich erst mal schlucken. »Ich wollte zu dir und reden, da habe ich euch am Fahrstuhl gesehen.«

»Es gibt keine Frau, die dir gefährlich werden könnte, Babe.« Mit seinem Daumen strich er sanft über meine Wange, und seine Worte legten sich wie warmer Honig auf meine Seele. »Es tut mir leid wegen gestern. Ich habe überreagiert und meinen Frust an dir ausgelassen.«

»Ganz ehrlich, Noah, von deinen Stimmungsschwankungen krieg ich noch ein Schleudertrauma.«

»Billy ist ein gefährlicher Mann, und ich wollte nicht, dass er von dir erfährt, weil du meine Schwachstelle bist. Je weniger er über dich weiß, desto besser. Und als du mal wieder nicht auf mich gehört hast ...« Er seufzte. »Verzeihst du mir?«

Ich sah ihm in die Augen. »Du hast den Pfeffer trotzdem verdient.«

Er grinste. »Das war ziemlich übel.«

»Und Lynn? Wieso küsst sie dich so? Ich meine, ist das nicht irgendwie seltsam?«

»Lynn ist schon etwas speziell, aber sie hat mir nur einen dicken Knutscher auf die Wange gegeben. Sie ist ein wenig verrückt, aber wenn man sich an sie gewöhnt hat, ist es gar nicht so schlimm.«

Das soll ein Kuss auf die Wange gewesen sein? Das sah aber vorher anders aus oder hatte ich mich getäuscht?

»Kann ich jetzt wieder an die Arbeit?« Er schmunzelte und schüttelte den Kopf. »Noah ...«, sagte ich im warnenden Ton.

Er drückte sich näher an mich, dabei wanderte sein Blick zu meinem Mund. Sofort knisterte die Luft zwischen uns. Sein Dreitagebart verlieh ihm so viel Sexappeal, dass ich mir unwillkürlich über die Lippen leckte. Prompt reagierte mein Körper. Das blieb ihm nicht verborgen.

»Was machst du nur mit mir, Cat?«, flüsterte er rau. Er strich eine Haarsträhne aus meinem Gesicht. Ich hielt den Atem an und konnte es nicht erwarten, bis er mich endlich küsste. Aber dann hörte ich Geräusche von draußen. Ich schluckte meine Lust hinunter und schüttelte den Kopf. »Wir sollten nicht ...«

»Ich weiß«, murmelte er, aber da drang seine Zunge schon gierig in meinen Mund, und ich bekam weiche Knie. Ich schlang meine Arme um seinen Hals und presste ihn noch näher an mich. Da war wieder das Licht, das er in mir entzündete, das mich hell und warm erleuchtete. Schauer der Erregung fegten über mich hinweg, während seine Hände über den Stoff meiner Bluse glitten, meinen Busen kneteten und er geschickt die Knöpfe öffnete. Seufzend drängte ich mich gegen ihn und spürte die Härte in seinem Schritt. Gott!

»Noah ...«, raunte ich leise, wollte protestieren, aber uns war beiden klar, dass mein Aufstand zu schwach war und nichts nutzte.

Als meine Bluse offen war, strich Noah mit der flachen Hand über meine Haut und steckte mich vollkommen in Brand. Er zog das Körbchen meines BHs herunter, küsste und umspielte meine Brustwarze mit seiner Zunge. Er saugte und biss mich, bis ich vor Wonne stöhnte. Seine Hand glitt zwischen meine Beine, rieb genau über die Stelle, die pulsierte und sich nach mehr sehnte.

Plötzlich wurde die Tür aufgerissen und Mr. Wilson stand mit großen Augen vor uns. Erschrocken fuhren Noah und ich auseinander. »Ms. Spence! Ich bin entsetzt!«

Gelassen strich Noah sein Hemd glatt und drehte sich zu ihm um. »Nicht doch! Kein Grund, sich aufzuregen. Ich habe lediglich eine Sicherheitsinspektion bei Ms. Spence durchgeführt. Sicherheit geht schließlich vor.«

Ich prustete los und war erstaunt, wie viel Coolness er an den Tag legte. Ich beeilte mich, meine Bluse zuzuknöpfen.

Mr. Wilson schnappte nach Luft, schaute abwechselnd von mir zu Noah, dann drohte er uns mit dem Finger. »Das wird ein Nachspiel haben, Mr. Holder. Und Sie gehen gefälligst zurück zur Arbeit.«

Wütend rauschte er davon.

Ich biss mir auf die Unterlippe. »Wir machen es ihm wirklich nicht leicht, uns zu mögen.«

Ich schloss die Besenkammer hinter mir.

»Also *ich* finde mich liebenswert.«

»Du bist ein eingebildeter Vogel, Noah Holder.«

Er grinste mich so selbstsicher an, dass ich nur mit dem Kopf schütteln konnte. »Du schuldest mir wahrscheinlich einen Job.«

»Und du mir ein oder zwei Orgasmen, Catherine Spence.« Mir klappte der Mund auf. »Komm, meine Mom wird sich schon fragen, wo ich so lange bleibe.« Ich zögerte, was Noah nicht verborgen blieb. »Seit wann bist du so schüchtern? Sie wird sich freuen, dich wiederzusehen.«

Er lächelte sanft und streckte mir seine Hand entgegen. Noch bevor ich darüber nachdenken konnte, nahm er meine, verflocht unsere Finger und führte mich ins Restaurant zu seiner Familie.

Cat

Ich spürte Mr. Wilsons Blick im Rücken, als Noah und ich Hand in Hand durchs Restaurant zu seiner Familie liefen. Falls ich wieder gefeuert werden sollte, konnte ich es absolut nachvollziehen. Während der Arbeitszeit eine Nummer in der Besenkammer schieben zu wollen, war einfach zu gewagt. Was hatten wir uns nur dabei gedacht?

Nervös zupfte ich an der Schürze, als wir am Tisch der Holders standen. Noah bemerkte, wie aufgeregt ich war, und streichelte mit dem Daumen beruhigend über meinen Handrücken.

»Mom?« Lächelnd schaute sie zu ihrem Sohn auf. Jetzt waren alle Augen auf mich gerichtet. »Erinnerst du dich?«

Es dauerte einen Moment, aber als sie mich erkannte, erstarb ihr Lächeln und sie griff sich an die Brust. Ihr klappte buchstäblich der Mund auf. »Cat? Catherine Spence? Mein Gott!«

»Hallo Mrs. Holder«, sagte ich scheu. »Herzlichen Glückwunsch zum Geburtstag.«

»Ich kann es nicht glauben. Cat!«, rief sie aus, blickte verdutzt zu Noah und wieder zu mir. Sie stand auf, trat um den

Tisch und umarmte mich fest. Ich schluckte, überrascht von ihrer Reaktion. Sie löste sich von mir, hielt mich auf Armeslänge und inspizierte mich von Kopf bis Fuß. »Wie erwachsen du geworden bist, und wie wunderschön! Wie lange haben wir uns nicht mehr gesehen?«

»Sechs Jahre.«

»Mein Gott, ich kann es immer noch nicht fassen. Was machst du in San Francisco?«

Ich lachte. »Arbeiten. Ich bin hier Kellnerin.«

»Und du hast es gewusst und nichts gesagt?«, wandte sie sich vorwurfsvoll an Noah.

»Du hast dir doch gewünscht, meine Freundin zu treffen«, entgegnete er.

Seiner Mutter stand die Verwirrung ins Gesicht geschrieben. »Deine … Freundin? Also, ihr zwei macht mich sprachlos.«

»Dann nutze ich mal die Gelegenheit. Ich bin Hudson.« Er erhob sich und streckte mir seine Hand entgegen. »Schön, dich kennenzulernen.«

»Ich freue mich ebenfalls.« Das war der Mann, der großen Einfluss auf Noah hatte, der ihm bei seiner Veränderung zur Seite gestanden hatte und ihm ein guter Vater und Freund geworden war.

»Das sind Lynn, meine Nichte, und Timi, unser Sohn.«

»Hi«, begrüßte ich die beiden am Tisch, und sofort hatte ich ein schlechtes Gewissen, weil ich Lynn heute – keine Ahnung wie oft – zum Teufel geschickt hatte. Aber sie lächelte und schien die Situation amüsiert zu genießen.

»Du bist doch die Bedienung, oder?«, fragte der Kleine. »Gehörst du jetzt auch zur Familie?«

»Nein, ich bin die Freundin deines großen Bruders.«

Kurz überlegte er. »Dann knutscht ihr auch?«

Er hielt sich kichernd beide Hände vor den Mund.

»Die werden noch ganz andere Dinge tun, aber das lernst du später«, mischte sich Lynn ein.

»Lynn!«, warnte Noahs Mom. »Wenn man verliebt ist, dann küsst man sich, weil es ein schönes Gefühl ist«, erklärte sie. »Das ist ganz normal. Entschuldige, Cat, Kindermund.«

Ich winkte ab. »Ist schon in Ordnung.«

»Hey, kannst du mir jetzt wieder ein Eis bringen?« Mit seinen kugelrunden Augen sah er mich bittend an.

»Wenn deine Eltern es dir erlauben.«

Ungeduldig schaute er zu ihnen.

»Das heißt aber nicht ›Hey‹, junger Mann«, tadelte Mrs. Holder ihren Sohn.

»Entschuldige.«

»Schon gut.« Die Art, wie er mich ansah, war so süß, dass man ihm nicht lange böse sein konnte. Er war Noah wirklich sehr ähnlich.

»Darf ich jetzt?«

Sie seufzte grinsend. »Ausnahmsweise.«

»Gut, kommt sofort.« Bevor ich ging, hielt Mrs. Holder mich am Arm fest. »Wann hast du Feierabend? Willst du dich nicht zu uns setzen?«

Vorsichtig wagte ich einen Blick zu Mr. Wilson, aber daran konnte ich nach der Sache in der Besenkammer nicht mal denken. »Das wird wahrscheinlich heute nicht klappen, aber ich bin sicher, wir sehen uns.«

»Das würde mich freuen. Du musst mir unbedingt erzählen, wie es euch allen geht.«

»Wir finden ganz sicher eine Gelegenheit.«

Sie zog mich noch mal an sich. Es tat gut, von einer vertrauten Person von damals so herzlich umarmt zu werden. Im Stillen ärgerte ich mich über die Scheu, die ich anfangs gehegt hatte. Mrs. Holder freute sich wirklich, mich wiederzusehen.

»Bis später, Babe.« Noah küsste mich auf den Mund, bevor er sich zu seiner Familie setzte.

Gelöst und happy servierte ich den Nachtisch. Noahs kleiner Bruder gähnte laut, und dann herrschte Aufbruchsstimmung.

»Leute, es wird Zeit. Wir müssen alle früh raus, wenn wir morgen unseren Ausflug machen wollen. Es wird ein anstrengender Tag werden«, meinte Hudson zu seiner Frau.

»Du hast recht, Liebling.« Mrs. Holder stand auf und wandte sich an mich. »Ach Cat, lass dich noch mal drücken. Arbeite nicht mehr so lange.«

»Ich werde es versuchen.«

»Cat, wir sehen uns sicher morgen.« Hudson schüttelte kurz meine Hand und lächelte.

»Hast einen echt hübschen Fang gemacht, Noah. Ich bin mir aber nicht sicher, ob du sie dir auch verdient hast«, sagte Lynn und schlug ihrem Cousin auf den Oberarm.

Noah schaute auf mich herab. »Das weiß ich auch nicht.«

»War nett, Cat. Ich hoffe, wir sehen uns noch.«

»Bestimmt.«

Noah grinste und zuckte mit den Brauen. »Bis nachher, Babe. Ich hole dich ab.«

Sein rauer, sexy Ton ging mir unter die Haut, sodass ich errötete. Peinlich berührt, weil Hudson uns beobachtete, wusste ich nicht, wohin ich schauen sollte, und war froh, als sie das *Ivy Blue* verließen.

Während der restlichen Schicht musste ich über den Tag nachdenken. Er war geprägt gewesen von Hochs und Tiefs, wie bei einer Achterbahnfahrt. Obwohl mir wahrscheinlich noch ein großes Donnerwetter von Wilson bevorstand und er mich endgültig rausschmeißen würde, war ich froh, Noahs Familie kennengelernt zu haben. Es stimmte mich traurig, wenn ich an meine eigene dachte. Noah hatte wirklich Glück gehabt.

Endlich Feierabend. Müde lief ich zum Aufenthaltsraum, löste die Schlaufe meiner Schürze und schloss den Spind auf.

»Bis morgen, Cat«, rief Frank beim Hinauslaufen und war auch schon weg.

»Ja, bis morgen.« Ich beeilte mich ebenfalls, zog meine Handtasche heraus, da flatterte etwas zu Boden. Es war ein Stück Papier, und ich wusste sofort, was es damit auf sich hatte.

Du wagst es, Menschenleben so leichtfertig aufs Spiel zu setzen, und widersetzt dich meinen Forderungen? Ich hatte dich mehrfach aufgefordert, nach Pleasant Hill zurückzugehen, wo du hingehörst. Es scheint, dass du vergessen hast, wie sich Schmerz anfühlt. Du kennst doch das Sprichwort: ›Wer nicht hören will, muss fühlen.‹ Es war deine Entscheidung zurückzukommen, Catherine. Jetzt trägst du die Konsequenzen. Du wirst endlich lernen, mich nicht länger zu ignorieren.

Mein Herz raste, als ich die Nachricht zum dritten Mal las, bevor ich ihren Inhalt verstand. Wie grausam! Wie hinterlistig und abgrundtief böse! Der Rosenstalker war der Teufel. Blanke Angst kräuselte sich in meinem Magen, um die Menschen, die mir etwas bedeuteten – Noah, Dad, Grandpa, Inma ...

Woher wusste dieses Schwein so gut über mich Bescheid? Er musste hier gewesen sein. Vielleicht kannte ich ihn. Wie hatte er den Spind unbemerkt öffnen und die Nachricht dort verstecken können? Hatte er etwa einen Generalschlüssel? Hektisch durchsuchte ich den Schrank nach weiteren Hinweisen.

»Stimmt etwas nicht, Ms. Spence?«

Ich fuhr herum und schaute direkt in Mr. Wilsons Gesicht. Er stand so dicht hinter mir, dass ich unwillkürlich zurückwich. Den Drohbrief verbarg ich hinter dem Rücken. »Mr. Wilson ...«

Sekundenlang starrten wir uns an. Was tat er hier? Er kam

doch sonst nie in den Aufenthaltsraum. Sollte ich ihm von der neuen Drohung erzählen? Schließlich hatte sich jemand am Spind zu schaffen gemacht.

»Ich würde mich gern mit Ihnen unterhalten.«

»Und worüber?« Ich stutzte, und mit dem nächsten Herzschlag tauchte der Gedanke auf, der mir Angst machte. Wilson war die Person mit einem Generalschlüssel für alle Schränke. Er war auch von Anfang an nicht begeistert gewesen, dass man mich einfach so eingestellt hatte. War es möglich, dass er ...? Ich war durcheinander, konnte nicht klar denken.

Er neigte den Kopf schief und musterte mich misstrauisch.

»Was ist mit Ihnen? Alles in Ordnung?«, fragte er seltsam scheinheilig, und ein Lächeln zuckte an seinem Mundwinkel.

Dieser Singsang in seiner Stimme verursachte mir Gänsehaut. Mein Instinkt riet mir, hier sofort zu verschwinden. Ich riss mich zusammen und räusperte mich. »Worüber wollen Sie mit mir reden?«

Er verschränkte die Hände hinterm Rücken. »Nun, Ms. Spence, wir hatten nicht den besten Start, und vielleicht habe ich mich in Ihnen getäuscht.« Ich runzelte die Stirn. »Ihre Affäre mit Mr. Holder und der Vorfall heute Abend könnten Sie den Job kosten.«

»Worauf wollen Sie hinaus?«

Er kam mir unangenehm nahe und schielte in meinen Ausschnitt. »Ich habe Sie beobachtet, meine Liebe. Sie sind eine ausgesprochen hübsche junge Frau. Sie kennen bestimmt das Sprichwort ›Eine Hand wäscht die andere‹. Ich dachte, wenn Sie zukünftig nett zu mir sind, bin ich nett zu Ihnen.«

Er leckte sich mit der Zunge die Lippen. Ekel stieg in mir hoch, und ich unterdrückte einen Würgereiz. »Ich kann meinen Job behalten, wenn ich im Gegenzug mit Ihnen ... schlafe?«

Er lächelte erfreut. »Du bist ein schlaues Mädchen,

Catherine. Ein paar Gefälligkeiten könnten dich vielleicht sogar befördern, wenn du deine Sache gut machst.«

Ich schluckte den Anflug von Panik hinunter und versuchte cool zu bleiben. »Okay ... Jetzt gleich?«

»Warum nicht? Zeig mir erst mal, was du kannst.« Er fummelte an seinem Hosenbund herum.

Am liebsten hätte ich ihm vor die Füße gekotzt.

»Warten Sie, für solche Fälle habe ich immer etwas dabei«, sagte ich und kramte in meiner Handtasche.

Als ich den Gegenstand mit zittrigen Fingern endlich zu greifen bekam, zog ich ihn blitzschnell heraus. Eine geballte Ladung Pfefferspray landete direkt in Wilsons Augen.

Plötzlich war der Aufenthaltsraum von seinem Geschrei erfüllt. Er krümmte sich und hielt sich die Hände vors Gesicht.

Mein Herz raste, und mit der Selbstbeherrschung war es vorüber. »Sie mieses Schwein!«

Mit aller Kraft verpasste ich ihm einen Tritt und floh hustend, so schnell ich konnte. Vermutlich hatte ich von dem Pfefferspray selbst etwas abbekommen. Ich rannte den Flur zum Personalausgang entlang, checkte mit zittrigen Fingern aus und stieß die Tür auf. Hektisch sah ich mich nach Noah um.

Er unterbrach sein Gespräch mit Mr. Owen, dem Chef-Portier, und merkte sofort, dass etwas nicht stimmte. »Cat? Cat, was ist los?«

»Ruf die Polizei«, schrie ich keuchend.

***

Noah hatte sofort die Polizei und zur Sicherheit einen Krankenwagen gerufen. Wilson war festgenommen worden. Ich war froh, dass die Wirkung des Pfeffersprays noch anhielt und er praktisch blind war, als man ihn abführte.

Erst nachdem ich dem Notarzt mehrfach versichert hatte, dass mir nichts fehlte, sah er davon ab, mich zu einer Untersuchung mit ins Krankenhaus zu nehmen. Mir ging es gut, und meine Lungen hatten sich durch den Sauerstoff beruhigt, den der Notarzt mir verabreicht hatte. Jetzt kämpfte ich nur noch mit dem Schock, der mir in den Gliedern saß. Das ganze Spektakel war nicht unbeobachtet geblieben, und die Nachricht, dass Wilson verhaftet worden war, verbreitete sich wie ein Lauffeuer unter den Angestellten. Eine Menschentraube hatte sich vor dem Personaleingang versammelt, sodass Mr. Robinson mit seinen Jungs Mühe hatte, sie aufzulösen.

Inma, Spike und Noah standen bei mir am Krankenwagen.

»Das hätte ich niemals von Wilson gedacht«, meinte Inma. »Ich habe geglaubt, dass er schwul ist oder so was.«

»Der wird so schnell nicht mehr zurückkommen. Ich habe immer vermutet, dass mit dem etwas nicht stimmt.« Spike hatte die Arme vor seinem bauchfreien T-Shirt verschränkt.

»Warten wir ab, was der Detective sagt.« Noah nickte Richtung Weather, der etwas abseits stand und telefonierte.

Jetzt beendete er das Gespräch und kam auf uns zu. »Ms. Spence, geht es Ihnen gut?«

»Ja, ich bin okay.«

»Sehr gut. Wenn Sie möchten, können wir Ihre Aussage auch in Ihrem Appartement aufnehmen.«

»Ja, gern. Ich bin froh, wenn ich gehen kann.«

»Sollen wir mitkommen?« Inma war schon im Bett gewesen und mir, seit sie hier war, nicht von der Seite gewichen.

»Schon gut. Noah ist bei mir.«

»Bist du sicher?«

»Ja. Geht schlafen, ihr müsst morgen früh aufstehen.«

»Na gut, aber du rufst mich an, wenn du mich brauchst.«

»Natürlich.« Wir umarmten uns, und ich sah Inma an, dass

sie sich Sorgen machte. Ich stand auf und gab dem Notarzt die Decke zurück, die er mir um die Schultern gelegt hatte. »Wir sehen uns morgen.«

In meiner Wohnung beantwortete ich alle Fragen im Detail, die Weather mir stellte. Den neuen Drohbrief hatte er ins Labor bringen lassen, aber der Detective hatte nicht viel Hoffnung, dass diesmal Spuren zu finden waren. Ich betete für einen Fingerabdruck oder irgendeine DNA, mit der man Wilson oder wen auch immer überführen konnte.

Mittlerweile hatte ich mich beruhigt und konnte sachlicher über alles nachdenken. Dass Wilson hinter dem Rosenstalker steckte, bezweifelte ich inzwischen. Auch wenn ich ihn nicht gerade auf meine Freundesliste setzen würde, gab es einige Punkte, die dagegensprachen. Die ersten Rosen hatte ich vor meinem ersten Arbeitstag bekommen, und für den Maître war ich eine wildfremde Person. Er kannte mich nicht, und es gab andere, leichtere Wege, mich loszuwerden.

»Wie es aussieht, können wir Mr. Wilson erst mal festsetzen«, verkündete Weather. »Wir konnten ihn vorläufig als tatverdächtig festnehmen, aber falls wir keine Verbindung zu den Gewalttaten, den Drohbriefen und all den anderen Verbrechen nachweisen können, steht nur noch der Vorwurf der sexuellen Erpressung gegen ihn im Raum.«

»Und was bedeutet das?«, wollte ich wissen.

»Falls wir dem Staatsanwalt keine Beweise liefern, wird Wilsons Anwalt ihn bald wieder draußen haben.«

»Wilson hat Catherine heute Abend erpresst, genötigt und sexuell belästigt. Und falls er doch etwas mit dem Rosenstalker zu tun hat, gibt es genügend Verbrechen, die auf sein Konto gehen: Einbruch, Nötigung, schwere Körperverletzung.«

»Wir müssen ihm eine eindeutige Verbindung nachweisen, bevor er länger einsitzt.«

»Angenommen, er ist nicht der Täter, wie sieht es mit Polizeischutz für Cat aus?«, wollte Noah wissen.

Weather nickte. »Wenn das der Fall sein sollte, werde ich bei einem Richter versuchen, Schutz für Ms. Spence zu beantragen. Ob wir das dann bewilligt bekommen, hängt vom Richter ab. Abgesehen davon wäre der Polizeischutz zeitlich begrenzt und gilt dann nur für Ms. Spence allein. Catherine, Sie sollten auf jeden Fall Anzeige gegen Mr. Wilson wegen Erpressung und sexueller Belästigung erstatten. Das sind keine Kavaliersdelikte. Eine Verfügung, dass er sich Ihnen nicht nähern darf, kann manchmal Wunder bewirken.«

Ich nickte und fragte mich, welche Auswirkungen diese Sache auf das *Ivy Blue* haben würde. Spätestens morgen würden alle im Hotel erfahren, was heute Abend geschehen war.

»Gut, dann wäre so weit alles geklärt. Rufen Sie mich an, wenn irgendetwas sein sollte. Ich tue, was ich kann, Ms. Spence«, versprach Detective Weather und legte zum Abschied eine Hand auf meinen Arm.

»Danke.«

Ich sehnte mich nach einer Dusche. Auch wenn Wilson mich nicht angefasst hatte, fühlte ich mich schmutzig. Bei dem Gedanken an das, was er vorgeschlagen hatte, wurde mir immer noch schlecht. Ob er sich mit dieser Masche auch an andere Mitarbeiterinnen herangemacht hatte?

Als der Detective gegangen war, trat Noah hinter mich und schlang seine Arme um meine Mitte. Ich stand am Fenster, und eine Weile schwiegen wir. Noahs Wärme und sein Duft hüllten mich ein.

»Wir sollten uns Gedanken machen, wie es weitergeht, falls Wilson freikommt«, murmelte er.

Ich drehte mich zu ihm. »Glaubst du, dass er seinen Job behalten wird?«

Er kniff die Lippen zusammen. »Ich weiß nicht. Ich denke, die Hotelleitung wird abwarten wollen, bis alle Fakten auf dem Tisch liegen. Wilson ist ein Schwein, keine Frage. Wenn ich gewusst hätte, wie er drauf ist ...« Noahs Muskeln spannten sich. »Ich denke nicht, dass er was mit der Drohung zu tun hat.«

»Was meinst du, wie kam der Brief in meinen Spind?«

»Keine Ahnung. Diese Person muss Zugang zum Personalbereich des Hotels haben. Lass uns mal durchspielen, wer sonst noch infrage kommen könnte.«

»Okay.« Ich überlegte, und mir fiel nur meine Vorgängerin ein, die entlassen worden war. »Was ist mit ... Wie hieß sie noch? Peggy Coleman?«

»Weather hatte sie überprüft, und sie war sauber. Was ist mit Inma?«, schlug Noah vor.

Ich runzelte die Stirn. »Inma hat mir den Job hier besorgt, hat mich bei sich aufgenommen. Sie ist meine beste Freundin, und ich kenne sie schon ewig.« Ich schüttelte den Kopf. »Warum sollte sie so etwas tun? Was ist mit Dylan?«

Jetzt sah Noah mich verständnislos an. »Wie kommst du denn auf ihn?«

»Wieso nicht? Inma hast du doch auch mit dem Thema verbunden.«

»Auf keinen Fall«, wies er entschieden zurück. »Für ihn lege ich meine Hand ins Feuer, ebenso für Mike. Taylor steht auf dich, er würde dir niemals etwas antun, und Dylan ... Er mag dich wirklich, Cat.«

»Und was ist mit Maja?«, warf ich ein.

Noah schüttelte den Kopf. »Maja ist ein feiner Mensch, manchmal eine Zicke, aber sie ist froh, dass du ihre Kollegin bist. Nachdem Peggy entlassen wurde, mussten sie und Frank für lange Zeit Überstunden schieben. Neulich hat sie dich bei sich aufgenommen, schon vergessen?«

Ich lachte. »Nein, ich wollte dich nur hochnehmen. Ich kann mir keinen von unseren Freunden vorstellen.«

»Die scheiden wirklich aus.« Noah kratzte sich am Kopf. »Was ist mit deinem Grandpa?«

»Den können wir gleich ausschließen, Martha ebenfalls.«

Noah senkte den Blick. »Was ist mit ... deinen Eltern?«

»Das ist lächerlich. Sie sind meine Eltern.«

»Aber dein Vater war dagegen, dass du herkommst, oder?«

Ich rollte mit den Augen. »Schon, aber nur, weil er nicht wollte, dass ich seinetwegen diesen Kellnerjob mache. Ich weiß, dass er insgeheim froh ist, dass ich bei ihm bin. Und Mom ...« Kurz dachte ich darüber nach. »Sie ist doch viel zu sehr mit sich selbst beschäftigt.«

»Wer bleibt dann noch übrig?«

»Du«, sagte ich mit fester und ernster Stimme.

»Na gut.« Er folgte grinsend meinen Überlegungen. »Gehen wir auch dieses Szenario durch.«

»Anfangs warst du alles andere als begeistert, dass ich hier bin, und hast sogar mal gesagt, ich sollte mir einen anderen Job suchen. Weißt du noch?«

Langsam drängte er sich an mich. »Das ist richtig, aber nur, weil du mich an die alten Zeiten erinnert hast, die ich eigentlich vergessen wollte. Und nachdem du mir den Kopf gewaschen hast und wir uns ausgesprochen haben, wollte ich, dass du nie wieder fortgehst.« Er hauchte einen zarten Kuss auf meine Lippen. »Ich könnte dir niemals so etwas antun, Cat. Niemals.«

»Ich weiß«, flüsterte ich und lehnte mich an seine Brust. »Wir müssen es allen sagen. Meine Familie und Freunde sollten wissen, dass sie vielleicht in Gefahr schweben.«

»Nur um sicherzugehen, solltest du trotzdem gegenüber allen Personen in deinem Umfeld misstrauisch bleiben.«

»Versprochen.«

18

Cat

Es war noch dunkel, als ich von Geräuschen im Wohnzimmer wach wurde. Noah lag wie üblich nicht neben mir. Ich warf einen Blick auf den Wecker und ließ mich wieder in die Kissen fallen – Viertel nach fünf. Mein Hals war wie ausgedörrt. Ich schlug die Decke zurück. Ich wollte mir etwas zu trinken holen und Noah, falls er sich doch aufs Sofa verkrümelt hatte, zu mir ins Bett bitten. Ich tapste hinaus und hielt im Flur inne, als ich ihn leise reden hörte.

»Als der Detective gegangen ist, habe ich versucht, Cat auf dieses Thema zu lenken, aber das war nicht so leicht. Er ist immerhin ihr Vater, und sie vertraut ihm zu einhundert Prozent. ... Wie stellen Sie sich das vor?«

Verwirrt blieb ich an der Schwelle stehen. Gedämpftes Licht hüllte den Raum ein. Noah stand in einer Jogginghose, die ihm tief auf den Hüften saß, vor dem Fenster und hatte mir den Rücken zugekehrt. Er telefonierte.

»Ich kann Cat nicht einfach sagen, dass ihr eigener Dad in die Sache verwickelt ist. Sie hatte schon Wilson, ihren Chef, als

Rosenstalker in Verdacht. ... Vermutlich würde sie mir kein Wort glauben, wenn ich ihr stecke, dass ihr Vater etwas damit zu tun hat. ... Nun gut, ich werde es versuchen. ... Bis dann«, flüsterte er, legte auf und ließ das Telefon sinken.

Sekundenlang stand ich wie vom Blitz getroffen da, versuchte das Gehörte einzuordnen. Ich starrte auf seinen Rücken. Sein Blick war noch immer zum Fenster gerichtet, doch mit einem Mal verspannten sich seine Muskeln, und er neigte den Kopf zur Seite. »Wie lange stehst du schon da, Cat?«

»Lange genug.« Ich versuchte die Worte, die er gerade von sich gegeben hatte, zu sortieren. Was zur Hölle ging hier vor sich?

Er drehte sich um und schloss für einen Moment die Augen. Gedehnt stieß er den Atem aus. »Ich kann es dir erklären«, begann er und fuhr sich durchs Haar. »An dem Tag, als du nach Pleasant Hill abgehauen bist, bin ich zu deinem Vater gefahren.«

Dann war also unser gemeinsamer Besuch nicht die erste Begegnung gewesen? Es tat weh zu erkennen, dass Noah mich belogen hatte. Ich verschränkte die Arme, und in mir brodelte es.

Langsam kam er auf mich zu und blieb direkt vor mir stehen. »Du hast erzählt, dass dein Vater nicht wollte, dass du nach San Francisco ziehst, und ich wollte den Grund dafür erfahren. Ich habe ihm gesagt, welche Probleme du hast, und ihm auch erzählt, dass du nach Pleasant Hill gereist bist.« Eindringlich sah er mich an. »Cat ... Was ich dir jetzt sage, wird wehtun, aber es ist die Wahrheit. Dein Dad belügt dich. Er kann normal sprechen und laufen, er ist nicht so krank, wie er uns alle glauben lässt ... Es könnte sein, dass er etwas mit dem Rosenstalker zu tun hat.«

Keuchend schüttelte ich den Kopf. Das wurde ja immer besser. Noah musste total übergeschnappt sein. »Was redest du für einen Blödsinn? Ernsthaft? Der Rosenstalker?«, fuhr ich schrill auf, zügelte aber sofort meinen Ton. »Mein Vater liebt mich. Ich bin alles, was er noch hat, warum sollte er so etwas tun? Er hat einen schweren Schlaganfall hinter sich. Er kann weder laufen noch richtig sprechen, geschweige denn sich allein versorgen. Du warst doch dabei, hast es selbst gesehen. Er sitzt im Rollstuhl. Er ist ein alter, wehrloser Mann!«

Er presste die Lippen aufeinander. »Das ist genau das, was wir glauben sollen. Es ist eine Lüge, Cat. Dein Vater ist nicht der, für den er sich ausgibt.«

War ich im falschen Film? Wie konnte er nur so etwas behaupten? Ungläubig musterte ich ihn, suchte eine Erklärung für seine lächerlichen Anschuldigungen. »Ich weiß ja nicht, was das alles zu bedeuten hat, aber kann es sein, dass du unter enormem Stress stehst und dir das nur einbildest?«

Noah schwieg, schaute lange und völlig ruhig auf mich herab. Seine entschlossene Miene, sein standhafter Blick und der überzeugte Ausdruck verunsicherten mich. Für einen winzigen Moment hielt ich inne, doch dann hatte ich wieder das Bild meines kranken Vaters vor Augen. Obwohl ich die Aufrichtigkeit in seinem Blick erkennen konnte, weigerte ich mich, ihm zu glauben, und lachte. Dabei hob ich abwehrend die Hände, wandte mich ab und lief zum Fenster. »Das ist doch lächerlich.«

Er kam mir nach und stellte sich vor mich, sodass ich ihn ansehen musste. »Du hast versprochen, mir zu vertrauen. Jetzt wäre der richtige Zeitpunkt.«

»Vertrauen? Ich gebe mir diesmal alle Mühe, nicht auszuflippen«, fuhr ich ihn an. Meine Gedanken rasten und suchten eine logische Erklärung, die Noahs Worte widerlegten. »Wie kommst du überhaupt auf die Idee, meinem Vater so etwas zu unterstellen?«

»Weil ich nach meinem Besuch bei ihm eine Weile vor seiner Tür stand und mitbekommen habe, wie er telefoniert hat. Und ich habe Schritte gehört.«

Mir entfuhr ein höhnisches Lachen. »Das ist alles?«, brauste ich auf. »Vielleicht war ja jemand bei ihm, ohne dass du es gemerkt hast. Was das Sprechen angeht: Manchmal hat Dad auch klare Momente, in denen er beinahe normal reden kann. Das ist noch lange kein Grund, ihn als Rosenstalker zu verdächtigen.«

Noah rieb sich über den Nacken. »Es gibt noch mehr, Cat.« Abwartend tippte ich mit den Fingern auf meinen Arm. »Vom Anwesen wurden etliche Anrufe von einem Prepaidhandy getätigt. Einige führten zum Blumengeschäft, das dir die Rosen ins Appartement gebracht hat, und ...« Er stockte. »Die gleiche Nummer hat auch John angerufen.«

Einen Moment musste mein Hirn das verarbeiten. »Woher willst du das alles wissen? Hat das die Polizei herausgefunden? Wieso hat Weather gestern kein Wort davon erwähnt?«

»Weil ich auf eigene Faust gehandelt habe. Ich ... habe einen Spezialisten beauftragt. Mit ihm habe ich gerade telefoniert.«

Mir klappte der Mund auf. »Du hast was?!« Einen Moment taxierten wir uns schweigend. »Du hast einen Privatdetektiv auf meinen Vater angesetzt? Bist du noch ganz dicht?«

»Er spielt dir etwas vor. Er belügt dich, und es sieht so aus, als hätten wir den wahren Rosenstalker gefunden. Du musst dich darauf gefasst machen, dass dir die Wahrheit nicht gefallen wird.«

Ich schüttelte erneut den Kopf und versuchte, das Chaos in mir zu sortieren. Noahs Worte waren wie ein reißender Fluss, der alles Beständige in meinem Hirn fortschwemmte. Die Vorwürfe klangen so abstrus, so abwegig, dass Noah ein Lügner sein *musste*. Aber da war auch ein winziger Zweifel, nur ein Hauch, der in mir keimte.

Je länger ich Noah ansah, desto mehr machte sich Enttäuschung in mir breit. Hinter meinem Rücken hatte er gegen meinen Vater agiert und mich belogen. Er verlangte Vertrauen, aber wie sollte ich ihm das schenken, wenn er sich so verhielt? Wer wusste schon, was Noah noch alles vor mir verbarg, welche Geheimnisse er hatte? Oder war er selbst Opfer des Rosenstalkers geworden, der jetzt dazu überging, uns gegenseitig auszuspielen? Hatte er ihn absichtlich auf eine falsche Spur geführt?

»Cat ...« Er wollte mich trösten, aber brauchte ich Abstand, um nachdenken zu können. Ich war so durcheinander, dass ich keinen vernünftigen Gedanken formen konnte. Ich war verletzt, fühlte mich verraten. »Babe ... « Er senkte den Blick. »Ich weiß, wie schrecklich das alles für dich sein muss.«

Er wollte mich berühren und hob die Hand, aber seine Nähe war jetzt das Letzte, was ich ertragen konnte. Ich wich zurück. Schmerz und Enttäuschung kochten in mir hoch. »Wieso tust du uns das an? Merkst du nicht, dass du alles kaputtmachst?«

Ich wandte mich ab, flüchtete ins Schlafzimmer und knallte die Tür hinter mir zu. Bestürzt ließ ich mich aufs Bett plumpsen. Mein Vater, der Rosenstalker – das war doch verrückt! Egal, was Noah mit diesem Spezialisten herausgefunden hatte, ich war mir sicher, dass das alles ein Missverständnis sein musste und sich aufklären würde. Mein armer Dad saß wehrlos im Rollstuhl, hatte die letzten Jahre schlimme Zeiten durchgemacht – niemand wusste das besser als ich. Ich hatte ihn gepflegt, war dabei gewesen, wie er sich ins Leben zurückgekämpft hatte. Es stimmte, dass unsere Beziehung früher nicht besonders innig gewesen war, aber seit seinem Schlaganfall hatte sich das geändert. Es war auch richtig, dass er nicht gewollt hatte, dass ich in diese Stadt zog, aber nur, weil er sich wünschte, dass ich wieder studierte, meine Zeit nicht bei einem alten Mann verbrachte, dem ich mich verpflichtet fühlte. Den

Geldhahn hatte Mom zugedreht, und Dad hatte irgendwann zugestimmt, weil er glaubte, mich so von meinem Plan abbringen zu können. Wie konnte Noah es wagen, so etwas von meinem Vater zu behaupten?

Es klopfte. »Cat? Ich kann verstehen, dass du Zeit brauchst, deshalb lass uns später darüber reden. Ich muss jetzt zur Arbeit, aber falls du –«

»Ich denke, du hast alles gesagt«, rief ich ihm gereizt zu, stieg aber doch vom Bett und riss die Tür auf. »Was hast du eigentlich erwartet? Dass ich dir erleichtert um den Hals falle, wenn du mir das irgendwann gebeichtet hättest? Hattest du überhaupt vor, es mir zu sagen? Was hast du noch für Geheimnisse? Du schließt mich aus, und ich weiß nicht, ob ich das ertragen kann.«

»Das ist nicht fair. Ich würde dir gern alles sagen, aber ...«

»Wieso stellst du dich dann nicht endlich deinen Blockaden? Du sagst, du liebst mich – kannst du denn nicht verstehen, wie weh das tut?«

»Doch, das weiß ich genau, und ich wünschte, ich könnte es ändern«, murmelte er ernst.

Hektisch wischte ich mir eine Träne von der Wange. »Ja, das wünsche ich mir auch.«

Noah presste die Lippen aufeinander und ballte die Hände zu Fäusten. Ich sah ihm seine Verzweiflung an, erkannte, wie sehr er gegen die Mauer ankämpfte, aber stets verlor. Er wandte sich ab, und ich hörte, wie die Tür ins Schloss fiel.

***

Ich saß auf dem Bett und betrachtete den Scherbenhaufen, aus dem mein Leben bestand. Abgesehen von den Sorgen, die mir der Rosenstalker bereitete, war mein Boss gestern zudringlich geworden. Nun war er verhaftet. Ich wusste nicht mal, ob es im *Ivy Blue* für mich weiterging, und langsam wurde mir klar, dass auch Noahs Geheimnisse und die daraus resultierenden Probleme größer waren, als ich es mir hatte vorstellen können. Was war zwischen Dad und Noah vorgefallen? Hatten sie sich gestritten? Was war der wahre Grund, warum Dad nicht wollte, dass ich mit Noah zusammen war? Wusste Dad von Noahs Verdächtigungen? Und wieso hatte Dad kein Wort zu den Übergriffen und Rosen gesagt? Er hatte sich doch bestimmt Sorgen gemacht, als er davon erfahren hatte. Auch wenn ich es nicht gerne zugab, aber jetzt, da ich länger über alles nachdachte, musste ich Noah recht geben: An der ganzen Sache stimmte etwas nicht.

Mein Handy klingelte. »Ja?«

»Guten Morgen, Ms. Spence. Hier spricht Mr. McDust von der Personalabteilung.«

Ich erinnerte mich an ihn. Er hatte mich damals eingestellt. »Guten Morgen.«

»Wie geht es Ihnen nach dem gestrigen Abend? Sie müssen bestimmt erschöpft sein.«

»Es ist nett, dass Sie anrufen. Mir geht es so weit gut.«

»Das freut mich zu hören, trotzdem würde ich Sie gern bis auf Weiteres freistellen. In solchen Fällen kommen die unerwünschten Nebenwirkungen meist später.« Warum sagte er nicht frei heraus, dass ich mal wieder suspendiert war? Doch er nahm mir gleich darauf den Wind aus den Segeln. »Auf keinen Fall möchte ich, dass Sie das falsch werten, Ms. Spence. Das ist kein Entlassungsgespräch. Wir sind voller Sorge um Sie, nachdem wir gehört haben, was gestern Abend passiert ist. Falls wir etwas für Sie tun können – ärztliche Hilfe oder irgendetwas anderes –, dann lassen Sie es uns wissen.«

Jetzt war ich wirklich baff. »Das ... ist sehr nett, danke.«

»Gut, dann erholen Sie sich. Bis bald.« Er legte auf.

Okay, vielleicht war es diesmal eine bessere Umschreibung von Suspendierung, aber immerhin war er freundlich gewesen. Ich raffte mich auf, nahm frische Kleidung aus dem Schrank und ging duschen. Dann borgte ich mir Inmas Wagen, denn ich musste dringend mit meinem Vater sprechen.

Gerade band ich mir das bunte Halstuch um, das mir Martha zum Geburtstag geschenkt hatte, als mein Handy erneut klingelte. »Hallo?«

»Ms. Spence? Hier ist Mr. Montgomery von der *Lakewood Residenz.*«

»Hallo.« Es musste etwas passiert sein. Der Leiter hatte mich noch nie angerufen.

»Es gab ... einen Zwischenfall in der Seniorenresidenz«, sagte er zögerlich, und ich hörte heraus, wie unangenehm ihm der Anruf war.

»Was für einen Zwischenfall?«, flüsterte ich ahnungsvoll.

»Es tut mir wirklich leid, aber ... Ich weiß nicht, wie das passieren konnte ... Ihr Vater wurde Opfer einer Messerattacke. Ich bin untröstlich, Ms. Spence.«

»Oh Gott! Bitte nicht!« Ich schlug mir die Hand auf den Mund und musste an die Drohung denken, die ich gestern erhalten hatte. Panik schnürte mir die Kehle zu. »Wurde er verletzt?«

»Äh ... ja, er ist bereits im Krankenhaus.«

Tausend Gedanken schossen mir durch den Kopf, und die Angst, die ich bei seinem Schlaganfall empfunden hatte, kam wieder in mir hoch. Damals saß ich auf dem College fest, konnte mich kaum konzentrieren und hatte solche Panik, auch ihn zu verlieren. Die gleiche Einsamkeit spürte ich nun dunkel und einnehmend in mir emporsteigen.

»Ms. Spence? Sind Sie noch da?«

Die Stimme holte mich aus meiner Schockstarre. »In welches Krankenhaus hat man ihn eingeliefert?«

»Ins *UCSF Medical Center.*«

»Danke.«

Ich legte auf, schlüpfte in meine Schuhe, schnappte meine Handtasche und stürzte aus der Wohnung. Meine Kehle war wie zugeschnürt, als ich mit zittrigen Händen versuchte, Inmas Wagen zu öffnen. Irgendwann schaffte ich es und gab Gas.

Wie durch ein Wunder fand ich gleich einen Parkplatz. Die ältere Dame am Empfangsschalter lächelte freundlich und suchte in aller Ruhe in ihrem Computer nach den Daten meines Vaters. »Er wird noch operiert, Ms. Spence. Bitte nehmen Sie doch im Wartebereich Platz.«

Eine Stunde später hatte ich Inma eine Nachricht geschrieben, vier Becher Kaffee getrunken und mir schließlich eine Schwester geschnappt, die am Ende des Flurs aus dem OP-Bereich gekommen war. Von ihr erfuhr ich, dass ich mich noch ein wenig gedulden musste. Ausgerechnet ich! Die Warterei kam mir wie eine Ewigkeit vor. Ich knabberte an meinem Daumennagel, tigerte unruhig auf und ab.

Endlich trat ein Mann in weißem Kittel in den Wartebereich.

»Familie Spence?« Fragend sah er sich zwischen den Anwesenden um.

»Ja, hier.« Sofort stand ich auf. »Was ist passiert?« Ich betete, dass es nichts Schlimmes war.

»Ich bin Dr. Falk, der behandelnde Arzt. Ihr Vater wurde mit einer tiefen Stichverletzung eingeliefert. Einige innere Organe sind verletzt.«

»Oh mein Gott!«

»Ja, die Polizei ermittelt bereits. Wir haben ihn operiert und die Wunde versorgt. Das kommt wieder in Ordnung.«

Erleichtert stieß ich den Atem aus, aber der Arzt verzog das

Gesicht, als wäre er noch nicht fertig. »Die Operation ist an sich gut verlaufen, aber wir haben festgestellt, dass er seit Längerem ein prolongiertes reversibles ischämisches neurologisches Defizit, kurz PRIND, hat. Er ist jetzt stabil.«

Mir wurde übel. »PRIND?«

»Ja, das entsteht bei einer Durchblutungsstörung. Das sind vorübergehende neurologische Ausfallerscheinungen, die meistens vor einem Schlaganfall auftreten. Manchmal lösen sie einen Hirninfarkt aus«, erklärte Dr. Falk. »Das versuchen wir jetzt zu verhindern. Er ist ansprechbar, hat aber eine halbseitige Lähmung und einen völligen Sprachausfall, was in ein paar Wochen abklingen sollte.«

»Kann ich zu ihm?«

»Ja. Kommen Sie.« Ich folgte dem Arzt durch den Flur und hatte genauso weiche Knie wie damals. »Wir haben die persönlichen Sachen Ihres Vaters hier.« Dr. Falk deutete auf eine Schrankreihe, die mit Nummern versehen war. Er gab mir den Schlüssel, dann durfte ich zu Dad.

Tränen schossen mir in die Augen, als ich seinen Anblick in mich aufnahm. Er war an Überwachungsgeräte und Schläuche angeschlossen, die aus seinem Körper kamen. Sein Gesicht war fahl und bleich. Es war wie ein Déjà-vu. Der gleiche sterile Geruch und die gleichen Geräusche – die gleiche Angst von damals.

Eine Schwester wies auf einen Stuhl an seinem Bett. »Ihr Vater schläft die Narkose noch aus, aber ich denke, er wird bald aufwachen.«

Sie lächelte freundlich. Ich nahm Dads Hand in meine. Seine Finger waren kalt. Ich streichelte darüber und wärmte sie. Er war so erschreckend bleich. »Ich bin hier, Dad«, flüsterte ich. »Was ist nur passiert? Ich lasse dich nicht allein, hörst du?«

Seine Brust hob und senkte sich gleichmäßig, aber seine

Augen blieben geschlossen. Dad war stark, würde den Kampf wieder aufnehmen und es irgendwie schaffen – er musste.

Das plötzliche Zucken seiner Finger riss mich aus den Gedanken. Ich sah auf und blickte in seine vertrauten Augen.

»Hey Daddy«, sagte ich lächelnd.

Er versuchte zu sprechen, aber er brachte nur ein unverständliches Wimmern heraus.

»Sch ... nicht reden, das strengt dich zu sehr an. Du bist im Krankenhaus. Dr. Falk hat dich operiert und meint, dass die Wunde heilen wird. Hast du Schmerzen?« Er drückte zweimal mit der gesunden Hand. So hatten wir es früher auch gemacht – einmal für Ja, zweimal für Nein. »Sehr gut.«

Tausend Fragen lagen mir auf der Zunge, die ich aber zurückhielt. Damit konnte ich ihn jetzt nicht belasten, er hatte genug mit sich selbst zu kämpfen.

Eine Träne rann aus seinem Auge, die ich behutsam fortwischte. Ich hatte ihn noch nie weinen sehen, außer an Beckys Beerdigung. Ich schluckte, riss mich zusammen, versuchte stark zu sein.

»Mach dir keine Sorgen, Dad. Du kriegst das hin. Es wird alles gut werden. Du wirst es auch diesmal schaffen.« Dabei wusste ich genau, wie leicht es war, so etwas zu sagen. Die Realität sah anders aus und war von viel Geduld, Schmerz und Arbeit geprägt.

Er wich meinem Blick aus, schien enttäuscht, deprimiert und traurig zu sein. So gut es ging, versuchte ich ihn zu trösten. Ich hielt seine Hand und hasste das Gefühl, nichts tun zu können.

Als er sich wieder gefangen hatte, kam eine Schwester herein. Sie überprüfte die Maschinen und nickte. »Dr. Falk möchte noch einige Tests machen, Mr. Spence. Wir holen Sie in ein paar Minuten ab«, teilte sie Dad freundlich mit. »Ms. Spence, Sie können in der Zwischenzeit etwas essen gehen.«

»Weißt du was, das ist die Gelegenheit, um ein paar persönliche Sachen aus der Fürstensuite für dich zu holen.«

»Das ist eine gute Idee«, unterstützte mich die Krankenschwester. Sie ging um Dads Bett und beugte sich zu mir. »Bei der Gelegenheit könnten Sie auch die Vorsorgevollmacht mitbringen«, raunte sie mir leise zu. »Nur damit wir alle wichtigen Unterlagen zusammenhaben.«

»Klar, mach ich.«

Sie verließ das Zimmer. Ich nahm meine Handtasche vom Stuhl und hängte sie mir über die Schulter. »Gut, dann mach ich mich auf den Weg. Du brauchst deinen Waschbeutel, Wechselkleidung, dicke Socken und vielleicht dein Tablet? Ich schau mich einfach mal um.« Panisch schüttelte Dad den Kopf und griff nach meinem Handgelenk. Er drückte zweimal hintereinander. »Nein? Du willst nicht, dass ich gehe?«

Erneut gab er das Zeichen für Nein. Mitleid überschwemmte mich. Er hatte Angst und wollte nicht allein sein. Ich konnte ihn so gut verstehen.

»Ich beeile mich. Bis du von den Untersuchungen zurück bist, bin ich längst wieder da, versprochen«, versicherte ich ihm, aber seine Finger zogen sich wie ein Schraubstock um meinen Knöchel. Es war erstaunlich, wie viel Kraft er trotz seines Zustandes hatte. »Ich bin bald wieder da.«

Mit einem durchdringenden Blick starrte er mich an und erhöhte den Druck um mein Handgelenk. Er bohrte seine Fingernägel in mein Fleisch, bis es wehtat.

»Dad, du tust mir weh!« Verwirrt schaute ich abwechselnd zwischen ihm und unseren Händen hin und her. Je mehr Sekunden verstrichen, desto unwohler fühlte ich mich. Schließlich versuchte ich mich zu befreien. Was war denn nur mit ihm los? Das lag sicherlich an den Medikamenten. »Du willst, dass ich hierbleibe?« Er drückte einmal kurz für Ja, aber sein Schraubzwingengriff lockerte sich nicht. »Lass mich los, ich bleib ja hier, wenn dir das so wichtig ist.«

Genau in dem Moment ging die Tür auf, und sofort gab er mich frei. Verwirrt rieb ich mir die Hand. Deutlich waren die Abdrücke seiner Nägel auf meiner Haut zu sehen.

Während zwei Pfleger die Bremsen seines Bettes lösten, sah er mich eindringlich an.

»So, Mr. Spence. Dann wollen wir mal«, verkündete einer von ihnen und schob das Bett Richtung Tür.

»Bis nachher, Dad.« Ich zwang mich zu einem Lächeln.

Sein Blick war noch immer intensiv und stechend. Die Haut brannte an der Stelle, wo er zugedrückt hatte. Als er draußen war, wartete ich noch genau dreißig Sekunden, bevor ich ging. Vorsichtig lugte ich in den Flur und entdeckte Dylan.

19

Cat

*I*ch spürte noch immer Dads festen Griff an meinem Handgelenk. Einen winzigen Moment hatte er mir mit seinem seltsamen Ausdruck und den stechenden Augen, die mich drohend und düster angeschaut hatten, Angst gemacht. Was war nur in ihn gefahren? Mir war bekannt, dass sich das Wesen mancher Patienten in dieser Situation veränderte, aber Dad hatte in der Vergangenheit noch nie so reagiert. Lag das an den Medikamenten? Oder war es noch der Schock? Wer rechnete schon damit, in einer Seniorenresidenz mit einem Messer angegriffen zu werden? Mr. Montgomery, der Leiter der Einrichtung, schuldete mir diesbezüglich definitiv eine Erklärung.

Ich ging zum Schrank, in dem das Klinikpersonal Dads Sachen aufbewahrte, und durchsuchte seine Taschen. Ich nahm seinen Schlüsselbund und die Geldbörse an mich. Auf dem Stuhl vor Dads Zimmer saß immer noch Dylan. »Was tust du denn hier?«

»Hi Cat. Ich ... Noah schickt mich.« Ich rollte mit den Augen. »Er hat mich angerufen und gebeten, dich ins Hotel zurückzubringen, wenn du fertig bist. Ich soll nicht von deiner Seite weichen.«

Also wusste Noah bereits, was geschehen war. »Wenn ihm das so wichtig ist, wieso bemüht er sich dann nicht selbst hierher?«, gab ich schnippisch von mir, besann mich aber und schluckte meine zickige Art hinunter. Seufzend schloss ich die Augen. »Entschuldige, du kannst nichts dafür. Ich bin einfach ... durch den Wind.«

Besorgt und mitfühlend musterte er mich. »Schon gut. Ist ne ziemlich schlimme Sache. Wie geht es ihm?«

Wir schlenderten hinaus, und ich erzählte ihm von Dads derzeitigem Zustand. Dylan hörte aufmerksam zu.

Wir blieben vor Inmas Wagen stehen. »Deshalb will ich jetzt aus der Residenz ein paar seiner Sachen holen und mit dem Leiter sprechen. Ich muss wissen, was genau passiert ist.«

»Verstehe. Tut mir leid wegen deinem Dad. Er kommt sicher wieder auf die Beine.«

»Danke.«

Er sah sich auf der Straße um. »Ich weiß nicht, ob es klug ist, jetzt dorthin zu fahren. Willst du nicht lieber mit dem Detective darüber reden?«

»Doch natürlich, aber mein Vater braucht seine Sachen, und ich muss noch einige Unterlagen bei ihm suchen. Außerdem will ich zurück sein, bevor man ihn wieder ins Zimmer schiebt. Also, entweder du kommst mit oder ich gehe allein.« Entschlossen kreuzte ich die Arme.

»Cat ...«, begann er in einem warnenden Unterton. »Noah wird mich wahrscheinlich umbringen, aber ... okay. Du fährst bei mir mit.« Er ließ keine weiteren Widersprüche zu, und kurze Zeit später waren wir schon mit seinem Auto unterwegs.

»Wo ist Noah überhaupt?«

»Keine Ahnung. Er sollte heute eigentlich beim Scheich die

Kameras checken, aber nachdem er mich angerufen hat, musste ich das für ihn erledigen.«

Neben Maja war Dylan der Mensch, der Noah am besten kannte, und ich fragte mich, ob Noah ihn in alles eingeweiht hatte.

»Hast du gewusst, dass Noah einen Spitzel auf meinen Vater angesetzt hat?«, platzte ich heraus.

Verdutzt schaute er zu mir rüber, seine Finger verkrampften sich am Lenkrad. »Du weißt davon?«

Dann war Dylan also auch informiert. »Ich wurde heute Nacht unfreiwillig Zeugin eines Gesprächs, das Noah geführt hat.«

»Oh ...«

»Genau. Oh!«, plapperte ich nach. »Bist du etwa auch der Überzeugung, dass mein Vater in der Sache drinsteckt?«

Dylan machte dicke Backen und stieß den Atem aus. »Was soll ich sagen, Cat? Ich verstehe, dass du sauer bist, aber letztlich sollten die Fakten zählen.«

»Mit den Fakten meinst du die Anrufe, die angeblich vom Gelände der Residenz getätigt wurden? Für mich bedeutet das nicht automatisch, dass mein Vater es war. Es könnte genauso sein, dass der Rosenstalker diese Spur absichtlich gelegt hat.«

Kurz dachte Dylan nach. »Das stimmt natürlich.«

»Wie kam er auf die Idee, einen Privatdetektiv zu beauftragen? Ich werde einfach das Gefühl nicht los, dass er sich auf meinen Vater eingeschossen hat – warum auch immer. Irgendwas stimmt doch da nicht.«

»Noah ist zwar mein bester Freund, aber er hat schon immer alles mit sich selbst ausgemacht.«

»Er hat mich hintergangen und mein Vertrauen missbraucht. Ich bin so enttäuscht.« Warum erzählte ich das ausgerechnet seinem Bro?

»Sei nicht so streng mit ihm, Cat. Noah wollte dir damit nicht schaden.«

War ja klar, dass er ihn in Schutz nahm. »Trotzdem, er hat es hinter meinem Rücken getan. Das tut verdammt weh.«

Dylan nickte. »Ich verstehe dich, aber ich weiß auch, dass Noah nie etwas ohne Grund tut. Vielleicht solltest du keine voreiligen Schlüsse ziehen und abwarten.«

Sein Vertrauen in Noah schien grenzenlos zu sein. Ob er das genauso sehen würde, wenn es dabei um ihn und seine Familie ginge?

»Weißt du, Cat, ich glaube schon, dass Noah und du ... Also, ihr beide gehört einfach zusammen, aber du solltest Geduld haben. Ich bin mir sicher, für das alles gibt es eine Erklärung. Er würde das niemals tun, wenn er dich nicht lieben würde.«

Ich war viel zu sauer, um über Liebe nachzudenken. Im Augenblick wünschte ich mir nur, dass ich aufwachte und dieser Albtraum endlich ein Ende hatte.

Dylan blickte während der Fahrt oft in den Rückspiegel, und ich spürte, wie angespannt er war. Der Rosenstalker hatte mal wieder ganze Arbeit geleistet, verbreitete überall Angst und Schrecken. Ich sah aus dem Fenster und überlegte, ob ich ernsthaft in Erwägung ziehen sollte, nach Pleasant Hill zurückzukehren – zumindest vorerst. Warum machte mein Peiniger seine Forderungen an meinem früheren Zuhause fest? Ich wollte auf keinen Fall, dass meinetwegen noch mehr Menschen in Gefahr gerieten, und schon gar nicht, dass noch jemand verletzt wurde.

Wir parkten den Wagen und liefen im Stechschritt auf die *Lakewood Residenz* zu. Dylan blieb dicht hinter mir. Ich grüßte mit einem Nicken den Portier, der uns die Tür mit einer angedeuteten Verbeugung öffnete, und durchquerte die Empfangshalle. Nichts wies auf eine Messerattacke hin. Ich hatte Polizei erwartet, Menschentrauben, die sich über den Vorfall unterhielten, aber davon war keine Spur. Ich steuerte die Fensterfront an, von wo aus man in den Außenbereich schauen konnte. Langsam ließ ich meinen Blick darüber schweifen. Es war einiges los. Etliche Bewohner nutzten das schöne Wetter und verbrachten den Nachmittag draußen. Von Weitem entdeckte ich eine Männergruppe, die zusammenstand. Mit einer Hand schirmte ich die Sonne ab und stutzte.

»Ist das Noah?« Soweit ich erkennen konnte, waren da noch Hudson, Detective Weather und ein anderer Mann, der durch einen Busch verdeckt wurde.

Dylan trat neben mich an die Scheibe und spähte ebenfalls hinaus. »Ja. Ich wusste gar nicht, dass er hier ist.«

Was tat er denn hier? Ich öffnete die Glastür, und wir liefen über den Platz. Als ich in die Nähe kam, erkannte ich den Mann hinter dem Busch – Mr. Montgomery. Die vier unterbrachen ihr Gespräch, als sie uns bemerkten.

»Cat?« Irritiert schaute Noah von mir zu Dylan. Er warf seinem besten Freund einen tödlichen Blick zu, doch dieser machte eine Handbewegung, die Noah wohl besänftigen sollte.

»Ms. Spence? Wie geht es Ihrem Vater?« Mr. Montgomery, dem die Sorge ins Gesicht geschrieben stand, reichte mir die Hand. Ich ergriff sie kurz und verschränkte dann die Arme.

Nickend grüßte ich die Männerrunde. »Er wurde operiert, aber es gab Komplikationen. Er kann nicht sprechen, und seine linke Körperhälfte ist gelähmt. Er wird noch eine Weile im Krankenhaus bleiben müssen. Ich bin hier, um ein paar Sachen für ihn zu holen. Was ist eigentlich passiert?«

Vorwurfsvoll schaute ich zu Noah. Es verletzte mich, dass er mich nicht informiert hatte. Eine kurze Nachricht hätte doch ausgereicht, oder?

»Ich bin untröstlich, Ms. Spence.« Mr. Montgomery griff sich an die Brust und hatte eine bedauernde Miene aufgelegt.

»Der Detective wird Ihnen alles erklären.« Er deutete zu Weather.

»Mir tut es um Ihren Vater auch leid. Hoffen wir, dass es ihm bald wieder besser geht«, meinte Weather. »Er wurde heute Morgen von einer Frau mit einem Messer verletzt und –«

»Von einer Frau?«, unterbrach ich ihn perplex.

»Wir haben die Überwachungskameras ausgewertet und konnten eine Frau auf den Aufnahmen erkennen. Durch die Entfernung ist eine Identifikation unmöglich, und wir wissen noch nicht, wie sie auf das Lakewood-Gelände gekommen ist.«

»Aber das wird sich bestimmt aufklären«, mischte sich Mr. Montgomery zuversichtlich ein, der vermutlich nur Angst um den guten Ruf der Seniorenresidenz hatte. Das interessierte mich gerade herzlich wenig.

»Eine Frau?« In Gedanken ging ich alle möglichen weiblichen Personen durch.

Detective Weather verzog den Mund. »Schwer zu sagen, ich gehe davon aus, dass sie entweder im Auftrag gehandelt hat oder tatsächlich die Verdächtige ist, die wir suchen.«

Damit war eindeutig klar, dass Noah mit seiner Anschuldigung falschgelegen hatte. Mein Vater war unschuldig! Zu meiner Zufriedenheit schien er genau zu ahnen, was ich dachte, und senkte den Blick. Ha! Hatte ich das nicht gleich gesagt?

»Wissen Sie, ob Ihr Vater in letzter Zeit Damenbesuch hatte? Sie trug ein Kopftuch und eine Sonnenbrille. Man erkennt auf dem Material gut, dass sie eine Brille abnimmt, als sie mit ihm redet.« Der Detective machte eine kurze Pause. »Es spricht viel dafür, dass Ihr Vater die Frau kannte.«

Ich runzelte die Stirn. »Wie kommen Sie darauf?«

»Unsere Fachleute konnten sein Lachen herausfiltern. Er wirkte entspannt, und sie haben sich erst eine Weile unterhalten, bevor die Verdächtige ...«

Ich rieb mir wärmend über die Arme, als ich versuchte, mir das vorzustellen. Ein flaues Gefühl machte sich im Magen breit. Dabei spürte ich Noahs Blick auf mir ruhen. Ich erinnerte mich, was er am Telefon zu seinem Spezialisten gesagt hatte: *»Ich kann Cat nicht einfach sagen, dass ihr eigener Dad in die Sache verwickelt ist.«*

Hatte Noah vielleicht doch recht? Nein, das war unmöglich! … Oder?

»Bekam Ihr Vater regelmäßige Besuche?«, wollte der Detective wissen.

Ich schüttelte den Kopf. »Nein, eigentlich nicht. Lediglich sein Anwalt, der hin und wieder ein paar Unterschriften braucht, hat ihn besucht.«

»Genau das hat Mr. Montgomery bestätigt«, meinte Mr. Weather.

»Da fällt mir ein, neulich habe ich zwei mir unbekannte Männer gesehen, ansonsten bin ich, soweit ich weiß, die Einzige. Er hat auch wenig Kontakt zu anderen Bewohnern.«

Detective Weather wurde aufmerksam. »Zwei unbekannte Männer? Können Sie sie beschreiben?«

»Nicht genau. Sie trugen Anzüge und sahen aus wie Geschäftsleute. Ich habe ihn nicht danach gefragt. Mein Vater hat Immobilien, vielleicht waren das Makler. Ich weiß es nicht.«

Weather machte sich Notizen.

»Was ist mit Spuren auf dem Messer?«, fragte Noah. »Dort müssten doch Fingerabdrücke zu finden sein, falls sie keine Handschuhe getragen hat.«

»Das wird noch untersucht«, gab Weather knapp zurück.

Gleich zwei Handys klingelten. Alle griffen in ihre Taschen. Mr. Montgomery und Dylan gingen ran. Dylans Blick wanderte zu Noah. »Ja, Sir. Ich bin in ein paar Minuten da.«

Er legte auf, und auch Mr. Montgomery beendete sein

Gespräch und wandte sich an den Detective. »Meine Mitarbeiter sind bereit.«

»Gut.« Weather berührte mich am Arm. »Gute Besserung für Ihren Vater. Sobald er dazu in der Lage ist, würden wir ihm gern ein paar Fragen stellen.«

»Natürlich. Ich werde es ihm ausrichten.«

»Gut, bis dann.« Detective Weather lief mit Mr. Montgomery zum Hauptgebäude.

»Das war Robinson. Ich muss zurück«, teilte Dylan uns kurz mit. »Komm ihr zurecht?«

Noah nickte. »Ja, kein Problem. Danke, Mann.«

»Geht klar. Bis später, Leute.«

»Bis dann«, sagte ich, und wir sahen Dylan nach, wie auch er verschwand.

Es trat eine seltsame Stille ein. Unser Streit von heute Morgen stand spürbar zwischen uns. Nur Hudson schien das zu ignorieren und tippte etwas in sein Handy.

Noah hatte seine Hände in den Hosentaschen vergraben und scharrte mit den Füßen. »Cat, ich ... Es tut mir leid.« Ich erwiderte nichts, schaute zu Hudson und wunderte mich, dass Noah in seinem Beisein mit mir über diesen ganzen Mist reden wollte. Er nickte mit dem Kopf zu ihm. »Hudson weiß Bescheid. Er hat mir das Geld für den Spezialisten gegeben.«

Ich hob die Brauen und wusste nicht, wie ich darauf reagieren sollte. Neuer Ärger stieg in mir auf, und ich verzog das Gesicht. »Schöner Spezialist! Jetzt müsste doch klar sein, dass mein Vater nicht der Rosenstalker ist, oder?«

Wider Erwarten lächelte Hudson. »Fakt ist aber, dass dein Vater vielleicht der Einzige ist, der uns Antworten geben kann. Und was unseren Spezialisten betrifft: Er hat deinem Vater das Leben gerettet. Hätte er ihn nicht zu dem Zeitpunkt beobachtet und augenblicklich reagiert, wäre dein Vater wahrscheinlich an den Verletzungen gestorben.« Na toll, jetzt musste ich dem Kerl auch noch dankbar sein. Und das war ich, auch wenn ich es erst mal nicht gerne zugab. »Cat, ich kann dich wirklich gut verstehen. Du steckst in Schwierigkeiten, ohne plausible Erklärung. Noah hat sich an mich gewandt, weil er verzweifelt war, genau wie du. Ich will nur, dass du weißt, dass er dich beschützen will.«

»Schon gut, Hudson«, mischte sich Noah ein. »Lässt du mich kurz allein mit Cat sprechen?«

»Natürlich, Junge.« Er lächelte mich zuversichtlich an und spazierte Richtung Seerosenteich.

Noah hatte sich Geld geliehen? Für mich? Jetzt war ich diejenige, die schuldbewusst mit den Füßen scharrte. Das änderte aber nichts an unserem Grundproblem.

»Es tut mir leid, dass ich dich heute Morgen verletzt habe. Ich wünschte, wir hätten etwas anderes entdeckt. Mein Informant ist sich sicher, dass dein Vater die Angreiferin kannte. Er hat gesehen, wie er gelacht hat und wie vertraut er mit ihr umgegangen ist.«

Ich runzelte die Stirn. »Was genau meinst du damit?«

»Er hat immer wieder versucht, sie zu sich zu ziehen, als wollte er sie umarmen. Sie wurde wütend und ... den Rest kennst du. Weather hat das nur nicht erwähnt, weil er die genaue Analyse abwarten will.«

»Vielleicht ist das alles ja ganz anders. Er könnte eine Affäre mit der Frau gehabt haben, oder ... keine Ahnung was. Letztlich ist alles möglich«, murmelte ich. Immer mehr drängte sich mir das Gefühl auf, dass ich nicht alles über meinen Vater wusste.

»Da hast du recht. Ich habe versucht dich anzurufen. Warum bist du nicht an dein Handy gegangen?«

Ich kramte in meiner Handtasche. Shit! Mehr als zehn Anrufe in Abwesenheit wurden auf meinem Telefon angezeigt.

»Ich habe es ausgeschaltet, bevor ich in Dads Zimmer gegangen bin, und vergessen, es wieder einzuschalten.«

Super! Und ich hatte ihm schon die Pest an den Hals gewünscht, weil ich glaubte, dass er nicht einmal versucht hatte, mich zu erreichen.

Er trat näher und nahm meine Hand. »Es ist gefährlich, wenn du allein unterwegs bist.«

Ich senkte den Blick und stieß den Atem aus. Seit ich nach San Francisco gekommen war, hatten sich meine Probleme vervielfacht. »Ich ertrage das alles nicht länger. Ich ...« Hudson, der in unsere Richtung schaute, tippte mit dem Finger auf sein Handgelenk. Noah nickte. »Was tust du eigentlich hier? Wollten deine Eltern nicht einen Ausflug machen?«

»Meine Mutter ist mit Timi und Lynn in den Tierpark gegangen, nachdem ich Hudson gebeten habe, mich zu begleiten. Wir treffen uns gleich mit dem Informanten. Hör zu, ich bringe dich in die Suite deines Vaters und hole dich dort ab, sobald wir fertig sind. Es dauert bestimmt nicht lange. Anschließend fahre ich dich ins Krankenhaus, okay?« Ich nickte stumm. »Hey ...«, flüsterte Noah und hob mit einem Finger mein Kinn. »Er wird wieder gesund, und wir werden das Chaos irgendwie aufräumen.«

Eine Weile sahen wir uns an. Ich liebte ihn, aber Noah schien ein Problem mit meinem Dad zu haben, und das machte mir Angst. Was, wenn wir unsere Differenzen nicht in den Griff bekamen? »Glaubst du immer noch, dass mein Vater etwas mit der Sache zu tun hat?«

Sein Blick tastete über mein Gesicht, und er seufzte. »Ich weiß es nicht, aber egal, was am Ende herauskommt, ich bin auf deiner Seite, Cat.«

Mir schwirrte der Kopf. Auch wenn Noah mich tröstend in seinen Arm zog und ich mich dort sicher fühlte, erfasste mich eine ungute Ahnung. Ich hatte Angst – Angst vor der Wahrheit.

Ich schloss die Fürstensuite auf, öffnete den Briefkasten daneben und nahm die Post heraus. Noah ging erst, als er sich versichert hatte, dass niemand anzutreffen war und ich die Tür hinter mir zugesperrt hatte.

Die Stille im Raum legte sich schwer auf mein Gemüt und dröhnte in meinen Ohren. Dads Bett war gemacht, die Tageszeitung, die er abonniert hatte, lag auf dem Schreibtisch, und die Kinderfotos lächelten mir entgegen. Alles war ordentlich wie immer, nur die Vorhänge hatte er mal wieder nicht aufgezogen. Ich holte das nach, öffnete das Fenster und ließ das Vogelgezwitscher und eine leichte Brise herein. Die Post legte ich auf dem Schreibtisch ab und ging die wenigen Umschläge durch. Es schien nichts Wichtiges dabei zu sein – bis ich einen Brief in den Händen hielt, bei dem mir die Handschrift bekannt vorkam. Auf der Rückseite stand die Adresse von Mr. Claus. Ich stieß den Atem aus. Er hatte bestimmt einen Abschiedsbrief an Dad geschickt. Ich beschloss, ihn mitzunehmen und ihn Dad vorzulesen.

Aus seinem Schrank nahm ich Oberbekleidung und Unterwäsche heraus und legte alles auf seinem Bett ab. Im Badezimmer suchte ich seine Hygieneartikel zusammen, die ich in einen Waschbeutel stopfte. Auf seinem Nachttisch lag sein E-Book-Reader, den ich ihm ebenfalls mitbringen wollte. Ich packte auch noch den Bilderrahmen mit dem Kinderfoto von Becky und mir ein. Jetzt noch die Unterlagen für die Klinik und Dads Tablet. Hinter einem Bild befand sich ein Tresor, den ich mit dem Schlüssel öffnete. Darin lagen Dads teure Uhren, etwas Bargeld und die Dokumententasche, in der ich die Vorsorgevollmacht fand.

Wo war das Tablet? Ich zog nacheinander die Schreibtisch-

schubladen auf. Außer Bürokram fand ich nichts. Mein Blick
fiel auf seinen Wandschrank. Dort durchsuchte ich alles und
bückte mich zum letzten Regalfach. Hier entdeckte ich Beckys
alte Fotoausrüstung, Berge von Papieren und einen ganzen
Turm Kreuzworträtselhefte. Direkt darunter lagerte noch etwas.
Es war eine Schatulle, die einmal mir gehört hatte. Wie kam die
denn hierher? Ich hatte völlig vergessen, dass ich sie von ihm
bekommen hatte und sie irgendwann einfach verschwunden
war. Ich öffnete sie und hielt inne.

Es waren zwei Briefumschläge darin, die an mich adressiert
waren. Ich konnte nicht glauben, dass ich genau diese beiden
Briefe in meinen Händen hielt. Mein Herz setzte einen Schlag
aus, und scharf sog ich die Luft ein. Ich hatte die Briefe nie erhalten. Das war meine Post, und Dad hatte sie unterschlagen
und geöffnet. Wieso? Mit zittrigen Fingern begann ich zu lesen.

Liebe Cat,
wahrscheinlich wird auch dieser Brief unbeantwortet bleiben.
Ich akzeptiere deine Entscheidung, auch wenn ich weiß, wie
stur du manchmal sein kannst. Ich habe kapiert, dass du kei-
nen Kontakt mehr zu mir willst und mir nicht verzeihen kannst.
Vielleicht brauchst du mehr Zeit? Schreib mir bitte sofort,
falls du deine Meinung änderst.

N.

Ich überflog die Zeilen und merkte nicht, wie es in meiner Brust
immer enger wurde. Damals am Strand hatte Noah die Wahrheit gesagt, als er behauptete, mir nach seinem Fortgang geschrieben zu haben. Eine Mischung aus Enttäuschung und Zorn
quoll in mir auf. Wie konnte Dad mir das nur antun? Verdammt!
Ich hatte Noah so lange nachgeweint, ihn überall gesucht und

mir verzweifelt gewünscht, ihn zu finden. Dad hatte doch gewusst, wie sehr ich gelitten hatte, nachdem Noah verschwunden war und Becky sich das Leben genommen hatte, wie schrecklich diese Zeit für mich und wie depressiv und einsam ich gewesen war.

Mir wurde heiß und kalt, und am liebsten hätte ich meine Wut herausgebrüllt. Schnaubend stand ich auf und packte hektisch meinen Fund in meine Handtasche. Ich hatte das Gefühl zu ersticken, sollte ich nicht sofort hier rauskommen.

Als könnte ich vor meiner Entdeckung fliehen, stürmte ich aus der Fürstensuite, rannte den Flur entlang, die Treppe hinunter, bis ich die Glastür erreichte und hinaus in den Park stolperte. Ich war so durcheinander, so enttäuscht und so ... so …

Am Seerosenteich angekommen, sog ich tief die frische Luft ein, löste das Halstuch, stopfte es in meine hintere Jeanstasche und atmete tief durch. Erst als ich ein Erdbeerbonbon aus dem Papier wickelte und es mir in den Mund steckte, beruhigte mich der süße, fruchtige Geschmack langsam.

Nach allem, was heute geschehen war, stellte ich fest, dass es viele Fragen und einige Ungereimtheiten gab, die nur mein Vater beantworten konnte. Dazu zählten auch das seltsame Verhalten mit Noah neulich, der Übergriff heute, bei dem er schwer verletzt worden war, seine Reaktion, als ich ihm erklärt hatte, dass ich seine Suite aufsuchen wollte, und jetzt die Briefe, die er jahrelang vor mir versteckt hatte. Sobald es Dad gesundheitlich besser ging, konnte er sich auf etwas gefasst machen. Im Augenblick war er nicht in der Verfassung, irgendetwas zu verstehen, geschweige denn mir Antworten zu geben. Was hatte Dad sich nur dabei gedacht?

Bleierne Müdigkeit erfasste mich, als mein Adrenalinpegel allmählich sank. Am liebsten hätte ich mich auf die Wiese gelegt. Zwei Pflegerinnen spazierten an mir vorbei, aßen ein

Sandwich und unterhielten sich. Ich wandte mich ab und richtete meinen Blick aufs Wasser.

»Ja, wenn ich es dir sage. Der Typ kann verdammt gut zeichnen.«

»Und was zeichnet er?«

»Teilweise wirres und abstraktes Zeug, auf dem man nichts erkennen kann, aber zurzeit haben es ihm wunderschöne blaue Rosen angetan.«

Mein Kopf fuhr herum. *Blaue Rosen?* Wie erstarrt schaute ich zu den Frauen und lauschte aufmerksam.

»Mr. Wally leidet unter Verfolgungswahn. Er glaubt tatsächlich, dass der Teufel neben ihm wohnt.« Sie kicherten.

»Der Teufel? Bin ich froh, dass ich in der Residenz nur die Zimmer sauber machen muss. Wenn ich an eure Psychos da drüben denke, habe ich immer ein komisches Gefühl.«

»Es sind Patienten und keine Kriminellen, Tamy, aber in einem Punkt gebe ich dir recht: Manchmal jagt der verrückte Wally mir schon Angst ein.«

Meine Gedanken rasten. Ich schaute hinüber zum psychiatrischen Gebäude. War dieser Wally etwa der Rosenstalker? Plötzlich tauchte eine Erinnerung auf. Vor einigen Wochen, als ich Dad besuchen wollte und ihn nicht wie erwartet in seinem Zimmer vorgefunden hatte, hatte ich ihn überall gesucht und am Eingangsbereich der Psychoeinrichtung entdeckt. Er hatte mich seltsam abwesend angesehen, und ich hatte sogar den Eindruck, dass er verärgert war, weil ich mit meinem Auftauchen sein Vorhaben zunichtegemacht hatte. Mich beschlich das Gefühl, dass Dad mehr gewollt hatte, als sich nur auf dem Gelände umzuschauen.

In nur drei weiteren Sekunden fasste ich einen Entschluss.

20

Cat

Neugierig betrat ich die psychiatrische Klinik. Die Eingangshalle sah ähnlich aus wie in der Residenz – hell und freundlich mit üppigen Pflanzen und sogar einem Springbrunnen im Foyer. Hinter der Anmeldung saß ein Mann, der geschäftig auf einer Tastatur tippte und seinen Blick auf den Monitor vor sich gerichtet hatte.

»Hallo, wie kann ich Ihnen helfen?«, fragte er, als ich an den Tresen trat.

Ich lächelte nervös. »Hi, ich würde gerne Mr. Wally besuchen.«

Unbeeindruckt tippte er etwas in seinen Computer.

»Die Anmeldung befindet sich im vierten Stock, Station H100.« Er deutete zum Aufzug.

»Vielen Dank.« Ich wandte mich ab, und während ich mit dem Lift hinauffuhr, kribbelte es in meinem Magen.

Was würde mich erwarten? Ein Patient, der Bilder malte, war nichts Ungewöhnliches, aber blaue Rosen? Von Wally hatte ich noch nie etwas gehört. Was, wenn er den Rosenstalker kannte oder es vielleicht selbst war? Begab ich mich in Gefahr? Aber hier waren überall Leute; ich könnte schreien und im Notfall mein Pfefferspray verwenden.

Angetrieben von der Hoffnung, endlich Licht ins Dunkel zu bringen, kam ich oben an und stand in einem Vorraum mit einem Anmeldeschalter. Ich trat an die Scheibe. »Hallo, ich möchte zu Mr. Wally.«

Die Dame lächelte. »Moment, bitte.« Sie verschwand aus dem Raum. Ich schaute auf mein Handy und stellte fest, dass ich keinen Empfang hatte. Prima! Nach zwei Minuten kam die Frau zurück. »Walter Wally ist in Zimmer 07. Ich öffne Ihnen.«

Sie deutete zu einer Sicherheitstür rechts. Es summte. Ich drückte die Tür auf, schlich mit weichen Knien los und sah mich um. Schon seltsam – wenn ich früher an die Psychiatrie dachte, hatte ich dunkle Gänge, befremdliche Geräusche oder verstörte Menschen erwartet, die langsam und mit leblosem Blick umherschlichen, aber dieses Horrorszenario zeigte sich mir zum Glück nicht. Die geschlossene Abteilung war hell und einladend, die Wände in einem sanften Gelb gestrichen, überall hingen bunte Bilder. Gleich rechts befand sich ein offener Raum, in dem ein Sofa stand, daneben ein gut gefülltes Bücherregal. Klaviermusik schallte durch den Flur. Ich folgte der Beschilderung neben den Türen und blieb für einen Moment an einem Gemeinschaftsraum stehen. Die wunderschöne Melodie kam von einem Mann, der seine Finger über die Klaviertasten gleiten ließ. Leute saßen an Tischen, spielten Karten, malten oder bastelten. Eine Pflegerin unterhielt sich leise mit einem Patienten und blickte zu mir.

»Kann ich Ihnen helfen?« Sie kam auf mich zu.

»Ich suche Zimmer 07, Mr. Wally.«

Sie lächelte. »Oh Besuch! Da wird er sich aber freuen. Sie haben ihn fast gefunden. Das Zimmer ist gleich hier.«

Sie deutete auf die Tür direkt neben dem Gemeinschaftsraum.

»Okay, danke.«

›Mr. W. Wally‹ stand in schwarzen Lettern auf einem Schildchen. Mein Herz raste. Plötzlich erfasste mich Unsicherheit, und ich zögerte. Sollte ich es wirklich tun? Kurz schloss ich die Augen und ermahnte mich. Ich war schon so weit gekommen, jetzt umzudrehen wäre ...

Zaghaft klopfte ich an, aber drinnen blieb es still. Aufregung schlich sich durch meinen Körper. Ich drückte die Klinke hinunter, und was mich dahinter erwartete, ließ mich wortlos stehen bleiben. Die Klaviermusik aus dem Gemeinschaftsraum verstummte.

Unzählige Bilder, die mit Klammern an Schnüren befestigt waren, hingen quer durch ein minimalistisch eingerichtetes Zimmer. Am Fenster standen ein Tisch, der mit Malutensilien völlig belagert war, und ein Stuhl, auf dem sich ein Stapel mit Blöcken türmte. Wie die Pflegerin im Park erzählt hatte, waren auch die Wände voll mit Skizzen und Zeichnungen. Das Blau, das der Maler für die Rosen verwendet hatte, leuchtete strahlend. Es fiel mir sofort ins Auge und ließ mich erschaudern. Selbst am Boden befanden sich bemalte Leinwände. Inmitten all dessen hockte ein alter Mann mit schütterem weißem Haar, das ihm lang und strähnig ein wenig wirr zu allen Seiten abstand. Er saß vor einer Staffelei, hatte eine Mischpalette und einen Pinsel in der Hand, den er sogleich ablegte, als er mich entdeckte. Er strahlte übers ganze Gesicht, als er mich bemerkte. Er wirkte aufgeschlossen und freundlich. Er freute sich offenbar, dass ihn jemand besuchte.

Ich war so perplex, dass ich nicht wusste, was ich tun sollte. Einerseits lähmte mich der Anblick der gemalten Rosen – sie verursachten ein dumpfes Gefühl in mir –, aber andererseits spürte ich, dass mir keine Gefahr drohte. Oder täuschte ich mich?

Die Szenerie hatte etwas Schräges, Verrücktes, aber der Mann wirkte harmlos und seltsamerweise vertrauenswürdig. Schüchtern trat ich näher, mein Herz hämmerte wild gegen meine Rippen.

»Hi«, sagte ich ein wenig verhalten, worauf er eilig zum Tisch lief, den Stapel Malblöcke vom Stuhl räumte und ihn neben der Staffelei abstellte. Er fegte mit einem mit Farbe verschmierten Tuch die Sitzfläche sauber und bot mir an, Platz zu nehmen. Mit einem einnehmenden, breiten Lächeln und seinen großen klaren Augen sah er mich erwartungsvoll an.

Ich war mir nicht sicher, was ich tun sollte. Mr. Wally nickte mir aufmunternd zu, als ich zögernd näherkam, aber er sagte kein Wort. Zur Sicherheit hatte ich die Tür nicht geschlossen; die Klaviermusik war deutlich zu hören. Es gruselte mich ein wenig, aber ich ließ mich dennoch auf dem Stuhl nieder. Der Mann setzte sich ebenfalls, löste das Papier, auf dem er gerade eine Rose gemalt hatte, und spannte einen neuen Bogen auf. Dann begann er mit einem Bleistift wild zu zeichnen.

»Mr. Wally, ich ...« Ich stockte, während er in seine Skizze vertieft war und immer wieder zu mir blickte. »Ich bin Catherine Spence. Ich bin gekommen, weil ich hoffe, dass Sie mir helfen können.«

Er deutete auf seinen Mund, schüttelte den Kopf und machte mir schulterzuckend klar, dass er nicht sprechen konnte. Er war stumm. Mist! Mein Name hatte keine Reaktion bei ihm ausgelöst.

»Kennen Sie mich? Oder meinen Vater, Mr. William Spence? Er lebt in der Seniorenresidenz.«

Kurz sah er von seiner Zeichnung auf und schüttelte erneut den Kopf. Resigniert stieß ich den Atem aus. Wie sollte ich an

Antworten kommen, wenn er nicht reden konnte? Mein Blick fiel auf das Bild, das er von der Staffelei heruntergestellt hatte. »Darf ich?« Ohne abzuwarten, beugte ich mich vor, griff danach und sah es an. »Es ist wunderschön.«

Mr. Wally bedankte sich mit einem Nicken und deutete freudestrahlend auf die vielen anderen Rosenbilder im Raum. Dann nahm er es mir wieder ab, fasste ungeniert an mein Kinn, schob es ein wenig nach rechts und links, bis er zufrieden war, und wandte sich wieder seiner Zeichnung zu. Kurz war Panik in mir aufgewallt, als er mich berührt hatte, aber dann begriff ich, was er tat. Er positionierte meinen Kopf, weil er mich skizzieren wollte. Seltsamer Kauz. Regungslos saß ich da, dachte einen Moment über diese Situation nach und überlegte, was ich tun sollte. »Wieso malen Sie blaue Rosen? Gibt es dafür einen besonderen Grund?«

Er deutete auf eine Wand, die ebenfalls mit seinen Bildern vollgehängt war, und fuchtelte mit dem Bleistift in der Hand herum. Ein gedämpfter, unverständlicher Laut drang aus seinem Mund, und ich versuchte herauszufinden, was er mir sagen wollte. Seine Stirn zeigte viele Falten, und seine Augen hatte er verärgert zusammengekniffen.

»Sie mögen keine blauen Rosen? ... Sie haben keinen Platz mehr?«

Er schüttelte den Kopf und gestikulierte weiter.

»Sie haben welche gesehen? Sie haben jemanden mit blauen Rosen gesehen?«

Er deutete mir an zu warten, stand auf und ging zum Tisch. Ich sah ihm nach, während er Zeichnungen aus einer Mappe holte und hektisch durchging. Er nahm sich einen anderen Stapel und blätterte suchend darin. Papier flatterte zu Boden, aber das schien ihn nicht zu stören. Ein kleines Chaos entstand. Er lief zu seinem Bett, bückte sich nach unten, wo er noch mehr

Bilder aufbewahrte, und schleppte sie zum Tisch. Er durchforstete den ganzen Wust, es raschelte laut, und plötzlich erstarb das Geräusch, als er innehielt und sich zu mir umdrehte. Er hatte gefunden, wonach er gesucht hatte. Mit einem Lächeln überreichte er mir eine Bleistiftzeichnung, setzte sich wieder und deutete mit dem Finger darauf.

Die Skizze zeigte eine junge Frau. Ich stutzte. Sie kam mir bekannt vor, aber ich konnte nicht sagen, woher. Er hatte sie nicht so detailreich porträtiert. Sie hatte kurzes dunkles Haar, eine schmale Nase und einen schlanken Hals. War das vielleicht die Frau, die meinen Vater angegriffen hatte?

»Wer ist sie? Kennen Sie sie?«

Er nickte lächelnd und wandte sich wieder der Staffelei zu.

Vielleicht war sie eine Freundin von ihm. Sie könnte aber auch seine Frau oder Tochter sein. Im Grunde war alles möglich. Resigniert ließ ich die Schultern sinken. Das alles half mir nicht. Wahrscheinlich hatte ich diesen Zufall falsch gedeutet.

»Kann ich die Skizze behalten?« Vielleicht würde mir noch einfallen, woher ich die Frau kannte. Er nickte und zeichnete weiter. »Danke.«

Ich zog meine Handtasche über die Schulter und machte Anstalten zu gehen, worauf mich Mr. Wally mit einer Handbewegung bat zu warten. Ich blieb, während er einige Bleistiftstriche nachsetzte, alles kritisch beäugte und weitere Striche malte, bis er zufrieden war. Lächelnd löste er das Papier und gab es mir.

Voller Bewunderung betrachtete ich es. In der kurzen Zeit hatte er ein präzises Portrait von mir gezeichnet. Meine Locken, Augen und Züge hatte er genau eingefangen. »Das ist ... Wow! Es ist wunderschön.«

Er war wirklich ein toller Künstler. Ich wollte es ihm zurückgeben, aber er schenkte es mir und deutete eine leichte Verbeugung an.

»Vielen Dank, Mr. Wally«, sagte ich erfreut, und beinahe tat es mir leid, dass ich gehen musste.

Wir erhoben uns und schüttelten uns die Hand. Er verbeugte sich nochmals. Irgendwie hatte er etwas Verrücktes, Verplantes an sich, und jetzt fiel mir auch ein, an wen er mich erinnerte: Albert Einstein. Ich grinste. Auch wenn er mir nicht helfen konnte, bereute ich den Besuch nicht.

***

Ich verließ die Station und nahm die Treppe, weil es mit dem Aufzug zu lange dauerte. Ich war einem Hirngespinst nachgejagt. Mr. Wally hatte nichts mit dem Rosenstalker zu tun, davon war ich überzeugt.

Ich hatte es eilig, holte, während ich hinunterging, mein Handy aus der Handtasche und hoffte, gleich wieder Empfang zu haben, um Noah anzurufen. Ich befand mich auf den letzten Stufen und erreichte das Erdgeschoss, als meine Aufmerksamkeit auf eine Person fiel, die auf einem Sofa in dem Raum auf der gegenüberliegenden Seite saß. Ich erkannte das dunkle kurze Haar und Züge ähnlich denen auf der Skizze, die Mr. Wally mir gegeben hatte. Ich verlangsamte meine Schritte und blieb schließlich stehen. Sie?

Die junge Frau sah aus wie ... Ashley Miller. Plötzlich fiel es mir wie Schuppen von den Augen. Geistesabwesend trat ich näher. Oh. Mein. Gott! Sie war es tatsächlich. Meine Gedanken rasten, kombinierten. Ich versuchte zu verstehen, was das zu bedeuten hatte. Was hatte sie hier zu suchen?

Ich erinnerte mich an die letzte Begegnung mit ihrer Mutter. *Ashley hat in einer Spezialklinik gute Fortschritte gemacht, aber aus irgendeinem Grund hat sie den Kontakt zu mir abgebrochen. Ich habe seit Längerem nichts mehr von ihr gehört ...*

Mrs. Miller hatte keine Ahnung, dass ihre Tochter in San Francisco war, sonst hätte sie es sicher erwähnt. Wusste Dad, dass Ashley hier war? War sie etwa die ominöse Frau, die ihn heute Morgen angegriffen hatte? Wieso hatte Mr. Wally ihr Bild gesucht, als ich ihn auf die blauen Rosen angesprochen hatte?

Regungslos stand ich da und konnte mich nicht rühren, während in meinem Hirn völliges Chaos herrschte. Ashley sah auf, als hätte sie meinen Blick gespürt, und starrte zurück.

Sekunden verstrichen. Sie nahm ihre Brille ab und legte das Buch beiseite, in dem sie gerade noch gelesen hatte. Ich trat in das riesige Zimmer.

Verwirrung lag in ihrem Blick, aber sie fasste sich schnell, erhob sich und kam auf mich zu. Ashley hatte sich verändert. Früher hatte sie langes glänzendes Haar, auf das sie immer stolz gewesen war und das sie sich gern mit einer übertriebenen Geste über die Schulter geworfen hatte. Jetzt trug sie es kurz, aber der Schnitt stand ihr gut ... irgendwie.

Mitten im Zimmer blieben wir stehen. Sie verschränkte die Arme und musterte mich.

»Sieh mal einer an, Miss Billig. Was machst du denn hier?«, fragte sie mit jener altbekannten Feindseligkeit in der Stimme, mit der wir früher immer Nettigkeiten ausgetauscht hatten.

»Hallo Ashley.«

Sie kniff die Augen zusammen. »Hat dich mein Vater geschickt?«, fragte sie scheinheilig. »Du kannst ihm sagen, dass ich ihn nicht sehen will, und er braucht sich auch nicht hierherzubemühen ... Er ist für mich gestorben.«

Ich runzelte die Stirn. Hatte sie sich nach der Trennung ihrer Eltern nicht entschieden, bei ihm zu bleiben? »Von deinem Dad weiß ich nichts. Ich dachte, du bist happy bei ihm?«

Sie keuchte. »Er hat mich abgeschoben wie ein lästiges Anhängsel.«

Ich war immer noch so verwirrt, ausgerechnet sie hier anzutreffen, dass ich sie unentwegt anstarren musste. Ashley und ich
waren alles andere als Freundinnen gewesen, aber jetzt tat sie
mir leid. »Wie geht es dir?«

Ungläubig, weil ich sie früher so etwas niemals gefragt hätte,
sah sie mich an. »Das interessiert dich doch nicht wirklich.«

»Deine Mom hat erzählt, dass du große Fortschritte gemacht
hast, aber ich bin erstaunt, dass du hier in San Francisco bist.«

»Meine Mom hat keine Ahnung. Körperlich bin ich einigermaßen auf dem Damm, aber mehr auch nicht.« Sie grinste. »Ich
bin in der Klapsmühle, Catherine. Wie soll es mir schon gehen?« Sie breitete die Arme aus, wobei die Ärmel ihrer Bluse
hochrutschten und viele Narben und verheilte Schnittwunden
freilegten.

Ich merkte ihr an, dass sie die Taffe nur spielte. In ihrem
Blick erkannte ich den Schmerz, der hinter der Fassade loderte.
»Ich dachte, du wärst auf einem guten Weg, wieder ganz gesund
zu werden.«

»Haben dir das meine Eltern verklickert? In der Klinik in
Wisconsin kam ich nach dem Unfall körperlich schnell auf die
Beine, aber die Ärzte waren der Meinung, ich sollte noch in eine
Spezialklinik. Hier hängen sie mir jetzt auch noch eine Geistes-
krankheit an – Borderline ... So ein Schwachsinn! Die haben
keine Ahnung.«

Es wunderte mich, dass sie so offen über ihre Probleme redete. Das wäre früher undenkbar gewesen. Wir waren jetzt allerdings erwachsen, und die damaligen Zickereien hatte ich
längst abgehakt.

»Borderline ist doch keine Geisteskrankheit«, wandte ich
ein. Sie erwiderte nichts. »Wie lange bist du schon hier?«

»Sieben Monate.« In ihren Augen lag ein trauriger Ausdruck, und sie wirkte alles andere als stark, eher gebrochen und

verloren. Ihr Blick war seltsam in die Ferne entrückt. »Ich muss oft an deine Schwester denken.«

Ich senkte den Kopf. Mit Ashley über Becky zu sprechen war unangenehm. Sie hatte zu den Leuten gehört, die mir die Schuld an ihrem Tod gegeben hatten. Ashley war nicht gerade zimperlich mit mir umgegangen. Ich spürte ihre Einsamkeit und Verzweiflung. Mitleid überschwemmte mich, und ich wusste instinktiv, dass ihr etwas Schreckliches passiert sein musste. Noch nie hatte ich Ashley so erlebt. Ihre Augen waren glasig, und sie sah aus, als würde sie gleich anfangen zu weinen.

»Sie hat das Scheißleben hinter sich. Manchmal wünschte ich, ich wäre so mutig wie sie.« Sie rieb sich über die Narben auf ihrem Arm.

Ich runzelte die Stirn. Was war nur mit ihr geschehen? Vehement schüttelte ich den Kopf. »So darfst du nicht denken, Ashley. Es wird wieder aufwärtsgehen. Du bist hier, um dir helfen zu lassen. Das ist doch ein guter Schritt in die richtige Richtung.«

»Mir kann keiner mehr helfen. Dafür ist es zu spät – *viel* zu spät. Manchmal erscheint mir der Tod als einziger Ausweg. Nichts mehr fühlen, nur versöhnliche Stille«, flüsterte sie.

Ich streckte meine Hand nach ihr aus. »Was ist dir nur passiert, Ashley? Du darfst so etwas nicht sagen. Es gibt immer eine Lösung.«

Sachte berührte ich ihre Schulter, aber sie zuckte zusammen, und der friedliche Moment zwischen uns war sofort vorüber. Ihr feindseliger Blick traf mich hart, jede Traurigkeit war einem hasserfüllten Ausdruck gewichen. »Was redest du da?«, fuhr sie mich jetzt an. »Ausgerechnet du gibst mir Ratschläge? Nichts, was du sagst, könnte meinen Zustand ändern. Ich bin nicht schuld, dass ich innerlich so gut wie tot bin, ich bin nicht verantwortlich dafür, dass ich hier eingesperrt bin. Ihr seid alle blind, weil ihr nur mit euch selbst beschäftigt seid!« Verwundert über ihren plötzlichen Ausbruch wich ich zurück. Sie warf mir Egoismus vor? Gerade aus ihrem Mund konnte ich das nicht ernst nehmen. »Deshalb hasse ich euch – und dich ganz besonders.«

»Mich? Warum? Was habe ich dir getan?«

»Ich war schon in Pleasant Hill eine Gefangene, und hier bin ich es ebenfalls«, redete sie sich in Rage. »Ich wurde hierher abgeschoben, eingesperrt, während du in diesem Luxushotel ein neues sorgloses Leben anfangen konntest. Das war nicht fair, nach allem, was ich in Pleasant Hill durchmachen musste.« Ihr Gesicht wurde zu einer Fratze, und ihr Hass schlug mir ungezügelt entgegen. »Ich wollte, dass du zurückgehst, in dem Nest versauerst, so wie ich hier! Ich wollte, dass du dich genauso gefangen fühlst. Ich habe mich immer gefragt, was an dir so anders war, dass er dir alle Freiheiten gelassen hat, während ich ... ich musste ...« Einen Moment schwieg sie und gab sich wieder ihrem Schmerz hin. Ihre Züge waren verzerrt, aber nur einen Augenblick lang, dann nahm der Hass sie von Neuem ein. »Du hast nicht verdient, aus dem Kaff herauszukommen, also musste ich dafür sorgen, dass du gefälligst wieder zurückgehst.«

Mit einem Mal war mein Mund staubtrocken. Mein Herzschlag setzte aus, als ich begriff, was sie gerade preisgab.

Ein diabolisches Grinsen stahl sich auf ihre Lippen. »Ja, du hast richtig gehört, Catherine.«

Ich brachte kein Wort heraus, mir entgleisten die Gesichtszüge. Ashley steckte hinter all den Anschlägen, Angriffen und Drohungen? Ashley Miller war der Rosenstalker?

Es dauerte, bis ich das verarbeitet hatte. »Du? Das alles ... warst du?«

Voller Stolz hob sie das Kinn und strahlte plötzlich. »Du hast dich bestimmt schon gefragt, warum dein Leben gerade den Bach runtergeht, nicht wahr?« Sie trat näher an mich heran, bis ich ihren Atem auf meinem Gesicht spürte. »Du bist mit den Nerven am Ende, willst, dass das alles endlich aufhört. Habe ich recht?« Ihre Stimme hatte beinahe einen singenden, fröhlichen Unterton. Ich schluckte und unterdrückte ein Zittern. Sie lachte auf und seufzte ausgelassen. »War ich nicht der perfekte Rosenkavalier?«

»Du bist wahnsinnig«, murmelte ich.

»Wahrscheinlich«, gab sie achselzuckend zu, nachdem sie kurz darüber nachgedacht hatte.

Ich hatte Spikes schwere Verletzungen vor Augen, die vielen Sorgen, die wir uns um ihn gemacht hatten. Ich erinnerte mich, dass Inma vor Angst beinahe verrückt geworden war, ich dachte an meinen Vater, der verletzt im Krankenhaus lag, an meine eigene Todesangst und die Schmerzen, die ich ertragen hatte. Das alles hatte ich Ashley zu verdanken?

Wut brodelte in mir auf, und ich musste mich zwingen, ihr nicht an die Gurgel zu gehen. Zitternd ballte ich eine Faust und schaute sie voller Abscheu an.

»Eigentlich habe ich damit gerechnet, dass du aufgibst. Nach all der Gewalt und den Drohungen hätte ich dich nicht als so hartnäckig eingeschätzt. Andererseits zeigt das, wie egoistisch du in Wahrheit bist und sogar über Leichen gehst. Schließlich bist du immer noch hier, egal wie schrecklich die Dinge waren, die ich in Auftrag gegeben habe.«

Unvermittelt schüttelte ich den Kopf, versuchte zu begreifen, was sie da sagte. »Wieso das alles? Wie ...?«

Sie ging zu einem Stuhl, setzte sich, überschlug die Beine und betrachtete gelangweilt ihre Fingernägel. »Du willst wissen, wie ich John dazu gebracht habe, alles zu tun, was ich wollte?« Sie hauchte über ihre Fingerkuppen und rieb sie anschließend am T-Shirt ab. »Nun, das war ein Kinderspiel. Der Idiot liebt mich und würde alles tun, damit ich zufrieden bin, selbst ins Gefängnis gehen. Ich musste nur ein Wort sagen, ihn mit den richtigen Substanzen versorgen, und schon hat er mir aus der Hand gefressen.« Sie beugte sich vor und bedeutete, dass ich näherkommen sollte. »Ich verrate dir ein Geheimnis«, flüsterte sie und schaute mit gespielter Vorsicht zur Tür. »Ich habe ein Prepaidhandy. Damit konnte ich die Rosen für dich bestellen und auch alle anderen Steine ins Rollen bringen.«

Grinsend lehnte sie sich zurück und ließ ihre Worte wirken. Sie war vollkommen verrückt. Jetzt wurde mir klar, warum Noahs Informant gesagt hatte, dass die Anrufe aus dem Umfeld der Residenz getätigt worden waren, und weshalb sie meinen Dad in Verdacht hatten. Dabei war es die ganze Zeit Ashley gewesen. Niemand außer ihrem Vater wusste, dass sie hier war, alle glaubten, sie hielte sich in der Klinik in Wisconsin auf.

»Mit meinen Kontakten habe ich schnell einen Ersatz für John gefunden, als man ihn geschnappt hat. Mit Geld kann man alles und jeden bezahlen, Catherine. Man muss nur die richtigen Leute kennen und andere so manipulieren, dass sie einem aus der Hand fressen.«

Ich war geschockt, wie belanglos sie über ihre Verbrechen sprach. Sie blinzelte, neigte den Kopf und intensivierte ihren Blick. »Beantworte mir eine Frage, Catherine. Ist er ... tot oder nur verletzt?«

Für einen kurzen Moment lag ein Glitzern in ihren Augen.

Ob er tot war? Sprachlos starrte ich sie an. Natürlich. Wieso war ich nicht von selbst darauf gekommen, dass sie meinen Dad angegriffen hatte? Langsam verlor ich die Fassung. »Du warst das?«

»Oh«, säuselte sie. »Tut mir leid, aber es war die einzige Möglichkeit, dem Ganzen ein Ende zu setzen.«

Ihr Hass auf mich schien grenzenlos zu sein. »Warum?«

Abrupt stand sie auf und kam mit wutverzerrtem Gesicht auf mich zu. Ich wich vor ihr zurück. »Ich konnte dich schon früher nicht leiden, dich und deine verfluchte Familie. Ihr habt mir alles genommen und kaputtgemacht. Zu wissen, dass du mehr Glück hattest, obwohl du es nicht verdient hast, hat mich fast um den Verstand gebracht. Aber noch schlimmer sind die Todesangst und die Erkenntnis, dass es auch hier keinen anderen Ausweg gibt als den Tod.«

»Wovon zum Teufel sprichst du? Sag es mir!«, verlangte ich aufbrausend.

»Das weißt du genau!«, brüllte sie. »Ihr alle wusstet es und habt geschwiegen! Dafür wirst ganz besonders du büßen!« Ich keuchte, hatte nicht den blassesten Schimmer, wovon sie redete. »Ja, das kannst du«, Ashley verzog den Mund, »die Unschuldige spielen! Damit kommst du bei mir nicht durch. Ich weiß, dass das Spiel aus ist, deshalb ist mir alles gleichgültig.«

»Was?«

Wie eine Furie kam sie auf mich zu. Noch ehe ich kapierte, was sie vorhatte, erfasste mich ein dröhnender Schmerz im Gesicht. Es schmeckte metallisch in meinem Mund, und für einen Augenblick war mir schwummrig. Mit voller Wucht stieß sie mich gegen einen Getränkeautomat, dann packte sie mich und drängte mich rückwärts auf eine Tischplatte. Eine Blumenvase zerbrach. Ashley bekam meinen Hals zu fassen und drückte mit ungeheurer Kraft zu. Verzweifelt versuchte ich ihre Hände von mir zu lösen, sie von mir zu stoßen. Ich sah in ihr wutverzerrtes Gesicht. Ich schnappte sie an ihren Haaren und zog so fest, dass sie aufschrie. Schließlich schaffte ich es, wir rollten vom Tisch und knallten zu Boden. Doch Ashley war wie ein Terrier und ließ nicht von mir ab. Sie gewann wieder die Oberhand, und ihr Griff war wie ein Schraubstock.

Allmählich ging mir die Luft aus. Panik erfasste mich, ich strampelte mit den Beinen, wollte verzweifelt einen Atemzug tun, aber ich hatte keine Chance. War das mein Ende? Kurz flackerte Noahs Bild vor mir auf, bevor mir schwindlig wurde, es überall in mir kribbelte und mich meine Kraft im Stich ließ. Von irgendwoher hörte ich Stimmen, aber die aufkommende Dunkelheit erfasste bereits meinen ganzen Körper, hüllte mich ein wie schleichender Nebel. Meine Welt wurde aus den Angeln gehoben, und ich versank in ewiger Nacht.

21

Noah

Das merkwürdig fahle Gefühl, das mich schon den ganzen Tag begleitete, wollte nicht abklingen. Seit geraumer Zeit spürte ich, dass etwas nicht stimmte, doch jetzt war ich mir sicher, dass Cat in Gefahr war. Zumindest wurde die permanente Nervosität unerträglich und die Angst immer größer.

Was den Chief betraf, hatte ich mich zwar getäuscht, aber ich glaubte immer noch, dass er in irgendeiner Weise etwas mit der ganzen Sache zu tun hatte. Das schlimmere Übel war, dass Cat mich beim Telefonieren erwischt hatte und mehr und mehr erkannte, dass mein Geheimnis mit ihrem Vater zu tun hatte. Ich konnte ihr die Wut auf mich heute Morgen nicht mal verübeln. Ich war ein verdammter Idiot!

Dumm war auch, dass ausgerechnet Billy mitbekommen hatte, dass ich mit der Polizei in Kontakt stand. Nur der Teufel wusste, wie er das rausbekommen hatte. Jetzt glaubte er, ich würde ihn bei den Bullen anschwärzen, und ließ mich seit gestern von seinen Gorillas beschatten. In wenigen Tagen fand der

Kampf statt, den ich ihm noch schuldete, und erschwerend kam hinzu, dass ich auch noch mit dem Training im Verzug war. Fakt war: Die Schlinge um meinen Hals zog sich langsam aber sicher zu, und ich konnte nichts daran ändern.

»Hat sie dir geschrieben, dass sie im Park oder im Café auf dich wartet?«, fragte Hudson und hämmerte etwas lauter gegen die Tür der Fürstensuite.

Zum x-ten Mal checkte ich mein Handy. »Nein, nichts.«

Ich rief sie nochmals an.

»Lassen Sie mich mal«, brummte Mr. Montgomery genervt und schob sich an Hudson vorbei. Binnen zwei Sekunden stand die Tür offen, und wir traten ein. Die Suite war menschenleer. *Verdammt, Cat! Wo steckst du?*

»Cat?« Hudson sah im Badezimmer nach, aber als ich die offenen Schranktüren und die Kleidung des Chiefs auf dem Bett liegen sah, wusste ich, dass mich mein Gefühl nicht getäuscht hatte.

Shit! Ich hätte sie nicht alleinlassen dürfen, nicht nach dem heutigen Vorfall. Wie konnte ich nur so leichtsinnig sein? »Ich sehe im Park nach.«

»Warte, Junge, ich komme mit dir«, beschloss Hudson, ließ den Leiter der Klinik stehen und holte mich im Flur ein. »Beruhige dich, wir finden sie.« *Hoffentlich rechtzeitig.* »Du übernimmst den Außenbereich, ich suche das Gebäude nach ihr ab«, schlug er vor.

Ich machte mich gleich auf den Weg, sah im Café nach ihr und im Pavillon, aber nirgends war eine Spur von ihr. Ich lief das gesamte Außengelände ab, fragte Leute, die mir entgegenkamen, aber niemand hatte sie gesehen. Ich rief Inma, Maja und Dylan an – vergeblich. Ich sollte zurückgehen und Detective Weather informieren.

Gerade als ich in der Nähe des Teichs einen letzten Blick

über das Areal schweifen ließ, fiel mir bei dem psychiatrischen Gebäude etwas Vertrautes ins Auge. War das nicht Cats Schal? Ein dünnes Ding in bunten Farben? Hatte sie den nicht vorhin noch getragen?

Ich rannte los. Er lag direkt am Eingang der Privatklinik. Es war ihrer. Ich roch daran, und er duftete nach ihr. *Verdammt, Cat!*

Plötzlich schrillte ein Alarmsignal los. Ich fuhr herum und spähte in den Eingangsbereich, wo es hektisch zuging. Gebrüll war zu hören, Leute rannten. Ich lief hinein. Zwei Pfleger eilten herbei, und das Gekreische einer Frau ertönte. In einem Raum etwas abseits des Eingangsbereichs versuchten zwei Angestellte, die Frau zu bändigen, die sich mit ganzem Körpereinsatz wehrte, hysterisch schrie und fluchte. Sie war wie eine Furie.

Dann fiel mein Blick auf eine weitere Person. Sie lag am Boden und wurde von einer Ärztin verdeckt, die bei ihr knicte. Mein Herz setzte aus, als ich die dunklen Locken erkannte. Sofort drängte ich mich zwischen den Zuschauern hindurch.

»Cat! Was ist mit dir?« Panik schoss durch meine Eingeweide, als ich sie hustend und nach Luft röchelnd zwischen Glasscherben und Blumen liegen sah. Auf ihrem Hals hatte sie deutliche rote Abdrücke. Die Ärztin kümmerte sich um sie, hielt ihr eine Sauerstoffmaske vor den Mund. Wurde sie etwa ...? Erinnerungsfetzen blitzten auf. Mit aller Macht kämpfte ich sie zurück, wollte jetzt die dunkle Nacht von damals nicht aufkommen lassen. Ich ging auf die Knie und griff nach ihrer Hand, konzentrierte mich auf mein Mädchen und sah zu, wie sie Atemzug für Atemzug tat. »Scheiße, Catwoman, was ist passiert?«

Tränen rannen ihr über die Wangen, und sie wurde immer wieder von Hustenanfällen geschüttelt. Die andere Frau wurde mit Gewalt auf einer Liege an Händen und Füßen festgeschnallt, sodass sie sich nicht mehr rühren konnte. Sie war wild und vollkommen außer Kontrolle, warf ihren Kopf hin und her, hatte das Gesicht zu einer hässlichen Fratze verzogen. Beruhigend streichelte ich Cat über den Arm. Langsam versuchte sie sich aufzusetzen. Sie röchelte noch, und das Atmen fiel ihr schwer.

»Noah«, krächzte sie durch die Maske. Sie hustete ein paarmal und deutete auf die Frau. »Ashley ... ist der ... Rosenst...« Der Rest ihrer Worte ging in einem Hustenanfall unter, aber ich verstand, was sie mir sagen wollte, und schaute zur Liege.

Es brauchte einen Moment, bis ich mich erinnerte und das Gesicht erkannte. »Ashley?«

Völlig entgeistert blickte ich von ihr zu Cat. Wie kam die denn hierher? Plötzlich kapierte ich, was Cat meinte. Ashley Miller war der Rosenstalker? Was hatte sie mit der ganzen Sache zu tun?

»Können Sie aufstehen, Miss?«, fragte die Ärztin. Cat versuchte auf die Beine zu kommen. Ich stützte sie, und als sie einigermaßen sicher stand, schloss ich sie in meine Arme. Erleichterung durchströmte mich, als ich sie spürte und ihren Duft einatmete.

»Tut mir leid, ich ...«, entschuldigte sie sich.

»Sch ... vergiss es, Hauptsache, dir ist nichts passiert.«

Wir schauten zu Ashley, die sich vergeblich gegen die Spritze wehrte, mit der sich ein Sanitäter näherte.

»Ihr Schweine! Das wird euch noch leidtun«, drohte sie und spuckte dem Typen, der ihr das Beruhigungsmittel verabreichte, ins Gesicht. Binnen Sekunden setzte die Wirkung des Medikaments ein, ihre Bewegungen wurden träge, ihr Körper entspannte sich. Sie drehte den Kopf zu Cat und sah sie an. Ein gelöster Ausdruck trat in ihre Züge, ihr Atem regulierte sich, und plötzlich lächelte sie.

Cat zitterte und erwiderte ihren Blick. Es war wie eine stumme Konversation, die die beiden führten. Als wüsste Cat, was Ashley wollte, beugte sie sich zu ihr herunter, und Ashley flüsterte ihr etwas ins Ohr. Dann flatterten ihre Augenlider und schlossen sich gleich darauf.

***

Cats Aktion hatte ein kleines Chaos angerichtet. Nachdem ich Weather angerufen und Cat ihm alles berichtet hatte, wurde Ashleys Zimmer auf den Kopf gestellt und Personal vernommen. Schnell war klar: Ashley Miller war der Rosenstalker.

Man fand ihr Handy mit den Kontaktdaten der Personen, die für sie die Drecksarbeit erledigt hatten, sogar Bilder, auf denen Cat und ich zu sehen waren, auch Inma und eine Videoaufnahme, wie Spike zusammengeschlagen am Boden lag. Weather veranlasste sofortige Festnahmen, da die Sachlage eindeutig war. Der Chef der psychiatrischen Klinik, die Stationsleitung und Ashleys vertrauteste Pfleger wurden vernommen, und auch Cat beantwortete geduldig sämtliche Fragen. Sie berichtete, wie sie auf einen Patienten namens Walter Wally gestoßen war. Völlig fasziniert davon, wie mutig sich mein Mädchen auf den Weg zu ihm gemacht hatte, hing ich ihr an den Lippen. Sie war aufmerksam, taff und furchtlos gewesen, hatte den Rosenstalker aufgespürt und selbst schachmatt gesetzt. Trotzdem hätte ich sie am liebsten geschüttelt, als ich hörte, wie gefährlich und leichtsinnig es gewesen war.

Dieser Mist hatte endlich ein Ende, dennoch blieben Ungereimtheiten. Ich verstand nicht, warum Ashley sich an Cat rächen wollte. Außerdem fragte ich mich, wie der Chief in das Bild passte. Aber Cat war außer Gefahr, und das war für mich die Hauptsache.

Erst gegen Abend schien das meiste geklärt zu sein, und man entließ uns nach Hause. Ich hatte ihr das Halstuch umgebunden, damit man die Würgemale nicht sah. Die Ärzte meinten, dass diese sich noch dunkler färben würden, aber harmlos waren. Cat war völlig erschöpft, in sich gekehrt, nachdenklich und mit den Nerven am Ende, als ich sie zum Wagen brachte – was nach der ganzen Aktion kein Wunder war.

»Zu Hause kannst du dich hinlegen. Hast du Hunger? Soll ich dir irgendwas kochen?«, fragte ich, als wir im Auto saßen.

»Nein, ich habe keinen Appetit. Ich muss das alles erst mal verdauen.«

»Verständlich.«

»Ich kann immer noch nicht fassen, dass *sie* hinter allem steckt.« Cat schüttelte den Kopf. »Wir waren nie Freundinnen, aber dieser ganze Hass?«

»Du hast doch gehört, was die Ärzte gesagt haben. Sie ist ziemlich krank. Weather wird sie vernehmen, sobald sie einigermaßen stabil ist, und dann werden wir vielleicht mehr erfahren.« Cat nickte. Ich legte meine Hand auf ihren Schenkel. »Jetzt wird alles gut, Babe. Warum hast du eigentlich nicht in der Fürstensuite auf mich gewartet?«

»Ich musste raus, hab dringend frische Luft gebraucht.« Sie seufzte tief. »Ich habe in einem von Dads Schränken deine Briefe gefunden.«

Kurz blickte ich zu ihr. »Welche?« Dann ging mir ein Licht auf. »Doch nicht etwa die, die ich dir geschrieben habe, als ich in New York war?«

»Er hat sie versteckt. Ehrlich gesagt, das hat mich geschockt. Ich verstehe nicht, warum er das getan hat.« Sie legte ihre Handtasche auf den Schoß und zog die Umschläge heraus.

Das hatte ich mir fast gedacht. »Du fragst ihn, sobald er wieder sprechen kann.«

»Genau das werde ich tun.«

Wir erreichten das *Empire Heaven*. Auf dem Personalparkplatz stellte ich den Wagen ab, und wir gingen durch das Schiebetor. Wir wurden vom tosenden Applaus unserer Freunde begrüßt. Alle waren sie gekommen: Dylan, Taylor, Mike, Inma, Spike und Maja, sogar meine Mutter stand mit Hudson, Lynn und Timi dabei.

»Was ist denn das?«, fragte Cat verwundert und löste sich aus meinem Arm.

»Das ist dein Empfang. Du bist eine Heldin, Catwoman«, sagte ich. »Ich habe Dylan vorhin angerufen, der hat die Neuigkeiten wohl schon hinausposaunt«, fügte ich erklärend hinzu.

»Cat! Du bist so verrückt«, rief Inma, kam uns entgegen und warf sich ihr in die Arme. Die anderen folgten ihr, und nacheinander gratulierten alle Cat zu ihrem Erfolg.

Dylan klopfte mir auf die Schulter. »Hoffentlich ist es jetzt endlich vorbei, Mann.«

»Das hoffe ich auch.« Nachdenklich schaute ich zu Cat, die von Maja gerade stürmisch umarmt wurde. Das fahle Gefühl, das mich den ganzen Tag über begleitet hatte, war nicht verschwunden.

»Noah!«, fuhr mich Mom mit einem tadelnden Blick an, nachdem sie Cat kurz an sich gedrückt und mit ihr gesprochen hatte. »Du schuldest mir eine Erklärung, junger Mann.« Seufzend, aber erleichtert umarmte sie mich.

»Ja, Ma'am.« Ich schaute zu Hudson, der mir mit einer Geste signalisierte, dass er sie bereits eingeweiht hatte.

»Wie konntest du mir das alles nur verheimlichen? Also, ich weiß nicht, was ich dazu sagen soll.«

»Jetzt ist ja alles in Ordnung, Mom«, versicherte ich ihr. »Es hat sich alles aufgeklärt.«

»Mein Gott! Ich kann es immer noch nicht fassen.«

Lynn knuffte mich in die Seite, drückte mich aber kurz an sich. »Hey Cousin! Nächstes Mal könntest du auch ein Wort sagen, damit wir wissen, warum du dich so rar gemacht hast.«

»Sorry, Cousinchen, aber die Ereignisse haben sich ausgerechnet dann überschlagen, als ihr angekommen seid.«

Noch eine Weile standen wir zusammen, wurden von Cats Freundinnen belagert, und endlich lächelte sie wieder.

Eine Stunde später hatte Cat geduscht, und ich hatte sie gezwungen, wenigstens einen Bissen von einem Sandwich zu essen. Hudson hatte mir die Sachen mitgegeben, die Cat für den Chief hergerichtet hatte. Sie würde sie ihm morgen bringen. Sie legte sich ins Bett und zog die Decke bis zum Kinn hoch.

Ich setzte mich zu ihr und sah sie an. »Verrückter Tag, oder?«

»Allerdings«, flüsterte sie, und ich wusste, dass sie damit nicht nur die Sache mit Ashley meinte. Unser Streit stand noch immer zwischen uns.

»Ich ... Es tut mir leid wegen heute Morgen. Das Letzte, was ich will, ist, dich zu verletzen, Cat.« Von der Unschuld ihres Vaters war ich nicht überzeugt, aber ich wollte keinen neuen Streit riskieren. Für einen Tag hatte sie genug durchgemacht und brauchte einen Freund. Mit meinem Verdacht würde sie mich als Feind sehen.

»Wir sollten abwarten, bis alles geklärt ist. Erst dann wissen wir mehr.« Hörte ich da etwa einen Funken Zweifel heraus? Glaubte sie inzwischen selbst, dass etwas mit ihrem Dad nicht in Ordnung war? »Ich bin so müde, Noah.«

Ich küsste sie auf die Stirn. »Dann schlaf jetzt, Babe. Ich gehe kurz zu meinen Eltern. Sie reisen morgen früh wieder ab, und ich hatte bisher kaum Gelegenheit, Zeit mit ihnen zu verbringen.«

»Okay«, flüsterte sie, schloss die Augen und war nur eine Minute später eingeschlafen.

Wie wunderschön sie aussah. Wie ein Engel. Vorsichtig strich ich eine verirrte Locke aus ihrem Gesicht, bevor ich das Zimmer verließ. Ich blickte noch einmal zu ihr, zog leise die Tür hinter mir zu und machte mich auf den Weg zur Rainbow-Suite, die Hudson gebucht hatte.

Es war schon spät, als ich an die Tür klopfte.

»Willkommen in der Höhle des Löwen«, sagte Lynn scherzhaft und ließ mich hinein.

»So schlimm?«, fragte ich, trat ein und blieb im Flur stehen. Meine Cousine trug einen Handtuchturban auf dem Kopf, ein knappes Kleid, nur einen ziemlich hohen Schuh und hielt einen Lippenstift in der Hand. Sie humpelte mir hinterher. Ich runzelte die Stirn, als ich bemerkte, dass sie sich nur die Unterlippe angemalt hatte. »Was hast du denn vor? Gehst du zu einer halben Party?«

»Ha, ha ... sehr witzig. Ich will in die Hotelbar, bin mit einer netten Barkeeperin verabredet, aber wegen deinem Bruder werde ich noch zu spät kommen.«

Timi hatte meine Stimme vernommen und rannte mir entgegen. »Noah!«

Ich fing ihn auf. »Na, du Zwerg, noch nicht im Bett?«

»Doch, ich muss gleich.«

Mit ihm auf dem Arm betrat ich das Wohnzimmer. Hudson hatte sich nicht lumpen lassen. Die Rainbow-Suite gehörte zu den teuersten Räumlichkeiten. Sie war riesig, hatte drei Schlafzimmer und einen Wohnbereich, in den locker ganze zwei Appartements reingepasst hätten.

»Geh dich waschen und Zähne putzen, Timi. Ich komme gleich«, rief Mom aus einem Nebenraum.

Er krallte sich an mir fest.

»Geh schon, du kleines Monster, ich will mir noch die Haare föhnen«, sagte Lynn zu ihm.

Hudson hatte es sich auf dem Sofa bequem gemacht und zappte durch die Kanäle, als Mom hereinkam. »Hallo Schatz, schön, dass du noch vorbeikommst.« Sie gab mir einen Kuss. »Wie geht es Cat? Alles okay mit ihr?«

»Ja, es geht ihr so weit gut, denke ich.«

»Wo ist sie?«

»Sie schläft. Sie war ziemlich am Ende.«

»Das kann ich mir vorstellen.«

»Kann Noah mich nicht zu Bett bringen?«, quengelte Timi.

»Natürlich, wenn dein großer Bruder will.« Mom hob vielsagend die Brauen, und ich hörte den leichten Vorwurf heraus. »Er vermisst dich eben.«

Ich unterdrückte ein Seufzen und ließ meinen Bruder herunter. War klar, dass Mom keine Gelegenheit ausließ, mich daran zu erinnern, dass ich kaum Zeit für sie hatte, seit sie hier waren.

»Willst du?«, fragte Timi und zupfte an meiner Jacke. Dabei schaute er mich mit seinen Knopfaugen erwartungsvoll an.

»Klar, Kumpel. Mach dich bettfertig, dann komme ich.«

Der Knirps gab seinen Eltern brav einen Gutenachtkuss und verschwand im Badezimmer.

Lynn ließ sich neben Hudson aufs Sofa fallen. »Kommst du nachher mit in die Bar?«

»Wir haben noch etwas zu klären, junger Mann«, meinte Mom mit einem tadelnden Blick, bevor ich antworten konnte. »Du kannst später deine Cousine begleiten.«

»Sorry, Lynn, schätze, ich habe heute keine Chance.«

»Schade.« Sie grinste, weil sie genau wusste, dass Mom mich nicht so schnell aus ihren Fängen entlassen würde.

»Gibt es etwas Neues?«, wollte Hudson wissen, der zur Bar ging und sich einen Drink einschenkte.

»Nein, nichts. Der Detective ist nicht gerade von der schnellen Sorte.«

»Ich kann nicht fassen, dass ihr das alles vor mir geheim gehalten habt.« Mom verschränkte die Arme und sah abwechselnd von Hudson zu mir. »Nicht nur, dass du kein Wort davon erwähnt hast, dass du Cat wiederbegegnet bist, sondern auch, in welchen Schwierigkeiten sie steckt.«

»Ich wollte nicht, dass du dir Sorgen machst«, entschuldigte ich mich, schlenderte hinüber zum Sessel und stellte mich auf ein längeres Gespräch ein.

Sie blieb mitten im Raum stehen. »Ich darf nicht darüber nachdenken, in welcher Gefahr ihr euch die ganze Zeit befunden habt – Cat und du. Ständig diese Drohungen und Übergriffe. Ich habe mich heute mit Inma unterhalten, sie hat mir von ihrem Freund berichtet.«

Mom fuhr sich durchs Haar. Die Sorgenfalten auf ihrer Stirn erinnerten mich an unsere Anfangszeit in New York. Sie hatte solche Angst gehabt, dass *er* uns finden könnte. Die schrecklichen Dinge, die sie mit ihm erlebt hatte, hatten natürlich Spuren hinterlassen. Sie reagierte bei Kleinigkeiten ziemlich ängstlich. Es hatte lange gedauert, bis sie sich beruhigt und sicherer gefühlt hatte. Manchmal kam ihre nervöse Art aus dieser Zeit wieder zum Vorschein.

Hudson stellte sein Glas ab, trat zu ihr und nahm sie an den Schultern. »Madlen, deinem Sohn geht es gut. Ich habe dir schon gesagt, dass wir vermeiden wollten, dass du dir solche Sorgen machst.«

»Er hat recht, Mom. Außerdem haben meine Kollegen einen tollen Job gemacht. Sie haben die ganze Zeit geholfen, und die Polizei war auch eingeschaltet. Es ist vorbei.«

Sie nickte und schien sich zu beruhigen. »Aber dass du Cat wiederbegegnet bist, *das* hättest du mir doch erzählen können.«

Ich hörte die Enttäuschung in ihrer Stimme. »Du weißt doch, dass ich sie immer gemocht habe.« Endlich zuckte ein Grinsen auf ihren Lippen. »Und nun seid ihr sogar ein Paar. Du warst früher schon sehr verliebt in sie.« Ich schmunzelte, weil ich gewusst hatte, dass Mom dieses Thema schon seit ihrer Begegnung mit Cat im Restaurant unter den Nägeln brannte. Beim Essen hatte sie keinen Ton darüber verloren, aber ihre Blicke hatten Bände gesprochen. »Dann hast du neulich Cat gemeint, als du davon geredet hast, ein Mädchen mit nach Hause zu bringen?«

»Ich habe ›vielleicht‹ gesagt, Mom«, erinnerte ich sie.

Abwehrend hob sie die Hände. »Ja, ja, ist ja schon gut ... Das wäre wirklich toll.«

»Mom!« Ich verkniff mir, mit den Augen zu rollen. Wieso waren Mütter immer ganz versessen darauf, dass Söhne ihre Freundinnen mit nach Hause brachten? Mom konnte wie eine Glucke sein, und im Geiste sah ich schon Berge von Essen, die sie extra für uns zubereitete, Familienausflüge und Spieleabende, die Cat und ich durchstehen mussten.

»Es ist einfach unglaublich, dass ausgerechnet ihr beide euch nach so langer Zeit über den Weg lauft«, meinte sie und musterte mich nachdenklich.

»Das finde ich allerdings auch«, mischte sich Lynn ein, die gerade in einem anderen Fummel aus ihrem Zimmer kam. Sie strich sich über das hautenge Oberteil. »Wie hat Cat eigentlich reagiert, als ihr euch begegnet seid?« Sie nahm das Handtuch vom Kopf, ging zum Sofa und rubbelte ihren blonden Wuschelkopf trocken.

Ich schmunzelte, als ich daran zurückdachte. »Mit einer saftigen Ohrfeige.«

Hudson lachte, und Mom hob die Brauen.

»Sympathisch, deine Kleine«, stellte Lynn fest.

»Noah, ich bin fertig!«, rief Timi und kam zu uns.

Sofort stand Lynn wieder auf und stapfte ins Badezimmer. »Na endlich! Ich dachte schon, du bist beim Zähneputzen eingeschlafen ... Iieehhh! Timi! Kannst du nicht den Lufterfrischer benutzen, wenn du dein großes Geschäft erledigt hast?«

Timi grinste frech, als er sie stöhnen und fluchen hörte. Der kleine Rabauke entwickelte sich ganz nach meinem Geschmack. Ich lachte und hielt ihm die Hand entgegen, worauf er strahlend einschlug. Froh über die Unterbrechung schnappte ich ihn.

»Komm her, du Rakete.« Ich schlang einen Arm um seinen Bauch, hob ihn hoch und wirbelte ihn mehrmals durch die Luft. »Sag Gute Nacht.«

»Nacht, Mom, Nacht, Dad«, rief er vergnügt.

Ich lief los, ließ ihn mehrfach durch die Luft sausen, bevor ich ihn in seinem Zimmer auf das Bett warf. Er quiekte und kicherte vor Freude. Sein unbeschwertes Lachen war genial, klang wie Musik in meinen Ohren. Er hatte mir gefehlt. Ich zog die Decke über seinen kleinen Körper und setzte mich zu ihm. »Freust du dich auf zu Hause?«

»Ja, aber ich will, dass du mitkommst.« Schmollend schob er seine Unterlippe vor.

»Ich muss leider arbeiten, aber weißt du was? In den nächsten Ferien komme ich nach Hause, und dann werden wir ganz viel unternehmen, okay?«

Seine Augen leuchteten. »Versprochen?«

Ich hob feierlich drei Finger an meine Brust. »Versprochen.«

»Wie lange dauert es noch bis zu den Ferien?«

»Nicht sehr lange, ein paar Wochen.« Ich deckte ihn sorgfältig zu. »Und jetzt schlaf, du Halunke. Sonst kommst du morgen nicht aus den Federn.«

Er nahm seinen Teddy in den Arm. »Noah?«

»Hm?«

Er nestelte an der Knubbelnase seines Stofftiers. »Warum hat Mom heute geweint?«

Ich hob die Brauen. Es war unausweichlich gewesen, dass er vom heutigen Tag etwas mitbekommen hatte. »Hat sie das?«

Er nickte. »Ich hab's genau gesehen, aber Dad sagt, sie hat sich nur gefreut, diese Frau mit den Locken wiederzusehen.«

Ich grinste. Timi war ein aufgeweckter, intelligenter Junge, der ein gutes Gespür dafür hatte, wenn Mom sich sorgte. »Erinnerst du dich, als wir an Moms Geburtstag im Restaurant essen waren?«

Er nickte erneut. »Ja, die Frau hat mir ein Eis gebracht. Es war sehr lecker.«

»Genau. Sie heißt Cat und war früher meine beste Freundin.«

»Und heute ist sie es nicht mehr?«

»Doch, aber sie war ziemlich böse auf mich. Erinnerst du dich, dass ich dir mal erzählt habe, wo Mom und ich früher gewohnt haben, bevor du auf der Welt warst?«

»Ganz weit weg von New York.«

»Richtig. Ich war etwas älter als du, da habe ich Cat dort kennengelernt. Wir wurden die besten Freunde. Als Mom und ich nach New York gezogen sind, war Cat ziemlich sauer, weil ich ihr nichts von unserem Umzug gesagt habe.«

»Du hast ihr nicht Auf Wiedersehen gesagt?«

»Nein. Sie war zu dem Zeitpunkt im Urlaub bei ihrer Tante.«

»Das war aber nicht nett von dir.«

Ich schmunzelte. »Ja, das war ziemlich blöd.«

»Und jetzt? Ist sie noch böse auf dich?«

»Nein, zum Glück nicht. Sie ist wieder meine Freundin. Aber Mom hat das nicht gewusst und es an ihrem Geburtstag erfahren. Sie hat Cat sechs Jahre nicht gesehen und sich gefreut, dass sie und ich wieder Freunde sind.«

»Ach so«, murmelte er. »Ich werde auch immer dein Freund sein«, verkündete er und legte seine kleinen Hände um meinen Hals.

Mein Herz blähte sich auf vor Zuneigung. »Und ich deiner. So, aber jetzt wird geschlafen.«

»Na gut. Nacht, Noah.«

»Gute Nacht, du Räuber.« Wir klatschten mit den Händen ein, machten dazu ein Geräusch, als würden unsere Fäuste explodieren, und ließen die Finger zappeln. Ich freute mich, dass er unser Ritual nicht vergessen hatte. »Schlaf schön.«

Ich löschte das Nachtlicht, und Timi kuschelte sich in die Kissen. Wie früher blieb ich noch eine Weile bei ihm. Ich sah auf den kleinen Jungen hinab, der mir so viel bedeutete.

***

»Schläft er?«, fragte Mom, als ich wieder das Wohnzimmer betrat.

»Wie ein Murmeltier.«

Ich setzte mich in den Sessel, und Lynn kam fertig gestylt aus dem Badezimmer. Sie blieb mitten im Raum stehen und drehte sich einmal im Kreis. »Und? Wie sehe ich aus?«

»Wunderschön, Liebes«, sagte Mom anerkennend.

Lynn wartete auf Hudsons und mein Urteil.

»Ich würde sagen, die Frauen werden dir zu Füßen liegen. Du siehst klasse aus.«

»Hoffen wir nur, dass Lynn nicht über all die Frauen stolpern wird«, ergänzte ich amüsiert und fing mir einen genervten Blick von ihr ein.

»Und wenn schon? Frau kann nie genug Auswahl haben. Also, ich geh dann mal.« Sie stolzierte in ihren hohen Tretern durch den Raum und nahm ihre Handtasche.

»Viel Spaß und pass auf dich auf«, rief Mom ihr hinterher. Die Tür fiel leise ins Schloss. Mom wandte sich an mich. »Jetzt erzähl mal in Ruhe. Wie kam das alles zustande? Hudson hat gemeint, dass Chief Spence schon länger in San Francisco lebt.«

Seufzend ließ ich mich in den Ohrensessel fallen. Mein Stiefvater ging erneut zur Bar, hob die Whiskeyflasche an und fragte stumm, ob ich auch einen Drink wollte. Ich nickte und berichtete, was in den letzten Monaten geschehen war. Natürlich ließ ich einige Detail aus. Ich merkte, wie schwierig es für mich war, so neutral wie möglich vom Chief zu erzählen, da Mom große Stücke auf ihn hielt und seinen wahren Charakter nicht kannte. Nur Hudsons aufmerksamer Blick entging mir nicht. Er studierte lange mein Gesicht.

»Das hätte ich Ashley niemals zugetraut«, sagte Mom in Gedanken, nachdem ich geendet hatte. »Ich habe sie als nettes Mädchen in Erinnerung. Was ist mit ihr geschehen?«

»Menschen ändern sich, Madlen«, meinte Hudson. »Manchmal reicht eine Kleinigkeit aus, um fatale Entscheidungen zu treffen.«

»Das stimmt«, pflichtete sie ihm bei. »Als ich damals Raymond geheiratet habe, hätte ich auch niemals gedacht, dass sich mein Leben danach so ändern würde.«

Dass Mom so frei von ihrer Vergangenheit mit meinem Erzeuger reden konnte, war harte Arbeit gewesen. Hudson hatte sie dazu gebracht, zu einem Seelenklempner zu gehen. Durch ihn hatte sie gelernt, offen zu sprechen. Es hatte mich beruhigt zu sehen, wie es ihr psychisch immer besser ging.

»Noah, hast du dir schon Gedanken gemacht, wie es nun weitergehen wird?«

Ich runzelte die Stirn. »Was meinst du?«

»Na ja, wir haben doch das letzte Mal darüber gesprochen,

dass du überlegst, wieder nach Hause zu kommen. Ist das wegen Cat vom Tisch?«

»Woher soll der Junge das jetzt schon wissen, Madlen? Wenn man frisch verliebt ist, lebt man den Augenblick, da wird er kaum über einen Umzug nach New York nachdenken«, mischte sich Hudson ein. »Oder hast du etwa vergessen, wie es ist, verliebt zu sein?«, neckte er sie und beugte sich zu ihr.

Sie gab ihm einen Kuss. »Natürlich nicht, ich wollte nur ...«

Ich fuhr mir über den Dreitagebart. »Im Moment will ich einfach nur hier sein, bei Cat. Mehr weiß ich nicht«, erklärte ich müde. »Die Sache mit dem Rosenstalker ist endlich vorbei, Cat kann erst mal aufatmen.«

»Theoretisch könntet ihr das auch in New York. Dort gibt es auch Jobs. Du weißt, dass du mir zu weit fort bist. Timi vermisst dich – und wir ebenfalls.«

»Mom«, rief ich genervt. »Ich weiß, im Augenblick werde ich San Francisco sicher nicht verlassen.«

»Madlen, du bist schlimmer als jede Glucke. Der Junge ist erwachsen!«

Ich lächelte Hudson an. So direkt hätte ich es zwar nicht ausgedrückt, aber Mom verstand sofort und verstummte. Ich wusste, dass sie mich sehr liebte, aber manchmal konnte sie mir echt auf die Nerven gehen.

»Ich will doch nur sagen, dass du uns fehlst, Schatz. Egal, was geschieht, du kannst immer nach Hause kommen ... Oh Gott, ich bin wahrscheinlich wegen dieses ganzen Durcheinanders von heute etwas sentimental. Bitte entschuldigt.«

Ich stand auf und umarmte sie. »Alles gut, Mom. Ich liebe dich.«

»Ich liebe dich auch, Noah.« Sie verdrückte sich eine Träne, als sie ihre Hände auf meine Wangen legte und mich liebevoll ansah. »Versprich mir, dass du auf dich aufpasst.«

»Mach ich.«

Ich dachte darüber nach, wie es wäre, Cat New York zu zeigen. Vielleicht wäre das genau die Ablenkung, die sie brauchte. Dann fiel mir wieder ein, dass sie ihren Vater nicht zurücklassen würde, zumindest nicht, solange er im Krankenhaus lag, und ich hatte Billy und den Kampf an der Backe. Ich verwarf den Gedanken an New York. Ich musste mich erst um alles hier in San Francisco kümmern.

22

Cat

Krampfhaft zogen sich meine Lungen zusammen, in wenigen Sekunden würde ich ersticken. Ich wollte schreien, doch kein Laut kam aus mir heraus. Panisch rang ich nach Atem. Stattdessen hallte ein gehässiges Lachen durch meinen Kopf, das mir durch Mark und Bein ging.

»Babe, wach auf.«

Mit einem tiefen Atemzug schreckte ich auf. *Atmen. Atmen. Atmen.* Der Albtraum fiel von mir ab wie ein geplatzter Luftballon, nur der Schrecken saß mir noch in den Gliedern.

»Atme, Cat! Du hast nur geträumt.« Ich nickte, sank langsam wieder in die Kissen und kuschelte mich an seinen Hals. »Alles okay?«, fragte Noah und sah forschend in mein Gesicht. Die Reste meines Albtraumes verblassten, tief sog ich seinen Duft ein, während Noah mich sanft und beruhigend streichelte.

»Ich habe keine Luft bekommen, und sie hat ganz grässlich gelacht«, flüsterte ich.

»Sch... Es ist vorbei, Cat. Niemand wird dir mehr etwas tun.«

Es dauerte einige Minuten, bis ich mich gefangen hatte. Ich

wandte meinen Kopf zum Fenster. Draußen dämmerte es bereits, und die Erinnerungen an den gestrigen Tag drangen in mein Bewusstsein. *Ashley ist für alles verantwortlich, was in den letzten Monaten geschehen ist, sie ist der Rosenstalker,* hallte es in mir.

Ruckartig setzte ich mich auf. »Ich muss zu Dad.«

»Was? Jetzt?«, murmelt Noah verschlafen.

»Ja. Ich muss ihn sehen. Er weiß womöglich noch gar nicht, dass es Ashley war, die ihm ein Messer in den Bauch gejagt hat.« Ich schwang die Decke von mir und ging ins Badezimmer.

Ich klatschte mir kaltes Wasser ins Gesicht und hielt inne, als ich mein Spiegelbild betrachtete. Ich sah furchtbar aus. Ich war bleich, und tiefe Schatten zeichneten sich unter meinen Augen ab. Mein Hals schaute aus, als wäre ein Lastwagen darübergefahren. Ashleys Abdrücke waren in allen Farbschattierungen von Rot bis Blau deutlich zu erkennen. Miststück! Ich putzte mir die Zähne und stieg unter die Dusche.

Eine halbe Stunde später fuhr Noah mich ins Krankenhaus. Es war kurz vor acht Uhr morgens, als wir das *UCSF Medical Center* erreichten.

»Schreibst du mir, wenn ich dich abholen soll?«, fragte Noah, als wir in der Eingangshalle standen und uns verabschiedeten. Er musste zur Arbeit.

»Ja. Ich melde mich.« Ich wollte mich abwenden, aber Noah hielt mich am Arm fest und zog mich an sich.

»Mute dir nicht zu viel zu. Du solltest dir mehr Pausen gönnen.« Sein Blick ruhte sanft auf mir. Ich fand seine Fürsorge süß, aber ich hatte all diese Fragen im Kopf und musste sie meinem Vater stellen, auch wenn ich wahrscheinlich keine Antwort bekommen würde.

»Es geht mir gut«, versicherte ich ihm. »Bis später.« Ich stellte mich auf die Zehenspitzen, hauchte einen zarten Kuss auf seine Lippen und wollte mich erneut von ihm abwenden, aber er hielt mich nochmals zurück.

Diesmal streckte er mir die Tasche mit Dads Sachen hin. »Die solltest du mitnehmen, Babe.«

»Oh, natürlich. Die hätte ich beinahe vergessen. Danke.«

Ich nahm sie, wandte mich ab und lief zum Aufzug. Ich spürte seinen Blick im Rücken, aber ich drehte mich nicht um. Ich war voller Zweifel und Ängste, und diese ganze Sache zermürbte mich. Es gab so vieles, was ich nicht wusste, und noch mehr, was ich nicht verstand. Diesmal konnte Noah mir keine zufriedenstellende Antwort geben, auch wenn er es wollte. Seine Briefe, die ich gestern Abend in meiner Handtasche vergessen hatte, wogen fast eine Tonne.

Jetzt wollte ich meinen Vater sehen und ihm berichten, was geschehen war. Wusste er, dass Ashley hier war? Und wenn ja, warum hatte er das nie erwähnt? Wie er wohl reagieren würde, wenn ich ihn mit all den Dingen konfrontierte? Mein Gewissen meldete sich und ermahnte mich, es langsam anzugehen. Wahrscheinlich war Dad sauer, weil ich ihn gestern doch alleingelassen hatte. Vielleicht ging es ihm noch zu schlecht, und ich konnte ihn mit meinen Fragen nicht behelligen.

Ich straffte die Schultern und atmete tief ein, bevor ich zu ihm ins Zimmer schlüpfte. Wie einen Tag zuvor lag er in dem Krankenbett, an Maschinen und Schläuchen angeschlossen. Aber er war wach, starrte ausdruckslos aus dem Fenster.

»Hi Dad«, sagte ich, schloss die Tür und trat an sein Bett. Er drehte den Kopf zu mir. Er sah immer noch schlecht aus, sein Bartschatten war dunkler als gestern und seine Augen gerötet, als hätte er nicht geschlafen. Zögernd griff ich nach seiner Hand. Sie war warm. »Es tut mir leid, dass ich gestern gegangen bin. Ich ... musste dringend los.« Mir klopfte das Herz bis zum Hals, als ich den traurigen Ausdruck in seinen Augen las. »Was haben die Ärzte zu den Untersuchungen gesagt?«, wechselte ich das Thema. »Wirst du wieder gesund?« Ich zwang mich zu einem Lächeln, aber Dad kannte mich, wusste, dass es nicht echt war und ich nur meine Verlegenheit überspielen wollte.

Er drückte einmal für Ja.

»Das sind großartige Neuigkeiten.« Ich zog den Stuhl hinter mir näher heran und setzte mich. »Ich habe deine Sachen mitgebracht.«

Eine unangenehme Stille hing im Raum. Jetzt, da ich Dad wiedersah, schienen die schrecklichen Ereignisse seltsam fremd und weit entfernt, als hätte ich sie mir nur eingebildet. Doch mein verfärbter Hals und Noahs Briefe waren Beweis genug, dass das alles der Realität entsprach. Es war wahrscheinlich keine gute Idee, ihn gleich mit allem zu konfrontieren. Vielleicht sollte ich erst einen Arzt fragen und ihn um seine Meinung bitten, ob ich ihn damit überhaupt belasten konnte.

Händeringend suchte ich nach einem Thema, irgendetwas, was ich sagen konnte. Da fiel mir ein anderer Brief wieder ein, den ich gestern entdeckt hatte. »Mr. Claus hat dir einen Brief geschrieben, Dad.« Ich kramte ihn aus meiner Handtasche, dabei achtete ich darauf, dass ich nicht versehentlich einen von Noah herausfischte. Ich lächelte erleichtert, als ich ihn fand. »Ist es nicht seltsam? Obwohl ich nicht viel mit ihm zu tun hatte, fehlt er mir. Geht es dir auch so?« Er reagierte nicht. »Ich lese ihn dir vor.«

Beherzt öffnete ich den Umschlag und nahm den handgeschriebenen Brief heraus. Ich räusperte mich und las laut vor.

Mein lieber alter Freund, Mr. William Spence,

wenn Sie diesen Brief lesen, werde ich nicht mehr unter Ihnen weilen. Meine Zeit ist gekommen, ich ziehe den Hut und gehe. Doch vorher möchte ich Ihnen diese Zeilen hinterlassen.

Scharf sog ich den Atem ein und schaute mit weit aufgerissenen Augen meinen Vater an. Sekunden verstrichen, in denen nur der Piepton der Maschinen zu hören war, die einen viel zu schnellen Herzschlag registrierten. Dad erwiderte ernst und stumm meinen Blick. In meinem Kopf echoten Mr. Claus' Worte, und nur langsam sickerten sie in mein Bewusstsein. Das konnte nicht sein! Vielleicht hatte ich mich getäuscht. Ich ging die Zeilen noch einmal durch und las den Brief dann weiter.

Geräuschvoll schlitterte der Stuhl über den Boden, als ich keuchend aufstand und zu Dad – dem Mörder von Noahs Vater –
starrte. Mein Mund war staubtrocken, mein Hirn wie leergefegt.
Tausend Fragen kamen mir in den Sinn, aber ich brachte keinen
Ton heraus. Tränen benetzten Dads Gesicht, und ich deutete sie
als Zeichen, dass es die Wahrheit war. Ich stand vollkommen
neben mir, wusste nicht, was ich tun oder denken sollte.

»Ist es wahr, was Mr. Claus geschrieben hat?«, flüsterte ich
kaum hörbar, aber ich wusste, dass Dad jedes Wort verstanden
hatte.

Ich trat zu ihm, griff zitternd nach seiner Hand. Zögernd
legte ich meine in seine und wartete auf den Händedruck. Ich
hatte Angst, und doch spürte ich instinktiv, dass ich die Antwort
schon kannte.

Dad drückte einmal meine Finger, und ich wartete auf das
erlösende zweite Mal. Sekunden verstrichen. Er tat es nicht.

Mr. Claus hatte die Wahrheit geschrieben. Ich schloss die
Augen, meine Gedanken rasten: *Mein Vater ist ein Mörder, hat
Noah irgendwie unter Druck gesetzt, und Mr. Claus wusste es.*
Abrupt ließ ich Dads Hand los, taumelte keuchend rückwärts

gegen die Wand. Ich steckte den Brief in meine Hosentasche und stolperte aus dem Zimmer. Ich hielt es keine Minute länger in dem Gebäude aus.

Plötzlich ergab alles Sinn. Noahs Träume, seine Blockade, die Abneigung, die er gegen meinen Vater hegte, die Briefe, die Dad unterschlagen hatte. Aber warum? Wie war das alles möglich, und was zum Teufel hatte Mr. Graham Becky angetan?

Ich brauchte Antworten, und diesmal würde ich keine Ruhe geben.

Ich bezahlte das Taxi, das ich irgendwo auf meinem Irrweg angehalten hatte, und stieg beim *Empire Heaven* aus. In meinem Appartement schrieb ich Noah eine Nachricht und tigerte im Wohnzimmer auf und ab, bis ich hörte, wie er den Schlüssel umdrehte. Nicht mal mein geliebtes Erdbeerbonbon konnte mich beruhigen.

»Cat? Was ist passiert? Wieso bist du ...?« Seine Fragen erstarben in dem Augenblick, als er mich sah. Ich konnte nicht anders, als ihn voller Enttäuschung und Entsetzen anzustarren. Wortlos trat ich zu ihm und drückte ihm Mr. Claus' Brief an die Brust. »Was ist das?«

»Lies«, befahl ich im barschen Ton und beobachtete ihn, wie er es tat. Seine Gesichtsfarbe änderte sich, er wurde ganz fahl. Sein Mund öffnete sich, er atmete schwer. Schließlich ließ er den Brief fallen und setzte sich aufs Sofa, wo er die Hände in seinem Haar vergrub.

Die Stille zwischen uns war ohrenbetäubend, und es dauerte lange, bis er sich wieder erhob und zum Fenster ging. Sein Schweigen bedeutete also, dass alles wahr war. Es bedeutete auch, dass Noah mich die ganze Zeit belogen hatte.

»Bitte, Noah, sag mir endlich, was passiert ist. Ich halte diese Ungewissheit nicht länger aus.«

Mit glasigem Blick starrte er ins Leere, reagierte nicht auf meinen Wunsch. Ich war mir nicht sicher, ob er mich gehört hatte. Er wirkte abwesend, weit fort mit den Gedanken. Er ballte die Fäuste und presste die Augen zusammen. Dann öffnete er plötzlich den Mund. »Alles ... was Mr. Claus in dem Brief geschrieben hat, ist ... die Wahrheit. Dein Vater ... hat meinen ... umgebracht«, stotterte er. »Ich weiß das ... weil ... weil ich es beobachtet habe. Der Chief hat uns gedrängt ... Pleasant Hill zu verlassen. Aus Angst ... ich könnte ihn verraten ... hat er mich ... erpresst.«

Ich runzelte die Stirn und versuchte zu verstehen, was Noah preisgab. Es war ihm anzusehen, wie viel Überwindung und Kraft ihn das Geständnis kostete. Seine Hände zitterten, seine Atmung ging schnell, und Schweiß war auf seine Stirn getreten.

»Warum hat mein Vater ihn umgebracht?« Jetzt konnte ich die Tränen nicht zurückhalten und ließ sie einfach laufen.

»Weil ...« Er schluckte mehrmals, verzog das Gesicht, stieß den Atem aus und schüttelte die Anspannung aus seinen Fingern. »Weil Becky ...« Er brach erneut ab und schaffte es nicht, die Worte auszusprechen, die ihm so zusetzten. Er seufzte tief, und es lag so unendlich viel Kummer darin. »Weil ... er sie mehrfach sexuell missbraucht hat«, spie er vor Ekel hervor. Kaum war es raus, sackten seine Schultern zusammen und er ließ den Kopf sinken.

Ich schnappte nach Luft, als ich die grausame Wahrheit hörte. Nein, das konnte nicht sein! Das hätten wir doch bemerkt ... oder?

»Ich wollte nie, dass du das erfährst«, raunte Noah, während ich ihn voller Entsetzen anstarrte.

»Das ... das glaube ich nicht.«

»Es ist aber die beschissene Wahrheit, Cat.« Sein Blick ruhte düster und zugleich schmerzerfüllt auf mir.

Ich zerrte das Bild unseres früheren Schulhausmeisters vor meine Augen, erinnerte mich an die vielen Male, die er Noah das Leben zur Hölle gemacht hatte. Er war ein Mann, der Kinder und Jugendliche nie besonders gemocht hatte. Wie oft hatten Mason und seine Kumpels ihn mit irgendwelchen Streichen in Rage versetzt, worauf Mr. Graham meist überzogen reagiert hatte? Er war nicht der sympathische Familienvater, der seinen Sohn mit Liebe überschüttet hatte – aber sexueller Missbrauch? Noah hatte immer unter ihm gelitten. Es hatte ihm Spaß bereitet, Noah wegen des Übergewichts und der Unsportlichkeit fertigzumachen, ihn zu quälen und zu erniedrigen.

Noah hatte ihn gehasst. Ich hatte ihn gehasst. Je älter Noah wurde, desto heftiger wurden die Streitereien. Ich wusste von sexistischen Bemerkungen, die der alte Graham hin und wieder von sich gegeben hatte, wenn er betrunken gewesen war. Selbst Mr. Claus hatte mich davon abzuhalten versucht, zu Noah zu gehen, wenn sein Vater im Haus war.

Ich dachte an Becky, und allein die Vorstellung, dass Graham sie angefasst hatte, war unerträglich. Ich erinnerte mich an blaue Flecken auf ihren Oberschenkeln, die ich einmal zufällig entdeckt hatte und die sie vor mir hatte verbergen wollen. Plötzlich ergaben ihre seltsamen Sprüche, ihr verschlossenes Wesen, all ihre Heimlichkeiten Sinn. Wie eingeschüchtert musste sie gewesen sein? Was hatte sie alles ertragen müssen, ohne sich jemandem anvertrauen zu können, ohne jede Hilfe? Wie viele Male hatte sie das aushalten müssen? Bei dem Gedanken wurde mir übel.

»Das hättest du nie erfahren sollen. Jetzt wird es noch schwerer für dich, mit dem Tod deiner Schwester zu leben«, raunte er.

Ich keuchte. »Nicht nur das! Ich weiß überhaupt nicht mehr, wem ich noch trauen kann. Wie soll ich mit dem Wissen jemals fertigwerden?«

Er kam auf mich zu.

»Cat, ich liebe dich. Wir finden irgendwie einen Weg. Wir schaffen das«, versicherte er mir, aber wie sollte ich daran glauben?

»Wir? Wie kannst du das sagen? Du hast mich so lange belogen. Ich habe dir vertraut. Du hast sogar hinter meinem Rücken gehandelt. Du hast so viele Geheimnisse, die du mir nicht anvertrauen kannst, weil du selbst in diesem Trauma feststeckst.« Voller Schmerz trat ich rückwärts. Ich musste hier raus, ehe dieses Kartenhaus aus Lügen über mir zusammenbrach und mich endgültig unter sich begrub. »Ich habe keine Kraft mehr, Noah. Ich kann das nicht länger.«

Mit dem Herzen voller Kummer und dem Kopf voller Probleme hielt ich es nicht mehr aus, schnappte meine Handtasche und rannte aus dem Appartement. Wie von selbst bewegten sich meine Beine. Ich stürmte durch die Straßen, bis meine Lunge brannte und ich Noahs Rufe nicht mehr hörte. Irgendwo machte ich halt, verschnaufte und entdeckte den Eingang eines Parks. Dort setzte ich mich auf eine Wiese, lehnte mich an einen Baumstamm und weinte. Mein Hirn war vollgestopft mit unzähligen hässlichen Wahrheiten, die ich lieber nicht erfahren hätte. Wenn mein Leben vorher ein Chaos gewesen war, dann war es jetzt eine Vollkatastrophe.

Mein Dad war zu einem Mörder geworden, nachdem er herausgefunden hatte, was meiner armen Schwester widerfahren war. Einerseits konnte ich den Hass und die Wut auf Graham vollkommen nachvollziehen – aber Mord?! Welche kriminelle Energie musste in meinem Dad geschlummert haben, dass er sogar Noah unter Druck gesetzt hatte? Nein, dieser Mann war mir fremd. Ich konnte es immer noch nicht fassen, aber am schlimmsten waren die Gedanken an Becky. Sie waren unerträglich, und jedes Mal, wenn ich versuchte, es mir vorzustellen, drang ein gequälter Laut über meine Lippen und Tränen stiegen auf. Mein Gott! War das der wahre Grund, warum sie sich auf unserem Dachboden erhängt hatte? Warum stand im Obduktionsbericht, dass sie Jungfrau gewesen war? Die Fragen, auf die ich keine Antworten erhalten würde, folterten mich. Becky und Mr. Claus waren tot, Noah und Dad ... Konnte ich ihnen noch vertrauen? Wer hatte noch davon gewusst? Grandpa Bambam? Mom? Martha? Vielleicht ganz Pleasant Hill? Etwa Ashley?

Es vergingen Stunden, in denen ich regungslos dasaß und irgendwie klarzukommen versuchte. Ich öffnete meine Tasche und nahm ein Taschentuch heraus. Dabei entdeckte ich Dads Dokumentenmappe, die ich im Krankenhaus an mich genommen hatte. Sie war aus feinstem Leder, ein sauteures Ding, das er von Mom mal zu Weihnachten geschenkt bekommen hatte.

Ich öffnete sie und durchsuchte den Inhalt. Außer etwas Bargeld, seinen Kreditkarten und irgendwelchen Mitgliedskarten fand ich nur Fotos von Becky und mir. Doch dann entdeckte ich in einem Fach meine Geldkarte, die ich ihm damals aus Trotz zurückgegeben hatte, als Mom und er mir jegliche finanzielle Unterstützung verwehrt hatten. Ich nahm sie an mich. Keine Ahnung warum, aber plötzlich drangen Ashleys Worte in mein Bewusstsein, die sie mir ins Ohr geflüstert hatte, bevor man sie mit der Spritze ruhiggestellt hatte.

Wenn du die Wahrheit wissen willst, dann geh ins Chalet.

Gestern hatte ich es noch als ein Hirngespinst abgetan, aber jetzt fragte ich mich, warum Ashley das zu mir gesagt hatte. Wusste sie vielleicht mehr?

Ich richtete mich auf und beschloss, es herauszufinden.

23

Cat

Es dämmerte bereits, als ich am Flughafen ankam und gerade noch so die letzte Maschine nach Eugene erwischte. Mein Handy zeigte unzählige Nachrichten und Anrufe von Noah an. Bevor ich es wieder ausschaltete, schrieb ich Inma, damit wenigstens sie wusste, was ich vorhatte. Sie war die Einzige, der ich noch vertraute. Ich sehnte mich danach, mich bei ihr auszuheulen, ihr alles zu erzählen. Doch sie hätte alles getan, um mich zu unterstützen, hätte mich nie allein fliegen lassen, hätte mich begleitetet. Ich wusste aber, dass ich diese Reise allein antreten musste.

In Eugene nahm ich den Bus nach Pleasant Hill. Diesmal dauerte die Fahrt weniger als zwanzig Minuten, und der Busfahrer war so freundlich und hielt ausnahmsweise in der Nähe unserer Villa. Ich machte mir nicht die Mühe zu klingeln, da ich wusste, dass niemand da sein würde.

Genau wie beim letzten Mal kletterte ich auf den Baum, überwand die Mauer und sprang auf die Wiese unseres Anwesens. Es war bereits dunkel, als ich auf unser Haus zulief und abrupt stehen blieb. Es brannte Licht in der Villa. War doch jemand da? Oder vielleicht Einbrecher?

Ich schlich mich am Pool vorbei und spähte in den Salon. Martha? Ich hatte geglaubt, sie wäre bei ihrer Schwester. Leise klopfte ich gegen die Terrassentür.

Martha zuckte zusammen, öffnete aber sofort, als sie mich erkannte. »Cat? Was, um Himmels willen, tust du hier?«

Ich fiel ihr um den Hals. »Das Gleiche könnte ich dich fragen. Ich dachte, du wärst in Denver.«

»Das war ich, aber ... als deine Mom mich anrief und mir mitteilte, dass sie wieder hier ist, bin ich zurückgekommen.«

Ich zog die Brauen hoch. »Sie ist wieder da?«

»Hat sie dir nichts gesagt?«

»Kein Wort.«

Sie schüttelte den Kopf, besann sich dann aber und sah mich voller Sorge an. »Was ist passiert? Ist etwas mit deinem Vater?«

Für eine Sekunde dachte ich darüber nach, ihr alles anzuvertrauen, aber das konnte ich nicht. Ich musste erst herausfinden, was Ashley mich wissen lassen wollte. Ich brauchte Abstand, um mir über einiges klarzuwerden. Nur verheimlichen, dass der Rosenstalker entlarvt war und Dad verletzt im Krankenhaus lag, das konnte ich nicht. Seufzend schloss ich die Terrassentür und ging mit ihr zum Sofa, wo ich ihr alles erzählte.

»Um Gottes willen, Kind!«, rief sie und schlug beide Hände auf den Mund. »Ashley Miller? Aber ... Das ist ...«

Ich nickte. »Unglaublich, ja.«

Martha war geschockt, und sie brauchte einen Moment, um die Neuigkeit zu verdauen. Wir überlegten, warum Ashley so gehandelt hatte. »Hängt das vielleicht mit ihrer Drogensucht zusammen?«

»Ich weiß es nicht, aber ich habe das Gefühl, dass viel mehr dahintersteckt.«

»Also, ich hatte noch nie viel für das Mädchen übrig, aber das hätte ich ihr niemals zugetraut.«

»Meine Rede.«

Ich erklärte ihr die Zusammenhänge und beantwortete ihre Fragen. Es war bereits weit nach Mitternacht, und ich unterdrückte ein Gähnen.

»Und Noah? Was meint er zu allem? Wo ist er überhaupt?«

»Er muss arbeiten und konnte nicht mitkommen«, beeilte ich mich zu sagen, aber diese Rechnung hatte ich ohne Martha gemacht. Es hätte mir klar sein müssen, dass sie mir den Kummer schon an der Nasenspitze ansah.

»Raus mit der Sprache«, forderte sie. »Irgendetwas stimmt doch nicht.«

Da hatte sie allerdings recht. Ich senkte den Blick. »Wir haben uns gestritten.« Das war noch nicht mal gelogen. »Und ich bin ...«

»... mal wieder auf und davon.« Sie verzog den Mund. »Ach Kinder, warum macht ihr es euch immer so schwer?« Sie umarmte mich und strich eine Locke hinter mein Ohr.

»Ich brauche Abstand und will mir über Verschiedenes klar werden, deshalb bin ich hier.«

Sie sah mich an. »Willst du darüber reden?« Ich schüttelte den Kopf. »Na gut, dann ruh dich erst mal aus. Du wirkst ziemlich erschöpft. Du wirst sehen, morgen schaut die Welt wieder anders aus.«

Wenn es nur so einfach wäre ...

Obwohl ich todmüde war, fand ich die ganze Nacht keine Ruhe. Erst in den Morgenstunden konnte ich all die Gedanken loslassen, die mir durch den Kopf geisterten, und schlief dann tief und fest bis in den Mittag.

Nach einer Dusche fand ich Martha in der Küche. »Morgen.«

»Hallo Cat. Hunger?«, begrüßte sie mich lächelnd, legte das

Messer beiseite, mit dem sie gerade Gemüse fürs Mittagessen geschnippelt hatte, und goss mir einen Kaffee ein.

»Nicht besonders. Wo ist Mom?«

»In ihrem Büro. Ich habe sie den ganzen Vormittag nicht gesehen.«

»Hat sie die Therapie abgebrochen?«, fragte ich und nahm einen Schluck.

Martha zuckte mit den Schultern. »Ich weiß es nicht. Ich denke schon. Eigentlich war der Aufenthalt in der Klinik für mehrere Wochen geplant.« Sie verzog das Gesicht. »Sie hat keinen Tropfen angerührt, seit sie wieder hier ist. Zumindest behauptet sie das, und bisher habe ich auch nichts bemerkt.«

Ob das stimmte? Ich hatte Zweifel. »Weiß Grandpa Bescheid?«

»Nein, sie will nicht, dass ich ihn informiere.«

Seufzend stellte ich die Tasse ab. »Ich werde sie nie verstehen. Ich rufe ihn nachher an. Er weiß auch die Neuigkeiten um Ashley noch nicht.« Ich nahm noch einen letzten Schluck und rutschte vom Hocker. »Ich will gleich ins Chalet fahren. Ist der Schlüssel noch an der gleichen Stelle versteckt?«

Martha hielt beim Schneiden der Zucchini inne. »Was ist mit dem Essen? Und warum willst du denn in das Landhaus? Das ist zwei Autostunden von hier entfernt.«

Ich wich ihrem Blick aus, ging um die Theke herum. »Och ... nur so. Es war schon lange niemand mehr da, und ich dachte, ich könnte mal nach dem Rechten sehen. Außerdem will ich zur Ruhe kommen, und ich denke, es könnte mir dort ganz guttun.«

»Okay, der Schlüssel hängt in der Garage, aber ... Cat, du hast kaum etwas gegessen«, rief sie mir nach, als ich schon aus der Küche laufen wollte. »Nimm wenigstens für später etwas mit.«

Ich machte auf dem Absatz kehrt und schmunzelte. Sie

dachte einfach an alles. Mit wenigen Handgriffen richtete sie mir eines ihrer berühmten Lunchpakete. »Du hast Glück, dass noch etwas von dem Hühnchen von gestern übrig ist.« Neben der Keule packte sie mir noch etwas Salat, ein Stück Käse und Kekse ein. »Melde dich, wenn du angekommen bist.«

Sie drückte mir die Papiertüte in die Hand.

»Mach ich. Danke. Spätestens heute Abend bin ich zurück.« Ich gab ihr einen Kuss auf die Wange und beeilte mich, aus der Küche zu kommen. Von der Eingangshalle führte eine Tür in die Garage, wo der Fuhrpark meiner Eltern stand und in einem Kasten die Schlüssel für die Wagen und das Chalet hingen. Ich entschied mich für den Pick-up, den Dad auch immer genommen hatte, wenn er durch das ungepflasterte Gelände zum Landhaus gefahren war.

***

Die Sonne schaffte es endlich durch die dicke Wolkenschicht, als ich schon eine ganze Weile der Landstraße gefolgt war. Ich ließ die Fensterscheiben ein wenig herunter und genoss den Fahrtwind, der mein Haar zerzauste. Es war beinahe so, als würden meine Gedanken im Wageninneren durcheinanderfliegen. Ich dachte an Noah und all das, was ich in San Francisco zurückgelassen hatte. Der Schmerz erwischte mich so heftig, dass ich für einen Moment glaubte, rechts ranfahren zu müssen, aber ich riss mich zusammen, schlug zweimal wütend gegen das Lenkrad und biss in einen Apfel, den Martha mir eingepackt hatte.

Endlich erreichte ich die Zufahrt zur Hütte. Die unebene Straße rüttelte mich ein wenig durch, und ich musste ein paar Wurzeln ausweichen, aber schließlich kam ich vor dem großen Holzhaus an, für das ich mich noch nie hatte begeistern können.

Es lag abgeschieden mitten im Wald auf einer Lichtung, und es gab keine Netzverbindung. Keine Ahnung, was Becky hier so toll gefunden hatte. Sie hatte es geliebt, die Wochenenden mit Dad hier zu verbringen.

Ich stieg die wenigen Holzstufen hinauf, die mit Blättern und Ästen übersät waren, schloss die Tür auf und ging hinein. Alle Möbel waren mit weißen Leintüchern abgedeckt, und es roch nach altem Holz und Staub. Ich trat in das offene Wohnzimmer und entriegelte die Fenster. Ich zog die Tücher von der Einrichtung und kickte sie in eine Ecke. Auf dem riesigen roten Sofa tummelten sich die hässlich grünen Kissen, die Mom bei einem Urlaub in Kanada entdeckt hatte. Wie erwartet waren alle Schränke leer und der Strom abgeschaltet. Überall lag eine dünne Staubschicht. Ich war ungefähr acht Jahre alt gewesen, als ich das letzte Mal hier gewesen war. Ich erinnerte mich, dass Grandma und ich die meiste Zeit in der Küche verbracht hatten und sie mir gezeigt hatte, wie sie ihre besonderen Erdbeerbonbons herstellte. Automatisch klopfte ich meine Hosentaschen nach einem ab, fand aber keines.

Jetzt war ich hier im Chalet und fragte mich, ob ich wieder auf eines von Ashleys miesen Spielchen hereingefallen war. *Wenn du die Wahrheit wissen willst, dann geh ins Chalet.* Wonach sollte ich suchen?

Ich sah die Schränke und Schubladen durch. Viele waren leer, in manchen lagen Streichhölzer, Kerzen und anderer Kram, der nützlich sein konnte. Im Vorratsraum entdeckte ich eine vergessene Flasche Whiskey und eine Packung Nudeln. Ich hoffte darauf, in der Bibliothek etwas zu finden, aber auch da waren unter den Leintüchern nur alte Möbel, Bücher und Staub. In den Zimmern, in denen wir geschlafen hatten, gab es ebenfalls nichts, was Ashley gemeint haben könnte.

Blieben nur noch der Wintergarten, der sich im hinteren Teil des Hauses befand, und die beiden Gästezimmer, in denen sowieso nie jemand übernachtet hatte. Meines Wissens waren diese Räume noch nicht einmal fertig eingerichtet worden. Kurz warf ich auf dem Weg zum Wintergarten einen Blick in das erste Zimmer. Nichts. Eine Blümchentapete und ein Schrank. Nicht mal ein Bett. Genau das Gleiche würde mich im letzten Zimmer erwarten.

Wenn du die Wahrheit wissen willst, dann geh ins Chalet, hallte es durch meinen Kopf, und ich hätte Ashley dafür verfluchen können. »Hier ist nichts, verdammt!«

Die Tür knarrte beim Öffnen. Ich warf einen flüchtigen Blick hinein und wollte sie gerade wieder schließen, doch etwas irritierte mich. Wieso standen hier so viele Möbel?

Ich trat ein und riss auch hier einige Tücher herunter. Ein Doppelbett, das sogar bezogen war, ein leerer Schrank, eine Spielzeugkiste, die unter einem Schreibtisch stand, und ein Bilderrahmen an der Wand über dem Bett. Ein Rahmen? Nirgends im Haus gab es Gemälde oder Fotos, warum also hier?

Neugierig ging ich hin, zog mit einem Ruck das Leintuch herunter. Ein Schrei entfuhr meiner Kehle, und meine Nackenhaare stellten sich auf. Keuchend trat ich einige Schritte zurück, während ich das Bild mit weit aufgerissenen Augen anstarrte.

Die Farbe Blau strahlte mir entgegen. Auf der Nahaufnahme der Rose waren sogar Tautropfen zu erkennen. Eigentlich wunderschön, wenn ich diese verflixte Blume nicht mit so viel Schrecken verbinden würde. Meine Gedanken rasten. Was hatte das zu bedeuten?

Ashley ... Sie musste hier gewesen sein, aber wieso? Fiebrig dachte ich nach, fuhr mir durchs Haar. Ich durchstöberte meine Erinnerung, aber da war nichts, nicht mal das Spielzeug kam mit bekannt vor. Wut keimte in mir auf.

»Was zum Teufel willst du mir sagen, Ashley?«, schrie ich,

kickte wütend die Laken in eine Ecke und starrte die Makroaufnahme weiter an.

Wie sehr ich die ewigen Rätsel satthatte, konnte ich gar nicht in Worte fassen. Die beschissenen Rosen verfolgten mich, zerstörten mein Leben, und ich war dazu verdammt, es geschehen zu lassen. Frust und Zorn kochten in mir über. Ich stieg auf das Bett, riss den Rahmen von der Wand und schleuderte das Bild mit aller Kraft durch das Zimmer, sodass es krachend gegen den Schreibtisch knallte, einriss und auf dem Boden landete. Ich sprang vom Bett, stapfte hinüber und gab dem Rahmen mit dem Fuß den Rest. Die Genugtuung kitzelte mich im Magen. Es war wie ein winziger Befreiungsschlag, der sich süß und voller Frieden in mir ausbreitete. Ich strich mir eine Haarsträhne aus dem Gesicht und wollte dem Ding einen letzten Tritt verpassen, da entdeckte ich einen Briefumschlag am Boden.

Ich hielt inne. Wo kam der plötzlich her?

Ich bückte mich, wollte den ramponierten Bilderrahmen beiseiteschieben.

Was war das?

Auf der Rückseite des Bildes klebten unzählige Briefe in Reih und Glied. Manche sahen abgegriffen aus, andere neuer, aber auf keinem stand etwas. Ein Briefumschlag fehlte. Es war der, der heruntergefallen war und am Boden lag. Verwirrt setzte ich mich, nahm ihn an mich und öffnete ihn. Das Papier war an der Seite ausgefranst, als wäre es von einem Block abgerissen worden. Ich faltete es auf. Mein Herz klopfte wild gegen meine Rippen, als ich Beckys vertraute Handschrift erkannte.

Liebes Tagebuch,

an diesem Wochenende vergeht die Zeit nur langsam. Dad ist seit mehreren Stunden irgendwo im Wald, sodass ich jetzt schreiben kann. Er scheint wütend auf etwas zu sein, deshalb tat es heute Nacht auch mehr weh als sonst. Er war grob und hat wieder diese schlimmen Sachen zu mir gesagt. Wie immer habe ich die Augen zugemacht und in Gedanken ganz laut das Lied gesungen, bis ich nichts mehr spürte, Dads alkoholge-schwängerten Atem nicht mehr roch und sein Stöhnen vollkom-men ausblendete ...

Ich schleuderte den Brief von mir. Wie versteinert versuchte ich das Gelesene richtig zu deuten. In mir brach Chaos aus, meine Gedanken flatterten wild durch den Kopf.

Nein, nein, das kann nicht sein! Das darf nicht wahr sein! Nicht mein Vater!

Ich wollte schreien, aber kein Laut drang aus meiner Kehle. Verstört blickte ich zu den vielen Umschlägen, die an der Rück-seite des Bilderrahmens klebten, und ahnte, welchen perversen Inhalt sie offenbaren würden. Ich war mir nicht sicher, ob ich stark genug war, das alles zu erfahren. Trotzdem, und weil ich das Gefühl hatte, es Becky schuldig zu sein, nahm ich einige Briefumschläge und las weiter.

Liebes Tagebuch,

ich kann es kaum erwarten, bis die Sommerferien beginnen und Cat und ich nach Florida fliegen dürfen. Dann bin ich weit weg von Dad, und ich muss nicht mit ihm ins Chalet. Ich hasse diesen Ort. Immer, wenn er meinen Körper benutzt, würde ich das Haus am liebsten abbrennen, und das, obwohl ich mich längst daran gewöhnt haben sollte. Aber so ist es nicht. Er sagt, dass ich ihm damit meine Liebe beweise, aber jedes Mal sterbe ich ein wenig mehr. Ich darf ihn nicht enttäuschen. Er ist mein Dad. Aber mein Herz gehört Noah. Ich frage mich, ob er mich jemals so ansehen wird, wie er es bei Cat tut. Ich vermisse ihn und hoffe, dass dieses Wochenende bald hinter mir liegt.

Liebes Tagebuch,

Dad hat fürchterlich gebrüllt, weil er die Verhütungsgummis vergessen hat. Jetzt hat er Panik, dass ich schwanger sein könnte. Er war so wütend, dass er die Blumenkübel im Wintergarten nach draußen geworfen hat. Sie sind alle dabei zerbrochen. Dann hat er getrunken, ziemlich viel sogar. Ich habe gehofft, dass er einschläft, aber er ist trotzdem gekommen und hat mich die ganze Nacht mein Lied singen lassen. Jetzt tut mir alles weh, und jeder Schritt, den ich mache, erinnert mich daran.

Liebes Tagebuch,

ich weiß nicht, wie viele Briefe ich noch schreiben kann, denn langsam füllt sich der Rahmen. Jedes Mal, wenn Dad hier in unserem Zimmer ist, habe ich Angst, dass er hinter mein Geheimnis kommt. Es tut so gut, die Wahrheit und meine Gedanken aufzuschreiben. In den Tagebüchern zu Hause darf ich das nicht.

Neulich hat Mom mich seltsam angesehen. Ich glaube, sie ahnt es, doch ich habe Dad geschworen, niemandem was zu verraten. Er sagt, dass er sonst sehr böse wird und Cat es zu spüren bekommt. Ich muss meine kleine Schwester schützen.

Liebes Tagebuch,

diesmal ist Dad einen Umweg gefahren und hat in einem Einkaufszentrum mehrere Tests gekauft. Gleich als wir im Chalet angekommen sind, sollte ich alle Teststreifen verwenden. Das Ergebnis war eindeutig, die Schwangerschaftstests alle positiv. Er hat getobt und mir die Schuld gegeben. Ich weiß, ich habe versagt und ihn schwer enttäuscht. Was soll ich Noah erzählen, wenn ich ihm meine Liebe beichte? Was, wenn Mom es herausfindet?

Am Abend hat er dann gemeint, dass Noahs Vater irgendwie

Angeekelt ließ ich das Papier fallen. Galle drängte sich meine Kehle hinauf, und ich rutschte rückwärts zur Wand, als könnte der Abstand zu den Briefen die Wahrheit abmildern. Ich hatte Beckys Stimme gehört, während ich ihre Zeilen gelesen hatte, und ihr schönes Gesicht vor Augen gehabt. Plötzlich verstand ich, warum sie oft traurig ins Leere gestarrt und nur mit ihrer Musik lebendig gewirkt hatte.

Mein Gott! Mein Vater ... hatte Becky ... missbraucht – nicht Graham, sondern mein eigener Dad! Der bloße Gedanke daran ließ meinen Magen erneut krampfen, und heißer Ekel fegte wie Feuer über mich hinweg. Blitzschnell griff ich nach dem Mülleimer, der neben der Spielzeugkiste stand, übergab mich schwallartig und stülpte mein Inneres nach außen.

Es war das schlimmste Verbrechen, das man einem Kind antun konnte. Wie war das möglich? Er war doch unser Dad. Es war sein verdammter Job, uns zu lieben, uns zu beschützen, auf uns aufzupassen. In Wahrheit aber hatte er Beckys zartes und sanftes Wesen schändlich missbraucht. Er war zum Mörder geworden, und um seine Taten zu vertuschen, hatte er Noah über Jahre belogen und ihn unter Druck gesetzt. Er hatte nicht nur Becky zerstört, Mr. Graham ermordet, sondern auch Noahs Schwäche ausgenutzt. Was für ein Mensch war er?

Darauf gab es nur eine Antwort: Der Teufel!

24

Noah

Ungeduldig wartete ich vor der Villa der Familie Spence, bis mir jemand öffnete. Wir waren alle voller Sorge gewesen, als wir Cat nirgends gefunden hatten, und waren kurz davor gestanden, die Polizei zu benachrichtigen. Dylan, Taylor, Mike, Spike und ich waren stundenlang durch die Straßen gefahren und hatten nach ihr gesucht. Als Inma uns angerufen und gesagt hatte, dass Cat nach Pleasant Hill geflogen war, war klar gewesen, dass ich mit dem nächsten Flieger zu ihr musste. Um jeden Preis wollte ich meine Beziehung zu Cat retten.

Es irritierte mich, dass Martha grinste, als sie die Haustür öffnete. »Du bist spät dran, mein Lieber. Ich dachte schon, du kommst gar nicht mehr.«

Ich runzelte die Stirn. »Woher wussten Sie ...?«

Sie zog mich ins Haus und schloss die Tür. Dann winkte sie ab und musterte mich eindringlich. »Ich weiß von eurem Streit.«

Ich fuhr mir durchs Haar und konzentrierte mich auf das

Wesentliche. »Ich muss dringend mit Cat sprechen. Wo ist sie?«

Jetzt kniff sie die Augen zusammen. »Warum habe ich das Gefühl, dass Cat mir nicht alles erzählt hat? Etwas stimmt nicht, habe ich recht?«

Wenn sie wüsste! Der alten Dame konnte man wirklich nichts vormachen.

»Bitte, Martha. Sie müssen mir sagen, wo sie ist«, drängte ich.

»Schon gut. Sie ist ins Chalet gefahren. Sie hat es nie gemocht, aber sie meinte, sie wollte nach dem Rechten sehen. Merkwürdig, nicht wahr?«

»Allerdings.« Was wollte Cat da, und wie kam ich dort hin?

»Noah?«, murmelte sie mit einem fragenden Unterton. »Was ist passiert?«

»Das erkläre ich Ihnen, wenn ich zurückkomme, aber jetzt muss ich zu ihr. Kann ich mir ein Auto leihen?« Bevor sie reagieren konnte, lief ich schon durch die Eingangshalle zur Garagentür.

Unsicher kam sie mir nach und warf einen Blick hinauf zur Steintreppe. »Äh ... ich weiß nicht ...«, stotterte sie unschlüssig. »Aber ... nimm dir eins, Junge. Die stehen sowieso nur unnütz hier rum. Die Schlüssel findest du im Kasten.«

»Danke, Martha.«

Taylor würden jetzt wahrscheinlich die Augen ausfallen bei dem Fuhrpark. Ich nahm den Porsche – sportlich und schnell, genau mein Geschmack.

Die Straßen waren frei, und ich gab Gas. Das Navi führte mich über einen Holperweg, für den der Wagen garantiert nicht geeignet war. Die ganzen zwei Stunden Fahrt konnte ich nur darüber nachdenken, wie ich Cat alles erklären sollte. Ich hatte sie belogen und hintergangen. Ich musste ihr jetzt alles sagen, endlich den Mund aufmachen, sofern mein Hirn es mir erlaubte ... irgendwie.

Ein Pick-up stand vor dem Haus. Ich parkte direkt daneben, stieg aus und hastete die wenigen Stufen zum Chalet hinauf. Beim Anklopfen schwang die Tür einen kleinen Spalt auf. »Cat?«

Ich schob die Tür weiter auf und warf einen Blick in das geräumige Wohnzimmer, konnte aber niemanden entdecken. Ich ging hinein und ließ die Tür offen stehen.

»Babe?«, rief ich noch mal und sah mich um. Die Ruhe war gespenstisch, nur der Wind draußen fegte einige Blätter von der Veranda. Obwohl ich mitten in der Wildnis war, hörte ich nicht mal Vögel zwitschern. Plötzlich drang ein Laut vom langen Flur zu mir. »Cat, bist du da?«

Ich folgte dem Gang und schaute in jeden offenstehenden Raum. An der Türschwelle des letzten Zimmers hielt ich inne. Die kleine Gestalt, die am Boden kauerte, hatte die Beine angewinkelt und lehnte an der Wand. Unzählige Briefe lagen offen um sie herum. Ihr starrer Blick ruhte auf einem Punkt in weiter Ferne.

»Cat?« Sie reagierte nicht, schaute ausdruckslos ins Leere. Ich kniete mich zu ihr. »Cat, alles in Ordnung?«

Keine Reaktion. Ein stechender Geruch stieg mir in die Nase. Ich entdeckte einen Mülleimer mit Erbrochenem und einen Bilderrahmen, der beschädigt danebenlag. Was zur Hölle war hier passiert?

Ich öffnete das Fenster und stellte den Eimer in den Flur. Gleich darauf setzte ich mich wieder zu ihr, nahm ihre Hand, legte einen Finger unter ihr Kinn und drehte sie zu mir.

In ihren Augen lagen unendlicher Schmerz und Trauer. So hatte ich sie noch nie erlebt. »Cat«, flüsterte ich, »geht es dir gut?«

Sie blickte mich an, schüttelte langsam den Kopf und griff, ohne hinzusehen, nach einem Brief, der vor ihr lag. Ihre Hände zitterten, als sie ihn mir gab. Stirnrunzelnd nahm ich ihn und las. Meine Eingeweide verkrampften sich, und ich musste mich zusammenreißen, um nicht zu brüllen. Ich ballte die Fäuste, presste die Augen zu, um die Bilder in meinem Kopf wieder loszuwerden.

Mein Gott! Was hatte Becky nur alles durchmachen müssen? Sie war schutzlos ihrem Vater ausgeliefert gewesen, hatte sich in einen Traum geflüchtet, in welchem ich eine Rolle gespielt hatte. So grausam die Wahrheit auch war, ich wollte alles wissen, musste alles erfahren. Mit pochendem Herzen las ich einen Brief nach dem anderen.

Ich bin nicht Becky, schreibe nicht an ein beschissenes Tagebuch, sondern an Dich. Ich weiß nicht mehr, seit wann er mich regelmäßig in dieses gottverdammte Haus bringt, aber erst heute habe ich hinter dem Rosenbild Beckys Briefe gefunden. Gerade habe ich einen klaren Moment und begreife, dass wir das gleiche Schicksal teilen. Ich habe alle ihre Nachrichten gelesen und beschlossen, sie weiterzuführen.

Becky ist schon eine Weile tot, und er hat wohl ein neues Opfer gebraucht. Ich kann mir schon denken, warum er ausgerechnet mich ausgewählt hat: Ich bin ein Junkie, der die Entzugserscheinungen kaum aushalten kann. Er versorgt mich mit Stoff und verpfeift mich nicht, dafür verkaufe ich ihm meinen Körper. Der alte Sack ekelt mich an.

Ich bin's. Das Schwein kommt bald zurück, und meine Kopfschmerzen werden stärker. Es geht mir schlechter, und mittlerweile will ich einfach nur nichts mehr fühlen. Letztens habe ich versucht, mit meiner Mom zu reden, aber sie hat mir nicht zugehört. Sie hat keine Zeit, genau wie mein Vater.

Verdammte Scheiße, lange halte ich das nicht mehr aus. Alles in meinem Kopf dreht sich nur noch um Stoff, und das Schwein scheint der einzige Ausweg zu sein.

Ich will nicht mehr, ich ertrage es nicht länger, ich fühle mich wie ein Klumpen Dreck. Ich denke viel über den Traum nach, den ich neulich hatte. Darin habe ich ihn getötet, und der ganze Mist hatte ein Ende. Ständig stelle ich es mir vor. Ich wäre frei, könnte fortgehen und nie wieder zurückkommen ...

Ich frage mich, warum ausgerechnet ich? Wieso tut er mir das an? Der Dreckskerl hat doch noch eine andere Tochter. Wieso verschont er sie? Wieso darf sie ein Leben haben und ich nicht? Ich habe sie nie besonders gemocht. Das ist nicht fair, und ich hasse Catherine Spence dafür.

Wenn alles gutgeht, wird das mein letzter Brief sein. Ich bin meine Möglichkeiten durchgegangen, aber es fällt mir schwer, klar zu denken, weil ich ständig starke Magenschmerzen habe und kaum noch schlafe. Daran ist der Stoff schuld, der mich innerlich auffrisst. Ich brauche ihn täglich, und Du weißt, was der Chief dafür haben will.

Deshalb werde ich ihn töten, um mich selbst zu befreien. Falls es schiefgeht, hoffe ich, dass ich draufgehe, um nichts mehr fühlen zu müssen. Ich bin voller Hass auf ihn, aber auch auf Catherine. Warum hat sie ein besseres Leben verdient als ich?

***

Ich wusste nicht, wie lange Cat und ich schweigend nebeneinander an der Wand lehnten und ins Leere starrten. Ich war verwirrt, dachte an die Nacht zurück, in der ich Zeuge gewesen war, und verstand erst jetzt die Zusammenhänge. Ich hatte jahrelang falschgelegen, hatte die Wortfetzen am See nicht richtig gedeutet.

Genau wie Cat konnte ich mich vor Schock nicht rühren. Äußerlich war ich ruhig, aber in mir tobte ein Sturm. Die Wahrheit hatte mich bis ins Mark getroffen und nahm Dimensionen an, die ich niemals für möglich gehalten hätte. Mit geballten Fäusten saß ich neben Cat. Hass und Wut schlängelten sich wie Gift durch meine Adern, und am liebsten hätte ich alles kurz und klein geschlagen. Sechs Jahre war ich auf eine Lüge hereingefallen, hatte Cat verlassen, geschwiegen, um die zu schützen, die ich liebte, um *ihn* zu decken. Ich hatte Cat in Sicherheit geglaubt, dabei war der wahre Teufel ständig in ihrer Nähe gewesen und hätte ihr jederzeit wehtun können. Weil ich den Mund gehalten hatte, hatte er sein schmutziges Spiel mit Ashley fortgeführt, nachdem er Becky in den Tod getrieben hatte. Ich war so dumm gewesen, so naiv.

Ich schluckte hart, schaute zu Cat, die keinen Mucks von sich gab. Ich stand auf, lief minutenlang hin und her. *Dieses Schwein! Dieses miese Schwein!*

Cats Blick ruhte auf dem Rosenbild. Sie sollte nicht länger hier sein, nicht in diesem Zimmer. Ich trat zu ihr, hob sie hoch und trug sie hinaus ins Freie. Behutsam setzte ich sie auf einer Bank ab. Es dämmerte bereits. Aus dem Wagen nahm ich meine Jacke, legte sie ihr um die Schultern und reichte ihr eine Wasserflasche. Ich zwang sie dazu, ein paar Schlucke zu trinken. Endlich kehrte wieder Leben in sie. Ihr Blick war so schmerzerfüllt, so unendlich traurig, dass mein Herz brach. Ich hatte keine Ahnung, wie wir das jemals unbeschadet verarbeiten sollten.

Sie sah mich an, ihre Augen füllten sich mit Tränen. Alles,

was vorher noch zwischen uns gestanden hatte, verblasste in dem Moment. Ich griff nach ihren Händen und verflocht unsere Finger. Cat stand auf und presste sich in meine Arme. Sie schluchzte so herzzerreißend, dass es eng wurde in meiner Brust. Nie zuvor hatte ich jemanden so verzweifelt weinen hören. Ich drückte sie noch enger an mich, hielt sie ganz fest, wollte sie nie wieder loslassen, denn ich wusste, dass wir viel verloren hatten. Ich schluckte, als meine Augen feucht wurden. Mir fehlte die Kraft, es zurückzuhalten. Zu groß war der Schmerz, der in mir tobte. Seit Jahren konnte ich es endlich zulassen.

Die erste Träne lief über meine Wange, und plötzlich wurde die Leere hinter meinen Mauern von Rissen durchzogen. Ein Ruck fuhr durch meine Seele. Scharf zog ich den Atem ein und blickte gen Himmel. Wärme durchflutete mich, und mit einem Mal schien alles so klar. Ich fühlte mich befreit und leicht. Ich war völlig durcheinander.

Unendliche Momente später wischte ich mir die Tränen ab, küsste Cat auf den Scheitel und wollte nur noch von hier fort. »Lass uns abhauen.«

Sie nickte stumm und löste sich von mir. »Die Briefe ... die sollten wir mitnehmen.«

»Ich hole sie, setz dich in den Wagen.« Ich rannte ins Haus und sammelte die Beweise ein.

Wir fuhren mit dem Porsche los und ließen den Pick-up stehen. Wir schwiegen während der Rückfahrt, hingen beide unseren Gedanken nach. Drei Ortschaften vor Pleasant Hill hielt ich es nicht länger aus, steuerte den Wagen an einen Fluss und parkte direkt neben einer Brücke.

Cat sah sich um. »Was ...?«

»Ich muss dir etwas erzählen, bevor wir in Pleasant Hill ankommen«, sagte ich entschlossen.

»Ich weiß nicht, ob ich in diesem Leben noch mehr ertragen kann«, flüsterte sie.

Ich schluckte und war mir bewusst, dass das alles unmenschlich viel für sie war. »Vorhin, als wir draußen vor dem Chalet standen, da ... ist etwas geschehen … in mir.« Ich deutete auf meine Brust. »Es ist, als würde nichts mehr zwischen uns stehen, und ich glaube, ich kann dir nun alles sagen.«

»Okay.«

Ich schaltete das Licht im Wageninneren ein, damit ich sie anschauen konnte. Sie sah immer noch sehr mitgenommen aus. Inzwischen war es dunkel geworden, und das Mondlicht spiegelte sich auf dem Wasser. Ich drehte den Schlüssel um, und das Motorengeräusch erstarb.

Ich blickte ihr in die Augen, holte tief Luft und erzählte von meinem Vater, von der Nacht am Papenfus Creek und den Drohungen des Chiefs, die die Todesangst um meine Familie regelmäßig geschürt hatten. Anfangs kostete es mich Überwindung, aber als Cat irgendwann stumm weinend nach meiner Hand griff und ich ihre Wärme spürte, wurde es einfacher. Niemals zuvor hatte ich jemandem all das anvertraut, und mit jedem weiteren Wort, das über meine Lippen kam, fühlte ich mich noch tiefer mit ihr verbunden.

Es war still im Wagen, als ich geendet hatte. Durch die offenen Fenster drangen das Plätschern des Wassers und das Zirpen der Grillen zu uns.

»Das war also der wahre Grund, warum du Pleasant Hill verlassen hast?«, fragte Cat leise.

»Ja. Er zwang mich zu gehen, den Kontakt mit dir abzubrechen, damit du niemals die Wahrheit erfährst. Ansonsten würde er den Mord an meinem Vater mir in die Schuhe schieben. Jeder wusste, wie sehr ich meinen Dad gehasst habe. Mom und ich sind nach New York geflohen, und dort hat er mich weiter erpresst mit Fotos und Nachrichten. Er würde meiner Mom und Timi etwas antun. Von alldem hatte niemand eine Ahnung.«

Kaum merklich schüttelte Cat den Kopf, erhob sich aus dem Sitz, kletterte auf meinen Schoß und schlang ihre Arme um meinen Hals. »Ich weiß nicht, was ich sagen soll, außer, dass es mir unendlich leidtut. Du hast schreckliche Zeiten hinter dir, aber ich bin froh, dass euch in New York nichts geschehen ist.«

»Ich bin froh, dass er dich nicht ... nicht ...«

»Nein, nie.« Erleichterung durchströmte mich. »Ich habe ihn geliebt, Noah. Ich habe jahrelang ein Monster gehegt und gepflegt«, flüsterte sie leise.

»Du hast es nicht gewusst, Cat. Niemand hat das.«

»Weißt du, was ich glaube? Er wollte damals wegen Ashley in die Residenz ziehen. Er wollte zu ihr, deshalb der überstürzte Umzug. Deshalb wollte er auch nicht, dass ich mitkomme. Das ist so ... krank, so widerwärtig, ich ... finde keine Worte dafür.« Ich nickte. »Ich muss es Grandpa und Martha sagen. Und ich will Mom fragen, ob sie es gewusst hat. Becky hat das in einem ihrer Briefe angedeutet.«

»Ja, das habe ich auch in Erinnerung. Und was ist mit *ihm*?«

Sie hielt inne. Ihre Augen verengten sich, und ein kalter Ausdruck trat auf ihr Gesicht. »Er ist für mich gestorben. Von heute an habe ich keinen Vater mehr.«

Wir erreichten die Villa, und Martha öffnete uns die Tür. Sie tupfte sich ihre roten Augen trocken.

»Was ist passiert?«, wollte Cat wissen, als wir eintraten.

»Ach Cat, gut, dass du kommst. Deine Mutter hat vor zwei Stunden einen Anruf erhalten. Es war das Krankenhaus in San Francisco. Dein Vater hatte einen Schlaganfall. Sie konnten dich nicht erreichen und ...«

Diese Nachricht traf Cat genauso wenig wie mich. Sie

reagierte mit Gleichgültigkeit und warf mir nur einen Blick zu. »Wo ist sie?«

Jetzt nahmen wir vom Salon Musik wahr.

»Sie hat Besuch«, erklärte Martha.

Ich schloss die Tür.

»Geh du zu deiner Mom, Cat. Ich weihe Martha ein, so gut es geht«, schlug ich ihr leise vor.

Sie nickte und wandte sich an die alte Dame. »Ich muss erst mit Mom unter vier Augen sprechen. Ich komme dann gleich nach, okay?«

Martha runzelte die Stirn und musterte Cat neugierig. »Du machst mir Angst. Was ist passiert? Ihr seht beide so ...«

Ich legte meinen Arm um Marthas Schulter. »Kommen Sie, ich könnte einen Kaffee ganz gut gebrauchen.«

Ich führte sie in die Küche und lächelte Cat aufmunternd zu. Sie atmete tief durch, bevor sie in den Salon ging.

25

Cat

Es war mir egal, wen Mom gerade bei sich hatte – ihr Besuch musste gehen, und zwar sofort. Als ich eintrat, stand sie engumschlungen mit einem Kerl inmitten des Raumes und tanzte. Keine Ahnung, wer der Typ war, ich hatte ihn noch nie gesehen. Ich ging zur Musikanlage und schaltete sie aus. Auch wenn Mom noch nichts von meiner Entdeckung wusste, hatte sie doch vor zwei Stunden den Anruf vom Krankenhaus erhalten und amüsierte sich trotzdem hier mit ihrem Lover. Das bestätigte mir nur, wie gleichgültig er ihr war. Als die Musik verstummte, fuhren sie auseinander.

»Catherine!« Empört stemmte sie die Hände in die Hüften.

»Tut mir leid, Mister. Sie müssen gehen. Ich muss etwas Dringendes mit meiner Mutter besprechen.«

»Du wirfst keinen meiner Gäste raus«, fauchte Mom.

»Doch, in diesem Fall schon.«

»Ich kann ja später wiederkommen«, meinte er. Ich verschränkte die Arme. Der Kerl war kaum älter als ich. Moms Liebhaber wurden auch immer jünger.

»Du bleibst, Joshua«, befahl sie. »Was meine Tochter mir zu sagen hat, kann bestimmt auch bis morgen warten.«

»Kann es nicht. Es geht um Dad.«

Sie rollte mit den Augen. »Ich weiß, dass er –«

»Es geht nicht um den Schlaganfall. Ich war im Chalet. Es ist ziemlich ... schockierend, und ich glaube kaum, dass du möchtest, dass ich das vor deinem Lover bespreche.«

»Dann sollte ich besser gehen«, raunte der Typ zu meiner Mutter. »Ruf mich an, Monica.«

Er gab ihr einen Kuss auf die Wange und verschwand, während sie mich abschätzend taxierte. Die Salontür glitt leise ins Schloss.

»Du hast kein Recht, meinen Gast rauszuschmeißen, Catherine.«

»Ich denke, nach dem, was ich heute erfahren habe, steht mir das zu. Setz dich.«

Sie funkelte mich eine Weile an, warf dann die Hände in die Höhe und tat zum ersten Mal das, was ich von ihr verlangte. Mit verschränkten Armen sah sie mich an. »Also? Worum geht es?«

Mit gesenktem Blick suchte ich nach einem Anfang. Es war nicht so leicht, aber ich beschloss, ihr alles zu sagen. Ich verschwieg nichts und konfrontierte sie schließlich mit dem Fund aus dem Chalet.

»Das ist doch lächerlich, Catherine.« Sie schüttelte ungläubig den Kopf. »Ist das wieder so eine abenteuerliche Geschichte, die du dir nur ausgedacht hast, um Aufmerksamkeit zu bekommen? Das ist völliger Blödsinn. William mag vieles sein, aber das ... Er war schließlich der Polizei-Chef! Jetzt sitzt er im Rollstuhl und ...«

Das sah ihr mal wieder ähnlich. Ich öffnete die Tasche, die ich auf dem Boden abgestellt hatte, und holte die Briefe heraus.

»Lies«, forderte ich sie auf.

Zögernd faltete sie das Papier auf und strich liebevoll mit den Fingern über Beckys Zeilen.

»Das ist ihre Handschrift«, flüsterte sie mit einer Mischung aus Überraschung und sehnsüchtiger Liebe. Ihre Züge wurden weich, und ihre Augen füllten sich mit Tränen. Kurz schielte sie zur Bar, aber Martha hatte alle Flaschen abgeräumt.

Warum las sie nicht, was ihre Tochter hinterlassen hatte? Sie fuhr sich mehrmals durch ihr ordentliches Haar, nestelte mit den Händen und murmelte immer wieder Beckys Namen.

»Mom?«

Sie weinte. »Sie war mein Baby, talentiert und so besonders, jeder hat sie geliebt, weil sie jeden mit ihrer Stimme verzaubern konnte und weil sie so wunderschön war. Ich war mir sicher, wenn sich ihr Traum von der Bühne erst mal erfüllte, dann ...«

»Dann?«

»... würde das alles aufhören.«

»Was meinst du genau?«

»Ihre Verrücktheiten.«

»Verdammt, sie war deine Tochter, und es ging ihr schlecht – über Jahre! Hast du nur den Bühnenstar in ihr gesehen? Sie war doch so viel mehr als ein rosa Traum, der geplatzt ist. Ich rede von meiner Schwester, die in großer Not und so verzweifelt war, dass sie sich das Leben genommen hat! Sie wurde von Dad mehrfach vergewaltigt, sie war sogar von ihm schwanger. Becky war traumatisiert, sie lebte in einem Albtraum, aber ganz sicher war sie nicht verrückt!«

»Eine Schwangerschaft wurde nie bestätigt«, warf Mom ein und wandte sich von mir ab.

Mein Atem kam ins Stocken, und für einen Moment drehte sich mir der Magen um.

»Du hast es gewusst«, entfuhr es mir. Ich brachte keinen Ton mehr heraus, als mir klar wurde, dass meine eigene Mutter ...

»Nein, ich wusste es nicht sicher. Manchmal hatte ich so ein Gefühl ...« Ihr Blick weilte in der Vergangenheit.

»Und das war's?«, brauste ich auf. »Du hattest nur ein beschissenes Gefühl, bist dem nie nachgegangen und hast sie ihm einfach überlassen?!« Ich war fassungslos.

»Er hat mir gedroht«, schrie sie plötzlich, »er würde mir alles nehmen. Das Haus, das Geld, mein Ansehen – alles!«

Mir fielen fast die Augen aus dem Kopf. Das konnte doch nicht wahr sein.

»Du hast deine eigene Tochter verkauft wegen deinem verdammten Ruf?«, brüllte ich schrill zurück.

»Nein!«, wehrte sie sich. »Nicht dafür. Ich habe es nicht gewusst.«

»Aber du hast es geahnt, vielleicht sogar gespürt, und damit hast du ihm geholfen. Du hast sie genauso auf dem Gewissen wie Dad. Dir waren der Reichtum, deine Stellung in der Gesellschaft und all das hier wichtiger«, ich machte eine ausschweifende Handbewegung, »als deine eigene Tochter, die du angeblich so geliebt hast?« Angewidert verzog ich den Mund. »Das ... das ... ist erbärmlich, ekelhaft und das Allerletzte.«

Mom blickte verbissen zu mir auf, als könnte sie meinen Standpunkt nicht verstehen. Das war zu viel für mich. Wie konnte das alles nur wichtiger sein als ihr eigenes Kind? Sie hatte Becky doch so vergöttert. Nein. Damit war für mich eine Grenze erreicht. Endgültig.

»Was wirst du jetzt tun?«, fragte sie unsicher.

Ich konnte mir schon denken, worauf sie hinauswollte. Sie hatte Angst vor der Reaktion der Leute, wenn öffentlich wurde, dass mein Vater ein Kinderschänder war. Unbändige Wut erfasste mich, und ich stand kurz davor, mich zu vergessen.

»Ist das alles, was dich interessiert? Die Meinung der Leute?«, schrie ich außer mir.

»Das ist doch alles, was ich habe«, sagte sie schniefend und begann Krokodilstränen zu weinen.

Scham überkam mich und eine ganze Reihe anderer Emotionen, die in mir überzusprudeln drohten. Die Kluft zwischen uns war schon immer groß gewesen, aber jetzt war sie unüberwindbar. Es gab nichts mehr, was mich mit ihr oder meinem Vater verband. Jegliches Gefühl von Familienzugehörigkeit erstarb in dem Moment, als ich erkannte, dass ich nichts mit den Personen gemein hatte, die mich großgezogen hatten. Meine Eltern waren eiskalte Menschen, die über Leichen gingen, um ihre Ziele zu erreichen. Sie waren boshaft, durchtrieben und schlecht. Davon hatte ich definitiv genug.

Eine seltsame Ruhe überkam mich, als mir das alles klar wurde. Ich gehörte nicht hierher.

»Ich kann gar nicht in Worte fassen, wie sehr ich dich verachte, Mom. Dich, Dad und Pleasant Hill. Ihr seid für mich gestorben«, sagte ich voller Abscheu, wandte mich ab und verließ den Salon. Keine Sekunde konnte ich es länger in ihrer Gegenwart ertragen. Ich war fertig – endgültig.

Beckys Portrait lächelte mich in der Eingangshalle an, und ein leiser Frieden erfüllte mich.

***

Martha war am Boden zerstört, als wir sie kurze Zeit später über alles informierten. Sie stand so unter Schock, dass ich befürchtete, einen Arzt rufen zu müssen, aber dann beruhigte sie sich halbwegs. Wir brachten sie in ihr Gästehaus, und dort redeten wir lange. Sie machte sich Vorwürfe – aber mussten wir uns nicht alle fragen, ob wir zu blind gewesen waren, um zu erkennen? Oder waren wir zu sehr mit unseren eigenen Problemen beschäftigt gewesen? Wie hatte es Dad geschafft, dass ihm niemand auf die Schliche gekommen war? Er hatte viele Menschen manipuliert, sogar getötet, um sein Geheimnis zu wahren. Letztlich hatten wir alle unbewusst dazu beigetragen.

Ich war Martha dankbar, als sie uns anbot, bei ihr im Gästehaus zu übernachten. Ich wollte auf keinen Fall in die Villa.

Am nächsten Morgen entschieden Noah und ich, nach San Francisco zurückzukehren. Der Abschied von Martha fiel mir diesmal besonders schwer, und ich bat sie mitzukommen. Sie lehnte ab, wollte ein Gespräch mit Mom führen und würde dann zu ihrer Schwester fahren. Die Aussprache konnte sie sich sparen, aber das behielt ich für mich.

Ich verließ Pleasant Hill, ohne mich von Mom zu verabschieden. Es gab nichts mehr zu sagen. Wir hatten immer unsere Probleme gehabt, aber seit gestern Nacht war jeglicher Rest Familienbande zerstört. Ich würde nie wieder zurückkommen.

Nach einem tränenreichen Abschied von Martha flogen Noah und ich nach San Francisco. Als wir im Appartement ankamen, rief ich Grandpa an. Mein Herz zog sich zusammen, als ich daran dachte, ihm das alles zu erzählen. Das konnte ich unmöglich telefonisch machen und bat ihn zu kommen.

Ich fühlte mich leer und ausgebrannt und ahnte, dass mich die Vergangenheit nie wieder loslassen würde. Sie hing drückend schwer wie ein Damoklesschwert über uns. Es war das Band, von dem Noah mal gesprochen hatte, das mir jetzt Halt gab.

Gleich am darauffolgenden Morgen warf sich Noah in die Arbeit. Obwohl ich glaubte, dass ihm ein paar Tage Pause gutgetan hätten, versicherte er mir, dass sein Job ihn ablenken würde. Es gab viel zu tun, da der Scheich gestern abgereist war und die Möbel wieder an ihren vorherigen Platz gestellt werden mussten. Den Nachmittag verbrachte ich mit Inma und weihte sie ein. Auch sie war fassungslos und geschockt, als ich ihr alles berichtete, und kümmerte sich rührend um mich. Ich hing meinen Gedanken nach, und Inma saß an mich gekuschelt und still neben mir. Sie war einfach nur da. Als ich an Beckys Briefe dachte, sprudelte der Schmerz wieder so heftig auf, dass ich schluchzend in ihren Armen lag.

Abends kam Noah. Er aß kaum, wir redeten nicht viel. Ich spürte seine Anspannung und wie sehr er unter Strom stand. Lange hielt er es nicht bei mir aus und erklärte, er bräuchte einen Sandsack, sonst würde er noch verrückt werden. Mit einem flüchtigen Kuss auf die Stirn ließ er mich allein und kehrte erst spät in der Nacht zu mir zurück. Ich lag wach im Bett und stellte mich schlafend, als er sich zu mir legte. Früher hätte er sich an mich gelehnt und einen Arm um meine Taille geschlungen. Diesmal drehte er sich von mir weg.

Am nächsten Morgen versuchte ich meine Wut an Teigen auszulassen. Ich knetete und schlug mit aller Kraft, die ich aufbringen konnte, auf die Masse ein, bis mir Tränen in den Augen standen. Selbst der Duft, der durch mein Appartement zog, half mir nicht, auf andere Gedanken zu kommen.

Gegen Mittag war Grandpa da. Erleichtert warf ich mich ihm in die Arme. Er war der Einzige aus meiner Familie, den ich jetzt noch hatte und dem ich vertrauen konnte. Mit einem flauen Gefühl gab ich ihm Beckys und Ashleys Briefe und erzählte ihm alles. Er war wütend, sprachlos und genau wie wir alle geschockt. Er tigerte, um Fassung ringend, durch den Raum, bis er sich setzen musste, weil der Schmerz ihn schier umhaute. Er schluchzte, und wir weinten und trauerten gemeinsam. Die Wahrheit brach Grandpas Herz.

Noah kam nach Feierabend, und es bedeutete mir viel, dass er Grandpa alle Fragen beantwortete. Als Noah uns sogar eine Mappe zeigte, in der er die Fotos und Schriftstücke aufbewahrte, mit denen er in New York erpresst worden war, sah ich ihm an, wie schwer es ihm immer noch fiel, das alles preiszugeben. Unter dem Tisch griff ich nach seiner Hand und verflocht unsere Finger. Noah zwinkerte mir zu.

»Was werdet ihr jetzt tun?«, wollte Grandpa wissen, schlug die Mappe zu und schob sie zu Noah. »*Er* liegt im Krankenhaus und kann vorerst niemandem etwas anhaben, das verschafft euch etwas Zeit.«

»Er ist Abschaum und verdient das Schlimmste«, murmelte Noah verbissen. Ich spürte, wie schwer es ihm fiel, ruhig zu bleiben, und legte eine Hand auf seinen Oberarm, der hart vor Anspannung war. Erst berührte er sanft meine Hand, dann stand er abrupt auf, als hielte er es keine Sekunde mehr auf dem Stuhl aus. »Bitte entschuldigt, ich kann nicht über *ihn* reden, ohne ...«

»Schon gut, Junge. Ich verstehe dich«, meinte Grandpa, der sich Sorgen machte. »Das alles ist frisch. Ich würde auch am liebsten ins Krankenhaus gehen, und *ihm* den Hals umdrehen.«

Noah nickte. »Cat, verzeih mir, aber ich muss los.«

Er drückte mir einen Kuss auf die Wange. Ich brauchte nicht zu fragen, wohin es ihn trieb. Enttäuschung machte sich in mir breit. Er würde sich wieder stundenlang die Seele aus dem Leib prügeln, um zu vergessen.

Am nächsten Tag lud uns Grandpa zum Essen ein. Auch wenn ich keinen großen Appetit hatte, war ich einverstanden, weil ich glaubte, dass es Noah und mir guttun würde, unter die Leute zu kommen. Doch er sagte ab und zog das Training vor. Es waren dann Inma und Spike, die Grandpa und mich für kurze Zeit von unserem Familiendrama ablenkten. Sie gaben sich Mühe, erzählten von ihrem Plan, in zwei Wochen nach Spanien zu fliegen. Spike war jetzt schon ein Nervenbündel, und ich hoffte, dass sich die Wogen bei ihrem Besuch endlich glätten würden. Einmal musste ich dank Spikes unbedachter, dusseliger Art tatsächlich laut auflachen. Er war einfach ein seltsamer Vogel.

Nach dem Essen verabschiedete sich Grandpa überraschend. Er wollte noch einen alten Freund aufsuchen und morgen den Tag mit mir verbringen. Er küsste mich, umarmte Inma und drückte Spikes Hand, bevor er in ein Taxi stieg.

Kaum war ich in dem leeren Appartement zurück, holten mich die ewigen Gedanken ein.

26

Noah

In mir tobte die unbändige Wut, die jedes Mal von Neuem aufpeitschte, wenn ich an *ihn* dachte. Egal, wie hart ich auf den Sandsack eindrosch, ich konnte den Frust nicht loswerden, den Hass nicht durch meine Fäuste entladen. Wie Wellen schlugen sie gegen mein Herz, und ich bekam keine Luft mehr.

»Alter, wie bist du denn drauf? Die Wucht deiner Schläge und der Mörderblick, den du draufhast, werden dich zum Sieger im Käfig machen«, meinte Dylan keuchend vor Anstrengung.

Er war mein Sparringspartner heute Abend, und seit ihm die Luft ausgegangen war, hielt er den Sandsack für mich. Ich war ebenfalls müde, meine Arme schmerzten, aber ich konnte nicht aufhören, fühlte mich getrieben wie ein Tier auf der Flucht. Ich ließ die Fäuste sinken und verschnaufte.

»Seit du zurück bist, stehst du völlig unter Strom. Was ist los? Cat ist auch so seltsam.«

Ich spuckte den Mundschutz aus. Es wurde Zeit, meinen besten Freund aufzuklären. »Lass uns duschen und hier abhauen, dann werde ich versuchen, es dir zu erzählen.«

Dylan hob die Brauen und ließ sich nicht zweimal bitten.

Eine Stunde später saßen wir auf der Motorhaube seines Wagens mitten in der Pampa und schwiegen andächtig. Zuerst hatte ich keinen Ton herausbekommen, dann gestammelt, bis ich Dylan irgendwann Stück für Stück alles erklären konnte. Die schwersten Momente in meinem Leben brachte ich nicht über die Lippen, aber es reichte, damit Dylan alles nachvollziehen konnte. Wieder war da dieses Gefühl von Leichtigkeit, das ich verspürte, sobald ich es schaffte, über die Vergangenheit zu sprechen. Nur der Wutsturm in mir wollte nicht schwächer werden.

»Jetzt wird mir einiges klar«, meinte er nachdenklich und nahm einen Schluck aus der Bierflasche, die wir unterwegs gekauft hatten. »Ich wusste schon immer, dass etwas Heftiges passiert sein musste – aber das? Das ist total krank. Was ist mit Cat? Kommt sie klar?«

Ich zuckte mit den Schultern. »Nein. Sie grübelt viel. Im Grunde hat sie alles verloren. Ihre Familie, einfach alles. Ihr Großvater ist der Einzige, der sie unterstützt, aber er bleibt auch nicht ewig hier, geht irgendwann wieder. Diese Sache hat auch ihn schwer getroffen. Ich glaube, Cat braucht ihren Grandpa mehr als mich, daher halte ich mich zurück.«

»Und was ist mit dir?«

Ich lächelte. »Ich komm schon irgendwie klar.«

Dylan erwiderte das Lächeln. »Ich bin froh, dass du mir das alles sagen konntest. Jederzeit wieder, Kumpel, aber du solltest dir Hilfe suchen – ihr beide. So was schafft man nicht allein. Wissen deine Eltern davon?«

Ich seufzte, weil ich meiner Mutter bald reinen Wein einschenken musste, bevor sie es von anderen erfuhr. Das war eine kleine Herausforderung. »Ich werde es ihnen sagen. Es fällt mir nach wie vor schwer, über all das zu sprechen und ...«

»Das ist doch klar, Noah. Das, was du erlebt hast, steckt man nicht einfach so weg. Das schafft kein normaler Mensch. Aber du solltest dir Unterstützung holen. Du hast Jahre gebraucht, um überhaupt etwas von dir zu erzählen. Du kannst stolz auf dich sein.«

»Ich bin alles andere als stolz, aber das ist ein anderes Thema. Du bist mein bester Freund, Dylan. Danke, dass du so viel Geduld mit mir hattest. Ich weiß das wirklich zu schätzen.«

»Klar. Was werden Cat und du jetzt tun?«

»Cat wird dem Detective alle Briefe übergeben, und dann sehen wir weiter.«

»Und *er*? Ich meine, solange er so krank ist, wird man ihn nicht zur Rechenschaft ziehen können.«

»Ja, leider. Also hoffen wir, dass der Chief schnell wieder auf die Beine kommt und gesund wird«, gab ich sarkastisch von mir.

»Er wird bekommen, was er verdient, verlass dich drauf. Sieh zu, dass Cat und du alles irgendwie aufarbeiten könnt. Eine Therapie fände ich gut.«

»Ja, vielleicht.« Im Augenblick gab es für mich kein Morgen. Ich steckte zu sehr in der Vergangenheit fest, sodass ich die meiste Zeit damit verbrachte, dem Chief alles Mögliche an den Hals zu wünschen. Ich würde erst Frieden finden, wenn er verhaftet war, und selbst das reichte mir nicht. Er hatte beiden Mädchen unvorstellbare Schmerzen zugefügt, meinen Vater ermordet und mich so lange Zeit für dumm verkauft. Er hatte viel mehr als ein paar Jahre hinter Gittern verdient.

Es war gegen zehn Uhr abends, als ich Dylan vor der Appartementanlage ablud und seinen verwirrten Blick einfing, weil ich den Motor nicht ausschaltete und mit ihm ausstieg.

»Musst du noch wohin?«

»Ja, ich ... will noch ein wenig durch die Straßen fahren.«

Er nickte. »Verstehe, du brauchst Zeit, aber mach nicht mehr so lange.« Dylan schloss die Beifahrertür, und ich fuhr los.

Erst irrte ich ziellos durch San Francisco, bis ich den Wagen auf dem Parkplatz des Krankenhauses abstellte. Lange starrte ich auf das Gebäude, war unentschlossen, ob ich hineingehen sollte, tat es aber dann doch. Ich wollte ihn sehen, ihm ins Gesicht sagen, was ich von ihm hielt, auch wenn er mir nicht antworten konnte. Vielleicht fand ich so einen Weg, den Hass loszuwerden oder wenigstens abzuschwächen.

Es war still auf der Station, und niemand befand sich auf den Fluren. Mein Herz klopfte nervös, als ich die Türklinke hinunterdrückte und eintrat.

Ich hatte keine Ahnung, was ich erwartet hatte. Nur ein dämmriges Licht war eingeschaltet, ein gleichmäßiges Piepen erfüllte den Raum, auf dem Monitor einer Maschine wurden die Herzfrequenzen des Chiefs angezeigt. Er lag im Bett, hatte die Augen geschlossen und schien zu schlafen. Die Feuchtigkeit seines Atems beschlug die Sauerstoffmaske, die er auf Mund und Nase trug, und er hatte noch mehr abgenommen. Eigentlich ein bemitleidenswerter Anblick, aber in mir regte sich nichts. Ich ging um sein Bett herum und blieb vor ihm stehen. Die Wut, die mich seit Tagen nicht losließ, schlängelte sich durch meinen Körper, und ich biss die Zähne zusammen.

»Dein Spiel ist aus, Chief.«

Plötzlich öffnete er die Augen. Er sah mich an und schielte zur Tür. Mit Genugtuung merkte ich, dass sich sein Herzschlag beschleunigte, sein Blick zum Alarmknopf huschte und er erkannte, dass er keine Chance hatte. Ich wandte mich zum Sauerstoffgerät und stellte das nervige Piepsen leise, denn ich wollte, dass er jedes Wort hörte.

»Cat und ich haben alles herausgefunden. Und weißt du, was dich verraten hat? Becky und Ashley haben im Chalet Briefe versteckt, in denen sie dich schwer belasten. Du bist ein verdammtes Schwein! Du hast deine eigene Tochter jahrelang missbraucht, sie geschwängert und dich dann an Ashley vergriffen. Du wolltest es meinem Vater in die Schuhe schieben, falls es je herauskommen sollte, aber du hast ihn umgebracht und mich stattdessen erpresst.« Er hielt meinem Blick stand. »Cat ist mit dir fertig. Sie hasst dich und will dich nie wieder sehen. Du bist der letzte Dreck. Mit Ashleys Aussage, den Briefen und den Fotos, die du zu mir nach New York geschickt hast, haben wir genug Beweise, die dich für lange Zeit ...« Ich hielt inne. »Selbst das Gefängnis ist noch zu gut für dich. Du solltest in der Hölle schmoren, genau wie mein Dad.«

Die Maschine registrierte schnellere Herzschläge, und in seinen Augen lag Angst. Sauerstoff wurde in seine Lungen gepumpt, der ihn am Leben hielt.

Der Hass machte sich bemerkbar und flüsterte mir kleine Grausamkeiten ins Ohr, die ich tun könnte, aber mein Gerechtigkeitssinn meldete sich und versuchte das zu verhindern. Es gab viele Möglichkeiten, es ihm heimzuzahlen, und wie von selbst schielte ich zur Maschine. Sie hatte einen Alarmknopf und einen Ausschalter. Es wäre leicht, ihm die Luft zum Atmen zu nehmen. Ich hob die Hand und legte den Finger auf den Schalter. Eine einzige Bewegung, und das Leben des Kinderschänders und Mörders wäre zu Ende. Becky und Ashley hätten Gerechtigkeit erfahren, meine Mom und Timi wären sicher, und ich könnte mich irgendwann von allem befreit fühlen.

Ich ließ meinen Finger auf dem Knopf liegen und blickte zum Chief. Ich spürte, dass er um Gnade winseln würde, wenn er es denn könnte. Aber Gnade gab es nur für Menschen, nicht für Monster.

»Mach dein letztes Gebet, Chief«, murmelte ich leise und schloss die Augen.

***

»Tu es nicht, Junge.«

Mein Kopf fuhr herum, und ich nahm den Finger vom Knopf. Grandpa Bambam stand in der Tür. Er schloss sie leise und kam auf mich zu.

Eindringlich sah er mich an. »Mach dir deine Hände nicht an dem Mistkerl schmutzig.« Er legte seine warme Hand auf meinen Arm. »Ich weiß, was du vorhast, aber begib dich nicht auf die gleiche Stufe wie er. Werde nicht zum Mörder. Das ist *er* nicht wert.«

Ich starrte zum Chief, der regungslos unser Gespräch mit anhörte, sich nicht wehren konnte und mir ausgeliefert war. Es war, als würde ich aufwachen. Ich erkannte, was ich gerade im Begriff gewesen war zu tun. Geschockt stieß ich den Atem aus.

»Es ist gut, dass du ihm alles gesagt hast, aber du darfst ihn nicht töten. Sie finden es raus, stellen dich vor Gericht und sperren dich für lange Zeit ein. Du bist jung, hast dein ganzes Leben noch vor dir. Das kannst du Cat nicht antun – und deiner Familie auch nicht. Sie brauchen dich, Junge.«

Verdammt! Er hatte recht! War ich denn wahnsinnig geworden?

Mehrmals fuhr ich mir durchs Haar und versuchte zu begreifen. Ich sah zum Chief. Vorher hatte ich mich seltsam gefangen gefühlt, als hätte der Hass mich so fest in seinen Klauen gehabt und mir vorgegaukelt, ihn töten zu müssen, um von allem loszukommen. Ich war ein Dummkopf gewesen, und Grandpa Bambam hatte mir das vor Augen geführt. Ich dachte an Cat, an meine Mutter, an Timi und Hudson. Sie waren das Wertvollste, und um ein Haar hätte ich sie für Rache aufgegeben. Ich nickte. »Tut mir leid, ich ...«

»Entschuldige dich nicht, ich verstehe das. Warte an deinem

Wagen auf mich. Ich möchte auch ein paar Dinge zu meinem Ex-Schwiegersohn sagen.«

Kurz blickte ich zum Chief, der zwischen Grandpa und mir hin und her schaute. Er hatte Angst und war verunsichert. Zufrieden warf ich ihm einen letzten Blick zu. Mein Hass war ungebrochen, aber Grandpa hatte recht. Ich durfte meine Finger nicht schmutzig machen, indem ich ihn tötete. Ich schob die Hände in meine Hosentaschen, verließ das Krankenhaus und setzte mich in den Wagen.

Hätte ich den Knopf wirklich gedrückt? Wäre ich imstande gewesen, einem Menschen, egal wie schlecht er war, das Licht auszupusten? Ich wusste es nicht.

Eine halbe Stunde später stieg Grandpa zu mir ins Auto. »Lass uns etwas trinken gehen«, sagte er und griff zum Gurt, um sich anzuschnallen. »Ich brauche einen Drink.«

»Okay.« Ich startete den Motor und fuhr los.

In *Tina's Bar* war nicht viel los. In einem Fernseher wurde das Baseballspiel gezeigt, das ich früher um keinen Preis verpasst hätte, doch jetzt würdigte ich den Flimmerkasten keines Blickes. Wir setzten uns an den Tresen. Der Barkeeper wandte sich vom Spiel ab und kam, ein Glas polierend, zu uns. Wir bestellten.

»Wie lange werden Sie noch in der Stadt bleiben?«

»Ein paar Tage. Ich habe, neben Cat, noch geschäftlich hier zu tun.«

»Ich bin froh, dass Sie hier sind.«

»Lass das alberne Sie, Noah. Wir kennen uns jetzt schon so lange und stehen gerade einiges zusammen durch.«

»Okay.«

»Hättest du heute Abend den Knopf gedrückt, Junge?«, wollte er plötzlich wissen.

Ich dachte über die Frage nach, die mir auch die ganze Zeit

durch den Kopf spukte. »Wahrscheinlich wäre ich tatsächlich so dumm gewesen.«

Er senkte den Blick. »Hass kann manchmal teuflisch sein. Ich kenne das. Man fühlt nur, und jegliche Vernunft oder klares Denken sind dann fortgewischt. Der Rachedurst blendet alles aus, und schneller als einem lieb ist, hat man die falsche Entscheidung getroffen. Das hättest du dir selbst nie verziehen.«

Wahrscheinlich hatte er recht. Ich hätte es bereut und ganz sicher mit meiner Freiheit bezahlt. »Danke, dass du mich davor bewahrt hast.«

»Schon gut. Das ist eine schwierige Situation.«

Der Barkeeper brachte uns die Drinks. Wir prosteten uns zu und tranken. Die Wärme des Whiskeys brannte angenehm in meiner Kehle.

»Ich mache mir Sorgen um dich, Junge.«

»Es geht mir gut, ich brauche nur Zeit«, erwiderte ich.

»Ich will mich nicht in deine Angelegenheiten einmischen. Ich sehe, was ihr beide füreinander empfindet, ihr müsst gerade jetzt zusammenhalten.«

Seine Worte lösten ein sehnsüchtiges Ziehen in mir aus, aber egal wie sehr ich sie vermisste, konnte ich nicht anders, als mich ständig zu fragen, wie ich Cat jemals glücklich machen konnte. Ich hatte immer gewusst, dass diese Geschichte schwere Folgen haben und ich dagegen machtlos sein würde. »Ich bin nicht ganz unschuldig an dieser Misere.«

»Glaubst du deshalb, dass du in einem Käfig davon loskommst?« Verwundert schaute ich auf. Woher wusste er das? »Sieh mich nicht so an, Noah. Von mir hast du nichts zu befürchten. Du weißt, dass ich zu einem Club gehöre, und die Mitglieder sind nun mal überall. Sagen wir, ein Vögelchen hat es mir gezwitschert. Einige Members wetten gern, besonders auf dich. Weiß Cat davon?«

»Ja, aber ich halte sie vollkommen aus der Sache raus. Sie hat damit nichts zu tun.«

»Und was ist mit diesem Billy? Wie ich höre, kann der richtig unangenehm werden.«

»Ich habe so etwas wie eine Vereinbarung mit ihm, mache noch einen Kampf, dann bin ich raus und suche mir etwas anderes.«

»Gibt es Probleme?«, fragte er direkt.

Ich grinste. »Dein Vögelchen hat nicht nur gezwitschert, sondern eine ganze Arie gesungen, was?«

Er lachte. »Nimm es nicht persönlich, Junge. Du warst früher wie ein Enkel für mich. Als ich dich nach sechs Jahren wiedergesehen habe, du dich offenbar prächtig entwickelt hast und mit meiner Enkelin zusammen bist, musste ich dir doch auf den Zahn fühlen.«

»Verstehe.«

»Mein Vögelchen hat mir nur Gutes von dir berichtet, aber auch, dass es Schwierigkeiten gibt. Du brauchst nur ein Wort zu sagen, und ich helfe dir.«

Ganz offensichtlich hatte Grandpa seine Hausaufgaben gemacht. Er sah mich aus gütigen Augen an, und ich spürte, dass er es ehrlich meinte. Obwohl wir uns viele Jahre nicht gesehen hatten, vertraute ich ihm. »Ich begleiche eine Schuld bei Billy, danach ist für mich bei ihm Schluss.«

»Und das passt diesem Billy nicht.«

»Ganz genau. Er will mich in seinem Stall haben und droht mir.«

»Hör zu, falls du Probleme hast, reicht ein Wort, und der Club hilft dir da raus. Leuten wie Billy muss man manchmal auf die Füße treten, damit sie verstehen. Ein Wort von dir und wir sind da.« Er klopfte mir kameradschaftlich auf die Schulter.

»Ich bekomme das schon hin.«

»Familie hält zusammen, Noah.«

Es rührte mich, dass er mich als Familienmitglied sah, und ich nickte.

Wir tranken aus, und ich brachte ihn in sein Motel. Es war spät, aber ich war nicht müde genug, um heimzugehen. Tausend Gedanken waberten durch meinen Kopf: der Mord, den ich heute Abend beinahe begangen hatte, der bevorstehende letzte Kampf und Cat. Ich hielt es kaum aus. Das alles stürmte so stark auf mich ein, dass ich nicht zur Ruhe kam. Vielleicht hatte Dylan recht, und ich sollte mehr darüber sprechen. Den Menschen, die mich immer unterstützt hatten, die Wahrheit erzählen. Ich dachte an Mom und Hudson und wünschte, sie wären jetzt hier.

Kurzerhand hielt ich am Straßenrand, nahm mein Handy und wählte eine Nummer.

»Hallo?«

»Hi Hudson. Ich weiß, es ist spät.«

»Das macht nichts. Was gibt es Neues?« Ich hörte Mom im Hintergrund leise nach mir fragen.

Ich schloss die Augen und nahm all meinen Mut zusammen.

27

Cat

$\mathcal{E}$r war tot.

Bevor der Anruf mit der Nachricht gekommen war, hatte ich auf dem Bett gesessen und war nochmals die Briefe von Becky und Ashley durchgegangen, hatte hier und da gelesen, sie nach Datum sortiert und geordnet. Beckys Zeilen gingen mir unter die Haut, Ashleys Worte waren hart. Sie alle hatten die Wut auf meinen Vater erneut angefacht. Jetzt war da nur noch Leere, die immer mehr Raum einnahm. Vor wenigen Tagen hätte mich diese Nachricht in Panik versetzt, mich völlig fertiggemacht. Nun saß ich ganz ruhig auf meinem Bett, hatte das Handy in der Hand und fühlte ... nichts.

Ich seufzte mehrmals tief, aber ich konnte weder weinen noch Schmerz empfinden. Dem Arzt hatte ich gesagt, dass er meine Nummer aus dem Notfallformular streichen und sich an meine Mutter wenden sollte. Ich wollte nichts mehr davon wissen, ich hatte endgültig genug.

Die letzte Nachricht, die mich bis ins Mark getroffen hatte, bei der ich erst zusammengebrochen war und dann einen

Wutanfall gehabt hatte, war von Noah gekommen. Er hatte mir schonend beizubringen versucht, dass sein Informant herausgefunden hatte, dass Beckys Obduktionsbericht gefälscht worden war. Meine Schwester war tatsächlich schwanger gewesen – von meinem Vater. Er hatte damals seine Kontakte und sein Geld genutzt, um das zu vertuschen. Er hatte uns alle so schändlich belogen, dass jedes Gefühl in mir tot war.

Ich dachte an Ashley, an das, was sie mir in den letzten Monaten angetan hatte, aber auch an ihre Mutter, an all die Menschen, die meine ehemalige Erzfeindin liebten. Ihr Hass auf mich war grenzenlos. Vor Verzweiflung und Neid hatte sie einen Sündenbock gebraucht, und es war logisch, dass sie mich als Opfer auserkoren hatte. Ashleys Wut, dass mein Vater mich verschont hatte, der Neid auf meine Freiheit und meine Zukunftsaussichten – das alles hatte sie aufgefressen, sodass sie bereit gewesen war, mich zu zerstören. Aus jeder ihrer Zeilen las ich die Mutlosigkeit und die Not heraus, in der sie gesteckt hatte, und ich war voller Mitleid für sie. Das, was mein Vater ihr angetan hatte, war schrecklich und unverzeihlich. Wahrscheinlich würde sie das ihr ganzes Leben niemals wieder loswerden. Es tat mir in der Seele weh, so sehr, dass ich das Bedürfnis verspürte, ihr zu schreiben.

Liebe Ashley,

ich hoffe, dass es dir besser geht, wenn du diese Zeilen liest. Danke, dass du mir den Tipp gegeben hast, genauer im Chalet nachzusehen. Ich habe die Briefe von dir und Becky gefunden und damit die Wahrheit erfahren. Ich kann dir gar nicht sagen, wie geschockt ich bin, wie sehr mir das alles leidtut. Ich hatte keine Ahnung, und ich werde Zeit brauchen, um das alles zu verstehen.

Wenn du diesen Brief erhältst, habe ich bereits alle dem

Detective übergeben. Wir dürfen nicht länger schweigen, Ashley. Jeder soll wissen, was er dir und Becky angetan hat.

Der Staatsanwalt wird Anklage gegen dich erheben, deshalb bitte ich dich, eine Aussage zu machen. Nur so kannst du mit einer milderen Strafe rechnen. Mein Vater ist tot. Von ihm hast du nichts mehr zu befürchten.

Ich weiß, wir waren nie Freundinnen, mochten uns früher schon nicht, aber ich verstehe dich. Es tut mir unendlich leid, was dir widerfahren ist, und ich verzeihe dir. Niemand kann dir die Erinnerungen nehmen, es gibt nichts, womit man das wiedergutmachen kann. Nach so viel Hass und Schmerz brauchst du etwas, woran du dich klammern, an das du glauben und wovon du neuen Mut schöpfen kannst. Du bist nicht allein, Ashley.

Lass mich wissen, wenn du Hilfe brauchst.

Alles Liebe für dich
Cat

Sorgfältig faltete ich den Brief zusammen, steckte ihn in einen Umschlag und beschloss, ihn morgen mit den anderen Briefen an Detective Weather zu übergeben. Noch lange dachte ich in dieser Nacht nach, machte mal wieder kein Auge zu, wartete auf Noah. Aber er kam nicht.

Erst in den frühen Morgenstunden hörte ich den Schlüssel im Schloss. Ich stellte mich schlafend, während er kurz seinen Kopf zu mir hereinstreckte. Dann entfernten sich seine Schritte, er legte sich nicht zu mir, sondern zog das Sofa vor, und das war okay für mich.

Gegen acht Uhr stand ich auf, weil ich zu einem Termin bei Weather und anschließend zu einem Gespräch mit dem Personalchef des Hotels eingeladen war. Leise, um Noah nicht zu wecken, verließ ich die Wohnung.

Ich übergab dem Detective alle Briefe und teilte ihm die Informationen mit, die noch fehlten. Alles würde nun an die Öffentlichkeit gezerrt werden. Weather erzählte mir, dass Ashley zwar vernommen werden konnte, aber immer noch jede Aussage verweigerte. Wahrscheinlich hatte sie zu viel Angst. Ich bat ihn, ihr meinen Brief zukommen zu lassen.

Mr. McDust, der Personalchef des *Empire Heaven*, war sehr nett. Er erkundigte sich nach meinem Wohlbefinden, bevor er mir mitteilte, dass man Mr. Wilson nahegelegt hatte zu kündigen. Dies hatte er getan, und nun bat man mich durch die Blume, es ihm gleichzutun. Man hätte einen Aufhebungsvertrag aufgesetzt, und ich müsste nur noch unterschreiben. Immerhin gewährte man mir eine längere Frist, mich nach einer Bleibe umzuschauen. Ich war mir sicher, dass die Geschäftsleitung sich in die Hose machen würde, wenn sie wüssten, dass auch noch ein Skandal vor der Türe stand, den die Presse breittreten könnte. Schlagzeile: *Ehemaliger Polizeichef – der Kinderschänder, der seine eigene Tochter schwängerte.* Es war nur eine Frage der Zeit, bis die ersten neugierigen Journalisten nach der verschonten Tochter recherchieren würden.

Ich hatte es satt. Nach allem, was ich durchgemacht hatte, sehnte ich mich nach Ruhe und Frieden, hatte keine Kraft mehr zu kämpfen. Ich fühlte mich hier nicht mehr willkommen, war gefangen in einem Albtraum, den ich niemals vergessen konnte. Mein Entschluss stand fest.

Mein Traum von Freiheit war geplatzt, und ich unterschrieb.

Als ich das Büro verließ und in der Lobby Spike an seinem Aufzug stehen sah, kämpfte ich mit den Tränen. Wir winkten uns kurz zu. Ich konnte jetzt nicht mit ihm reden, sonst würde ich wahrscheinlich anfangen zu weinen und nicht mehr aufhören können.

Ich kam am Restaurant vorbei und ließ meinen Blick über

den Innenraum schweifen, ohne dass jemand Notiz von mir nahm. Maja bediente gerade den Professor, der wieder mit seiner imaginären Frau am Tisch saß. Geduldig schenkte sie ihm Kaffee und für seine Gattin Orangensaft ein. Ich schlenderte weiter, konnte Maja jetzt nicht unter die Augen treten.

Im Hotelgarten setzte ich mich auf eine Bank. Meine Brust schwoll an, und ich unterdrückte die aufkommenden Tränen. Ich erinnerte mich an meinen Vater während meiner Kindheit und fragte mich, wann er sich zu diesem Monster verändert hatte. Ich wusste es nicht. Ich wusste nur, dass er mich von Anfang an nicht in San Francisco haben wollte. Nicht, weil er sich wünschte, dass ich glücklich werden sollte, sondern einzig aus dem Grund, dass ich ihm im Wege gestanden hatte. Er hatte Angst gehabt, dass ich hinter sein Geheimnis kommen würde. Ich hatte immer geglaubt, er wollte nur das Beste für mich. Ein Trugschluss.

Erst als ich ins Appartement zurückkehrte, wachte Noah auf. Er wischte sich durchs Gesicht und hob den Kopf. »Wie spät ist es?«

»Gleich halb zwölf.«

»Scheiße! Warum hast du mich nicht geweckt?« Ruckartig setzte er sich auf. »Der Termin mit Weather ...«

Er sah so süß aus mit dem verwuschelten Haar. Wie gern hätte ich mich zu ihm gelegt, seinen Duft eingeatmet und mit der Hand seine warme Haut berührt. Tiefe Sehnsucht keimte auf, die aber gleich wieder von der Leere verschluckt wurde. »Der Termin war schon.«

Er ließ sich zurückfallen und starrte an die Decke. »Fuck! Du hättest mich wecken sollen, Cat.«

»Schon gut.« Ich wandte mich ab, wollte in die Küche, doch dann platzte es aus mir heraus. »Er ist tot. Das Krankenhaus hat angerufen und mich darüber informiert.«

Seine Augen weiteten sich. »Was?«

»So wie es aussieht, ist er an einer Lungenembolie gestorben.« Wie gleichgültig mir der Tod meines eigenen Vaters über die Lippen ging, erschreckte mich, aber ich fühlte nichts – keine Trauer, keinen Schmerz.

Ich begann die Küche zu putzen. Schuldgefühle schlichen sich durch mein Herz. Warum war ich nur so hart? Ich war zu kalt zu ihm gewesen, hätte Noah die Nachricht nicht so hinwerfen sollen.

»Wieso hast du mich nicht angerufen, als du es erfahren hast?«, fragte Noah, der jetzt mit verschränkten Armen im Türrahmen stand.

Ich drehte mich zu ihm, wich seinem Blick aber aus und zuckte mit den Schultern. Darauf hatte ich keine Antwort. Resigniert wandte er sich ab und ging ins Bad. Das Duschwasser wurde kurze Zeit später eingeschaltet, und ich schrubbte weiter. Nach zehn Minuten kam er zurück, hatte ein Handtuch um die Hüften geschlungen und rubbelte sich mit einem zweiten das Haar trocken. Ich schenkte ihm einen Kaffee ein und stellte die Tasse im Wohnzimmer auf dem Tisch ab.

»Wieso hast du mich nicht angerufen, als du es erfahren hast?«, wollte er erneut wissen. »Ich wäre sofort gekommen.«

»Warum warst du überhaupt fort? Wieso bist du die ganze Zeit schon nicht bei mir?«

Wir starrten uns an. Obwohl mein Herz sehnsüchtig nach ihm schlug, spürten wir den tiefen Graben zwischen uns allzu deutlich.

»Ich habe gekündigt«, flüsterte ich nach einer Weile. Noah hielt inne, ließ die Hände sinken und intensivierte seinen Blick. »Ich kann nicht länger hierbleiben. Ich muss von hier fort.«

Er öffnete den Mund. Schmerz trat in seine Augen. »Wo willst du hin? Du gehörst doch zu mir«, sagte er heiser.

Ich war nicht mehr die Cat, die nach San Francisco gekommen war. Diese Geschichte hatte mich verändert, und im Moment deutete alles darauf hin, dass ich noch eine ganze Weile daran zu knabbern haben würde. Ich sah keine andere Möglichkeit. »Ich könnte zu Grandpa oder zu Martha nach Denver.«

Sein Kiefer mahlte, und ich merkte ihm an, wie er mit sich rang. Das Geheimnis der blauen Rosen war gelüftet, aber nichts wies auf ein Happy End hin. Das konnte es auch nicht, dafür hatten Noah und ich zu viel durchgemacht.

»Täglich werde ich an alles erinnert, was geschehen ist. Ich sehe dich und deinen Schmerz, und ich bin so durcheinander. Ich ...« Meine Stimme versagte.

Er nickte. »Ich habe immer gewusst, wenn du eines Tages die Wahrheit herausfindest, dann wird das unser Ende sein. Und nun ist die Wahrheit noch schrecklicher, als ich geglaubt habe.«

Er war verletzt, traurig und bedachte mich mit einem Blick, der mein Herz in Stücke riss, aber er verstand mich und fühlte ähnlich.

»Ich liebe dich so sehr, Noah, aber es ist die Vergangenheit, die uns verbindet, eine Zeitlang stark gemacht, aber nun alles zerstört hat. Das ist mir jetzt klargeworden.«

Er fuhr sich durchs Haar. Es war eine verzweifelte Geste. »Verdammt! Ich ertrage den Gedanken nicht, dass du fortgehst.«

Mit einem Mal zog er mich an sich. Sein Duft stieg mir in die Nase, und ich spürte die tröstende Wärme seiner Haut an meiner Wange. Tränen vernebelten meine Sicht, als ich hörte, wie kräftig sein Herz gegen seine Brust hämmerte, und merkte, wie er innerlich bebte.

Wir sahen uns an. Schmerz loderte in dem Blau seiner Augen. »Es bringt mich um, dich gehen zu lassen, Catwoman. Aber wenn es das ist, was du willst, dann tue ich es.«

Fest presste er seine Lippen auf meine, drang mit seiner Zunge in meinen Mund. Eine Mischung aus verzweifelter Sehnsucht und animalischem Verlangen peitschte ein letztes Mal in uns auf. Wir gaben uns dem hin, bis unsere Körper erschöpft kapitulierten und die dumpfe Leere wieder die Oberhand gewann.

***

Es war beschlossen: Ich würde zu Grandpa und seinen Jungs ziehen. Noah ertrug es nur schwer in meiner Nähe, deshalb arbeitete er wie ein Verrückter. In den letzten Tagen hatte er sich nicht mal mehr nachts zu mir ins Bett geschlichen, er zog das Sofa vor. Ich nahm es hin, denn ich wusste, er konnte es nicht verkraften, dass der Tag der Abreise immer näher rückte. Der Schmerz trieb ihn täglich zum Sandsack, und er fehlte mir sehr, aber alles in San Francisco erinnerte mich an das Dunkel in meinem Leben. Unsere Liebe wurde von der Vergangenheit überschattet. Sie war das Opfer, das wir für die Wahrheit bringen mussten, auch wenn Grandpa das anders sah. Er hatte in unzähligen Gesprächen versucht, mich von meinem Plan abzubringen. Nicht, weil er nicht wollte, dass ich zu ihm zog, sondern weil er daran glaubte, dass Noah und ich zusammengehörten und unser Trauma überwinden konnten.

Einen Tag vor unserem Abflug lernte ich Joe und Owen kennen, zwei Mitglieder des Motorradclubs. Sie waren mit einem Truck angereist, um zwei Harleys, die Grandpa gekauft hatte, und mein Hab und Gut mitzunehmen. Maja und Inma hatten mir geholfen, alles wieder in Kartons zu packen, was nicht lange gedauert hatte, und anschließend ein kleines Abschiedsdinner organisiert. Alle waren gekommen, sogar Mr. Robinson, der mich umarmte und mir alles Gute wünschte. In allen

Gesichtern stand das gleiche Bedauern, jener Ausdruck, den ich nicht mehr ertragen konnte. In Louisiana kannte mich niemand, und ich sehnte mich nach Leuten, die nichts über mich wussten. Bis zuletzt hoffte ich, dass Noah zum Abschiedsessen auftauchen würde. Von Dylan erfuhr ich, dass er wie ein Besessener trainierte, da morgen sein Kampf anstand. Stattdessen schrieb er mir eine Nachricht.

Hey Babe,
    ich weiß, ich hätte zu deiner Feier kommen sollen, aber das war schwerer, als ich gedacht habe. Verzeih mir. Ich wünschte, es gäbe einen anderen Weg.
    Pass auf dich auf in Louisiana.
    Ich liebe dich.
    Noah

Enttäuscht hatte ich ihm an diesem Abend nicht zurückgeschrieben.

Der Abschied fiel mir besonders bei Inma schwer. Meine beste Freundin würde mir fehlen. An ihrer Hochzeit würden wir uns wiedersehen, und wir versprachen, uns regelmäßig zu schreiben, so wie wir es früher immer getan hatten, als ich noch in Pleasant Hill gelebt hatte. Ich war froh, dass sie Spike hatte, der sie trösten würde.

Am Tag unseres Abflugs gab ich den Schlüssel meines Appartements bei der Verwaltung ab – und das war es dann. Als ich zum Schiebetor lief, legte sich ein erlösendes Gefühl um mein Herz. Jetzt war ich frei, konnte tun und lassen, was ich wollte. Ich hätte zufrieden sein können, war es aber nicht.

Ich kam bei Grandpa an, der mit einem Taxi auf mich wartete. »Bereit, Zuckersternchen?«

Ich schaute zurück, ließ meinen Blick über das Hotelgelände

schweifen und hoffte, Noah würde vielleicht doch noch in letzter Minute auftauchen – vergebens. »Lass uns fahren.«

Grandpa hielt mir die Wagentür auf, und endlich fuhren wir Richtung Flughafen. Es war schon fast dunkel. Die Lichter der Stadt rauschten an mir vorbei. Da war kein Abschiedsschmerz, nichts, was San Francisco in mir auslöste. Ich konnte nur an Noah denken, unser Leid waberte unaufhörlich und saß fest wie ein Stachel.

»Wir haben noch viel Zeit. Wenn du willst, können wir noch etwas essen gehen.«

»Ich habe keinen Appetit«, sagte ich entschuldigend.

Grandpa musterte mich. »Es ist wegen Noah, stimmt's?« Ich nickte. »Ihr habt euch nicht richtig verabschiedet, oder?«

»Nein, nicht persönlich, aber er hat mir geschrieben.«

Grandpa seufzte und murmelte etwas Unverständliches. »Ich begreife einfach nicht, warum ihr es euch so schwer macht.«

»Es ist okay, Grandpa. Wir werden beide darüber hinwegkommen.«

»Wenn er dir nicht Lebewohl sagen kann, dann tu du es, Cat. Geh nicht, ohne ihn ein letztes Mal gesehen zu haben. Zieh für dich einen richtigen Schlussstrich.«

Ich runzelte die Stirn und schaute zu ihm rüber. »Was?«

»Es ist noch genug Zeit dafür, Zuckersternchen.«

Ich dachte über seine Worte nach. Noah war nicht in der Lage gewesen, sich richtig zu verabschieden. War ich es? Wollte ich es?

Mein Herz schrie auf, als ich mir für einen Moment vorstellte, ihn noch einmal zu sehen. Grandpa hatte recht. Es war mein Weg, meine Entscheidung, und ich brauchte einen klaren Schnitt, um abschließen zu können. »Okay.«

Mit einem Grinsen gab Grandpa dem Taxifahrer den Befehl, zum Frachthafen zu fahren. Es dauerte, bis wir uns durch den

Verkehr geschlängelt hatten und das abgelegene Gelände erreichten. Wir stiegen aus und liefen zur Einfahrt, wo die Luxuskarossen Stoßstange an Stoßstange standen, um eingelassen zu werden.

»Wie sollen wir reinkommen?«, fragte ich, aber da zog Grandpa schon sein Handy aus der Tasche und wählte.

»Hey Randy, altes Haus! ... Ja. ... Meine Enkelin und ich würden gerne den Kampf sehen. Kannst du deinen Gorillas am Eingang Bescheid geben? ... Natürlich, erhöh meinen Einsatz auf tausend. ... Ja, ich bin mir sicher.«

Mein Kopf fuhr herum. Wieso kannte Grandpa die Leute von hier?

Als er meinen fragenden Blick sah, zwinkerte er mir zu und legte kurze Zeit später auf.

»Du wettest? Tausend Dollar? Wo hast du so viel Geld her? Und wieso kennst du hier jemanden?«

»Tausend Dollar ist ein kleiner Einsatz heute Abend, und ja, manchmal juckt es mir eben in den Fingern.«

Ich rollte mit den Augen und wusste, dass ich in den nächsten Monaten viel über ihn erfahren würde – Dinge, die ich vielleicht lieber nicht wissen sollte.

Wir liefen zum Eingang, und tatsächlich hatte sein Anruf dafür gesorgt, dass wir mit einem freundlichen Lächeln hineingelassen wurden. Wir betraten die Halle. Es war voll. Grandpa nahm schützend meine Hand, führte mich zwischen den vielen Leuten hindurch. Wie beim letzten Mal war das Gebrüll der Menschen ohrenbetäubend. Die meisten trugen Abendkleidung. Ich fiel deshalb schon auf, weil meine Jeans abgewetzt und an den Knien und Oberschenkeln gerissen war.

Ich schaute zum Käfig. Dort wurde unter Jubel und Pfiffen ein blutüberströmter Männerkörper herausgetragen. Ein Reinigungsteam machte sich sofort daran, das Blut vom Boden aufzuwischen. Erleichtert atmete ich auf, dass es nicht Noah war.

»Wir sollten uns beeilen. Noah könnte jeden Moment dran sein.«

Mitten in dem Gedränge blieb Grandpa stehen, sah sich suchend um und rieb sich über den Bart. »Vielleicht wäre es besser, nach dem Kampf zu ihm zu gehen, Zuckersternchen. Jetzt könnte es ihn aus seiner Konzentrationsphase reißen.«

Das war mir gar nicht in den Sinn gekommen. Nicht auszudenken, wenn Noah wegen meiner Aktion nicht bei der Sache wäre. Ich nickte einverstanden.

Ein Mann im Smoking und mit einem Mikrofon in der Hand betrat den Käfig. »Sehr geehrte Gäste, liebe Freunde des MMA-Sports – es ist so weit! Der Fight des Jahres steht an.«

Die Menge jubelte. Während der Mann weiter den Act des Abends ankündigte und das Publikum anheizte, blieben Grandpa und ich am Rand der Halle stehen, wo er freundschaftlich von einigen Männern begrüßt wurde. Alle trugen das MC-Logo. Er stellte mich ihnen vor.

Das Putzgeschwader verließ den Cage, und ein Spot wurde auf einen Eingang gerichtet. Musik dröhnte aus den Boxen, und die Leute flippten vollkommen aus, als ein muskelbepackter Hüne mit grimmigem Blick hereinkam. Direkt hinter ihm folgten Noah und Dylan. Dann wurde Billy als Gastgeber und Gönner der Show angekündigt. Wie ich den Typen hasste!

Noah und der Riese, der als ›der Schlächter des Satans‹ vorgestellt wurde, kamen im Käfig an. Die Regeln wurden bekanntgegeben. Noah war angespannt, schaute stur geradeaus. Um seine Hände waren Bandagen gewickelt, und er trug eine kurze schwarze Hose. Mein Herz raste vor Aufregung, und ich hatte Angst.

Als ein Ton den Start des Fights ankündigte, stürzte der Kerl sofort auf Noah zu und verpasste ihm mehrere Schläge ins Gesicht und in die Seiten. Zum Glück steckte Noah das gut weg. Er tänzelte um seinen Gegner herum, und ein paarmal schlug dieser ins Leere.

»Was ist los mit dir, Junge?«, rief Grandpa, was aber im Geschrei des Publikums unterging.

»Was ist los?«

»Keine Ahnung. Warum greift er nicht an?«

Tatsächlich schien Noah nicht darauf aus zu sein, den Fight zu seinen Gunsten zu beenden. Immer wieder wich er den Schlägen aus, tänzelte um den Riesen herum und ließ den Kerl ins Leere schlagen. Ich schaute zu Dylan, der am Käfigrand stand und ihn anbrüllte. Billy machte ein finsteres Gesicht, und die Leute buhten. Offenbar hatten sie vom Meister Besseres erwartet.

»Was tust du, Junge?«, rief Grandpa und schüttelte den Kopf.

Noah brüllte seinen Gegner an, deutete auf die Stellen an seinem Körper, wo er ihn treten sollte. Das ließ der Riese sich nicht zweimal sagen. Er packte ihn, presste ihn gegen die Käfigwand und drosch mit aller Wucht auf ihn ein.

Ich schlug meine Hände vor den Mund. Blut spritzte, das Gesicht des Hünen war vor Anstrengung ganz rot, aber er feierte sich mit jedem Schlag, den er Noah verpasste.

Oh Gott! Noah tat nichts, ließ sich bereitwillig verprügeln. Wieso wehrte er sich nicht? Unruhig warf ich immer wieder einen Blick zu der Großleinwand, auf der der Kampf aus der Nähe gezeigt wurde. Noahs Gesicht war blutüberströmt. Ich sah mich um. Wieso brach niemand den Kampf ab?

»Steh auf, verdammt!«, donnerte Grandpa.

Noah lag jetzt auf dem Boden, wurde von seinem Gegner weiter drangsaliert.

»Noah, bitte«, flüsterte ich verzweifelt. »Wehr dich!«

Aber das tat er nicht. Die Menge tobte, und plötzlich schien die Stimmung des Publikums zu kippen. Die Leute feuerten den Gegner an.

Noah musste weitere harte Schläge einstecken. Der Hüne würde ihn umbringen. Ich hielt es nicht länger aus, quetschte mich durch die Menge zum Käfig vor. Es war mir egal, dass sich die Meute über mich beschwerte und ich angeschnauzt wurde. Endlich erreichte ich Dylan, der direkt am Gitter bei Noah stand und ihn anbrüllte.

»Hol ihn da raus, Dylan, bitte!«, flehte ich verzweifelt.

»Cat? Was ...?« Kurz war er verwirrt, mich zu sehen. »Das kann ich nicht. Er muss selbst aufgeben und den Arm heben, aber er tut es einfach nicht.«

Ich schaute zu Noah. Der Typ verpasste ihm weitere Schläge. Ein Schauer fuhr mir den Rücken hinunter, als ich direkt am Käfig stand und die Brutalität spürte, mit der gekämpft wurde. Geschockt über Dylans Worte und die grässlichen Verletzungen wusste ich nicht, was ich tun sollte. Verzweifelt schob ich mich zum Gitter.

»Noah! Noah!«, schrie ich gegen den Lärm der Halle an. »Noah! Heb den Arm, bitte! Ich flehe dich an!«

Plötzlich wurde ich am Oberarm gepackt. »Du wirst ihn nicht dazu überreden, den Arm zu heben. Hast du mich verstanden, Kitty-Cat?«

Mein Kopf fuhr herum. Billy.

»Finger weg«, fauchte ich und zerrte mich los. Doch er packte mich erneut.

Ungeachtet dessen brüllte ich weiter Noahs Namen, während sein Gegner sich vom Publikum feiern ließ. Sie forderten ihn auf, es zu Ende zu bringen. Der Typ bereitete sich darauf vor. Ich schrie Noah an, und endlich öffnete er die Augen und nahm mich wahr. Ob er mich wirklich sehen konnte, wusste ich nicht, aber er konnte mich hören, da war ich mir sicher.

»Halt den Mund, du Miststück. Das ist mein Kämpfer, und ich entscheide, was er tut«, zischte Billy.

Dylan war sichtlich hin- und hergerissen, ob er Noah weiter anbrüllen oder mich aus Billys Griff befreien sollte.

Woher ich den Mut nahm, wusste ich nicht, aber mit aller Kraft verpasste ich Billy einen Tritt in sein Heiligtum. Dann brach das Chaos aus.

Alles ging so schnell. Männer schubsten mich, Hände griffen nach mir. Ich wurde immer weiter vom Käfig gedrängt, weg von Noah. Ich sah Grandpa, seine Freunde und Dylan, die sich mit Billys Leuten anlegten. Jeden Moment konnte eine Massenschlägerei ausbrechen, und ich war mittendrin. Auf der Leinwand sah man, wie Noahs Gegner sich vorbereitete, den Fight endgültig für sich zu gewinnen. Ich brach in Panik aus. Die Angst um den Mann im Cage brachte alles in mir zum Beben.

»Nimm den Arm hoch, bitte!«, kreischte ich weinend, wohlwissend, dass Noah mich nicht hörte.

Plötzlich drang der erlösende Ton aus den Boxen, der das Ende des Kampfes verkündete. Die Menge brüllte, warf Plastikbecher zum Käfig. Der Favorit des Abends hatte den Arm gehoben und aufgegeben.

Ich schloss die Augen und schickte ein Dankesgebet gen Himmel. Langsam versuchte Noah sich aufzurichten. Ich sah Dylan, der den Cage betrat und ihm half. Weitere Männer hoben ihn auf eine Liege und trugen ihn hinaus. Ohne darüber nachzudenken, lief ich ihnen nach.

»Cat, warte!«, rief Grandpa, der mich einholte. »Mensch, Mädchen, das war riskant.« Er blickte mich finster an.

Ich wollte zu Noah, und wir folgten Dylan in die Kabinen, wo Noah verarztet wurde.

»Er hat es absichtlich gemacht«, murmelte Dylan. »Dieser Idiot. Billy ist ziemlich wütend.«

»Meine Jungs regeln das«, erwiderte Grandpa und schaute den Flur hinunter zur Halle, wo die Männer sich gegenseitig beschimpften.

Endlich kam jemand aus dem Umkleideraum. »Ihr könnt rein. Ich habe ihn notdürftig zusammengeflickt, aber die Wunde am Kopf muss genäht werden. Er ist echt hart im Nehmen und kommt wieder auf die Beine. Trotzdem sollte er sich in einem Krankenhaus behandeln lassen.«

Dylan, Grandpa und ich gingen hinein. Noah lag auf einer Liege, hielt sich etwas Kühlendes an die Schläfe und sah auch sonst ziemlich mitgenommen aus. Sein Gesicht und sein Oberkörper waren übersät mit Schwellungen und Blutergüssen, die sich in den nächsten Tagen noch dunkler färben würden. Mir brach das Herz, als ich ihn so sah.

»Du bist echt verrückt, Alter. Was hast du dir dabei gedacht?«, fuhr Dylan ihn an. »Nicht nur, dass der Typ dich hätte umbringen können, jetzt hast du auch Billys Meute am Hals.«

»Beruhige dich. Ich bin frei, Dylan. Es ist vorbei.«

Dylan schnaubte. »Eben nicht. Du weißt nicht, wie sauer Billy ist. Cat hat ihm heftig in die Kronjuwelen getreten. Glaubst du, diese Demütigung wird er sich gefallen lassen?«

Noah sah zu mir, und ein winziges Grinsen stahl sich auf seine angeschwollene Lippe. »Das ist meine Catwoman«, murmelte er. »Was machst du überhaupt hier? Verpasst du nicht deinen Flug?«

Jetzt erinnerte ich mich wieder, warum ich gekommen war. Ich wollte einen Schlussstrich ziehen.

Plötzlich wurde die Tür aufgerissen, und Billy kam wutschnaubend herein. Hinter ihm stand ein Haufen Leute. »Dafür wirst du bezahlen, Holder. Niemand zieht so eine Show ab und kommt ungestraft davon. Und du ...« Er deutete mit dem Finger auf mich. »Das wird euch teuer zu stehen kommen.«

»Ganz ruhig«, mischte sich Dylan schlichtend ein.

Mit schmerzverzerrtem Gesicht richtete sich Noah langsam auf. Dylan half ihm. »Du wolltest, dass ich für dich kämpfe, das habe ich getan. Nirgends steht, dass ich gewinnen muss. Ich habe meinen Teil der Abmachung eingehalten. Wir sind quitt.«

Billy wurde rot vor Zorn, seine Halsschlagader zeichnete sich deutlich ab. »Weißt du, was mich deine Niederlage kostet? Kannst du dir vorstellen, was das für mich und meine Kunden bedeutet? Damit hast du dich für lange Zeit an mich gebunden. Es wird ewig dauern, bis du deine neuen Schulden abbezahlt hast.«

»Haben Sie nicht gehört, was der Junge gesagt hat? Die Rahmenbedingungen waren ein Fight, nicht, dass er gewinnen muss«, mischte sich jetzt Grandpa ein.

Billy funkelte ihn böse an, und für einen Moment glaubte ich, er würde gleich auf ihn losgehen. »Was mischen Sie sich ein? Wer zum Teufel sind Sie überhaupt?«

»Ich bin ein MC-Black-Mitglied und Noahs Grandpa. Wenn Sie keinen Ärger mit uns haben wollen, dann überlegen Sie es sich noch mal. Ich schätze, die Präsidenten der Chapters hier in der Gegend würden nur ungern weiter Geschäfte mit jemandem machen, der einen von uns so bedroht. Noah steht unter unserem Schutz, und Sie wissen, was das bedeutet.«

Ich kam aus dem Staunen nicht heraus. Mein Grandpa war absolut beeindruckend! So hatte ich ihn noch nie erlebt. Dass er Noah verteidigte und ihn als seinen Enkel ausgab, dafür liebte ich ihn noch mehr. Er war so cool!

Billy kniff erbost die Lippen zusammen und wägte ab. Es schien, als würden Grandpas Worte genau die richtigen sein, um ihn in die Schranken zu weisen.

Was trieb der MC für Geschäfte? Wollte ich das wissen? Lieber nicht. Wahrscheinlich ging es um viel Geld, aber davon hatte ich keine Ahnung, und das war auch besser so.

»Hier ist noch nicht das letzte Wort gesprochen. Ich verlange ein Gespräch mit den Chapters.«

»Können wir gern arrangieren«, stimmte Grandpa zu und verschränkte die Arme.

Billy starrte hasserfüllt zu Noah, der mit den Schultern zuckte. »Ich denke, du solltest dir das alles noch mal durch den Kopf gehen lassen.«

Billy begriff, dass er keine andere Wahl hatte, als zu gehen. Er schnaubte verächtlich, machte auf dem Absatz kehrt und knallte die Tür hinter sich zu. Von draußen hörten wir seine Männer lautstark diskutieren.

Kaum waren wir wieder allein, sackte Noah kraftlos auf die Liege.

»Danke ... Grandpa«, murmelte er und grinste.

»Ja, ja, schon gut, aber du bist nicht mein Zuckersternchen, verstanden?«

Ich unterdrückte ein Kichern, besann mich aber, als ich Grandpas Blick begegnete. Ich wusste, was er mir sagen wollte. Ich nickte ihm zu, und er ging mit Dylan hinaus. An der Tür drehte er sich noch mal um. »Du hast fünf Minuten, dann sollten wir los.«

Er schloss hinter sich die Tür.

Ich räusperte mich und trat zu Noah. Meine Hände zitterten immer noch, als ich sachte seinen Oberkörper berührte.

»Noah, ich bin gekommen, weil ...« Ich hielt inne. Ich war völlig durcheinander. Mein Leben bestand nur aus Scherben, aber ich liebte ihn so sehr.

Noah richtete sich langsam auf. Ich half ihm, bis er vor mir saß. Lange sah er mir in die Augen, zog mich behutsam an sich und küsste mich. Die Kälte in mir wich, wilde Sehnsucht peitschte auf. Ich presste mich an ihn und wurde von der Wucht meiner Gefühle übermannt. Hoffnung keimte auf, das Licht, das nur er entzünden konnte, loderte.

Noah war der Einzige – mein Felsen, mein Halt, die Liebe meines Lebens. Ohne ihn ergab nichts einen Sinn. Wie hatte ich nur glauben können, ohne seine Wärme, ohne das Licht leben zu können? War ich denn verrückt geworden?

Er löste unsere Verbindung. »Cat, ich weiß, es ist vielleicht ein lahmer Versuch, aber bitte hör mich an. Ich mache ständig Fehler. Es war falsch, dich einfach so gehen zu lassen. Das tut mir leid.«

»Ich habe das verstanden.«

Er seufzte. »Du hast gesagt, die Vergangenheit steht zwischen uns, und sie ist es auch, die uns trennt.«

Ich nickte.

»Dann lassen wir eben alles hinter uns und fangen von vorne an. Wir steigen einfach aus.«

Ich kniff die Augen zusammen. »Wie meinst du das?«

Er senkte den Blick. »Wir gehen gemeinsam fort und lernen uns neu kennen. Gib uns eine Chance. Nach allem, was wir durchgemacht haben, verdienen wir das.«

Ich sah die Hoffnung in seinem lädierten Gesicht, und in mir regte sich etwas.

»Komm mit mir nach New York«, sagte er in die Stille der Kabine und sah mich eindringlich an.

Er meinte es wirklich ernst. New York – eine neue Stadt, ein Neuanfang, mit ihm. Mein Herz flatterte, das Licht in mir leuchtete auf. Wir würden einfach *Reset* drücken und von vorne anfangen. »Was ist mit deinem Job und deinen Freunden?«

»Einen Job finde ich auch in New York. Dylan, Maja und die anderen bleiben trotzdem Freunde. Wir waren so lange getrennt, ich kann dich nicht noch einmal verlieren. Ich will dich, Cat. Gib uns eine Chance und komm mit mir. Dafür würde ich alles tun.«

Wenn mein Herz sich vor Tagen noch im freien Fall befunden und ich keine Ahnung gehabt hatte, was nach dem Aufprall geschehen würde – jetzt wusste ich es. Noah würde mir helfen, die Scherben einzusammeln und es wieder zusammenzuschweißen. Es würde vielleicht lange dauern, wir würden Rückschläge erleiden, aber irgendwann auch Fortschritte sehen. Das Gleiche würde ich für ihn tun.

Vorsichtig zog er mich an sich. »Du kannst dir einen Job suchen oder endlich auf das *Culinary Institute* gehen, so wie du es immer wolltest. Wir können uns heilen, Cat. Du und ich, wir schaffen das. ... Sag Ja.«

Ich lehnte meine Stirn an seine, überwältigt von dieser Idee und meinen Gefühlen. Ich lächelte. »Du bist ein verrückter Kerl, Noah Holder, aber genau deshalb liebe ich dich ... JA! Gehen wir gemeinsam nach New York und fangen neu an.«

Vorsichtig legte ich meine Lippen auf seine und genoss die Wärme und das Licht, das sich sanft in mir ausbreitete.

Die Tür ging auf, und Grandpa streckte den Kopf herein. »Zuckerstern... Oh, entschuldigt. Wir sollten los.«

Noah unterbrach unseren Kuss. »Planänderung, Grandpa. Cat steigt mit mir in einen anderen Flieger.«

Grinsend kramte Grandpa ein Erdbeerbonbon aus seiner Tasche, wickelte es aus dem Papier und steckte es sich in den Mund.

»Na endlich! Wurde auch Zeit, dass ihr beide zur Vernunft kommt«, murmelte er zufrieden und schloss dann die Tür hinter sich.

Epilog

Cat, heute

ey, ich bin's, Cat. Ich freue mich, dass du durchgehalten hast. Ja, du hast recht, manchmal war es hart, aufwühlend und auch grausam, aber es war Noahs und meine Geschichte.

Es ist jetzt ein Jahr her, dass ich mit ihm nach New York gegangen bin. Es war nicht immer leicht, aber es war die beste Entscheidung, die ich je getroffen habe. Wir haben alles hinter uns gelassen und ein neues Leben begonnen.

Jedes Mal muss ich kichern, wenn ich daran zurückdenke, wie er sein Versprechen, dass wir uns neu kennenlernen würden, wortwörtlich genommen hat. Er hat so getan, als würde er mich versehentlich mitten auf dem *Times Square* anrempeln, hat sich entschuldigt, mir tief in die Augen geschaut und mich gefragt, ob ich mit ihm einen Kaffee trinken würde. Was für ein Spinner!

Aber auf eine Art war es wirklich ein Kennenlernen. Ich lernte einen unbefangenen, freieren und gelösten Noah kennen und verliebte mich noch mehr in ihn, falls das möglich ist.

New York ist großartig. Hudson und Madlen sind wunderbare Menschen, die uns liebevoll aufgenommen haben und zu meiner neuen Familie geworden sind. Lynn, die verrückte Nudel, ist zu einer lieben Freundin geworden. Alle paar Monate fliegen wir nach San Francisco und besuchen Maja, Paolo, Dylan und all die anderen. Ich bin im Reinen mit der Stadt, aber die Erinnerungen kommen dort viel stärker in mir hoch.

Zu meiner Mutter habe ich jeden Kontakt abgebrochen. Ich habe das Erbe meines Erzeugers angenommen. Das Geld erinnert mich zwar an meine Vergangenheit, aber Dr. Beldom, unsere Psychologin, meint, dass es vollkommen in Ordnung ist, es zu nutzen, um mein Leben mit schönen Dingen zu füllen. Und genau das versuche ich. Ich spende regelmäßig für eine Organisation, die sich für missbrauchte Kinder einsetzt, und habe eine Wohnung gekauft, in die Noah und ich vor ein paar Wochen eingezogen sind.

Es wird noch eine Zeit dauern, bis wir alles verarbeitet haben, aber Noah macht fantastische Fortschritte, sodass ich mir sicher bin, dass wir es gemeinsam schaffen. Seine Albträume sind so gut wie verschwunden, und er kann viel besser über das Vergangene sprechen. Auch ich kann wieder lächeln und hätte niemals gedacht, so glücklich werden zu können.

Wir nutzen Inmas Hochzeit in Spanien und holen unseren Jugendtraum nach. Noah und ich reisen durch Europa, und ich bin so verliebt in diesen Kontinent, dass ich zum ersten Mal nicht an Ashleys baldige Gerichtsverhandlung oder an meinen Vater gedacht habe. Ist das nicht unglaublich?

Aber jetzt sollte ich mich auf die Hochzeitszeremonie konzentrieren, schließlich bin ich Inmas Trauzeugin.

Meine beste Freundin sieht wunderschön aus in ihrem langen weißen Hochzeitskleid, und selbst Spike hat sich in Schale geworfen. Zugegeben, das Eheringmuster auf seinem maßgeschneiderten goldenen Anzug ist ein wenig *too much*, aber immerhin hat er sich die langen Zotteln abschneiden lassen. Der Kurzhaarschnitt steht ihm sehr gut. Ich sehe, wie glücklich sie sich anstrahlen, und das ist für mich das Wichtigste. Ihre Eltern scheinen mit der Wahl ihrer Tochter auch endlich zufrieden zu sein. Sie sitzen vorne, in der ersten Reihe, und ihr Vater schnieft schon zum vierten Mal laut in sein Taschentuch.

Ich schaue zu Noah, der als Trauzeuge neben Spike steht. Er erwidert meinen Blick und zwinkert mir unauffällig zu. Ich liebe sein verschmitztes Lächeln und die Art, wie er mich ansieht.

Noah ist mein Held, mein bester Freund, mein Seelengefährte und meine ganz große Liebe. Kein Geheimnis konnte etwas daran ändern. Apropos Geheimniskrämerei: In ein paar Monaten kommt mein süßes Geheimnis zur Welt, und ich bin gespannt, wie Noah darauf reagieren wird.

So, jetzt kommt gleich der Part, bei dem ich die Ehedokumente unterschreiben muss. Also mache ich hier Schluss. Damit du erfährst, was aus den Menschen in dieser Geschichte geworden ist, hinterlasse ich dir ein ›Was wurde aus …‹.

Alles Liebe, deine Cat

Was wurde aus ...

Ashley Miller

Das Schwein ist tot, und ich könnte jetzt frei sein, doch ich bin weit entfernt von dem Seelenfrieden, den ich mir so lange gewünscht habe. Ich bin Opfer, aber auch Täter, deshalb akzeptiere ich meine Gefängnisstrafe. Cat hat in ihrem Brief recht: Niemand kann mir die Erinnerungen nehmen, es gibt nichts, womit man das wiedergutmachen kann. Nach so viel Hass und Schmerz brauche ich etwas, woran ich mich klammern, an das ich glauben und wovon ich neuen Mut schöpfen kann.

Ich bin tatsächlich nicht mehr allein. Ich habe meine Mutter zurück, und endlich hört sie mir zu und ist für mich da. Die Therapie lässt mich nach vorne blicken, und manchmal fühlt sich das fast wie Glück an.

Grandpa Bambam

Jeder hat das bekommen, was er verdient hat: mein Ex-Schwiegersohn den Tod (kleiner Schalter, große Wirkung) und ich eine neue Old Lady. Zugegeben, ich musste Martha erst die Angst vor der Harley nehmen, aber mittlerweile ist sie ein richtiger Profi. Ich bin sehr froh, dass mein Zuckersternchen sich allmählich in New York erholt und darüber nachdenkt, die Konditorenschule zu besuchen.

Martha

Wenn mir vor einem Jahr jemand erzählt hätte, ich würde meine geliebte Küche gegen Lederkluft und Motoröl eintauschen, hätte ich ihn für verrückt erklärt. Aber so ist es geschehen.

Ich kann immer noch nicht fassen, was sich lange Zeit in der Familie Spence abgespielt hat, ohne dass ich es geahnt habe. Manchmal fühle ich mich schuldig, weil ich offensichtlich blind war. Das können Unmengen an Erdbeerbonbons auch nicht wiedergutmachen. Mit Monica bin ich endgültig fertig, habe das Haus ebenfalls verlassen und beschlossen, nie wieder zurückzukehren. Ich finde es bemerkenswert, wie stark Cat in den letzten Monaten war, und bin erleichtert, dass sie nun jemanden an ihrer Seite hat, der sie aufrichtig liebt und Freud und Leid mit ihr teilen kann. Wenn sie von ihrer Europareise zurückkommt, werde ich ihr sagen, dass ich ein Stück mehr zu ihrer Familie gehöre. Ich bin gespannt, wie sie reagiert.

Inma (Inmaculada Penas Rodea), Spike (Simon)

Wir haben uns getraut! Stellt euch vor: Spike – ja, mittlerweile nennen ihn alle so – hat mir einen mit einem Swarovski-Stein besetzten Ehering geschenkt. Was glaubt ihr, wo er dieses erlesene Steinchen wohl herhat? Tja, eine Haremsdame des Scheichs fährt jetzt mit einem Steinchen weniger durch die Gegend.

Ich bin so glücklich. Meine Eltern haben Spike endlich akzeptiert, und Cat sieht so zufrieden aus. Ich finde, sie hat es mehr als verdient. Findet ihr nicht auch?

Maja und Paolo

Nächsten Sommer heiraten Paolo und ich. Bis dahin habe ich mit meiner Cocktailbar zu tun. Ja, ihr habt richtig gehört. Mein Liebster hat mir eine hübsche Location am Strand gekauft. Sie heißt *Maja's Heaven*. Spezialität des Hauses: *Inmaculada*.

Noch etwas muss ich erzählen: Stellt euch vor, wer sich als Barkeeper bei mir beworben hat … Mr. Wilson! Es war mir eine Freude und ein geniales Gefühl, ihm eine Absage zu erteilen.

Madlen und Hudson Holder

Da Hudson gerade beim Fischen ist, schreibe ich.

Dass mein Ex-Mann die ganze Zeit tot war und mein Sohn von diesem Schwein Spence erpresst wurde, hat mich vollkommen schockiert. Schrecklich, was Noah und Cat durchgestanden haben. Ich bin so erleichtert, dass das alles nun ein Ende hat. Auch wenn mich die Erinnerungen an früher manchmal einholen, blicke ich nach vorn und freue mich auf eine Zukunft mit meiner tollen Familie.

Timi Holder

Ich finde es total cool, dass mein Bruder wieder bei uns wohnt. Ich habe ihn vermisst. Er und Cat unternehmen viel mit mir. Ich mag Cat, sogar sehr. Eines Tages will ich auch so eine Freundin, aber ohne diese ständige Knutscherei. Das ist ekelig!

Raymond Graham (Noahs leiblicher Vater)

Sein Leichnam wurde geborgen, und er erhielt ein anonymes Begräbnis.

Monica Spence

Ich habe alles verloren: mein Haus, mein Geld, mein Ansehen.
Der einzige Freund, den ich noch habe, ist die Whiskeyflasche.
Es ist verdammt hart, in einer engen, kleinen Mietwohnung in
einer fremden Stadt zu wohnen. Hätte Catherine ihre Nase nicht
in Angelegenheiten gesteckt, die sie nichts angehen, könnte ich
noch mein altes Leben haben. Alle haben mich verlassen, selbst
Martha, die alte Hexe! Jetzt muss ich Tag für Tag den Dreck
anderer Leute wegputzen, um überhaupt über die Runden zu
kommen.

Dylan

Robinson hat mich zu seinem Nachfolger ernannt, um in den
Ruhestand zu gehen. Jetzt leite ich das Sicherheitsbüro. Ich
liebe meine Jungs, aber hin und wieder wäre es leichter, einen
Sack Flöhe zu hüten. Taylor raubt mir den letzten Nerv. Der
Trottel hat das ganze Büro mit Post-its zugeklebt. Überall kann
man nun seine dämlichen Anmachsprüche lesen, die er auswendig lernen will. Ihr Mädels da draußen, macht einen großen Bogen um ihn ...

Taylor

Da nun einige meiner Freunde heiraten und glücklich sind, habe
ich beschlossen, an meiner Anmachstrategie zu arbeiten. Die
rosa Zettelchen im Büro helfen mir, die neuen Sprüche schnell
zu verinnerlichen. Sonst bekomme ich nie eine ab.

Danke an meine Kollegen: Eure Vorschläge sind echt mega!
Hier sind meine Lieblingssprüche, die ich gleich bei der neuen
Kellnerin ausprobieren werde: ›Hey, mein Name ist Taylor, nur

damit du weißt, was du stöhnen musst!‹, oder: ›Sollen wir etwas machen, das sich auf stricken reimt?‹.

Cool, oder? Was meinst du, beißt sie an?

Mike

Ein Schlag auf den Hinterkopf erhöht das Denkvermögen ... eigentlich. Bei Taylor scheint das nicht zu helfen. Meine Hand schmerzt.

Mr. Robinson

Endlich in Ruhe angeln und so lange Zeitung lesen, wie ich will. Aber ein bisschen Action fehlt mir schon, deshalb werde ich mir mal ein paar Boxkämpfe in San Francisco ansehen. Ich habe gehört, dass am Hafen interessante Veranstaltungen stattfinden. Dort soll es einen Fighter gegeben haben, der unbesiegbar war. Schade nur, dass die Legende spurlos verschwunden ist. Gerüchten zufolge hat er seinen letzten Kampf mit Absicht verloren und den Organisator um mehrere Millionen Dollar gebracht.

Frank und Vanessa

Wir arbeiten noch im *Ivy Blue* und streiten uns, wer Professor Gilmore bedienen muss, wenn er mit seiner ›Frau‹ ins Restaurant kommt.

Mr. Wilson

Auch in einer Fast-Food-Kette sollten Service und Höflichkeit großgeschrieben werden. Es ist doch nicht zu viel verlangt, die Gäste persönlich an der Tür zu begrüßen. Mir deshalb gleich eine Abmahnung auszustellen, halte ich für übertrieben. Man könnte viel aus diesem Saustall machen, aber leider habe ich nichts zu melden und muss Pommes frittieren wie ein schmieriger Imbisskoch. Vielleicht schaffe ich es nächstes Mal zum Mitarbeiter des Monats.

Vor diesem Job wollte ich mich als Barkeeper versuchen, aber die arrogante Besitzerin hat mir eine Absage erteilt. Frechheit!

Mr. Tillerson

Sensationsreporter belagern seit Tagen das *Empire Heaven*. Ständig flattern Anfragen von Nachrichtensendern ins Haus, die darum bitten, das Appartement unserer ehemaligen Angestellten Ms. Spence sehen zu dürfen. Es hat lange gedauert, bis unser Pressesprecher der Journalistenmeute begreiflich machen konnte, dass wir keine Auskünfte darüber geben. In unserem Hause wird Diskretion schließlich großgeschrieben!

Der neue Maître ist lange nicht so eloquent wie Wilson, aber dafür arbeitet jeder gern mit ihm zusammen und endlich kehrt wieder Ruhe ein. Auch wenn mir das Schicksal von Ms. Spence zu Herzen geht, bin ich froh, dass sie nun nicht mehr bei uns arbeitet.

Mr. McDust, Personalchef des Empire Heaven

Ich habe Anweisung von ganz oben, die Vergangenheit potenzieller Mitarbeiter genauer zu durchleuchten. Ihr glaubt ja gar nicht, was man da alles erfährt.

Professor Gilmore

Langsam mache ich mir um Margret wirklich Sorgen. Nicht nur, dass sie den Orangensaft im *Ivy Blue* nicht mehr trinken will, jetzt sagt sie, dass sie ihr Essen ausschließlich von der einen Kellnerin serviert haben möchte. Aber die habe ich schon länger nicht mehr gesehen. Wie soll ich das meiner Frau nur erklären?

Königliche Hoheit Hadschi Abdul Omar Ben Hadschi Jamil Aamir Ibn Hadschi Rahul El-almin

Mit Entsetzen musste ich bei der Rückreise aus den USA feststellen, dass das Auto meiner Lieblingsfrau geschändet wurde. Mein Schatzmeister hat mir zugeflüstert, dass sich jemand an dem Wagen zu schaffen gemacht hat. In die Absteige in San Francisco werde ich keinen Fuß mehr setzen. Übrigens: Mein Vorkoster hatte von dem Fraß tagelang Durchfall.

Mr. Montgomery

Ich habe entschieden, dass niemand mehr in die Fürsten-Suite einziehen darf und sie für immer geschlossen wird. Leider hat sich der Skandal wie ein Lauffeuer bei den Bewohnern verbreitet, worauf einige Gutzahlende die *Lakewood Residenz* verlassen haben. Nächste Woche habe ich ein Fernsehinterview. Niemand kann so viel über diesen schrecklichen Menschen berichten wie ich. Dafür lasse ich mich natürlich sehr gut bezahlen.

John Wickster

Seit ich clean bin, plagen mich Schuldgefühle. Es tut mir leid, was ich Cat angetan habe. Ich sehe mich selbst als Opfer. Ich habe Ashley geliebt und alles für sie getan. Wie psychisch abhängig ich von ihr war, erkenne ich erst jetzt. Nach meiner Haftstrafe will ich irgendwo neu anfangen.

Claire Miller (Ashleys Mom)

Nachdem ich die schreckliche Wahrheit erfahren habe, gibt es für mich jetzt nur noch meine Tochter. Ich bin froh, dass sie mir verzeihen kann. Gemeinsam arbeiten wir daran, dass sie all das eines Tages vergisst. Den Kontakt zu meinem Ex-Mann habe ich abgebrochen.

Bentley Miller (Ashleys Vater)

Ich bin glücklich mit meiner Freundin und habe ein neues Leben begonnen. Da will ich mich nicht mit einer hysterischen Tochter herumschlagen müssen, die ein Junkie und kriminell ist.

August Fenwick (›Ewiger Frühling‹)

Der *ewige Frühling* hat ausgedient; ich bin jetzt der *alte Winter*. Öfters treffe ich mich mit meinem alten Kumpel Hudson zum Fliegenfischen, und wir sprechen über die alten Zeiten.

Mr. Wally

Ich wusste, dass die Rosenfrau die Pläne, die sie mir erzählt hat, wirklich in die Tat umsetzt. Ich leide nicht unter Wahnvorstellungen. Sie ist der wahrhaftige Teufel. Zum Glück wurde sie endlich eingesperrt.

Ich kann nicht aufhören, das Mädchen zu zeichnen, das mich neulich besucht hat. Es kam mir vor wie im Traum. Sie ist mit ihren dunklen Locken und ihrem Blick das Schönste, was ich je gesehen habe. Ich habe keine Ahnung, wer sie war. Die Bilder mit den Rosen habe ich den Schwestern geschenkt. Hoffentlich kann ich bald nach Hause.

Detektir Weather

Mein neuer Job stellt mich vor eine große Herausforderung. Die ganze Homeland Security ist in Aufruhr. Ich habe das Kommando über eine kleine Spezialeinheit übernommen. Zum Glück habe ich einen der besten Undercover-Agenten im Team: Nick West.

Jetzt erst mal Kaffee und ein paar Donuts.

Billy

Seit Noah mich verarscht hat, meine Kunden mich alle im Stich gelassen haben und ich durch eine Wette mit dem verdammten MC meinen Club verloren habe, muss ich mich mit kleinen Straßengaunereien über Wasser halten. Insgeheim trauere ich meinem besten Kämpfer nach, denn mit ihm habe ich richtig viel Asche verdient. Vielleicht wäre er irgendwann zu einem Comeback in meinem Stall bereit?

Reid

Das Dollarzählen bereitet mir große Freude. Gott sei Dank habe ich auf ›den Schlächter des Satans‹ gesetzt und nicht auf den Waschlappen Noah, wie Billy, der Idiot, es wollte. Das hat er nun davon. Jetzt habe ich das Geschäft übernommen, und es läuft großartig.

Die Schnatterweiber aus Pleasant Hill:
Mrs. Harolds, Mrs. Sawyer, Mrs. Smith

Natürlich haben wir schon immer gewusst, dass mit den Spence' etwas nicht gestimmt hat. Oft sitzen wir beim Kaffeekränzchen zusammen und sprechen über den Skandal, den unser Örtchen Pleasant Hill ertragen muss. *Ich*, Mrs. Harolds, bin aber so schlau und nutze diese Horrorgeschichte für die Schaulustigen, die sich gern den Ort des Grauens ansehen möchten. Fünf Dollar und ich zeige auch dir die Villa, in der der Teufel gelebt hat. Außerdem kann ich dich mit kleinen Hintergrundstorys versorgen.

Aber pass auf! Mrs. Smith hat mir meine Geschäftsidee geklaut und will dich nur mit albernen und billigen Geschichten abzocken.

Mason Halloway (Hilfssheriff in Pleasant Hill)

Ein Schatten hat sich über Pleasant Hill gelegt, als herauskam, was bei den Spence' in all den Jahren abgegangen ist. Über die Familie und die Villa wird nach wie vor getuschelt, und man erzählt sich schaurige Geschichten. Das kann so nicht weitergehen, ich habe es mir zur Aufgabe gemacht, dass unser Ort von diesem Makel befreit wird.

Die kleine Lilly und ihre Eltern

Nach der letzten Knochenmarkspende ist ein Wunder geschehen: Unsere kleine Tochter ist wieder gesund. Um das zu feiern,
werden wir schon morgen mit ihr ins Disneyland fahren. Wir
können unser Glück kaum fassen.

Hilfsangebot

Falls du selbst betroffen bist oder jemanden kennst, der einen Ausweg sucht, findest du hier Hilfe:

Tel: 0800-22 55 530 (kostenfrei und anonym)
https://nina-info.de
oder
https://beauftragter-missbrauch.de/hilfe/hilfetelefon

Anfragen können auch per E-Mail gestellt werden: beratung@hilfetelefon-missbrauch.de

Das *Hilfetelefon Sexueller Missbrauch* ist die bundesweite, kostenfreie und anonyme Anlaufstelle für Betroffene von sexueller Gewalt, für Angehörige sowie Personen aus dem sozialen Umfeld von Kindern, für Fachkräfte und für alle Interessierten. Es ist eine Anlaufstelle für Menschen, die Entlastung, Beratung und Unterstützung suchen, die sich um ein Kind sorgen, die einen Verdacht oder ein ›komisches Gefühl‹ haben, die unsicher sind und Fragen zum Thema stellen möchten.

Die Frauen und Männer am Hilfetelefon sind psychologisch und pädagogisch ausgebildet und haben langjährige berufliche Erfahrung im Umgang mit sexueller Gewalt an Mädchen und Jungen. Sie hören zu, beraten, geben Informationen und zeigen

– wenn gewünscht – Möglichkeiten der Hilfe und Unterstützung vor Ort auf.

Jedes Gespräch bleibt vertraulich. Der Schutz der persönlichen Daten ist zu jedem Zeitpunkt garantiert.

Über die Autorin

Bereits als Jugendliche sparte sich Any Cherubim ihr Taschengeld, kaufte eine Schreibmaschine und träumte davon, Autorin zu werden. Wie das mit den Kindheitsträumen oft ist, verloren sie sich im Laufe der Jahre. Any machte eine Ausbildung, heiratete und widmete sich der Erziehung ihrer Söhne.

2010 entdeckte sie die Plattform BookRix, auf der sie ihre Geschichten teilte. Any Cherubim zählte ab 2013 zu den erfolgreichsten BookRix-Autorinnen und hat über die Plattform bisher mehr als 300.000 eBooks verkauft. Ihr erster Verlagstitel *Beautiful Danger – Vertrau mir nicht* erschien 2019 bei LYX.digital. Mit dem dramatischen Zweiteiler *Broken Feelings* veröffentlicht Any Cherubim erstmalig beim ZEILENFLUSS-Verlag.

Wenn sie gerade nicht an einer neuen Romanidee arbeitet, zeichnet Any Cherubim gerne. Zusammen mit ihrem Mann und ihren drei Söhnen lebt sie am Stadtrand von Freiburg.